DONGSUH MYSTERY BOOKS 18

FOR KICKS

흥분

딕 프랜시스/김병걸 옮김

동서문화사

옮긴이 김병걸 (金炳傑)

일본 니혼대 고등사범부 수학. 경기공업전문대(서울산업대) 교수 역임.
1962년 〈현대문학〉에 문학평론 〈에고에의 귀환〉으로 추천받은 뒤 〈문학의
역사적 사명〉 등 많은 평론을 발표. 평론집 《리얼리즘문학론》《민중예술과
사회사》《민중문학과 민족현실》 등이 있다.

DONGSUH MYSTERY BOOKS 18

흥분

프랜시스 지음/김병걸 옮김
초판 발행/1977년 12월 1일
중판 발행/2003년 1월 1일
발행인 고정일/발행처 동서문화사
창업 1956. 12. 12. 등록 16-345 (윤)
서울강남구신사동 540-22 ☎ 546-0331~6 (FAX) 545-0331
www.epascal.co.kr

＊

편찬·필름·제작 일체 「동판」 자본으로 이루어짐에 따라
출판권 소유권자 「동판」에서 제조출판판매 세무일체를 전담합니다.
사업자등록번호 211-90-02201
ISBN 89-497-0099-9 04840
ISBN 89-497-0081-6 (세트)

흥분

차례

등장인물

다니엘 로크 종마 목장 경영자

에드워드 옥토버

로델릭 베케트 } 장애물 경주 이사회 회원

스튜어트 맥레스필드

헤드레이 핸버 조교사

폴 제임스 애덤스 마주

엘리나 털렌

패트리시아(패티) 털렌 } 옥토버의 딸

월리 스티플튼

재드 윌슨 } 마부장

캐스 마구간 주임

스피 털레튼

파디

글리츠

찰리 } 마부들

세실

젤리

1

옥토버 백작이 처음 나타났을 때 그는 연하늘색 홀덴을 타고 있었다. 위험과 죽음이 뒤를 따르는 것도 모른 채.

작은 마장을 가로질러 집 쪽으로 걷고 있을 때, 나는 문으로 들어서서 집 앞 길을 올라오는 그 차를 심술궂은 눈으로 보았다. 세일즈맨이라면 볼일이 없다. 하늘색 차는 조용히 들어와 현관에 멈췄다.

차에서 내린 사나이는 한 45살쯤 되었을까. 중키의 단단한 몸집으로 모양 좋은 갈색 머리칼을 곱게 빗어 넘기고 있었다. 회색 바지, 고급 모직 셔츠에 가라앉은 듯한, 거무스름하고 차분해 보이는 넥타이 차림에 장사 도구인 듯한 손가방을 들고 있었다. 나는 한숨을 쉬고 일찌감치 쫓아버리려고 마장의 울짱 밑을 빠져나가 그에게로 다가갔다.

"다니엘 로크 씨를 만나고 싶은데요." 그가 말했다.

전형적인 영국인의 억양이다. 영국인과는 그다지 인연이 없는 내 귀에도, 상류층의 사립학교 냄새가 역력했다. 세일즈맨이 늘 쓰는 말투답지 않은 일종의 위엄을 지니고 있었다. 나는 처음보다 신중하게 상대방을 관찰하면서 그가 찾는 사람이 없다고 말하려던 마음을 고쳐

먹었다. 낡은 자동차를 몰고 왔으나, 뜻밖에도 귀한 손님일지 모르는 것이다.

그리하여 나는 선뜻 내키지 않는 목소리로 "내가 다니엘 로크입니다"라고 말했다.

그의 눈이 얼핏 놀라는 표정을 지었다.

"호!" 그는 의미 없이 목소리를 울렸다.

상대방의 이런 반응에는 익숙해 있었다. 누구의 눈에든 내가 큰 목장의 주인으로는 보이지 않는 모양이다. 나 자신은 그렇게 느끼지 않지만 무엇보다도 나는 굉장히 젊어 보인다. 누이동생 벨린다의 말을 빌면, 이탈리아 농부로밖에 보이지 않는 사업가는 그리 흔하지 않다는 것이다. 귀여운 벨린다. 나는 살갗이 파리하여 볕에 쉽게 그을고, 머리칼이 검으며 눈이 갈색이다. 더욱이 그때 나는 아주 낡아서 누더기가 다 된 작업복 바지에 승마용 장화를 신었을 뿐인 차림새였다.

나는 늘 난산을 하는 암말의 시중을 들고 있던 참이었다. 몹시 지저분한 일이므로, 더러워져도 상관없는 차림으로 있었던 것이다. 나의 노고라기보다 암말의 노고의 결과는 말라비틀어진 암망아지로서, 왼쪽 앞다리의 힘줄이 당기는 듯하고 오른쪽 앞다리에도 같은 징후가 보였다. 이것은 수술을 해야 하는데, 수술비는 망아지의 값보다도 더 들 것 같았다.

사나이는 잠자코 서서 흰 칠을 한 울타리에 둘러싸인 작은 마장 저쪽의 L자형 마구간과 그 오른쪽의 삼나무 판자로 둘러친 출산실을 빙둘러보고 있었다. 조금 전에 태어난 애처로운 망아지는 그 중 한 방의 짚깔개 위에 드러누워 있었다. 그 건물은 전체적으로 짜임새 있고 손질이 잘 되어 있다는 인상을 준다. 정말 그렇다. 그와 같은 상태를 유지하기 위하여 나는 밤낮으로 노력하고 있다. 그렇게 해 두면 말에 상당한 값을 붙일 수 있기 때문이다.

사나이는 왼쪽의 넓고 푸른 만으로 눈을 돌렸다. 그 저쪽으로 눈 덮인 험준한 바위산이 우뚝 솟아 있다. 북슬북슬한 깃털 같은 구름이 산꼭대기 언저리를 떠다니고 있다. 처음 보는 그의 눈에는 웅대하고 장엄한 경치로 비치겠지.

그러나 내게는 나를 에워싸고 있는 벽에 지나지 않는다.

"정말 훌륭한 경치입니다." 사나이는 말했다. 그러면서 이번에는 생동감 있는 동작으로 나를 보며 돌아섰으나, 그의 말투에서는 어떤 머뭇거림이 느껴졌다. "실은…… 파르마에서 들었는데, 당신 목장에 영국인 마부가 있다더군요. 그런데 그가 고국으로 돌아가고 싶어한다는 말을 듣고서……." 그는 여기서 말을 끊었다가 다시 이었다. "이상하게 들릴지 모릅니다만, 경우에 따라 적격자라면 그의 귀국 여비를 부담해 주고 그곳에서 일자리를 얻어 줄까 생각하여……." 다시 말이 끊어졌다.

오스트레일리아에까지 손을 뻗치지 않으면 안 될 만큼 영국에 마부가 부족하다고는 생각되지 않았다.

"들어가시지 않겠습니까?" 나는 말했다. "자세한 이야기를 먼저 듣기로 하지요."

나는 앞장서서 거실로 안내하였다. 뒤따라 들어온 사나이가 탄성을 올리는 소리가 들렸다. 이곳을 찾는 이는 누구나 다 놀란다. 방 앞쪽의 커다란 창문을 통해 만과 바위산의 훌륭한 경치가 한눈에 내다보이기 때문이다. 여기에서 보면 그것들이 아주 가깝게 보인다. 그러니만큼 나로서는 한층 더 압박감을 느낀다. 나는 경치에 등을 돌리고다 낡은 나무 흔들의자에 걸터앉으며 손님에게는 창문과 마주 놓인 푹신한 팔걸이의자를 권했다.

"그럼, 말씀하십시오, 성함이……." 내가 먼저 말을 꺼냈다.

"옥토버." 그리고는 아무렇지도 않게 "백작입니다" 하고 덧붙였다.

"옥토버······ 달(月) 이름인······ ?"

지금은 마침 옥토버(10월)였다.

"네, 달 이름과 같습니다." 상대방은 말했다.

나는 뜻밖이라는 느낌으로 사나이를 쳐다보았다. 내가 상상하고 있던 백작과는 다른 느낌이었기 때문이다. 휴가를 즐기고 있는, 융통성 없는 회사 대표 같은 느낌이다. 이윽고 나는 생각을 고쳐먹었다. 백작이 회사의 대표라고 해서 나쁠 것은 없다. 개중에는 그런 자리에 앉을 수밖에 없는 입장에 놓인 사람도 있을 테니까.

"문득 생각이 나서 이렇게 찾아왔습니다." 그는 여기에 온 까닭을 말하였다. "생각 없이 행동한다는 것은 좋은 일은 아니지만."

말을 마치자 그는 금빛 담배갑에서 담배를 꺼내어 불을 붙이면서 생각을 모으는 듯하였다. 나는 다음 말을 기다리고 있었다.

옥토버는 흘끗 웃음을 지어 보였다.

"처음부터 이야기하는 것이 좋겠군요. 나는 회사 일로 오스트레일리아에 와 있습니다. 내가 관계하는 회사가 시드니에 있어서요. 하지만 이 스노위에 온 것은, 개인적으로 이 지방 경마장의 사육 시설을 돌아보는 여행의 종착역 비슷한 것이라고나 할까요. 나는 내셔널 헌트 레이싱, 다시 말해서 대장애물 경주를 감독하는 이사회의 한 사람입니다. 그래서 이곳의 말에 대해서는 특별히 관심을 가지고 있지요. 그런데 오늘 파르마에서 점심을 먹다가," 하고는 15마일 떨어져 있는 이웃 마을의 이름을 대었다. "어떤 사람과 이야기할 기회가 있었습니다. 그 사나이가 내 영국식 억양에 대해 이야기하더니, 또 한 사람 영국에서 와 있는 사나이가 있는데 댁의 마부로 일하고 있으며 영국에 돌아가고 싶어하는 어리석은 사나이라고 말하는 것이었습니다."

"네, 그런 사람이 있습니다." 나는 긍정하였다. "시몬즈라고 합니다."

"아서 시몬즈지요?" 상대방이 고개를 끄덕이면서 말했다. "어떤 사나입니까?"

"말 다루는 솜씨가 아주 뛰어납니다." 나는 대답했다. "하지만 영국으로 돌아가고 싶어하는 건 술에 취했을 때뿐입니다. 그리고 취하는 건 파르마에 갔을 때뿐이고, 여기서는 전혀 마시지 않지요."

"호, 그렇습니까?" 사나이는 말했다. "그렇다면 기회가 주어져도 돌아가지 않겠군요?"

"그건 모르겠습니다. 일의 내용에 따라서 다르겠지요."

그는 깊숙이 담배를 빨아들이고 재를 탁 턴 다음 창 밖으로 눈을 돌렸다.

"한두 해 전에 경마에 약물을 사용하는 사건이 자주 일어나 꽤 시끄러웠지요." 갑자기 그는 화제를 바꾸었다. "그때는 정말 애를 먹었습니다. 그 결과 몇 번이나 재판이 열리고 실제로 형벌을 받은 사람도 많이 나왔답니다. 그러는 한편 마구간 보안 규칙을 더욱 더 강화시켜 말의 침과 오줌을 정기적으로 엄격하게 검사하도록 했습니다. 흥분제를 검출해 내기 위해서 대부분의 경주에서는 먼저 들어온 4마리를 검사하고, 또 반대의 경우를 위해서 미심쩍게 뒤처진 우승 후보 말도 검사하기로 했습니다. 그런데 새 규칙이 나온 뒤로는 검사 결과 모두 혐의가 없었습니다."

"그거 잘됐군요." 나는 그다지 관심도 없이 대답하였다.

"아니, 그렇지도 않습니다. 우리가 검출해 내지 못하는 약품을 만들어 낸 자가 있었던 거지요."

"그런 일이 있으리라고는 생각되지 않는데요."

나는 적당히 장단을 맞추었다. 오후 시간이 헛되이 흘러가고 있었다. 해야 할 일은 아직도 많았다.

그는 나의 무관심을 알아차린 모양이다.

"그런 경우가 열 번이나 있었습니다. 그 열 번은 우리도 확신을 갖고 있습니다. 말은 분명 흥분제를 쓰고 있었지요, 내가 직접 보지는 못했지만 말입니다. 그런데 검사 결과로는 아무것도 나오지 않는 겁니다." 그는 잠시 말을 멈추었다. "흥분제를 먹이는 것은 언제나 내부에 있는 사람입니다."

그리고 그는 내게 눈길을 돌리고 이야기를 계속했다.

"이것은 어떤 경우에나 마부가 관계했다는 말이 되지요, 비록 그것이 외부 사람에게 어느 말이 어느 마방에 있다는 것을 가르쳐 주었을 뿐이라 할지라도 말입니다."

나는 고개를 끄덕였다. 오스트레일리아에서도 그런 일이 있었다.

"우리, 그러니까 다른 두 명의 이사와 나는 내부 수사를 하는 방법에 대해 몇 번 검토해 보았지요, 즉……"

"잠입시킨 마부에게 스파이 노릇을 시키는 거였겠지요?" 내가 말했다.

그는 귀가 따끔한 듯했다.

"당신네 오스트레일리아 사람들은 모든 게 단도직입적이군요," 그는 말했다.

"그렇습니다. 대체적으로 그런 편이지요, 하지만 의논으로 그쳤습니다. 그와 같은 방식에는 여러 가지 곤란이 따르거든요, 이쪽에서 고용한 사람이 이미 상대방의 끄나풀이 되어 있을지도 모르니까요, 그것을 확인할 수는 없는 일이지요,"

나는 웃었다.

"아서 시몬즈라면, 그 점은 문제없다는 말씀이신가요?"

"그렇습니다. 그리고 그는 영국인이니까 남의 눈에 띄지 않게 그 사회에 숨어들 수가 있습니다. 점심 값을 치르다가 문득 그 생각이 머리에 떠올랐습니다. 그리하여 이곳으로 오는 길을 물어 그를 보기 위해 곧장 온 거지요."

"그와 이야기하는 건 얼마든지 좋습니다." 나는 의자에서 일어나면서 말했다. "하지만 소용없을 겁니다."

"여느 급료와는 비교도 될 수 없을 만큼 치를 텐데도요?"

그는 내 말뜻을 오해하고 있는 모양이다.

"그의 마음을 끌지 못한다는 게 아닙니다. 그런 일을 해낼 위인이 못된다는 거지요."

그는 나를 따라 봄볕으로 나왔다. 이 정도 높이에서는 아직도 바람이 차서, 바깥의 쌀쌀함에 몸을 떠는 것 같았다. 그는 알몸인 나의 가슴께를 이상스러운 듯이 보고 있었다.

"잠깐만 기다려 주십시오, 불러오지요."

집 모퉁이를 돌아 입술에 손가락을 대고는 광장 맞은편의 마부 숙소를 향해 날카롭게 휘파람을 불었다. 그것에 응답하여 창문 하나에서 사람 머리가 불쑥 나왔다.

"아서를 불러 주게!" 나는 외쳤다.

그 머리가 고개를 끄덕이고 다시 들어가자 곧 아서의 모습이 보였다. 나이 먹고 몸집이 자그마하며 다리가 굽고 머리가 단순해 보이는 사나이가 게걸음으로 나를 향해 다가왔다. 나는 그와 옥토버를 남겨놓고 갓난 망아지를 보러 갔다. 망아지는 기운차 보였으나 기형인 앞발로 일어서려고 애쓰는 모습이 애처로웠다.

망아지를 어미 말에게 맡기고 옥토버에게로 돌아왔다. 그가 지갑에서 지폐를 꺼내어 아서에게 주려고 하는 모습이 멀리 보였다. 영국 태생이기는 하지만 아서는 받지 않았다. 몇 년 동안 이 고장에서 살아와서 다른 사람들이나 마찬가지로 완전히 오스트레일리아 인이 된 것이다. 술이 취해 두서없이 지껄였던 것과는 달리 영국에 돌아갈 마음이 털끝만큼도 없는 것이다.

"당신이 말한 대로군요." 옥토버가 말했다. "아주 괜찮은 사람이지만, 내가 생각하고 있는 일에는 맞지 않을 것 같습니다. 그래서 그 이야기는 꺼내지 않았습니다."

"아무리 머리가 좋아도 그렇지요. 마부로서는 좀 무리한 일이 아닐까요? 당신 같은 분들이 해결하기 어려운 문제를 다루는 거니까요."

그는 씁쓸한 얼굴이 되었다.

"그렇습니다. 내가 아까 말한 것은 여러 가지 어려운 점 가운데 하나에 지나지 않습니다. 하지만 할 수 있는 온갖 수단 방법을 강구해야 합니다. 어떤 착상이든 시도해 볼 필요가 있지요. 당신이 상상하는 것 이상으로 중대한 사태가 되어 있으니까요."

우리는 그의 자동차 쪽으로 걸어갔다. 그가 차문을 열었다.

"폐가 많았습니다, 로크 씨. 처음에 말씀드린 대로 문득 생각이 나서 그냥 달려온 겁니다. 바쁘신데 오랫동안 시간을 내주셔서 고맙습니다."

그는 미소짓고 있었으나 아직도 무언가 망설이는 듯한 태도였다.

나는 머리를 저으며 미소를 지었다. 그는 차의 시동을 걸고는 방향을 돌려 길을 내려갔다. 차가 문을 나갔을 무렵에는, 이미 내 머릿속에서 그의 일은 사라지고 없었다.

그러나 내 머릿속에서는 사라졌으나, 내 생활에서도 사라진 것은 아니었다.

그는 이튿날 저녁때 다시 찾아왔다. 하늘색 소형차 안에서 담배를 피우면서 기다리고 있었다. 집 안에 아무도 없다는 것을 알았던 모양이다. 나는 저녁에 내가 맡은 일을 하고 있던 마구간에서 그에게로 걸어갔다.

'또 지저분한 모습을 보이게 됐구나.'

나는 공연한 생각을 하고 있었다.

내 모습을 보자 그는 차에서 내려 담배를 밟아 껐다.

"로크 씨." 그는 손을 내밀었다.

우리는 악수를 나누었다.

이번에는 서둘러 용건을 꺼내려는 빛이 보이지 않았다. 이번에는 불쑥 찾아온 것이 아니다. 그의 태도에도 어제 보여 준 것과 같은 머뭇거리는 빛이 없었다. 그리고 몸에 익은 위엄이 어제보다 더욱 역력히 나타나 있었다. '높은 자리의 이사들에게 마음에 들지 않는 제안을 이해시키는 설득력의 근원은 바로 이것이로구나' 하고 나는 깊이 느꼈다.

그 순간, 그가 다시 찾아온 까닭을 알 수 있을 것 같았다. 나는 조심스럽게 상대방의 상황을 살펴보며 집 쪽을 가리키고는, 어제와 마찬가지로 거실로 안내하였다.

"뭐 좀 드시겠습니까?" 나는 물었다. "위스키는 어떻습니까?"

"주십시오."

그는 글라스를 받았다.

"잠깐 실례합니다. 옷을 좀 갈아입고 오겠습니다." 나는 말하였다. 그리고는 속으로 '그 다음에 생각해 봅시다' 하고 덧붙였다.

샤워를 하고 구김살 없는 바지를 입은 다음 양말과 실내화를 신고 흰 포플린 셔츠에 푸른 빛 넥타이를 매었다. 거울 앞에서 물기 머금은 머리칼을 곱게 매만지고 손톱이 더럽지 않다는 것을 확인하였다. 지저분한 모습으로 사람과 이야기를 하면 불리하다. 상대방이 굳은 결의를 하고 있는 백작일 경우에는 더욱 그렇다.

내가 방으로 들어가자 그는 일어나 아무렇지도 않은 듯한 눈길로 금방 바뀐 나의 모습을 훑어보았다.

나는 흘끗 미소를 짓고 내 잔에 위스키를 따른 다음 그에게도 따라 주었다.

"내가 온 용건은 이미 짐작하셨으리라고 믿습니다"라고 그는 말했다.

"대강은……."

"시몬즈를 두고 생각하던 일을 당신이 맡아 주셨으면 하고 설득하기 위해서……." 그는 전제도 없고, 서두르는 빛도 없이 말하였다.

"네." 나는 대답하고 글라스를 입으로 가져갔다. "나는 맡을 수가 없습니다."

우리 두 사람은 얼굴을 마주보고 서 있었다. 그의 눈에 지금 비치고 있는 모습이 어제 만난 다니엘 로크와는 전혀 다른 인물이라는 것을 나도 알고 있었다. 유복한 모습이다. 맨 처음 그가 상상했을 사람과 거리가 가까운 모습일 것이다. '옷이 날개로구나' 하고 나는 속으로 쓸쓸하게 웃었다.

어둠이 깔리기 시작해서 나는 등불을 켰다. 창문 밖의 산들은 차츰 모습이 사라져버렸다. 그편이 나는 오히려 좋았다. 지금의 나에게 최대한의 의지력이 필요한데, 산은 현실적으로 옥토버의 뒤에 있으면서 은근히 그를 도와주는 역할밖에 하지 않기 때문이다. 물론 문제는 내 마음이 이미 절반 이상 그가 말하는 비현실적인 일을 하고 싶어하는 점이다. 터무니없는 짓이라는 것은 잘 알고 있었다. 무엇보다도 나에게는 그런 쓸데없는 짓을 하고 있을 경제적 여유가 없다.

"이제 나는 당신에 대해서 여러 가지를 알고 있습니다." 그는 느릿한 어조로 말하였다.

"어제 여기서 돌아가면서 나는 당신이 아서 시몬즈가 아닌 것이 안

타깝다고 얼핏 생각했습니다. 당신이라면 아주 어울립니다. 실례되는 말 같지만, 당신이라면 꼭 해낼 것으로 보였습니다.” 자못 미안스럽다는 말투였다.

“그런데 지금은 다르다는 말인가요?”

“그거야 당신도 잘 아실 텐데요. 다르게 보이려고 옷을 갈아입으셨다고 나는 생각합니다. 하지만 그럴 마음만 있으면 다시 알맞은 모습으로 되돌아갈 수 있습니다. 물론 어제 지금 같은 말쑥한 모습을 대했더라면 그러한 생각은 전혀 내 머릿속에 떠오르지 않았을 것입니다. 그런데 처음 뵈었을 때 당신은 누더기 바지에 반벌거숭이 집시 같은 모습으로 작은 마장을 가로질러 왔습니다. 사실 나는 고용인 중의 하나인 줄로만 생각했었지요…… 이거 참, 실례했습니다.”

나는 어렴풋한 미소를 띠었다.

“흔히 있는 일이니, 괜찮습니다.”

“게다가 당신의 말씨입니다.” 그는 다시 말했다. “당신의 오스트레일리아 사투리는 내가 여기저기서 들은 것만큼 억세지 않아서 런던 뒷거리의 사투리와 아주 비슷합니다. 그럴 마음만 있다면 진짜와 똑같이 될 수 있을 겁니다. 아니, 제 말을 들으십시오.”

내가 참견하려고 하자 그가 가로막듯이 말을 이었다.

“교육받은 영국인을 마부로 들여보내면, 다른 사람들이 그 말씨를 듣고 금방 가짜라는 걸 알아 버립니다. 그러나 당신 경우에는 간파될 우려가 우선 없습니다. 겉모습에서 목소리까지 완전히 들어맞거든요. 당신은 우리들의 이 어려운 문제를 해결할 수 있는 가장 바람직한 인물입니다. 내가 꿈에도 생각지 못했을 만큼 적합한 인물입니다.”

“겉으로는 그렇게 보이겠지요.” 나는 무뚝뚝하게 대답했다.

그는 위스키를 한 모금 마시더니 생각에 잠긴 듯한 표정으로 나를 보았다.

"모든 면에서 그렇습니다. 지금은 이미 당신에 대해 꽤 자세히 알고 있다고 아까 말씀드렸지요? 어제 오후 파르마에 도착하자 나는 당신에 대해…… 말하자면 조사해 보려고 결심했습니다. 어떤 인물인가, 또 그러한 일에 관심을 가지고 성공할 가능성이 만의 하나라도 있는가, 어떤가."

그는 위스키를 한 모금 마시고 나의 말을 기다렸다.

"도저히 할 수 없습니다." 나는 말했다. "이곳 일만으로도 벅찹니다." 나 자신도 퍽 서투른 표현이라고 생각되었다.

"2만 파운드 쓸 일은 없습니까?"

아무렇지도 않은 말투로 상대방이 물어왔다.

대답은 당연히 '예스'이다. 그러나 조금 뜸을 들인 뒤 물어 보았다.

"오스트레일리아 화폐 단위로 말입니까, 아니면 영국 파운드입니까?"

그의 입아귀가 보일락말락하게 움직이고 눈이 가늘어졌다. 아주 실례되는 질문이라고 생각한 모양이었다.

"물론 영국 파운드이지요." 그가 비꼬는 말투로 대답했다.

나는 아무 말 없이 다만 그의 얼굴을 보고 있었다. 그는 내 생각을 읽었다는 듯이 의자에 걸터앉아 다리를 포개어 편안한 자세를 취하였다.

"괜찮으시다면 그 2만 파운드를 어떻게 쓰실지 내가 말해 볼까요? 우선 누이동생 벨린다가 가고 싶어 하는 의과 대학 등록금으로 쓰실 겁니다. 그리고 그 아래 누이동생 헬렌을 그녀가 희망하는 미술 대학에 보내고, 13살난 남동생 필립이 커서도 희망이 바뀌지 않는다면 법률가가 될 만큼의 비용을 따로 마련해 두시겠지요. 당신 자신이 기를 쓰고 일하지 않더라도 사람을 고용하여 동생들의 학자금이나 생활비를 벌 수 있을 겁니다."

모든 일에 철저한 인물일 거라고는 생각했지만, 나 자신의 아주 개인적인 사항까지 들춰낸 데 대해 나는 심한 분노를 느꼈다. 그러나 화가 나 내뱉은 한 마디 말 때문에 팔지 못한 1살짜리 망아지가 그 다음 주에 다리가 부러졌던 쓰디쓴 경험을 떠올리고 상대가 뭐라고 하든 나 자신은 입을 조심해야 한다는 것을 터득하고 있었다.

"나도 딸 둘과 아들 하나를 학교에 보내고 있습니다." 그는 말했다. "그렇기 때문에 얼마나 비용이 드는지 잘 알고 있습니다. 큰딸은 대학에 다니는 중이고, 쌍둥이 딸과 아들은 예비 학교를 갓 졸업했지요."

내가 여전히 잠자코 있자 그는 다시 말을 이었다.

"당신은 영국에서 태어나 어려서 오스트레일리아에 왔습니다. 아버지인 하워드 로크 씨는 유능한 변호사였지요. 당신이 18살 때, 부모님이 요트에서 조난당하여 돌아가셨습니다. 그 뒤로 당신은 말의 매매와 사육 일을 하면서 동생들을 돌보아 왔습니다. 듣자하니 당신도 아버지의 뒤를 이어서 법률가가 되고 싶어했다더군요. 그러나 그것을 단념하고 유산을 밑천으로 별장이었던 이 저택에서 사업을 시작했습니다. 사업은 성공했지요. 당신이 타는 말은 모두 충분히 훈련되어 있고 아주 온순하다는 평판을 얻기에 이르렀습니다. 당신은 무슨 일이든 철저하게 해내어 사람들로부터 존경을 받고 있습니다."

그는 웃으면서 나를 쳐다보았다. 나는 몸을 긴장시키고 서 있었다. 이야기가 더욱 계속될 것으로 느껴졌다.

"질롱 학교의 교장은 당신이 우수한 두뇌를 썩히고 있다고 말하더군요. 은행 지점장은 당신이 자기 일로는 거의 돈을 쓰지 않는다고 했습니다. 그리고 의사의 말에 따르면 9년 전 이곳에 정착한 뒤로 하루도 쉰 일이 없으며, 다리 골절로 한 달 입원했을 때만 일을 쉰 적이 있다고 하더군요. 목사는 당신이 전혀 교회에 나오지 않는다고 불평을 하고 있습니다."

그는 천천히 위스키를 입으로 가져갔다.

백작이 바라기만 하면 모든 문은 저절로 열리는 모양이다.

"마지막으로" 그는 웃으며 덧붙였다. "파르마의 골든 플라티프스의 바텐더가 당신은 호남인데도 여자관계에서는 굉장히 신중한 사나이라고 말했지요."

"거기까지 조사한 결과, 어떤 결론이 나왔습니까?" 나는 물었다. 마음이 차츰 가라앉았다.

"재미라고는 하나도 없고 일밖에 모르는 고지식한 사람이 되겠지요." 그는 밝은 어조로 말했다.

나는 기분이 풀려 웃으면서 자리에 앉았다.

"바로 그대로입니다." 나는 상대방의 말을 인정하였다.

"그리고 동시에 당신은 무슨 일을 시작하면 반드시 해내고야 만다고 정평이 나 있더군요. 육체노동에도 익숙하고 말에 대해서는 아주 밝아 마부 일쯤은 눈감고 거꾸로 서서도 해낼 수 있다고 들었습니다."

"그러나 당신의 계획은 아무리 생각해도 터무니없는 일 같습니다." 나는 한숨을 쉬면서 말하였다. "내가 하든 아서 시몬즈가 하든 잘될 리가 없습니다. 불가능한 이야기입니다. 영국에는 경마 마구간이 몇백 군데나 있겠지요. 그 속에 들어가 몇 달 생활해봐야 귀에 들어오는 것도 별로 없을 테고, 악인은 그 동안에도 주위에서 여전히 못된 짓을 꾸미고 있을 게 뻔합니다."

상대는 머리를 저었다.

"나는 그렇게 생각지 않습니다. 나쁜 일을 거들어 주는 마부는 뜻밖에도 적으니까요. 당신이나 여느 사람들이 생각하고 있는 것보다 훨씬 적습니다. 나쁜 일에 가담할 듯싶은 녀석으로 평판이 돌면 경비원 없는 금광처럼 나쁜 녀석이 몰려들지요. 저 녀석은 조건에 따라서 무슨 일이든 한다는 소문이 쫙 퍼지게만 하면 되는 겁니다. 틀림없이 상대가 접근해 올 테니까요."

"하지만 당신네들이 노리고 있는 녀석들이 과연 접근해 올까요? 의문스러운데요."

"나로서는 아무튼 해볼 만한 가치가 있다고 생각합니다. 사실 지금 상황은 어떤 방법이든 써야 할 단계에 이르렀거든요. 달리 생각할 수 있는 것은 모두 시도해 보았습니다만 성공하지 못했습니다. 문제의 말과 관계있는 자들을 하나도 남기지 않고 철저하게 조사했는데도, 실패로 돌아갔습니다. 그리고 경찰도 도와 줄 길이 없다고 말하고 있습니다. 사용된 약물이 검출되지 않는 한 수사의 단서가 없으니까요. 사립 탐정도 써 보았습니다만 실마리조차 찾아내지 못했습니다. 직접적인 방법은 모두 실패로 돌아가고 만 셈이지요. 그러므로 간접 방법을 쓴다고 해도 그 이하의 결과가 되지는 않을 겁니다. 당신이라면 어떤 성과를 올려 주지 않을까 하는 기대에 2만 파운드를 걸고 싶습니다. 해주시겠습니까?"

"아직은 뭐라고 대답할 수가 없습니다."

나는 이렇게 말하고 나서 내 의지의 박약함을 저주하였다. "안 됩니다. 절대로 안 됩니다"라고 대답했어야 하는 것이다.

그는 그 틈을 놓칠세라 몸을 앞으로 내밀고서 빠르게 입을 놀리기 시작했다. 한 마디 한 마디에 정열이라고도 할 만한 확신이 넘치고 있었다.

"나나 내 동료가 이 일 때문에 얼마나 고민하고 있는지 이해해 주지 않겠습니까? 나 역시 말을 몇 필——대부분 장애물 경주용인데——가지고 있습니다. 또한 우리 집안은 대대로 경마를 사랑하여 힘을 기울여 왔지요. 경마가 건전한 스포츠로 이어 내려가는 일이 나나 나와 비슷한 처지의 사람들에게 어떤 의미를 갖는 것인지는 말로 다 표현할 수 없습니다. 그런데 지난 3년 동안 이런 중대한 위기를 맞이하게 된 겁니다. 지난번 약물에 의한 여러 가지 부정 사건이 일어났을 때는 신문이며 텔레비전에서 굉장히 떠들었지요. 숱한 공격을 받았습니다. 우리로서는 그와 같은 사태가 두 번 다시 일어나서는 안 됩니다. 어쨌든 이제까지는 신문이나 그 밖의 논평을 통제할 수 없었습니다. 첫 번째 사건이 일어난 것은 1년도 더 지난 일이며 그 뒤 간격을 두고 일어났기 때문입니다. 만일 파고들어가 조사하겠다는 사람이 나타나면 검사 결과 아무것도 나오지 않았다고 하면 그만이지요. 그러나 이 새로운 약물이 광범위하게 사용되기 전에 무슨 일이 있어도 그 정체를 밝혀 내야만 합니다. 그렇지 못할 경우에는 경마의 존속에 이제까지 없었던 위기가 닥쳐오게 됩니다. 정체 모를 약물을 써서 우승하는 말이 자꾸 나오게 되면 대중의 신뢰를 잃게 됨은 물론, 그 신뢰를 회복하기 위해 상당히 오랜 세월이 필요하게 될 겁니다. 이것은 단순히 사람들에게서 오락을 빼앗는 일에 그치는 것이 아닙니다. 경마라는 사업에는 몇천 명의 종업원이 매달려 있습니다…… 따라서 당신과 같은 말 생산자로서도 중대한 사태가 아닐 수 없겠지요. 대중의 신뢰를 잃는다는 것은 앞으로 오랜 세월에 걸친 곤란을 뜻하는 겁니다.

　내가 지나치게 큰 돈을 내놓는다고 생각할지 모르지만, 나는 매우 부유하고 경마의 존속 여부가 나로서는 금전 이상의 문제이기 때문입니다. 그리고 내 말은 지난 시즌에 그 금액에 가까운 상금을 획득했었지요. 이 위기를 타개할 수만 있다면 그 정도의 돈은 기꺼이 쓰겠습니다."

나는 천천히 입을 열었다.

"오늘의 당신은 어제보다 말투에 훨씬 열의가 있군요."

그는 의자에 기대앉았다.

"어제는 당신을 설득할 필요가 없었으니까요. 그러나 기분은 마찬가지였습니다."

"당신이 찾고 있는 정보를 알아낼 수 있는 사람이 영국에도 있을 겁니다." 나는 말했다. "영국 경마계에 속속들이 정통한 사람말입니다. 그러나 나는 아무것도 모릅니다. 9살 때 영국을 떠났으니까요. 나는 당신 일에 아무 도움도 될 수 없습니다. 불가능합니다."

'이렇게 말하는 편이 좋아'라고 생각하며 나는 스스로의 말이 마음에 들었다. 이편이 훨씬 확고하다.

그는 글라스에 눈을 떨어뜨리고 내키지 않는 듯이 말했다.

"물론, 영국 사람에게 사건의 조사를 부탁한 적이 있습니다. 경마 전문 기자였지요. 정보를 알아내는 데 썩 능숙하고, 게다가 아주 신중한 사나이였습니다. 우리는 그 사람이야말로 이 일에 꼭 알맞은 이상적인 사람이라고 생각했습니다. 그러나 애석하게도 그 사나이는 몇 주일 동안 하는 일 없이 빈둥빈둥 지내다가 자동차 사고로 세상을 떠났습니다. 가엾은 남자였지요."

"그러면 왜 달리 또 찾아보시지 않습니까?" 나는 다그쳐 물었다.

"그가 죽은 것은 6월이었습니다. 여름 동안 장애물 경주가 없는 기간 중이었지요. 시즌이 다시 시작된 것이 8월이고, 마부라는 아이디어에 대해 검토를 시작한 것은 그 뒤의 일이었습니다."

"농사꾼의 아들을 써 보면 어떻습니까?" 나는 제안했다. "시골 사투리를 쓰는데다 말에 대해서 잘 알고 있을 테니까요."

그는 머리를 가로저었다.

"영국은 땅이 너무 좁아요. 농사꾼의 아들에게 경마장에서 말을 끌게 하면 곧 정체가 드러납니다. 그가 뭘 하는 자인지 눈 깜짝할 사이에 소문이 커지고 말지요. 얼굴을 아는 자가 틀림없이 있을 테고, 뭘 하고 있느냐고 묻는 자가 반드시 나올 겁니다."

"그렇다면 농사꾼의 아들 중 머리좋은 젊은이를 써 보면?"

"시험을 치라는 건가요?" 그가 쓸쓸하게 되물었다.

잠시 이야기가 끊어졌다. 이윽고 그가 글라스에서 눈을 들었다. 엄격하다고나 할 수 있는 표정이다.

"어떻습니까?"라고 그는 물었다.

나는 똑똑히 '노'라고 대답할 작정이었다. 그런데 입에서 튀어나온 것은 "뭐라고 말할 수가 없군요"라는 말이었다.

"어떻게 해야 설득이 되겠습니까."

"설득할 필요는 없습니다." 나는 말했다. "생각해 보겠습니다. 내일 대답해 드리지요."

"좋습니다."

저녁 식사 초대를 거절하고 그는 일어나 돌아갔다. 올 때처럼, 강력한 개성을 뜨겁게 내뿜으면서. 그를 바래다주고 돌아오니 집 안이 텅 빈 듯하였다.

검은 밤 하늘에 둥근 달이 빛나고 있었다. 내 뒤의 바위산 허리를 지나 저 멀리 코지아스코 산의 눈덮인 뭉툭한 꼭대기가 달빛을 받아 빛나고 있다. 나는 산 위의 바위에 걸터앉아 우리 집을 내려다보았다.

눈 아래에 만이 펼쳐지고, 방목장이 숲 쪽으로 뻗어 있었다. 집 옆의 흰 울짱으로 에워싼 작은 마장이 보인다. 출산실의 은빛 지붕, 탄탄한 마구간의 행렬, 마부들의 숙소, 나지막하니 길고 우아한 모습의 우리 집. 그 끝에 있는 창문에 달빛이 비치고 있었다.

저것이 나의 감옥인 것이다.

처음에는 그다지 나쁘지 않았다. 우리를 돌보아 주는 친척도 없었으나, 나 혼자 손으로 나 자신과 세 동생 벨린다, 헬렌, 필립을 보살필 만한 수입을 얻기는 힘들 거라고 하던 사람들의 예상을 보기 좋게 뒤엎고 만족감을 느꼈었다. 나는 본디부터 말을 좋아했고, 사업도 처음부터 잘되어 나갔다. 그럭저럭 우리는 먹고 살 수가 있었다. 그러는 동안 나는 스스로 법률보다는 이쪽이 내 성격에 맞는다고 확신하게 되었다.

부모님은 벨린다와 헬렌을 플렌섬으로 보낼 계획이었다. 그러므로 그 시기가 오자 나는 두 누이동생을 그곳으로 보냈다. 좀더 학비가 적게 드는 학교를 찾아내는 일은 쉬웠다. 나는 내가 받았던 것과 똑같이 해주리라고 마음먹었다. 그래서 필립은 지금 질롱 학교에 다니고 있다. 차츰 사업이 커졌으나 동시에 학비며 고용인 급료며 시설 유지비도 올랐다. 나는 회오리바람에 휘말려든 것과 비슷했다. 모두 내가 계속하여 일을 할 수 있는지 아닌지에 달려 있다. 22살 되던 해 대장애물 경주에서 다리를 다쳤을 때는, 지난 9년 가운데서도 최악의 경제적 위기에 빠졌었다. 그 뒤로 그와 같은 위험이 따르는 일은 모두 단념해야 했다.

나는 끝없이 일해야 되는 데 대한 불만을 가지고 있는 것은 아니다. 누이동생이나 남동생을 진심으로 사랑하고 있다. 이제까지 내가 해 온 일에 대해서는 조금도 후회가 없다. 그러나 내 손으로 스스로를 붙잡고 놓지 않는 유복한 덫을 만들어 냈다는 자각이, 동생들에게 베풀어 줌으로써 느끼는 만족감을 서서히 무너뜨렸다.

앞으로 8년이나 10년쯤 지나면 모두들 성장하여 학업을 끝마치고 결혼하겠지. 그러면 내 임무는 끝난다. 이제 10년이 지나면 나는 37

살이 된다. 그때는 아마 나도 결혼하여 아이를 낳고 그 아이들을 플렌섬이나 질롱에 보내게 되겠지……. 지난 4년 동안은 현재의 생활에서 빠져나가고 싶은 욕망을 억누르느라고 여간 애쓰지 않았다. 동생들이 방학으로 집에 돌아와 있을 때는 마음이 가벼웠다. 온 집 안이 떠들썩하고 필립의 목수 일감이 여기저기 널려 있고, 욕실에는 누이동생들의 귀여운 주름 스커트가 걸려 있다. 여름에는 승마를 즐기고 만에서——영국 태생인 부모는 만의 입구가 거의 막혀 있으므로 호수라고 불렀다——헤엄치고, 겨울에는 산에서 스키를 탔다. 동생들은 서로가 정다운 놀이 상대였고, 자기들의 현재 생활을 당연한 것으로는 생각지 않는다. 퍽 많이 자란 지금도 10대 특유의 반항심을 갖고 있는 듯한 행동은 전혀 볼 수 없다. 내 노력은 완전히 보상받고 있는 것이다.

그들이 학교로 돌아간 뒤의 한 주일 동안이 가장 좋지 않다. 자유로워지고 싶다는 격렬하고도 아픈 욕망이 나를 사로잡는다. 잠시 동안 자유롭고 싶다. 말의 매매며 가끔씩 허둥지둥 시드니며 멜버른이며 크마로 여행하는 이러한 생활에서 빠져나오고 싶다.

날마다 돈벌이 때문에 악착같이 돌아다니는 일 말고 좀더 다른 추억을 갖고 싶다. 나를 에워싸고 있는 아름다운 자연이 아닌 다른 것을 보고 싶다. 나는 동생들의 입에 먹이를 날라다 먹이기에 바빠 내 날개를 펴 본 적이 없는 것이다.

이런 생각은 쓸데없는 자기 연민이다. 불행하다고 느낄 이유가 하나도 없다고 자신을 타일러 보았으나 헛일이었다. 밤에도 계속 생각에 잠겨 머리를 싸안고 싶어지는 절망감에 시달렸다. 그러나 체력을 한계에 이르도록까지 혹사시킴으로써 그러한 기분을 낮의 생활이나 수입에 영향을 끼치게 하는 일은 없었다.

옥토버가 온 것은 아이들이 학교로 돌아간 열하루 뒤로, 내가 밤잠을 이루지 못할 때였다. 그래서 지금 나는 새벽 4시라는 이 시각에 산허리에 걸터앉아 지구 반대편에 가서 마부로서의 일을 맡아해 볼까 하고 궁리하고 있는지도 모른다. 분명 지금 내 앞에는 새장의 문이 활짝 열려 있다. 하지만 나를 꾀어내기 위해 눈앞에 매달아 놓은 먹이가 어울리지 않게 너무 큰 것 같은 의심도 마음 한구석에 있었다.

2만 영국 파운드는 상당한 금액이다. 옥토버는 내 들뜬 마음을 알 까닭이 없으니 그 이하로는 도저히 내 마음을 끌지 못하리라고 생각했을 게 틀림없다.

'아서에게는 얼마를 제시할 생각이었을까?'

한편으로는 자동차 사고로 죽은 경마 기자의 일도 생각났다. 만일 옥토버나 그의 동료들이 그 사고에 대하여 한 가닥 의혹을 품었다면, 이러한 거액의 돈은 양심의 가책에서 풀려나기 위한 것이라고 생각할 수도 있다. 아버지의 직업 덕택으로 나는 어려서부터 범죄며 범죄자에 대해서 견문을 넓혀 왔기 때문에 사고의 가능성을 덮어놓고 부정할 마음은 없었다.

나는 질서와 진실을 추구하던 아버지의 정열적인 성격과 논리적인 사고력을 고루 이어받은 듯하다. 그러나 한편 법정에 선 죄 없는 증인에 대하여 아버지의 태도는 너무나 가혹하다고 생각한 일이 더러 있었다. 나의 생각으로는 옳고 그름은 분명하게 가려야 하며 언제나 피고를 변호하고 있는 아버지는 세상에 대하여 기여하는 바가 없는 것같이 생각되었다. 그것에 대하여 아버지는 그런 생각으로는 변호사가 될 자격이 없다, 경찰관이 되는 게 좋겠다고 말씀하셨었다.

'영국……' 나는 생각했다. 2만 파운드, 범죄 수사…… 솔직히 말하자면 나는 옥토버가 사태를 보고 있는 긴박감에 영향을 받은 것은 아니었다. 영국 경마는 지구 반대쪽의 일이다. 그것에 관계된 친지도 없다. 평판이 좋아지건 나빠지건 그것은 내가 알 바 아니다. 만일 내가 간다 하더라도 그것은 남을 위해서 힘써 주는 갸륵한 마음에서 가는 건 아니다. 다만 그 모험에 마음이 끌리기 때문이다. 재미가 있을 듯싶은 일종의 도전이기 때문이다. 그 모험이 책임감 따위는 떨쳐 버리고 내 마음을 야금야금 좀먹고 있는 회의를 뿌리치고 어서 오라고 손짓하고 있기 때문이다.

상식적으로 볼 때 이 계획 자체가 비정상적인 것이고, 옥토버 백작은 무책임한 정신이상자이며, 내가 온 세계를 떠돌고 있는 동안 가족을 내팽개쳐 두는 것은 용서받을 수 없는 일로서, 내가 취해야 할 유일한 길은 지금의 생활을 지켜 만족을 느끼는 것이리라.

그러나 상식이 지고 말았다.

2

아흐레 뒤 나는 보잉 707로 영국을 향하여 떠났다.

시드니에서 더윈, 더윈에서 싱가포르, 양곤, 캘커타로, 그리고 캘커타에서 카라치를 경유하여 다마스커스로, 다마스커스에서 뒤셀도르프를 거쳐 런던 공항으로, 그 사이의 36시간을 대부분 잠자면서 여행하였다.

이렇게 떠나기까지의 한 주일 동안은 눈코 뜰 새 없이 바빴다. 몇달치의 서류 업무와 사업상의 구체적인 업무 분담을 마무리 지었다. 가장 곤란한 것은 내가 얼마나 오래 집을 비우게 될지 확실하지 않은 점이었는데, 6개월 안에 일을 끝내지 못하면 성공할 가망은 없다고 보고 그것을 기준으로 삼았다.

마부장이 현재 있는 말의 조련과 매매를 모두 책임지지만, 새로 사들이거나 씨를 붙이는 일은 하지 않기로 했다. 토지와 건물에 필요한 수리 및 건축은 건축 회사에 맡겼다. 합숙소의 요리사 아주머니가 12월부터 2월에 걸친 긴 크리스마스 휴가 때 집으로 돌아올 동생들을 돌보아 주기로 하였다.

은행 지점장과 의논하여 다음 학기의 학비와 말의 사료값으로 수표를 발행하기로 하고, 고용인의 생활비와 급료를 지불할 때 차례로 현금으로 바꾸어 쓰도록 적지 않은 수표를 써서 마부장에게 맡겼다. 옥토버는 나의 사례금을 곧 부쳐주겠다고 약속하였다.

"혹시 내가 성공하지 못한다면 필요한 경비를 빼고 나머지는 돌려드리겠습니다." 나는 그에게 말하였다.

그는 머리를 가로저었으나 나는 반드시 그렇게 하겠다고 주장하였다. 마침내 절충안으로 결정을 보았다. 우선 1만 파운드를 받고 나머지 절반은 임무를 끝낸 뒤에 받기로 한 것이다.

나는 옥토버를 내 변호사에게 데리고 가서 이 상식 밖의 약속을 현실적인 정규 계약서 형식으로 정리하였다. 그는 비웃음을 띠고 내 이름 옆에 서명하였다.

그러나 그의 재미있어 보이던 태도도 밖으로 나와 내가 생명 보험을 들어 달라고 말한 순간 말끔히 사라졌다.

"그건 곤란한데요." 그는 눈썹을 찌푸렸다.

"그럼, 내가 보험 대상이 되지 않는 건가요?"라고 나는 물었다.

그는 대답하지 않았다.

"당신은 계약서에 서명을 했습니다." 내가 지적하였다. "내용을 생각지 않고 서명했다고 생각하는 겁니까?"

"계약서는 당신의 생각이었지요." 그는 어정쩡한 표정이었다.

"그것을 들추어내는 건 아니지만."

"신문기자의 일은 실제로 어떻게 된 것입니까?"

그는 고개를 저으면서 내 눈길을 피했다.

"전혀 알 수가 없습니다. 틀림없이 사고로 알고 있습니다. 사고였던 게 분명해요. 요크셔의 고원에서 밤에 길모퉁이에서 튀어나왔지요. 골짜기로 굴러 떨어질 때 차체가 불을 뿜었습니다. 살아날 가능성은 전혀 없었지요. 좋은 사람이었는데……."

"사고가 아니었다고 당신이 생각할 만한 이유가 있다 해도 내 결심은 바뀌지 않습니다." 나는 진지한 얼굴로 말했다. "그렇지만 진실을 말해 주셔야겠습니다. 만일 사고가 아니었다면 그의 조사는 상당히 진전되어 있었을 게 틀림없거든요. 뭔가 중요한 사실을 캐냈을 것입니다. 나로서는 그가 죽기 전까지 어디 가서 무얼 하고 있었는지 알 필요가 있습니다."

"당신은 내 부탁을 받아들이기 전에 벌써 거기까지 생각하고 있었습니까?"

"물론입니다."

그는 무거운 짐을 내려놓았다는 듯이 싱긋 웃었다.

"정말…… 로크 씨, 당신의 사람됨을 알면 알수록 그때 파르마에서 점심을 먹고 아서 시몬즈를 만나러 갔던 행운에 감사하게 되는군요. 그렇지요…… 토미 스티플튼——그 기자의 이름입니다——은 운전을 잘하는 사람이었습니다. 하지만 누구나 사고를 당하지 않는다고 단언할 수는 없지요. 6월 초의 일요일이었습니다. 아니, 실제로는 월요일이었지요. 한밤중인 2시쯤에 죽었으니까요. 근처에 사는 사나이가 1시 반까지는 길에 아무 이상이 없었다고 증언했습니다. 2시 반에 파티에서 돌아오던 부부가 지나가다 커브길의 난간이 부서진 것을 발견하고는 차를 세우고 살펴보았지요. 그때까지도 연기가 나던 차체의 잔해는 골짜기 아래에서 빨갛게 보였답니다. 그들은 즉시 가까운 곳으로 가서 신고했습니다.

경찰은 스티플튼이 졸면서 운전했다고 보고 있습니다만, 그가 저녁 5시에 친구의 집을 나와 요크셔 고원에 이르는 동안에 어디에 있었는지는 모릅니다. 차로 달리면 1시간 정도의 거리였지요. 그렇다면 행방이 밝혀지지 않은 시간이 약 9시간이나 된다는 말이 됩니다. 거의 모든 신문이 보도했으나 그와 같이 있었다고 증언하고 나서는 사람이 없었습니다. 개중에는 유부녀와 밀회하고 있었을 거라고 말하는 사람도 있었지요…… 드러내놓고 이름을 밝히지 못할 처지에 있는 자와 함께 있었을 거라고요. 어쨌든 사건은 단순한 교통사고로 처리되었습니다.

그때까지 그가 무엇을 하고 있었는지는 힘들이지 않고 알아낼 수 있었습니다. 그가 일 관계로 언제나 하는 행동으로 자주 가는 곳뿐이었습니다. 목요일에 런던의 신문사를 나와 금요일과 토요일에는 복사이드 경마에 가고, 주말은 노섬버랜드의 헥섬에 있는 친구 집에서 지냈습니다. 그리고 아까 말한 바와 같이 런던으로 돌아간다면서 저녁 5시에 그 집을 나온 것입니다. 친구들은 그가 여느 때와 조금도 다름없이 명랑한 태도였다고 말했지요.

다른 두 명의 이사와 나는 요크셔 경찰에 부탁하여 차에서 회수한 것을 모두 보았는데 우리들의 관심을 끌 만한 물건은 하나도 없었습니다. 서류 가방은 비탈길 중턱에서 깨끗한 채로 발견되었습니다. 굴러 떨어질 때 떨어져나간 뒷문 옆에 놓여 있었답니다. 하지만 그 속에는 흔히 볼 수 있는 경마 신문이며 경마 자료 등이 들어 있을 뿐이었지요. 우리는 꼼꼼하게 조사했습니다. 그는 미혼으로 어머니와 누이동생과 함께 살고 있었는데 그들의 허락을 받고 뭔가 우리에게 써서 남긴 것이 없는가 찾아보았습니다만 아무것도 없었습니다. 또 신문사의 편집자에게도 연락해서 사무실에 놓아둔 물건을 조사해 보았습니다. 자질구레한 일용품 몇 점과 약물 사용에 관한 신문 기사가 든 봉투가 하나 있을 뿐이었지요. 봉투는 우리가 맡아 보관하고 있습니다. 영국에 도착하면 당신도 볼 수 있겠지만, 아무 소용이 되지 못할 겁니다. 서로 관련이 없는 기사들이었으니까요."

"알겠습니다." 나는 말하였다.

우리 두 사람은 하늘색 홀덴과 나의 소형 트럭이 멈춰서 있는 쪽으로 걸어갔다. 먼지를 뒤집어쓴 두 대의 차 옆에 서서 내가 말하였다.

"당신은 굳이 사고였다고 생각하려 하시는군요……. 어떻게든 그 방향으로 당신을 이해시키려고 말입니다."

그는 무겁게 고개를 끄덕였다.

"그 이외의 가능성을 생각하기가 두렵습니다. 행방을 알 수 없는 9시간이 없다면 의심할 여지가 전혀 없습니다."

나는 어깨를 움츠렸다.

"그는 그 시간을 어떻게든 보낼 수 있었겠지요. 바에 가거나 저녁 식사를 했을지도 모릅니다. 영화관도 갈 수 있고, 여자와 있었을지도 모릅니다."

"그건 그렇지요." 그가 말했다.

그러나 의혹은 우리 두 사람의 가슴에 남았다.

그는 이튿날 그 홀덴을 타고 시드니에 갔다가 영국으로 갈 예정이었다. 나와 악수를 나눈 뒤 그는 내가 찾아갈 런던의 자기 주소를 가르쳐 주었다. 차문을 열고 한쪽 다리를 걸친 채 그는 말했다.

"뭐랄까요, 조금 어리숙한 마부 같은 모습으로 나타나는 게 좋지 않을까요? 악인들의 신뢰를 얻기 위해서는 말입니다."

"물론이지요."

나는 웃었다.

"수염을 기르는 것도 한 가지 방법이라고 생각합니다. 귀 옆에 1인치쯤 구레나룻을 꺼멓게 기르기만 해도 상당한 불신감을 주지요."

나는 또 웃었다.

"좋은 생각이군요."

"옷은 많이 갖고 오지 마십시오." 그가 덧붙였다.

"당신의 새 인격에 어울리는 영국 옷가지를 준비해 둘 테니까요."

"알았습니다."

그리고 나서 그는 핸들 뒤로 몸을 밀어 넣었다.

"그럼, 로크 씨, 또 뵙겠습니다!"

나도 말하였다.

"안녕히 가십시오, 옥토버 경."

그와 함께 강렬한 개성을 지닌 그 설득력마저 떠나 버리자 나 자신이 이제부터 하려고 하는 일이 올바른 짓이 아닌 것 같은 느낌이 들었다. 그러나 나는 올바르고 상식적인 생활에는 이제 진저리가 났다. 나는 마구간 청소 등으로 새벽부터 밤중까지 일하며, 날마다 출발할 날만 간절하게 기다리며 잠이 깨었다.

출발 이틀 전에 비행기로 질롱에 갔다. 필립에게 작별을 고하고 교장에게 잠시 동안——기간은 모르지만——유럽 쪽에 갔다 온다고 설명하기 위해서였다. 오는 길에는 두 누이동생을 만나기 위해 플렌섬에 들렀다. 두 아이는 얼른 구레나룻을 지적하였다. 구레나룻이 이미 나에게 부랑자 같은 풍모를 주고 있었던 것이다.

"어머나, 싫어요. 깎아 버려요." 벨린다가 말했다.

"너무 선정적이잖아, 오빠. 그렇지 않아도 상급생들은 모두 오빠를 사모하는데, 그걸 보면 마구 덤벼들 거예요."

"그것도 나쁘지 않지."

나는 웃으면서 애정이 깃든 눈으로 두 동생을 바라보았다.

이제 곧 16살이 되는 헬렌은 그녀가 즐겨 그리는 꽃처럼 아름답고 우아했다. 세 동생 중에서 가장 나를 따르고, 어머니가 없는 것을 가장 슬퍼하는 아이이다.

"그럼," 헬렌은 걱정스레 물었다. "여름 내내 가 있는 거예요?"

그녀는 마치 코지아스코 산이 무너져 내리는 것 같은 실망의 빛을 띠었다.

"넌 염려 없어. 이제 어른이잖아?" 나는 놀려 주었다.

"그렇지만 방학이 재미없잖아요."

"친구를 집으로 불러다가 놀면 돼."

"정말!" 헬렌의 얼굴에서 근심이 사라졌다. "친구를 불러도 돼요? 그렇군. 즐겁겠는데!"

헬렌은 명랑하게 작별의 키스를 하고 교실로 돌아갔다.

큰 누이동생과 나는 서로를 잘 이해하고 있었다. 이 누이동생에게만은 내 휴가의 진짜 목적을 이야기해 주었다. 내 예상과는 달리 벨린다는 울기 시작했다.

"오빠." 벨린다는 내 팔에 매달려 울음을 참으려고 애썼다. "우릴 키우기가 굉장히 힘들었다는 건 알고 있어요. 이제 처음으로 오빠가 하고 싶은 일을 하는 거니까 우리가 기뻐해야겠지만, 조심해요. 오빠가 안 계시면 우린 마지막이니까요."

"반드시 돌아올 거야." 나는 암담한 기분으로 손수건을 건네주면서 약속했다. "꼭 아무 일 없이 돌아올 거야."

공항 택시가 나무 우거진 옥토버 백작의 저택으로 데려다 주었다. 내 명랑한 기분과는 달리 잿빛 이슬비가 축축이 내리고 있었다. 내 마음은 즐거움으로 가득하였다. 발꿈치에 용수철을 달아 놓은 것 같은 기분이었다.

벨소리에 응답하여 검고 우아한 구조의 문이 열리더니 사람 좋은 풍모의 집사가 나타나 가방을 받고 "주인께서 기다리고 계십니다. 곧 안내해 드리겠습니다"라고 말했다. 안내된 곳은 2층에 있는 빨간 벽의 응접실이다. 전기 히터 둘레에 세 명의 사나이가 각기 글라스를 손에 들고 서 있었다. 홀가분한 모습으로 서 있던 사나이들은 문이 열리자 내 쪽으로 고개를 돌렸다. 세 사람 모두 내가 옥토버에게서 느낀 것과 똑같은 위엄을 갖추고 있었다. 영국의 장애물 경마를 지배하고 있는 세 사람이다. 신분이 높고, 백여 년의 전통적 권력을 배경으로 전혀 흔들림 없는 지위에 올라앉아 있는 사람들이다. 이들은 나처럼 부푼 기분으로 이 사건을 보고 있는 것은 아니다.

"로크 씨가 오셨습니다."

집사가 나를 방으로 들여놓았다.

옥토버가 방을 가로질러 와서 내 손을 잡았다.

"도중에 별일 없었습니까?"

"편안한 여행이었습니다."

그가 다른 사람들을 둘러보았다.

"내 동료들이 당신을 맞으러 와 있습니다."

"나는 맥레스필드라고 하오."

키가 큰 쪽이 먼저 말하였다. 나이가 많은 그는 몸을 조금 구부리고 숱 많은 백발을 길게 늘어뜨리고 있었다. 몸을 기울이듯이 힘차게 손을 내밀었다.

"당신이 오기를 즐거운 마음으로 기다리고 있었소, 로크 씨." 매같은 날카로운 눈초리다.

"이쪽은 베케트 대령이지요." 옥토버는 세 번째 사나이를 가리켰다.

그는 깡마르고 병든 느낌의 사나이였다. 악수를 나누었으나 힘이 없는 손이다. 세 사람이 잠자코 서서 우주인을 보는 것 같은 눈초리로 나를 보고 있었다.

"도움이 되어 드릴 수 있었으면 합니다." 나는 정중한 어조로 말했다.

"그럼, 곧 본론으로 들어갈까요"라고 옥토버가 말하며 내게 가죽

의자를 권하였다.

"먼저 마실 것은?"

"들겠습니다."

이제까지 맛본 적이 없는 순한 위스키를 따라 주었다. 모두들 자리에 앉았다.

옥토버가 늘 하던 이야기를 하듯이 말문을 열었다.

"내 말은 요크셔의 내 집 이웃에 있는 마구간에서 보살펴지고 있지요. 나는 일 관계로 늘 집을 비우게 되므로 내가 직접 말을 관리하지는 않습니다. 인스킵이라는 사나이가 공인 조교사 면허를 갖고 있지요. 그리고 내 말 외에 내 친구의 말도 맡아 돌보고 있습니다. 현재 35필인데, 그 가운데 11마리가 내 말입니다. 우리 생각으로 우선 내 마구간의 마부로 있다가, 필요하다고 생각될 때 다른 마구간으로 옮기는 게 좋겠다고 생각합니다. 여기까지는 괜찮겠지요?"

나는 고개를 끄덕였다.

그는 이야기를 계속하였다.

"인스킵은 성실한 사나이지만, 딱하게도 입이 좀 가볍지요. 따라서 당신의 출현 방식이 부자연스러우면 공연히 떠들어 대어 앞으로의 일에 지장을 가져올 것입니다. 마부를 고용하는 일은 모두 그에게 맡기고 있기 때문에, 당신을 고용하는 것도 내가 아니라 어디까지나 그의 의사에 따르는 것으로 해야 합니다.

마부 인력의 부족 상태를 확실하게 하기 위해서——그렇게 하면 당신 취직 희망이 즉시 받아들여질 테니까——베케트 대령과 맥레스필드 경이 지금부터 이틀 뒤에 어린 말을 3필씩 보내오기로 되어 있지요. 좋은 말은 아니지만 지금 당장은 그런 것밖에 없으니까요."

모두들 웃었다. 나는 그 기분을 알 것 같았다. 나 자신 그들의 조직력에 경의를 느끼기 시작했다.

"나흘 뒤, 모두가 과로로 지쳤을 때 당신이 나타나서 써 주지 않겠느냐고 부탁하시오. 알겠지요?"

"네, 알겠습니다."

"여기 소개장이 있소." 그는 내게 봉투를 주었다. "콘월에서 사냥마를 2필 기르고 있는 사촌 누이동생의 것인데, 만일 인스킵이 그녀에게 조회하면 '근무 성적 양호'라고 증언하기로 되어 있습니다. 처음부터 수상쩍은 모습으로 나타나면 좋지 않아요. 정도가 지나치면 첫째로 인스킵이 써 주지 않을 테니까요."

"알고 있습니다." 나는 말하였다.

"인스킵은 틀림없이 보험증과 소득 증명을 보자고 할 겁니다. 먼저 근무처에서 받았을 테니까. 이것이 그것이오."

그는 내게 서류를 건네주었다.

"보험증에 유효인이 찍혀 있고 내년 5월까지는 제시할 필요가 없으니까 문제없습니다. 그때까지는 사건이 일단락 지어졌으면 오죽이나 좋겠소. 소득 증명 쪽은 그리 간단하지 않으니 말이오. 하지만 서류를 조금 손질해서 인스킵이 당신을 고용하고 세무서에 보낼 때 예전 주소가 잘 보이지 않도록 만들어 놓았소. 그리고 얼마쯤 혼란을 가져오더라도 자연적인 실수로 볼 수 있을 겁니다. 또 콘월에서 일한 적이 없다는 사실도 어물쩍 넘길 수가 있을 겁니다."

"네, 과연!"

나는 그 주도면밀함에 두 손을 들고 말았다.

맥레스필드는 헛기침을 하고 베케트는 엄지와 집게손가락으로 코를 눌렀다.

"그 약물 말입니다만⋯⋯." 내가 말하였다. "조사관이 검출해 내지 못했다고 하셨는데, 나는 아직 상세한 사정을 듣지 못했습니다. 약제가 사용됐다는 근거가 전혀 없습니까?"

옥토버의 눈길을 받고 맥레스필드가 느릿하게 꺼끌꺼끌한 늙은 목소리로 말하기 시작했다.

"말이 경주를 마치고 돌아왔을 때 입에 거품을 물고 눈알이 튀어나와 있으며 온 몸이 땀으로 흠뻑 젖어 있으면 뭔가 흥분제를 먹였다고 보는 게 당연합니다. 약물을 쓰는 이들은 흥분제를 쓸 경우, 여러 가지 곤란한 점이 많아서 여간 애먹는 게 아니지요. 의심을 사지 않고 이기도록 하는 데 필요한 적정량을 판정하기가 곤란하기 때문입니다. 만일 당신이 우리가 검사한 말을 직접 눈으로 보았다면 흥분제의 양이 지나쳤다고 단정할 것이 틀림없습니다. 그런데 분석 시험 결과는 언제나 허탕입니다."

"분석 전문가는 뭐라고 합니까?"

베케트가 비아냥거리는 투로 말하였다.

"한 마디 한 마디 모두 말이오? 입에 올릴 수도 없는 말이지."

나는 웃었다.

"요점만요."

그러자 베케트가 말하였다.

"그들은 자기들이 검출해 내지 못하는 약물은 결코 존재하지 않는다고 말했지요."

나는 다시 물었다.

"아드레날린은요?"

이사들은 서로 얼굴을 마주보았다. 베케트가 입을 열었다.

"조사한 말은 거의 모두가 아드레날린 농도가 상당히 높았습니다. 하지만 한 번의 검사로 그 말의 정상치를 알 수 없지요. 말에 따라 자연적으로 분비되는 아드레날린의 양에는 대단히 차이가 많으니까요. 그것을 알기 위해서는 경주 전후와 훈련 중의 여러 단계에서 검사해 볼 필요가 있습니다. 정상치를 알아야만 비로소 주사했는지 여부를 판정할 수 있거든요. 그러나 실제면에서 생각해 볼 때…… 당신도 알고 있으리라고 생각하지만, 입으로 먹일 수는 없습니다. 주사가 아니면 안 되는데, 주사하면 즉시 반응이 나타나지요. 문제의 말은 출발점에 갈 때까지는 침착하고 냉정했었소. 아드레날린을 주사한 말이라면 그때 이미 흥분해 있을 것이오. 그리고 피하 주사를 맞은 말은 바늘을 찌른 부위의 털이 불쑥 일어나서 금방 알게 됩니다. 그것을 피하기 위해서는 경동맥에 직접 주사할 수밖에 없는데, 그것은 아주 힘든 방법이라서 적어도 이번 경우에는 그 방법이 쓰이지 않았다는 게 거의 확실합니다. ”

“연구소 직원들은” 옥토버가 참견했다. “기계적인 조작을 주의해 보라고 하더군요. 사실 이제까지 여러 가지 기계가 사용되어 왔거든요. 예를 들어 전류에 의한 충격 같은 게 있지요. 흔히 기수가 안장이나 채찍에 전지를 감춰 놓고 전류로 자극을 주는 겁니다. 말이 흘리는 땀이 아주 알맞은 전도체가 되지요. 우리는 그 방법도 진지하게 조사했는데, 어느 기수나 장비에 이상이 없다는 결론에 이르렀소. ”

“이제까지의 조사 결과와 연구소의 조사 결과 및 신문 스크랩 등 조금이라도 소용될 것 같은 자료는 모두 모아 두었습니다. ” 맥레스필드가 내 곁에 쌓아 놓은 세 개의 상자를 가리켰다.

“그것을 나흘 동안 읽고서 검토해 보시오. ” 옥토버가 엷게 웃음 지으면서 말하였다. “방은 이미 준비해 두었고 집사가 시중을 들어 줄 겁니다. 같이 있지 못해서 안됐지만, 오늘 밤 안으로 나는 요크셔에 가야 하기 때문에……. ”

베케트가 시계를 보고 천천히 일어섰다.

“에드워드, 나도 가야하네. ”

그는 약해 보이는 몸집과는 대조적으로 활기차고 날카로운 시선을 내게로 흘끗 던졌다.

"당신이라면 해낼 수 있을 겁니다. 되도록 빨리 결말을 내어 줬으면 하오. 시간이 없어서……."

옥토버가 안도의 가슴을 쓸어내리는 듯이 생각되었다.

맥레스필드가 내 손을 잡고 "로크 씨, 당신이 이렇게 온 것을 보니 갑자기 우리 계획이 성공할 것 같은 자신이 생겨나는군요. 진심으로 성공을 빌겠소" 하고 말하였을 때 옥토버의 얼굴에 나타난 안도의 빛이 보다 뚜렷해졌다.

옥토버가 그들을 현관까지 전송하고 돌아오더니 빨간 방 저쪽 끝에서 나를 바라보며 말했다. "로크 씨, 모두들 당신을 높이 평가하고 있군요. 고맙소."

짙은 녹색 융단을 가득 깐 3층의 호화로운 방에 올라가니 집사가 이미 내 소지품을 튼튼하게 만들어진 에드워드 왕조 풍의 양복장 위에 정리해 놓고 있었다. 놋쇠 장식이 달린 침대가 놓인 방에서 나는 그날부터 나흘을 지냈다. 방바닥에 놓여 있는 가죽과 천으로 된 내 가방 옆에 쇠장식에 녹이 슨 싸구려 파이버 슈트케이스가 있었다. 심심하기에 내용물을 꺼내 보았다. 맨 위에 내 이름을 적은 두툼한 봉투가 놓여 있었다. 뜯어보니 5파운드짜리 지폐가 잔뜩 들어 있었다. 지폐 40매와 '낚시밥'이라고 씌어진 메모가 들어 있었다. 나는 소리 내어 웃었다.

그 봉투 밑에는 옥토버가 준비해 준 물건들이 들어 있었다. 속옷, 세면도구, 승마용 장화, 비옷, 진 술병과 잠옷까지 있었다.

검은 가죽 점퍼 깃에 메모가 끼워져 있었다.

'이 점퍼가 구레나룻의 효과를 더욱 돋울 것이오. 이것으로 당신의

개성은 완전히 사라질 것입니다. 싸구려 제복이지요. 성공을 빕니다.'

장화를 바라보았다. 누가 신던 것으로 때가 끼어 있었으나 신어보니 놀랍게도 내 발에 꼭 맞았다. 장화를 벗고 끝이 아주 뾰족한 단화를 신어 보았다. 모양이 몹시 고약한 구두였으나 신어 보니 발에 맞았다. 발과 내 눈을 훈련시키기 위해 그대로 신고 있기로 했다.

옥토버가 요크셔로 떠난 뒤 나는 서류 상자를 세 개 모두 3층 방으로 가지고 올라가 조그만 팔걸이의자 옆의 나지막한 테이블 위에 놓았다. 시간에 쫓기는 기분으로 첫 번째 서류를 펼쳐 읽기 시작했다.

한 가지라도 빠뜨릴세라 신중하게 다뤘기 때문에 다 읽는 데 이틀이나 걸렸다. 읽고 난 뒤 이렇다할 생각이 아무것도 떠오르지 않아 멀거니 융단을 응시하고 있는 나 자신을 발견하였다. 이사들이 미심쩍은 11마리의 말과 관계있는 조교사, 기수, 마부장, 마부, 편자장이, 수의사를 심문한 필기체 또는 타이프로 친 조서가 있었다. 술집 등에서 몇십 명이나 되는 마부와 이야기를 나눈 사립 탐정의 긴 보고서도 있었다. 문제의 말에 건 돈에 관한 도박사의 자질구레한 보고도 10페이지 정도 있었다. 마지막 한 구절이 그 내용을 종합하고 있었다.

'우리는 몇 마리의 말로 확실하게 계속적으로 이기고자 하는 개인 또는 신디케이트(공동 판매 카르텔)를 알지 못한다. 따라서 개인 또는 신디케이트가 개입하고 있다면 마권 구입은 토트 주식회사를 통해 이루어졌다고 생각된다.'

상자 아래쪽에서 토트 투자 주식회사에서 온 편지가 나왔다. 그 내용은 '문제의 말 모두에 건 신용 거래 손님은 하나도 없다. 물론 마권 매장에서 현금으로 구입해 간 손님의 기록은 우리 회사에 없다'는 것이다.

둘째 상자에는 오줌과 침의 분석 결과에 관한 연구소의 보고서가 11통 들어 있었다. 처음의 차콜이라는 이름의 말에 관한 보고서는 날짜가 1년 반 전이다. 마지막으로 루드야드라는 말의 검사보고 날짜는 9월, 옥토버가 오스트레일리아에 있을 때의 것이다. 어느 보고서에나 끝에는 단정한 필적으로 '음성 반응'이라고 씌어 있었다.

신문사는 명예 훼손죄로 몰리지 않도록 조심조심 기사를 다룬 흔적이 역력하였다. 세 번째 상자의 신문 스크랩 중에서는 '차콜이 전혀 그답지 않은 모습을 보였다'든가 '대기실에서도 루드야드는 오늘의 성공에 상당히 흥분하고 있는 듯이 보였다'고 하는 기사를 볼 수 있었다.

차콜과 그 밖의 3필의 말에 대한 자료는 얼마 없었으나, 그 무렵에서부터 누군가가 스크랩 서비스 회사에 의뢰한 모양이다. 나머지 7건에 대해서는 수많은 일간지, 석간지, 지방지, 스포츠 신문의 스크랩이 질서정연하게 정리되어 있었다.

신문 스크랩 밑에 꽤 큼지막한 봉투가 있었다.

'데일리 스콥 지 스포츠 편집자에게 6월 10일 받음'이라고 적혀 있었다. '이것이 저 불행한 일을 당한 기자 스티플튼이 모은 스크랩이군' 하고 나는 생각했다.

호기심에 봉투의 내용물을 보았다. 그러나 지푸라기라도 붙잡고 싶은 심정인 나로서는 크나큰 실망이었다. 세 장을 제쳐놓고 나머지는 모두 이미 살펴본 스크랩과 같았다.

그 세 장 가운데 한 장은 차콜의 주인인 한 부인의 소개 기사, 한 장은 6월 3일에 랭카셔의 카트멜 경마장 예비검사소에서 갑자기 미쳐 날뛰어 부인 하나를 죽게 한 말——이 말은 문제의 11마리 중에 들어 있지 않다——에 대한 기사, 셋째는 경마 통보의 긴 기사로서 과거의 유명한 약물 사건에 대하여 어떻게 발견하고 어떤 조치를 취했던가 하는 내용이 씌어 있었다. 나는 차근차근 읽었으나 얻은 바는 없었다.

신경을 집중시키면서 헛되이 보낸 이틀이 지나고 사흘째 되는 날은 하루 종일 런던 시내를 돌아다녔다. 거리의 탁한 공기를 들이마시면서 머리가 가벼워지는 것 같은 해방감을 느꼈다. 이쪽저쪽에서 길을 물어 보고 상대방이 대답하는 목소리에 귀를 기울였다.

내 억양에 관한 한, 옥토버는 지나치게 낙관한 모양이다. 한낮도 되기 전에 두 사람이 벌써 내가 오스트레일리아 인이라고 지적하였다. 부모님은 돌아가실 때까지 영국식 억양을 유지하고 있었으나 나는 9살쯤에 학교에서 남다른 발음을 하지 않는 편이 좋겠다고 생각하고 그 무렵부터 내 새 조국의 발음을 몸에 지녔다. 지금에 이르러서는 하라고 해도 그 발음을 버릴 수가 없지만, 영국 소시민의 말을 닮기 위해서는 상당히 고쳐야 한다는 것을 알았다.

길을 물어 보고 주위의 목소리에 귀를 기울이면서 거리의 동부 쪽으로 건들건들 걸어갔다. 그러는 동안에 '에이'라고 할 것을 '아이'라고 발음하는 것을 고치고, 말꼬리를 자르는 것을 그만두면 어떻게 될 듯한 생각이 들었다. 오후 내내 연습을 계속하여 간신히 모음의 발음과 더불어 발음을 고치게 되었다. 그러자 어디서 왔느냐고 묻는 자가 없어졌으므로 이만 하면 됐구나 싶었다. 맨 마지막에 손수레를 끌고 다니는, 행상하는 남자아이에게 서쪽으로 가는 버스 정류장을 물어 볼 무렵에는 나 자신의 질문과 상대방 대답이 발음에 거의 차이가 없는 듯이 생각되었다.

꼭 한 가지 물건을 샀다. 튼튼한 천으로 만든, 지퍼가 달린 전대였다. 셔츠 밑의 허리에 두르고 그 속에 200파운드를 넣었다. 그리고는 어디를 가든 이 정도의 돈이 있으면 안심이라고 생각하였다.

저녁에 샤워를 한 뒤 사건을 다른 각도에서 생각해 보았다. 문제의 말에 무슨 공통점은 없는가 다시 한번 살폈다.

없는 것이 분명하였다. 그 말들은 각기 다른 조교사에 의해 조련되어 있었다. 주인도 달랐다. 그리고 기수도 모두 달랐다. 굳이 공통점을 들자면, 공통점이 없다는 것이 공통점이었다.

나는 단념하고 잠자리에 들었다.

집사인 테렌스와 나 사이에 번잡하지는 않으나 확고한 우정이 싹트고 있었다. 그는 나흘째 되는 날 아침 푸짐한 아침 식사를 쟁반에 차려 가지고 와서 나를 깨웠다.

"사형수의 마지막 식사 같지요?"

이렇게 말하면서 그는 은그릇 뚜껑을 열어 수북이 담긴 달걀과 베이컨을 보여 주었다. 식욕을 돋우는 냄새가 코를 찔렀다.

"무슨 뜻이지?" 나는 기분 좋게 기지개를 켜면서 물었다.

"주인어른과 당신이 무슨 일을 꾸미고 계신지는 모르지만, 당신이 앞으로 가 계실 곳은 이제까지와는 전혀 다른 세계이리라고 생각합니다. 예를 들어 당신이 입고 계셨던 옷만 해도 그렇지요, 이런 대용물하고는 참으로 인연이 먼 고급품입니다."

그는 파이버 슈트케이스를 의자 위에 올려놓고 열쇠로 열었다. 마치 비단을 다루듯이 조심스럽게 면으로 된 상하 내의와 짙은 갈색 줄무늬 풀오버(머리로부터 입는 소매 달린 스웨터) 숯 빛깔의 통 좁은 바지 등을 의자 위에 늘어놓았다. 그는 다음에는 얼굴을 찡그리면서 검은 가죽 점퍼를 꺼내어 의자에 걸쳐 놓고 끝이 뾰족한 구두를 나란히 놓았다.

"주인어른께서는 당신이 입고 계셨던 옷들은 모두 여기에 놓아두고 이것을 입으시라고 말씀하셨습니다." 집사는 떨떠름한 표정으로 말하였다.

나는 웃으면서 "자네가 사 왔나, 아니면 옥토버 경이 사 오셨나?"
하고 물었다.

"주인어른께서 사 오셨습니다."

집사는 문쪽으로 가면서 히죽 웃었다.

"체인점 안에서 여자들과 흥정하고 계시는 모습을 생각하면……."

아침 식사를 마치고 몸을 씻은 다음 얼굴을 매만지고 나자 머리 위에서부터 발끝까지 새 옷을 입고 그 위에 검은 점퍼를 걸쳐 입고 지퍼를 채웠다. 머리를 뒤로 넘기지 않고 앞으로 빗었다. 짧게 깎은 검은 머리칼 끝이 구불구불 덮였다.

테렌스가 쟁반을 내어 가기 위해 왔을 때 나는 거울 앞에 서서 자신을 보고 있었다. 여느 때처럼 씽긋 웃는 대신 나는 천천히 그에게로 돌아서서 눈을 가느스름하게 만들어 날카로운 시선을 던졌다.

"앗, 이거 정말 놀라운데요!" 그가 소리쳤다.

"됐어!" 나는 명랑하게 말하였다. "어때, 나를 신용할 수 있겠나?"

"천만에요!"

"그리고 또 어떤 인상을 받았지? 자네라면 나를 고용하겠나?"

"천만에요, 이 현관 안으로 한 발자국도 들어서지 못하게 할 겁니다. 들여놓아야 한다면 뒤쪽 부엌문으로나…… 그리고 고용하기 전에 신중하게 당신의 경력을 조사하겠습니다. 아주 일손이 부족하지 않은 한 쓰지 않겠어요. 뭐랄까요, 정체를 알 수 없는…… 그렇군요, 태연하게 남을 해칠 것 같은 위험한 느낌이 듭니다."

나는 지퍼를 내리고 점퍼 앞자락을 벌려 놓았다. 셔츠의 깃과 줄무늬 풀오버가 보였다. 한층 더 너절한 느낌을 주었다.

"이러면 어떤가?" 나는 물었다.

집사는 갸우뚱하고 생각에 잠겨 물었다.

"그렇군요, 그러면 고용할지도 모릅니다. 보통 인간과 별로 다르지 않은 느낌이에요. 물론 정직한 인간으로는 보이지 않지만, 아까보다는 다루기 쉬운 느낌이 듭니다."

"고맙네, 테렌스, 그것이 내가 노리는 바이지. 보통 인간이지만 경우에 따라서는 나쁜 짓도 하는 인간." 나는 싱긋 웃었다. "그럼, 가볼까."

"소지품은 모두 여기에 놓아 두셨습니까?"

"내 물건은 시계뿐일세."

"됐어!"

여기 온 뒤 그가 처음으로 높임말을 쓰지 않은 것이 흥미로웠다. 내가 싸구려 슈트케이스를 집어 들었을 때도 그는 받아들려고 하지 않았다. 내가 이 집에 도착했을 때는 금방 내 가방을 받았던 것이다.

둘이 함께 현관까지 가서 악수를 나누고 시중들어 준 데 대해 인사를 한 다음 5파운드짜리 지폐를 한 장 주었다. 옥토버의 돈이다. 그는 웃으면서 받아 가지고 손에 든 채 서서 지금의 나 같은 하급 인간을 바라보는 눈초리로 나를 보고 있었다.

나는 크게 소리내어 웃었다.

"잘 있게, 테렌스."

"잘 가시오, 그리고 고맙습니다."

나는 그의 웃음소리를 뒤로 하고 걷기 시작하였다.

옷차림이 달라졌기 때문에 신용이 땅에 떨어졌다는 것은 광장 끝에서 잡은 택시 기사의 태도로서 여실히 증명되었다. 킹스 크로스 역으로 가는 요금을 치를 만한 돈이 있다는 것을 보여 주기까지는 태우려고 하지 않았던 것이다. 이윽고 헐로게이트 행 정오 열차에 올랐다. 맞은편 자리에 앉은, 소매 끝이 닳아빠진 옷을 입은 중년의 점잔빼는 사나이가 수상쩍다는 듯 나를 보고 있었다. 나는 창 밖을 날아가는 8

월의 물기 머금은 전원 풍경을 바라보며 '됐어!' 하고 생각하였다. 내 첫인상이 수상쩍은 느낌을 준다는 것을 확인한 것이다. 묘한 세상이다. 내가 생각해도 우스웠다.

헐로게이트에서 시골 버스로 갈아타고 슬로라는 작은 마을로 갔다. 길을 물어 옥토버의 저택까지 2마일쯤 걸어서 6시 조금 전에 그곳에 닿았다. 마구간에서 일자리를 구하기에는 가장 좋은 시간이다.

아니나 다를까, 모두들 바쁘게 뛰어다니고 있다. 마부장을 만나 그와 함께 인스킵에게로 갔다. 인스킵은 저녁 점검을 하며 돌아보고 있는 참이었다.

인스킵은 유심히 나를 훑어보며 달갑지 않은 얼굴을 했다. 인색해 보이는 젊은 사나이로 안경을 끼고 있었다. 머리숱이 적고 입술에 탄력이 없었다.

"소개장은?"

얼굴에 어울리지 않는 가혹한 목소리로 거드름을 피우는 말투였다.

나는 옥토버의 사촌 여동생 편지를 주머니에서 꺼내어 건네주었다. 그는 편지를 읽고 나서 자기 주머니에 챙겨 넣었다.

"그럼, 경주마 경험은 없는 거로군?"

"없습니다."

"언제부터 일할 수 있겠나?"

"지금 당장이라도."

나는 슈트케이스를 가리켰다. 그는 망설이는 듯했으나 이윽고 마음을 정하였다.

"사실 말이지, 일손이 부족하거든. 시험 삼아 한 번 써 보지. 월리, 올너트 부인에게 일러서 침대 준비를 시키게. 내일 아침부터 일을 시작하도록. 급료는 다른 데와 마찬가지일세." 그는 다시 덧붙였다. "일주일에 11파운드, 그 중 3파운드는 숙박비로 올너트 부인에게로 가네. 보험증 같은 건 내일 내게 주면 돼. 알았나?"

"좋습니다." 나는 말했다.

고용된 것이다.

3

나는 사교도가 천국으로 들어가는 것처럼 마구간 생활 속으로 조용히 들어갔다. 주위 환경에 익숙해지기도 전에 정체가 드러나 쫓겨나고 싶지는 않았기 때문이다. 나는 새 발음에 자신이 없었으므로 첫날 밤에는 거의 입을 떼지 않았다. 그러나 차츰 동료 마부들이 여러 가지 사투리를 거침없이 쓰고 있어 내 오스트레일리아 사투리를 캐려드는 자가 없다는 사실을 깨달았다.

마부장 윌리는 근육질의 몸집이 작은 사나이로, 틀니가 잘 맞지 않는 것 같았다. 마구간으로 들어가는 문 옆의 독신자용 방에서 자라고 말하며 그는 나를 2층에 있는 어수선한 방으로 데리고 갔다. 좁은 방에 침대 여섯 개, 양복장 하나, 정리장 두 개, 그리고 의자 네 개 등이 있었다. 나머지는 방 한가운데의 2평방 야드쯤 되는 공간뿐이었다. 엷은 꽃무늬 커튼이 창문에 쳐져 있고, 방바닥에는 반들거리는 리놀륨이 깔려 있었다.

내 침대는 오래 써서 가운데가 움푹 꺼져 있었으나 충분히 기분 좋게 잠을 잘 수 있었고, 흰 시트와 담요로 매만져져 있었다. 올너트 부인은 동글동글하고 조그마한 몸집의 명랑한 여자로, 머리를 꼭대기에서 묶고 있었다. 그녀는 나를 흘긋 훑어보았을 뿐이다. 그녀는 집 안을 티끌 하나 없이 깨끗하게 치우고 마부들을 들볶아 반드시 몸을 씻도록 하였다. 요리 솜씨도 좋았는데, 흔한 재료였으나 양은 충분하였다. 여러 가지 점에서 만족할 만한 숙소였다.

처음에는 주의를 살피며 조심하였지만, 동료들과 어울리고 환경에 젖어들기는 생각보다 쉬웠다.

처음 며칠 동안은 무심결에 다른 마부에게 일을 시키려다 주춤한 일이 몇 번이나 있었다. 9년 동안의 습관을 하루 아침에 없앨 수는 없었던 것이다. 그건 그렇고 모두들 인스킵에 대해서, 적어도 그가 있는 데서는 비굴한 태도를 취하는 것을 보고 놀라기도 하고 정나미가 떨어지기도 했다. 내 밑에서 일하던 마부들은 나와 좀더 친밀하게 지내지 않았던가. 그들이 일하고 내가 급료를 치른다고 해서 내가 그들보다 인간으로서 뛰어나다고는 할 수 없으며, 모두들 그쯤은 잘 이해하고 있었다. 그러나 인스킵 밑에서, 그리고 그 뒤의 영국에서의 생활을 통하여, 여기에는 오스트레일리아에서 볼 수 있는 견고한 평등주의가 거의 없다는 것을 깨닫게 되었다. 마부들은 자기들이 인간으로서 인스킵이나 옥토버와 비교하여 세상에서 부차적인 존재로밖에는 보아 주지 않는다는 사실을 스스로 받아들이고 있는 모양이었다. 그와 같은 태도를 나는 비정상적이며 자기 부정적인 떳떳치 못한 것이라고 생각하였다. 하지만 그것도 가슴속 깊이 간직해 둘 일이었다.

윌리는 처음에 내가 왔을 때의 건방진 말투를 지적하고, 인스킵에게는 높임말을 쓰고 옥토버를 주인어른이라고 부르라고 하였다. 그리고 내가 쓸데없이 불그스름한 물이라도 들었으면 진작 나가는 게 좋다고 덧붙였다. 나는 곧 윗사람에게 상당한 존경을 바치는 태도를 보였다.

한편 생각하기에 따라서는 나와 고용인들 사이가 자유롭고 친밀하였기 때문에 지금 이렇게 무리 없이 마부들과 어울릴 수 있다고도 볼 수 있다. 그들이 나를 특별히 의식하고 있다고는 느껴지지 않았고, 사투리가 큰 걱정거리가 아니게 된 지금은 나도 그들을 의식하는 일이 거의 없었다. 그러나 언젠가 옥토버가 한 말은 옳았다. 만일 내가 영국에 살면서 동격인 질롱 학교 대신 이튼 학교에 다녔다면 도저히 마구간에 들어갈 수 없었을 것이다.

인스킵은 나에게 새로 들어온 말 3필을 배정해 주었다. 나는 말을 끌고 경마장으로 갈 기회가 없었는데, 3마리 모두 경주에 나갈 만한 말이 아니고 등록도 안 되어 있었으며, 비록 소질이 있다 할지라도 나갈 수 있게 되기까지는 몇 주일은 걸려야 할 것이다. 말먹이며 물 등을 나르고 마구간을 청소하고, 매일 아침 다른 말들과 같이 운동하러 간 사이에 이런저런 사색에 잠기곤 하였다.

일하기 시작한 지 이틀째 되는 저녁 6시쯤 옥토버가 한 무리의 손님과 함께 왔다. 미리 알고 있었던 인스킵은 사람들을 다그쳐서 시간 전에 일을 마치게 하고 뒤처리가 잘 되었는지 자신이 직접 돌아다니면서 검사하였다.

마부들은 각자 순시가 시작되는 쪽에서 가까운 자기 말 곁에 섰다. 옥토버와 친구들은 인스킵과 월리의 안내를 받으며 웃고 떠들고 한마디 한마디 말을 평가하면서 이 마구간에서 저 마구간으로 옮겨갔다.

그들이 내 앞에 이르자 옥토버는 흘긋 내 얼굴을 보고 "자넨 새로 온 모양이군" 하고 말했다.

"네!"

그때는 그뿐이었으나 첫째 말을 마구간에서 몰아넣고 다시 둘째 말 곁에 서 있으려니까 그가 와서 말의 등을 쓸고 다리를 어루만졌다. 그리고 허리를 펴고 일어나면서 내게 장난스러운 윙크를 던졌다. 나는 다른 사람들과 얼굴을 마주보고 있었으므로 무표정을 가장하느라고 상당히 애썼다. 옥토버 자신도 웃음을 참느라고 코를 풀고 있었다. 우리 두 사람 다 이러한 스파이 활동 비슷한 일에는 서툴렀던 것이다.

순시가 끝나고 그들이 돌아가자 동료들과 같이 저녁을 먹은 뒤 나는 다른 두 사람과 더불어 슬로의 술집에 갔다. 처음 한 잔을 마시다 말고 나는 동료들을 두고 옥토버에게 전화를 걸러 갔다.

"누구신지요?" 남자 목소리가 물었다.

한순간 말이 막혔다. 나는 금방 "파르마"라고 하였다. 이렇게 말하면 그가 나오겠지.

이윽고 그가 전화에 나왔다.

"무슨 일이 있었소?"

"아니오, 그런데 교환대에서 혹시 누가 전화를 도청하지는 않습니까?"

"안 그럴걸." 잠시 머뭇거리고 나서 그가 대답했다. "지금 어디 있지요?"

"슬로입니다. 저택에서 멀지 않은 거리 변두리지요."

"오늘 저녁에는 만찬에 손님을 초대했소, 내일은 어떻소?"

"좋습니다."

그는 잠시 생각하는 모양이었다.

"용건을 말해 주지 않겠소?"

"말씀드리지요." 나는 대답했다. "그 11마리에 대해서…… 지난 7, 8월 시즌에 참가한 말의 상태를 기록한 표와 그밖의 여러 가지 정보나 자료를 수집해 주셨으면 합니다."

"뭘 알려고 하는 거지요?"

"아직 저도 잘 모릅니다."

"그밖에 필요한 건 없소?"

"있습니다. 하지만 직접 뵙고 말씀드리는 편이 좋겠지요."

그는 다시 생각에 잠겼다.

"마구간 뒤쪽에 언덕에서 내려오는 개울이 있소. 내일 점심 식사 뒤 그 개울을 거슬러 오시오."

"알았습니다."

전화를 끊고 나서 자리로 돌아갔다.

"뭐가 그리 길어?" 같이 온 동료인 파디가 말했다. "우린 벌써 두 잔째야. 뭘 하고 있었나? 화장실의 낙서라도 읽고 있었나 보지?"

"거기 낙서 중에는," 동료 중에서 머리가 둔한 18살짜리 소년 글리츠가 말하였다. "도무지 뜻 모를 말이 있단 말이야."

"몰라도 돼."

파디가 이렇게 말하며 고개를 끄덕거렸다. 40살인 그는 어린 마부들의 아버지 노릇을 하고 있었다.

숙소에는 내 양옆으로 파디와 글리츠의 침대가 있었다. 글리츠가 멍청한 것과 반대로 강인하고 머리가 날카로운 파디는 작달막한 아일랜드 사람으로 그의 눈길이 미치지 않는 데가 없었다. 첫날밤, 침대 위에 슈트케이스를 올려놓고 그가 지켜보는 가운데 소지품을 꺼냈을 때는, 옥토버가 옷가지를 모조리 가지고 가도록 말해 준 일이 고마웠다.

"한 잔 더 어떻소?"

"그럼, 한 잔 더 할까." 파디가 응했다. "그거면 충분하지."

글라스를 바로 들고 가서 한 잔 더 받아 왔다. 파디와 글리츠가 주머니에 손을 넣어 저마다 11펜스씩 꺼내는 동안 모두 아무 말도 하지 않았다. 나는 맥주맛이 좀 강하고 쓴 느낌이 들어 4마일이나 먼 길을 걸어서 마시러 올 정도는 못된다고 생각했으나, 마부들은 거의 다 자전거나 낡은 자동차를 갖고 있어 일주일에 몇 번은 마시러 오는 모양이었다.

"오늘 저녁은 손님이 많지 않군요." 글리츠가 우울하게 말했다. 그러더니 갑자기 얼굴이 환히 밝아졌다. "내일은 급료 받는 날이야!"

파디도 거들었다.

"내일 밤은 또 만원이겠군."

"스피와 글렌저도 올 테고."

"글렌저?" 내가 물었다.

"당신은 아무것도 모르는 모양이로군." 글리츠가 조금 비난 섞인 투로 말하였다. "언덕 저쪽에는 글렌저 마구간이 있지요."

"이제까지 어디로 돌아다녔소?" 파디가 말했다.

"경마 쪽은 처음이라잖아요." 글리츠가 가로막듯이 말했다.

"그건 그렇지만, 아무리 그래도."

파디는 글라스를 반쯤 비우고 손등으로 입을 문질렀다.

글리츠가 글라스를 비우고 한숨을 지으며 말했다.

"오늘 저녁은 이걸로 끝이군요, 슬슬 가 볼까."

우리들은 말 이야기를 하며 걸어서 마구간으로 돌아왔다.

이튿날 오후, 나는 태연한 모습으로 마구간을 나와 자갈을 주워서 개울에 던지며 물보라를 즐기는 체하면서 개울을 거슬러 올라갔다. 마구간 뒤쪽의 작은 마장에서 마부 몇몇이 축구를 하고 있었으나, 아무도 내게 주의를 기울이지 않았다. 꽤 한참 올라가니 개울은 양옆이 풀로 뒤덮인 가파른 골짜기가 되었다. 옥토버가 바위에 걸터앉아 담배를 피우고 있었다. 사냥개를 데리고 있고, 총과 사냥거리가 든 망태기가 발치에 놓여 있었다.

"리빙스턴 박사, 어서 오시오." 그가 웃으면서 말했다.

"네, 일찍 오셨습니다, 스탠리 씨. 잘 아시는군요."

나는 그 옆의 바위에 걸터앉았다. 그가 발끝으로 망태기를 쿡쿡 찔렀다.

"말의 상태표와 그리고 베케트와 내가 오늘 아침까지 수집한 말의 관련 자료를 수록한 노트가 들어 있소. 그런데 우리가 수집한 이런 토막 자료보다는 그 스크랩 쪽이 더 쓸만하지 않소?"

"무엇이 어떻게 소용될지 모릅니다. 스티플튼의 스크랩 중에서 한 가지 흥미로운 게 있었습니다. 말에 약물을 투여한 과거의 사례에 관한 것이지요. 그 가운데, 말에 따라서는 흔히 먹이는 무해한 사료를 주어도 체내의 화학 변화 작용에 의해서 뚜렷한 약물 반응을 나타낸다고 하는 것이 있었지요. 그래서 나는 그 반대의 현상은 없을까, 즉 어떤 말은 어떤 약물이라도 완전히 분해시켜 무해한 물질로 만들어 버림으로써 검사 때 아무 반응도 나타내지 않는 일은 없을까 생각해 보았지요."

"조사해 보지요."

"또 한 가지 당신이 사들인 그 3필의 쓸모없는 말이 내 담당이 되었습니다. 이것은 내가 경마장에 갈 기회가 없다는 것을 뜻하지요. 그래서 생각했는데, 만일 어느 1마리를 팔도록 내놓으신다든가 하면 마시장에서 이쪽저쪽 마구간의 마부들을 만날 수 있지 않을까요? 이곳에는 지금 3필을 맡고 있는 사나이가 또 셋 있으니까, 내게 시간이 나면 경우에 따라서는 경마에 나갈 만한 말이 맡겨질지도 모릅니다."

"그럼, 1필을 팔도록 하지요." 그가 말하였다. "그러나 경매에 붙이면 시간이 걸리오. 매각 신청서를 매각일 한 달 전에 경매인에게 제출해야 하니까."

나는 고개를 끄덕였다.

"도무지 마음이 조급해서 안 되겠습니다. 어떻게든 경마에 나갈 만한 말로 바꿀 방법은 없을까 오직 그 생각뿐입니다. 되도록 먼 곳의 경마장으로 가는 말이라면 더욱 좋겠습니다. 그곳에서 하룻밤 묵게 되면 더욱 이상적이지요."

"마부는 도중에 시중드는 말을 바꾸지 않는 게 관례인데……." 그는 턱을 쓰다듬으면서 말하였다.

"그렇게 듣고 있습니다. 제비뽑기나 마찬가지지요. 말이 왔을 때 순서대로 할당되어 그 말이 다른 데로 갈 때까지 붙어 있어야 합니다. 좋지 않은 말이 걸려들면 운이 없다고 체념할 수밖에 없지요."

두 사람은 일어섰다. 두 사람이 이야기하고 있는 동안 얌전하게 앞발에 턱을 괴고 드러누워 있던 사냥개도 일어나 기지개를 켜고 주인의 얼굴을 쳐다보면서 천천히 꼬리를 흔들고 있었다. 옥토버는 허리를 구부려 사냥개의 머리를 툭툭 두드리고 총을 집어 들었다. 나는 망태기를 집어 어깨에 걸쳤다.

그리고 우리는 악수를 나누었다. 옥토버가 웃으면서 말했다.

"인스킵이 당신이 별것도 아닌 주제에 승마 솜씨가 대단하더라고 말하더군요. 그의 말을 그대로 옮기자면 '얼굴이 그렇게 생겨먹은 녀석은 전혀 신뢰할 수 없지만, 고삐 당기는 솜씨 하나만은 천사 같거든요'라는 것이었소. 그럼, 조심하시오."

"실수인데요." 내가 말했다. "생각지도 않았던 일인데……."

그는 싱긋이 웃고 나서 언덕을 올라갔다. 나는 개울을 따라 내려갔다. 옷을 바꾸어 입는 일은 전혀 아무렇지도 않았으나, 승마하는 방식까지 바꾸어야 한다니, 내 긍지를 손상시키는 것 같은 생각이 들어 견딜 수가 없었다.

그날 저녁 슬로의 술집은 혼잡을 이루었고, 마부들의 월급봉투가 눈 깜짝할 사이에 바닥이 나는 것 같은 느낌이었다. 옥토버 마구간 마부들의 절반은 와 있었다. 나는 동료의 차를 타고 갔다. 그 밖에 글렌저 마구간의 사람들도 여자 셋을 데리고 와서 놀았다. 셋 모두 은근한 농담을 즐기는 모양이었다. 이야기는 거의가 자기 말의 자랑이었다.

"내 말은 이번 수요일에 눈을 감고 달려도 자네 말한테 뒤지지 않을 거야."

"마음대로 생각하게."

"자네 말은 달팽이하고나 걸맞을까?"

"기수 녀석이 출발을 잘못해서 끝내 그 지경이 됐어!"

"돼지처럼 살만 쪄 가지고 고집은 또 얼마나 센지……."

아무런 뜻도 없는 대화가 끊어졌다가는 이어지고 또 끊어졌다. 홀 안은 담배 연기로 자욱하였다. 작은 상자 속의 공기를 여럿이 같이 호흡하고 있는 것 같았다. 홀 구석에서 몇 사람이 서투르게 주사위놀이를 하고 있었다. 다른 구석에서는 당구공 부딪치는 소리가 들려 왔다. 나는 딱딱한 의자 등받이에 팔을 걸치고 기대앉아 파디가 글렌저 마구간에서 온 한 사나이와 도미노를 하고 있는 것을 구경하고 있었다. 주위의 화제는 말, 자동차, 축구, 권투, 영화, 마을의 댄스파티, 그리고 말, 마지막에는 언제나 말 이야기였다. 그들의 이야기에 귀를 기울였으나 얻을 바는 없었다. 안 것이라고 하면, 마부들은 대체적으로 생활에 만족해 하며 마음씨가 좋고, 그들 나름대로 주위 사물에 관심을 가지고 있으나 해는 없을 성싶다는 것 정도였다.

"자넨 신참이군, 엉?"

시비를 거는 듯한 목소리가 귓가에서 들렸다.

나는 고개를 돌려 그 사나이를 쳐다보며 "그렇소" 하고 무뚝뚝한 목소리로 대꾸했다.

요크셔에서 처음 보는, 내가 찾고 있던 교활한 눈초리였다. 잠자코 상대의 얼굴을 쳐다보고 있노라니 그는 내가 자기와 같은 무리라는 것을 알았는지 그의 입꼬리가 치켜 올라갔다.

"이름이 뭐야?"

"댄" 하고 나는 대답했다. "자네는?"

"토머스 나다니엘 털레튼."

그는 내가 어떤 반응을 보이기를 기다리고 있었으나 나로서는 어떤 반응을 보여야 좋을지 감이 잡히지 않았다.

"T N T." 파디가 도미노 게임에서 눈을 들고 가르쳐 주었다. "별명, 스피." 그의 눈이 얼핏 우리 둘을 비교하는 것 같았다.

"다이너마이트 키드로군." 내가 중얼거렸다.

스피 털레튼이 흘긋 웃음을 보였다. 의식적으로 한 번 지어 본 웃음이었다. 내가 겁낼 줄 아는 모양이지? 나와 비슷한 몸집이었다. 머리색은 나보다 훨씬 밝은 편이고, 피부는 영국인에게서 흔히 볼 수 있는 발그스름한 빛이었다. 엷은 갈색 눈이 조금 튀어나온 듯 하고, 두툼하고 축축한 느낌의 입술 위에 가늘게 수염을 기르고 있었다. 오른손 새끼손가락에 도톰한 금가락지를 끼었고, 왼쪽 손목에는 값비싼 금시계를 차고 있었다. 옷감은 고급이며 재단이 화려한 편으로, 팔에 걸치고 있는 폭신한 안을 댄 모직 윗도리는 그것만으로도 3주일분 급료가 날아가 버릴 만큼 값비싼 것이었다.

그는 친숙한 표정을 짓지는 않았다. 내가 자기를 훑어본 것과 마찬가지로 유심히 나를 관찰하더니 고개를 끄덕이며 "그럼, 또 만나요" 하고 그 자리를 떠나 당구장 쪽으로 갔다.

글리츠가 바에서 맥주를 들고 와서 파디 옆에 앉았다.

"스피라는 사나이를 믿어선 안돼." 글리츠가 속삭였다. 뼈마디가 불거진 멍청한 얼굴에 친절이 넘치고 있었다.

파디가 지폐 한 장을 놓고 고개를 돌려 물끄러미 나를 쳐다보더니 "댄의 일은 걱정하지 않아도 돼, 글리츠" 하고 말하였다. "댄과 스피는 같은 부류야. 같은 패거리 비슷한 거지. 한 구덩이에서 같이 사는 너구리야."

"하지만 당신은 내게 스피를 믿어선 안 된다고 그랬잖아요."

글리츠는 이해가 안 간다는 표정으로 나와 파디를 번갈아 쳐다보았다.

"그랬지." 파디가 불쑥 내뱉었다. 그는 다시 지폐를 놓고 게임으로 돌아갔다.

글리츠는 파디 쪽으로 6인치쯤 몸을 당기고 이해하기 어려운 듯한, 안됐다는 듯한 눈초리로 흘끗 나를 보았다. 이윽고 그는 진지한 얼굴로 맥주 잔을 내려다보면서 얼굴을 들지 않았다.

그 순간부터 위장하고 지내는 내 생활의 홀가분한 즐거움이 사라져 버렸다. 나는 파디나 글리츠 둘 다 좋아하였다. 이 두 사람도 사흘 동안 소탈한 태도로 나를 받아들여 주었다. 나는 내 관심의 표적이 스피라는 것을 이렇게 쉽사리 파디에게 간파당하리라고는 생각지도 않았으며, 그 때문에 그의 태도가 싹 달라져 나를 배척하리라고는 예상도 하지 못했다. 나는 허를 찔린 충격이었다. 그 경험에 비추어 앞으로의 처신을 충분히 조심해야 하는 건데, 나는 깨닫지 못하였다.

전에도 놀랐지만 베케트 대령의 조직력은 경탄할 만한 것이다. 일단 자기 쪽에서 공세로 나간다고 결정한 이상 온갖 물자를 동원하여 필요한 방법을 자유자재로 구사하였다. 그는 옥토버에게서 내가 3필의 좋지 않은 말에 묶여 마구간에서 나올 수 없다는 말을 듣자 곧 나를 해방시키기 위한 수단을 강구했다.

화요일 오후 이곳에 와서 일주일이 지났을 때, 내가 물이 담긴 물통 두 개를 들고 광장을 가로질러 가고 있는데 마부장 윌리가 불러 세웠다.

"17번 마구간의 자네 말이 내일 다른 곳으로 가게 됐어." 그는 말하였다. "내일 아침에는 빨리 서둘러 일을 해치우는게 좋을 거야. 12시 반에 말과 함께 떠나도록 말이야. 말 운반차가 노팅엄 근방의 다른 경마 마구간으로 데려다 줄 테니까, 그 말은 거기다 두고 새 말을 받아 가지고 와. 알겠지?"

"알았습니다." 나는 대답했다. 나에 대한 윌리의 태도는 냉랭하였다. 그러나 주말에 걸쳐 앞으로도 주위 사람들에게 막연하게나마 불신감을 안겨 주어야 한다고 나는 자신을 타일렀다. 그리고 이 계획이 성공했을 때의 불쾌한 기분을 무시해야 한다고.

일요일은 거의 하루 종일 말의 상태표를 읽었다. 누가 보더라도 마부로서는 지극히 당연한 행동이었다. 그리고 저녁때 모두들 술집으로 몰려간 뒤 연필을 들고 11필의 말과 그 말들이 이겼을 때의 상황을 세밀하게 분석해 보았다. 런던에서 훑어본 신문 스크랩에서도 이미 안 바이지만 말의 주인, 조교사, 기수는 모두 각기 다른 사람이었다. 하지만 그 말들에게 공통점이 전혀 없는 것은 아니었다. 내가 쓴 노트를 봉투에 넣고 봉한 다음, 옥토버의 노트와 함께 다른 마부들의 눈에 띄지 않도록 사냥 망태기 안에 든 상태표 밑에 넣을 때는, 그다지 소용될 것 같지는 않았으나 네 가지 비슷한 점을 발견해냈다.

첫째, 어느 말이 다 세일링 체이스 경주, 즉 우승마가 경매에 붙여지는 경주에서 이겼다. 경매 결과 3필은 다시 주인이 사들이고, 나머지는 비교적 싼 값에 팔려갔다.

둘째, 어느 말이나 모두 그때까지 경주의 선두 다툼에 참가하여 관중을 열광시켰으나, 골인하기까지 지속할 체력 및 기력이 결여되어 있었다.

셋째, 어느 말이나 모두 예전의 좋았던 평판에도 불구하고 약물 투여를 의심받고 있는 경주 이외에서는 우승하지 못하였다.

넷째, 이겼을 때는 언제나 열 배 이상의 배당이 있었다.

옥토버의 노트와 몇몇 자료에서 문제의 말 가운데 몇 필은 한두 번이 아니라 자주 조교사가 바뀌었다는 것을 알았으나, 그 모두가 중간 정도의 벌이가 적은 말이라는 점을 생각하면 이상할 것도 없었다. 그 밖에 이것은 필요 없는 일일 테지만 그들 모두가 각기 다른 부모에게서 태어났으며, 나이는 5살에서 11살까지 가지각색이며, 털의 빛깔도 모두 다르다는 것을 알았다. 또 모두 같은 코스에서 우승한 것은 아니지만, 같은 코스에서 우승한 말도 있었다. 지리적으로는 각 말이 우승한 코스는 영국 북반부인 켈소, 헤이독, 세치필드, 스탭포드, 루들로 등에 집중되어 있는 듯한 기분이 들었다. 지도로 확인해 보려고 했으나, 올너트 부인의 합숙소에는 지도 같은 것이 없었다.

나는 작은 합숙소의 복작거리는 방에서 잠자리에 들었다. 다른 마부들이 풍기는 술 냄새가 늘 쓰는 구두약과 머릿기름의 청결한 향내를 물리치고 온 방에 진동하였으나, 들창 윗부분을 언제나 4인치쯤 열어 놓자는 나의 제의는 거부되었다. 마부들은 모두 파디의 의견에 따르는 모양이었다. 사실 파디가 모두의 일을 가장 잘 알고 있었다. 그 파디가 나를 한패로 취급해 주지 않으면 다른 이들도 모두 그에 따른다. 나중에 깨달은 사실이지만, 내가 창문을 닫자고 주장했더라면 그들은 창문을 열어 놓아 소망을 이룰 수 있었을 것이다. 나는 어둠 속에서 침대의 삐거덕거리는 소리며 졸음이 가득 담긴 이야깃소리, 또는 술집에서의 이야기를 들추어내어 웃는 소리를 씁쓰레한 기분으로 듣고 있었다. 울퉁불퉁한 매트리스 위에서 조금이라도 편편한 자리를 찾아 몸을 뒤척이면서 나는 내 마구간 숙소에 살고 있는 마부들의 참된 내부 생활은 어떤 것일까 생각해 보았다.

수요일 아침, 처음으로 요크셔의 살을 에는 듯한 바람을 경험하였다. 부들부들 떨고 콧물을 흘리면서 광장을 돌아다니고 있을 때 마부 중 하나가 때에 따라서는 여섯 달 동안이나 계속 불어제치는 일이 있다고 명랑한 목소리로 말해 주었다. 급히 서둘러 3마리의 시중을 끝마쳤다. 12시 반에 말 운반차가 와서 나와 말을 태우고 대문을 나설 무렵에는, 옥토버가 마련해 준 옷으로 판단해 보건대 안쪽 옥토버의 커다란 저택은 난방이 고루 잘되어 있을 게 틀림없다고 생각하였다.

4마일쯤 갔을 때, 말 운반용 트럭에는 거의 다 달려 있는 운전석과의 연락용 벨을 눌렀다. 운전기사는 다소곳이 차를 세우고 내가 걸어가서 운전석에 올라타는 것을 무슨 일이냐는 표정으로 보고 있었다.

"말은 얌전하게 있소." 나는 말했다. "그리고 여기가 따뜻해서……."

그는 싱긋 웃고 차를 몰아붙이며 엔진의 소음을 통하여 소리질렀다.

"자네가 양심적인 자는 아니라고 짐작했었는데, 역시 맞았군그래. 저 말은 팔 거니까 아무 사고 없이 모시고 가야 해. 자네가 앞에 탄 줄 알면 보스가 나자빠지겠지."

보스 즉, 인스킵이 대강 짐작하고 있으리라는 것은 나도 알고 있었다. 보스란 나 자신의 경험에 비추어 보아 그 정도의 판단도 서지 않을 만큼 단순하지는 않은 것이다.

"보스가 뭐 말라 비틀어진 거야!"

나는 아니꼽다는 듯이 내뱉었다.

상대방이 흘끔 곁눈질로 나를 보았다. 마음만 먹는다면 스스로를 질 나쁜 인간처럼 보이게 하는 건 식은죽 먹기라는 생각이 들었다.

운반차의 기사는 경마장에 많이 모여들지만, 일단 그곳에 닿으면 더 이상 볼일이 없다. 식당에서 잡담이나 하고 하루 종일 그 언저리를 돌아다니며 쉬지 않고 지껄이는 것이다. 따라서 인스킵의 마구간 마부 중에 수상쩍은 사나이가 있다는 소문이 누구의 귀에 들어갈지 모르는 일이다.

가는 도중 간이 식당에서 식사하기 위하여 차를 세우고, 조금 달린 다음 쇼핑 때문에 다시 멈추었다. 나는 털 셔츠 두 장, 검정 스웨터, 두꺼운 양말, 털장갑, 털실로 짠 모자를 샀다. 오늘 아침 추위 속에서 다른 동료들이 입고 있던 것들이다. 운전기사도 양말을 사기 위해 같이 가게 안으로 들어갔는데, 내 지갑을 보더니 굉장히 돈이 많다고 말했다. 나는 당연한 일이라는 듯이 코웃음 치며 "머리를 쓰면 돈은 들어오게 마련이지" 하고 말해 주었다. 나에 대한 그의 의혹이 더욱 짙어지는 것을 느낄 수 있었다.

오후 3시쯤 레스터셔의 경마 마구간에 도착하였다. 그곳에서 베케트의 용의주도함을 똑똑히 보았다. 내가 데리고 가서 앞으로 돌볼 말은 아주 뛰어난 말로, 곧 신마 경주에 나간다는 것이다. 경주 참가 등록을 마친 채 베케트 대령에게 양도되었다고 한다. 이러한 사정은 사뭇 아까운 듯이 말을 내게 넘겨 준 마부에게서 들었다. 이 말은 전의 말 주인이 참가 등록한 경주에는 그냥 나갈 수 있다는 것이다.

"어디에 나가기로 되어 있지요?" 내가 물었다.

"여러 군데입니다. 뉴베리, 첼트넘, 선다운 등이오, 아참, 다음 주일에 브리스틀에서 첫 출전하기로 되어 있소."

고삐를 내게 건네 줄 때 마부는 서운한 나머지 얼굴을 사뭇 일그러뜨렸다.

"보스가 왜 이 말을 내놓을 마음이 들었는지 도무지 짐작이 안 간단 말이야. 정말 귀여운 녀석인데. 만일 다음에 경마장에서 만났을 때 지금처럼 기운차지 못하고 손질도 잘되어 있지 않으면 당신을 찾아내어 실컷 두들겨 패 줄 거요."

비로소 나는 그 마부가 이 말에 얼마나 애착을 느끼고 있는지 알게 되었으므로 그의 기분을 충분히 이해할 수 있었다.

"이름은 뭐지요?" 내가 물었다.

"스파킹 플러그…… 거지 같은 이름도 다 붙였지. 플러그(못된 말)라고 할 그런 말이 아니오. 스파킹, 아…… 귀여운 녀석이야, 넌."

그는 애정이 깃든 손으로 말의 코를 어루만지고 있었다.

나는 말을 트럭에 옮겨 싣고 이번에는 말과 같이 있으면서 시중을 들기로 했다. 만일 베케트가 이번 조사를 위해 거금을 던질 결의를 한 것이라면——내 짐작으로는 빠른 시일 안에 이만큼 이상적인 말을 구하는 데에는 상당한 돈을 치렀을 것이다——나로서도 성의껏 말을 돌봐야 한다고 생각했다.

떠나기 전에 운전석에 있는 지도를 살펴보았다. 영국의 모든 경마장이 잉크로 표시되어 있었다. 나는 곧 그것을 빌려 돌아오는 도중에 조사하였다. 스파킹 플러그의 마부가 말한 경마장은 거의 다 남부에 있다. 내가 바라던 대로 숙박도 요하는 거리였다. 나는 빙긋이 웃었다.

문제의 11필의 말이 우승한 다섯 코스는 내가 생각한 것만큼 북쪽은 아니다. 루들로와 스탭포드는 사실 남부라고 할 수 있는 지역에 있다. 내가 깊이 생각하지 않고 헐로게이트를 중심으로 위치를 짐작했기 때문이다. 지도상으로 보니 다섯 코스는 서로 아무 관련이 없는 듯싶었다. 특정 지점을 중심으로 원을 그리고 있는 것이 아니라, 북동쪽에서 남서쪽에 걸쳐 곡선을 이루고 있는데, 그러한 위치에서는 아무 의의도 찾아 낼 수 없었다.

돌아오는 동안 내내 나는 일하고 있을 때와 마찬가지로 11필의 말에 대하여 내가 알고 있는 사실을 다시 생각하면서 물고기가 수면에 모습을 나타내듯이 아이디어가 떠오르기를, 관련이 없는 사실들이 자연적으로 하나의 공식을 이루고 나타나기를 기다렸다. 그러나 마음속으로는 그러한 일이 일어나리라고 생각하지 않았다. 아직 단서를 확실하게 잡은 것도 아니었다. 전자 계산기라도 충분한 자료를 입력하지 않으면 답이 나올 수가 없는 것이다.

금요일 밤 슬로의 술집에 가서 다트(창던지기 놀이)로 스피를 이겼다. 그는 속상한 듯이 당구장 쪽을 가리켰다. 이번에는 내가 간단하게 당했다. 우리는 서로 상대방의 얼굴을 쏘아보면서 맥주를 마셨다. 이야기는 거의 하지 않았으며, 이야기할 필요도 없었다. 이윽고 아까의 자리로 돌아가 다트를 하고 있는 사람들을 구경하고 있었다. 지난주와 조금도 달라진 것이 없었다.

"스피를 이겼다고, 댄?"

내가 고개를 끄덕이자 불쑥 한줌의 다트를 안겨 주었다.

"스피를 이겼다면 팀 멤버가 되어 주게."

"무슨 팀?"

"마구간 대항 다트 팀이지. 우리와 저쪽 마구간이 시합을 해서 요 크셔 리그 비슷한 것이 생겼어. 가끔 이쪽에서 미들럼이나 웨더비나 리치먼드로 가고, 때로는 저쪽에서 오기도 하지. 스피는 글렌저 팀 중에서 가장 잘해. 다시 한번 해도 그를 이길 수 있겠나?"

나는 과녁을 향해 다트를 세 개 던졌다. 모두 한복판의 20점에 꽂혔다. 어찌 된 까닭인지 나는 아까부터 내가 뜻하는 곳에 무엇이고 던질 수가 있었다.

"와아!" 마부들이 소리를 질렀다. "더 던져 봐!"

다시 세 개 던졌다. 20점 부분이 혼잡을 이루었다. 모두들 말하였다.

"멤버에 꼭 들어가야 해! 싫다고는 못하겠지?"

"다음 시합은 언제인데?" 내가 물어 보았다.

"두 주일 전에 여기서 했어. 이제 이번 일요일 번딜에서 축구 시합이 있은 뒤 열릴 거야. 설마 다트처럼 축구공을 잘 차지는 못하겠지?"

나는 고개를 가로저었다.

"다트밖에 못해."

손에 한 개 남아 있는 다트를 내려다보았다. 그것으로 나는 돌 위를 달리는 쥐를 때려잡을 수 있었다. 가끔 집의 마부들이 곡물 창고에서 발견하고 몰아 낸 쥐를 돌로 때려잡곤 했었다. 내 솜씨라면 달리는 말도 맞힐 수가 있다. 그편이 훨씬 과녁이 크니까.

"그걸 한복판에 맞혀 봐!" 옆의 사나이가 말했다.

한복판에 꽂혔다. 모두들 환성을 질렀다.

"이번 시즌에는 우리가 이길 거야, 단연코."

모두 싱글벙글이었다. 글리츠도 웃고 있었다. 그러나 파디는 무뚝뚝했다.

4

옥토버의 아들과 딸들이 주말에 돌아왔다. 큰딸은 나도 잘 아는 새빨간 TR4를 타고 마구간 앞을 지나갔다. 그리고 그 아래의 쌍둥이 남매는 얌전하게 아버지의 차를 타고 있었다. 셋이 모두 집에 돌아오면 말을 타므로 월리가 토요일 아침 그들이 나갈 때 말을 2필 준비하라고 말하였다. 내가 스파킹 플러그를 타고, 둘째딸 패트리시아 털렌양을 위해 1필 더 준비해 두라는 것이다.

날이 새기도 전인 이른 아침, 마구간에서 준비한 말을 끌어내어 그녀가 타는 걸 도와주면서 보니 패트리시아 털렌은 보기 드문 미인이었다. 엷은 복숭아빛 입술, 진하고 긴 속눈썹, 그녀는 그 두 가지를 어떻게 써야할지 충분히 터득하고 있는 듯하였다. 날씨가 추워서 밤색 머리를 초록색 스카프로 싸고, 검정과 회색이 들어 있는 스키 자켓을 입고 있었다. 밝은 초록색 털실 장갑을 손에 들고 있었다.

"새로 왔군요." 속눈썹을 들어 나를 보면서 그녀는 말하였다.

"이름은?"

"댄입니다." 나는 대답했다. 백작 댁 따님에게는 어떤 말씨를 써야 좋을지 전혀 짐작이 가지 않았다. 윌리가 거기까지는 지시하지 않았던 것이다.

"그래, 다리를 좀 들어 줘요."

나는 분부대로 그녀 곁에 섰다. 발을 들기 위하여 앞으로 구부리니 그녀는 맨손을 나의 머리 뒤로 돌리고 오른쪽 귓불을 손가락으로 잡아 뾰죽하게 다듬은 손톱을 귓불에 세웠다. 그리고 나서 그녀는 눈을 크게 뜨고 어떠냐는 표정으로 쳐다보았다. 나는 잠자코 마주보았다. 내가 꼼짝도 않고 가만히 서 있었더니 그녀는 이윽고 소리를 죽여 웃으면서 손톱을 떼고 천천히 장갑을 끼었다. 내가 발을 들어 그녀를 안장에 올려 앉히자 그녀는 고삐를 잡으려고 몸을 앞으로 굽히면서 내 얼굴 바로 옆에서 속눈썹을 깜박깜박 움직였다.

"제법인데, 대니 보이." 그녀는 말했다. "그 검은 눈동자가."

내가 뭐라고 대답해야 좋을지 도무지 생각이 나지 않았다. 그녀는 웃으며 말을 발로 차더니 광장을 걸어갔다. 20야드쯤 떨어진 언저리에서 글리츠가 잡고 있는 말을 탄 언니 쪽은 어스름 속에서도 살갗이 더 희고 동생 못지않게 미인인 듯하였다.

'저 두 딸을 지켜봐야 하는 옥토버도 예삿일이 아니로구나' 하고 나는 생각하였다.

스파킹 플러그를 데려오려고 돌아서니 18살 된 옥토버의 아들이 옆에 서 있었다. 아버지를 꼭 닮았으나, 몸에 아직 살이 붙지 않아 아버지와 같은 강인하고 너그러운 느낌은 들지 않았다.

"누이동생에 대해서는 너무 신경 쓰지 않는 게 좋을 거요." 그는 나를 훑어보면서 냉랭하고 힘없는 어조로 말하였다. "사람을 골리는 버릇이 있으니까."

그는 눈짓을 하고 자기 말이 기다리고 있는 쪽으로 걸어갔다. 나는 곧 누이동생에게 추근대지 말라는 경고로 알아들었다. 누이동생이 어떤 남자에게든 아까와 같은 도발적인 태도를 보인다고 하면, 그도 꽤나 경고하는 일에 익숙하리라.

속으로 흥미를 느끼면서 스파킹 플러그를 끌어내어 안장을 얹고, 다른 말을 뒤따라 광장을 나왔다. 작은 길을 지나 둔덕에 이르렀다. 맑게 갠 아침이면 언제나 그렇듯이 싱그러운 대기와 주위의 경치가 마음 속의 앙금을 말끔히 흩날려 주었다. 태양은 저 멀리 지평선에 이제 막 모습을 드러낼 참이다. '이제부터 새로운 세계가 열리는 것이다'라고 생각하게 하는 듯한 빛이 서서히 비쳐 왔다. 내 앞을 그림자를 늘어뜨린 말의 형체가 차가운 공기 속에서 하얗게 숨을 토하면서 줄지어 언덕 비탈을 뛰어내리고 있었다. 태양이 얼굴을 내밀어 언저리에 빛이 퍼지자 갑자기 색채가 밝고 뚜렷하게 떠올랐다. 말의 갈색 털, 마부가 쓰고 있는 귀까지 덮이는 털모자의 줄무늬, 옥토버의 딸들이 입은 화려한 옷 빛깔.

옥토버 자신도 직접 사냥개를 데리고 말의 운동을 보기 위해 지프로 언덕에 와 있었다. 나중에 안 일이지만, 한 주일 중에서도 특히 토요일 아침은 말의 전력 질주 훈련을 집중적으로 실시하는 날이었다. 주말에는 흔히 요크서에 돌아와 있으므로 그는 반드시 그 훈련을 보러 오곤 했다.

인스킵은 언덕 꼭대기에서 모두들 원형으로 돌게 하면서 2마리씩 조를 지어 지시를 내렸다.

그는 나에게 말했다.

"댄, 7부 정도의 속력을 내어 달려 봐. 자네 말은 수요일에 출전할 테니까 지나치게 달리게 해도 안 되지만, 상황을 보고 싶은 거야."

나는 마구간에서 가장 훌륭한 말과 한 조가 되었다.

지시가 끝나자 그는 높은 지대의 잡목 사이에 펼쳐져 있는 푸른 잔디 위를 달려갔다. 그 뒤로 옥토버가 천천히 차를 몰았다. 인스킵과 옥토버가 1마일 반쯤 앞쪽의 약간 비탈진 코스 끝에 닿을 때까지 모두들 원을 그리며 기다리고 있었다.

"자!" 월리가 첫 조에게 명령하였다. "달려!"

2마리가 동시에 달리기 시작했다. 처음에는 천천히, 그러다가 차츰 속력을 올려 인스킵과 옥토버가 있는 앞을 지나면 속력을 떨어뜨리고 멈춰 섰다.

"다음!" 월리가 소리쳤다.

이미 준비가 되어 있었으므로 쉽게 출발하였다. 나는 오스트레일리아에서는 수없이 경주마를 사육하고 조교하고 또다시 조교하였으니, 영국에서 제대로 된 말을 타 보기는 스파킹 플러그가 처음이므로 내 말과 비교하여 어떨까 관심을 갖고 있었다. 물론 이 말은 장애물 경주가 전문이고 내 말들은 평지 경주가 전문인 것이 많았지만, 그렇다고 해도 아무 차이점이 없다는 것을 알았다. 재갈 무는 상태가 조금 나빠 고쳐 주어야겠다고 생각했으나, 전체적인 움직임은 더할 나위 없이 훌륭했다. 균형이 잡히고 탄력이 있었다. 유연하게 코스를 달려 올라가 옆의 말과 무리 없이 보조를 맞추었다. 지시대로 7부 정도의 속력이기는 하였으나, 스파킹 플러그가 이번 경주에 대비하여 완벽하게 조련되었다는 것은 확실히 알 수 있었다.

나는 나 자신이 하고 있는 일에 정신이 팔려, 말을 세우고 천천히 되돌아올 때까지 말 타는 방식을 바꾸지 않으면 안 되었는데 그것을 깜박 잊어 버렸다. 나는 마음속으로 '아뿔싸!' 하고 자신을 나무랐다. 이렇게도 간단히 내 본디 임무를 잊어버리다니, 성공리에 임무를 끝내기란 그리 쉬운 일이 아니리라.

다른 1마리의 말과 함께 말의 상황, 숨결 등을 검사받기 위해 나는 인스킵과 옥토버 앞에 멈춰 섰다. 스파킹 플러그의 갈비뼈는 편안하게 움직이고 있고 숨결도 여느 때와 거의 다름이 없었다. 두 사람이 고개를 끄덕였으므로 같은 조의 다른 마부와 더불어 말에서 내렸다. 코스 저쪽 끝에서 다른 말이 한 조가 되어 달려왔다. 마지막으로 아직 질주할 단계에까지 이르지 못한 말들이 가볍게 달음박질하며 뛰어왔다. 모두 끝나자 대부분의 마부는 다시 말을 타고 코스로 돌아가 산길을 따라 천천히 마구간으로 향했다. 나는 말을 끌고 끝머리에 붙어 걸어갔다. 내 바로 앞에는 옥토버의 큰딸이 말을 타고 가고 있어, 나는 다른 마부와 격리된 셈이 되었다. 그녀는 굽이굽이 이어진 구릉의 경치에 한눈을 팔고 있어 앞 말과의 거리를 좁히는 데 무관심했기 때문에 산길에 이르렀을 때는 10야드쯤 간격이 벌어져 있었다.

그녀가 잡목림에 접어들었을 때 새가 1마리 묘한 소리로 우짖으며 푸드득 날아갔다. 그 소리에 놀라 말이 방향을 홱 바꾸면서 머리를 쳐들었다. 그녀는 교묘하게 균형을 잡아 떨어지지 않고 말의 옆구리에서 안장으로 몸을 끌어올렸다. 그 바람에 등자 가죽이 잘라져 쇠장식이 소리를 내며 땅바닥에 떨어졌다.

나는 발길을 멈추고 쇠장식을 주웠으나 잘라진 가죽에 다시 붙일 수는 없었다.

"고마워요. 하는 수 없지요, 뭐"라고 그녀는 말하며 말에서 내렸다.

"그만 걸을래요."

내가 그녀의 말고삐를 잡아 2마리를 끌고 걷기 시작하자 그녀는 나를 불러 세우고 자기 고삐를 찾아 갔다.

"고맙지만 혼자 끌고 갈 수 있어요."

길이 넓어졌으므로 그녀와 나는 나란히 산을 내려오기 시작했다.

곁에서 자세히 보니 그녀는 동생 패트리시아와는 조금도 닮지 않았다. 결이 고운 은빛 머리를 푸른 빛 스카프로 마무르고 있었다. 고운 속눈썹, 또렷한 잿빛 눈, 정감이 넘쳐흐르는 야무진 입매, 차분한 태도가 우아하고 다소곳하게 느껴졌다. 잠시 동안 아무 말 없이 편안한 마음으로 걸음을 옮겼다.

"아름다운 아침이에요." 그녀가 입을 열었다.

"네, 아름답습니다." 나는 동의하였다.

"그런데 춥군요."

'영국인은 언제나 날씨를 화제로 삼는단 말이야.' 나는 생각하였다.

11월에는 맑은 날씨가 드물기 때문에 말하지 않을 수 없는 모양이다. 지금쯤 고향은 초여름에 접어들어 어지간히 더울 것이다.

한참 걷다가 그녀가 물었다.

"이곳에 오래 전부터 있었나요?"

"겨우 열흘 됐습니다."

"여기가 마음에 들어요?"

"네, 훌륭하게 운영되고 있는 곳입니다."

"당신이 그렇게 말했다고 하면 인스킵 씨가 좋아할 거에요." 그녀는 감정이 담기지 않은 목소리로 말했다.

나는 흘긋 그녀 쪽을 보았다. 그녀는 똑바로 산길 양쪽을 보면서 웃고 있었다.

다시 100야드쯤 걸어갔을 때 그녀가 말하였다.

"당신이 탔던 말은 어떤 거지요? 이제까지 못 본 것 같은데."

"수요일에 왔습니다."

나는 내가 아는 범위에서 스파킹 플러그의 경력과 상태와 앞으로의 예정을 이야기해 주었다.

그녀는 고개를 끄덕였다.

"경주에서 몇 번쯤 이기면 기쁘겠지요. 보살핀 보람도 있을 테고……"

"그렇습니다."

그와 같은 생각은 사실 나로서는 뜻밖이었다.

마구간으로 들어가는 길목에 이르렀다.

"어머나, 실례했어요." 듣기 좋은 목소리였다. "아직 당신 이름을 모르는군요."

"다니엘 로크입니다"라고 나는 대답했다. 이 열흘 동안 수없이 많은 사람들이 같은 말을 물었는데, 왜 그녀에게만 내 이름을 제대로 말하였을까 하고 나로서도 이상하게 생각되었다.

"네……."

그녀는 잠자코 있었다. 그러는 동안에 생각한 모양인지 부드러운 목소리로 말을 이었다.

"옥토버 경이 우리 아버님이에요, 나는 엘리나 털렌이지요."

내 마음을 편안하게 해주기 위해 말해 준 것이리라고 나는 얼마쯤 서운한 기분으로 상대방의 호의를 느꼈다.

이윽고 마구간 문에 다다랐다. 나는 뒤로 처지며 그녀를 먼저 가게 하였다. 그녀가 친근감 있는 서먹한 미소를 띠고 앞장서서 말을 끌고 가자 나는 광장을 지나 플러그의 마구간 쪽으로 걸어갔다.

나는 스파킹 플러그의 땀을 닦아 내고 발을 씻어 준 다음 갈기와 꼬리에 솔질을 해주었다. 그리고 눈과 입을 스펀지로 닦고 짚을 고쳐 깔아 주고서 물과 사료를 날라다 주었다. 나는 그런 일을 하면서 '엘리나는 정말 좋은 아가씨' 하고 생각했다. 이 일이 끝나자 이번에는 패트리시아가 탄 말을 손질하기 시작했다. 나는 싱긋이 웃으며 '패트리시아는 좋은 아가씨라고 할 수 없지' 하고 생각했다.

아침 식사를 하기 위해 합숙소에 들어가니 올너트 부인이 이제 방금 왔다고 하면서 편지 한 통을 주었다. 그저께 날짜의 런던 소인이 찍힌 봉투를 뜯으니 단 한 줄 타이프 친 백지가 들어 있었다.

스탠리 씨가 일요일 오후 3시 빅토리아 폭포 앞에서 기다리고 있을 것이오.

편지를 주머니에 집어넣고 소리내어 웃으면서 식사를 시작했다.

이튿날 오후 개울을 따라 올라갈 때 비가 주룩주룩 내렸다. 골짜기에 옥토버보다 먼저 닿아 기다리는 동안 비가 목줄기를 타고 흘러내렸다. 그는 먼저와 마찬가지로 사냥개를 데리고 언덕을 내려왔다. 차는 위쪽 인기척이 없는 길에 세워두었다고 말하였다.

"비 맞아도 괜찮다면 여기서 이야기하는 편이 좋겠소. 두 사람이 차 안에 있는 걸 보고 미심쩍게 생각하면 안 되니까." 그가 말했다.

"비는 상관없습니다." 나는 웃으면서 말했다.

"좋소…… 그런데 그 뒤 어떻게 되어가고 있소?"

베케트의 말이 대단히 우수하여 그것을 이용하면 여러 가지 기회를 잡을 수 있으리라고 생각한다는 정도의 이야기를 해주었다.

"전쟁 중 로델릭 베케트는 자재 보급의 속도와 정확성으로 이름이 난 사나이였소. 그가 맡고 있는 동안은 잘못된 탄약이나 왼쪽 구두만 배급받는 그런 일은 없었으니까."

이번에는 내가 말했다.

"나의 신용도에 대해서 의혹의 씨를 여기저기 뿌려 두었습니다. 하지만 그 점은 이번 주일 브리스틀에 갔을 때와 또 다음 주말 번딜에 갔을 때 좀더 적극적인 방법을 쓸 수 있을 겁니다. 이번 일요일에는 다트 시합에 참가합니다."

"그 도시들에서는 지금까지도 흥분제 투여 사건이 몇 건인가 있었소." 그는 곰곰 생각하면서 말하였다. "어쩌면 뭔가 단서를 잡을 수 있을지도 모르지."

"도움이 될 만한 것이 있을지도 모릅니다."

"먼젓번의 그 자료는 쓸 만하오?" 옥토버가 물었다. "그 11필의 말에 대해서 그 뒤 뭔가 좀 생각해 보았소?"

"그 밖의 다른 일은 아무것도 생각하지 않을 정도입니다. 그리고 경우에 따라서는 다음 경주에 나갈 준비를 하는 말을 출전 전에 검사하는 일이 가능할지도 모릅니다. 아주 잠깐의 기회일지는 모르지만, 가능성은 있다고 생각합니다. 이것은 11마리의 뒤를 이어 준비되고 있는 말이 있다는 가정 아래에서입니다만, 없다고 볼 근거도 없다고 생각합니다. 녀석들은 오랜 동안에 걸쳐 성공하고 있으니까요."

그의 눈이 약한 흥분의 빛을 띠고 나를 보았다. 그의 깊숙이 눌러 쓴 모자 차양에서 빗방울이 떨어졌다.

"뭔가 발견했소?"

"아니, 거기까지는 이르지 못했습니다. 단순한 통계적 경향에 지나지 않는 것입니다만, 5분 이상의 시간은 있다고 생각합니다. 이 다음 말은 켈소, 세치필드, 루들로, 스탭포드 또는 헤이독 가운데 어느 경마장에서 우승마를 경매에 붙이는 세일링 체이스 경주에서 우승하리라고 생각합니다."

나는 그 이유를 설명하고 말을 계속했다.

"방금 말한 경마장에서의 세일링 체이스 경주 전에, 출전하는 말 전체의 타액검사를 실시하도록 손을 쓰는 일은 가능하리라고 생각합니다. 어쨌든 이틀 동안의 기간 중 한 번의 경주 뿐이겠지요. 의심스러운 말이 없으면 분석에 비용을 들이지 않고 샘플을 버리면 일은 끝나니까요."

"굉장한 일이군." 그는 천천히 말하였다. "하지만 그것으로 뭔가 단서를 잡을 수 있다면 하지 못할 이유도 없지요."

"흥미로운 분석 결과가 나올지도 모릅니다."

"그렇소. 그리고 비록 단서를 잡아 내지 못한다 할지라도 지금까지처럼 그런 말이 나타난 뒤에야 허둥대는 것이 아니라 출현하는 것을 대기하고 있다는 것은 커다란 진전이오. 어째서 그 점을⋯⋯" 그는 애석한 듯이 머리를 흔들고 있었다. "몇 달 전에 왜 생각해 내지 못했을까⋯⋯ 당신 말을 듣고 보니 간단명료한 일인 것처럼 생각되는데."

"이제까지 아무도 관계 자료를 전부 모아 놓고 볼 기회가 없었기 때문이겠지요. 내 경우는 그렇게 조사해 봄으로써 공통점을 찾아 낼 수 있었으니까요. 이제까지의 조사는 한쪽 끝에만 치우쳐서 한 것같이 생각됩니다. 문제의 말에 대해서 개별적으로 누가 말에 접근했는가, 누가 사료를 주었는가, 누가 안장을 얹었는가 하는 식으로 말입니다."

옥토버는 우울한 표정으로 끄덕였다.

"그리고 또 한 가지," 나는 말을 이었다. "약물이 검출되지 않으니까 연구소 사람들이 무슨 기계적인 장치를 쓴 게 아닐까 하고 말했다지요. 기수나 그 도구를 조사할 때, 말의 피부도 아울러 정밀하게 조사했을까요? 어젯밤 나는 내가 겨냥하면 말의 옆구리에 정확하게 다트를 명중시킬 수 있다는 걸 알았습니다. 사격 솜씨가 있는 사람이라면 공기총으로 쏘는 일은 아주 쉬운 일이니까요. 벌에게 쏘이는 것과 같은 거지요. 그것으로 말에게 속력을 내게 할 수 있습니다."

"어떤 말에도 그와 같은 흔적은 없다고 했지만, 이번에는 확인하도록 해야겠소. 그런데 분석 전문가에게 말의 체내에서 약물이 무해한 성분으로 분해될 가능성이 있느냐고 물었더니 그런 일은 있을 수 없다고 하더군요."

"그럼, 하나의 가능성은 없어졌군요."

"그렇게 된 셈이오."

그는 휘파람을 불어 골짜기 저쪽에서 사냥감을 찾아 헤매고 있는 개를 불렀다.

"다음 주일에는 당신이 번딜에 가고 없을 테지만, 그 뒤로는 매주 일요일 이 시간에 여기서 만나 의논하기로 합시다. 내가 집에 없을 때는 토요일 아침 말 운동시킬 때 나타나지 않으니까. 알겠소? 그런데 어제 스파킹 플러그를 타는 승마 기술이 다른 이들과는 격이 다르더군요. 너무 실력을 드러내지 않기로 약속하지 않았소?" 그는 희미하게 웃음을 띠며 덧붙였다. "그리고 또 인스킵의 이야기인데, 당신은 동작이 빠르고 열심히 일한다더군요."

"안 되겠는데요…… 조심하지 않으면 소문이 좋게 나겠군요."

"그렇겠군요." 그는 내 말투를 흉내 내었다. "마부 생활은 어떻소?"

"더러는 괜찮은 일도 있습니다. 아가씨들이 대단한 미인이더군요."

그는 싱긋 웃었다.

"그래, 엘리나를 도와주어서 고맙소. 아주 친절하게 대해주었다고 하더군요."

"아무것도 하지 않았습니다."

"하지만 패티는 약간 걱정이오." 뭔가 생각에 잠겨 있는 듯한 표정이었다. "어떤 일을 할 것인가 빨리 결정지었으면 좋겠다고 생각하는 것 같소. 지금까지와 같은 생활을 계속하는 것을 내가 못마땅하게 여기고 있다는 건 아는 모양이지만…… 언제 끝날지도 모르는 파티에서 밤을 새고…… 아니, 당신에게 말할 일은 아니지요."

여느 때처럼 악수를 하고 그는 언덕을 올라갔다. 내가 내려오는 도중에도 비는 쉴 새 없이 내리고 있었다.

예정대로 스파킹 플러그는 남쪽으로 250마일의 여행을 떠나게 되고, 나도 동행하였다. 경마장은 도시 변두리에 있었다. 점심때 운전 기사가 말해 준 바에 의하면, 마구간 전체가 화재로 타 버려 완전히 새로 지었다는 것이었다.

들은 것처럼 마구간은 깨끗하고 시설이 좋았는데, 마부들이 기뻐한 것은 숙박 시설 쪽이었다. 나도 놀랐다. 오락실 외에도 침대를 30개 쯤 죽 늘어놓은 기다란 숙소가 두 동 있고 침대는 깨끗한 시트와 폭신한 담요로 정돈되어 있었다. 각 침대의 머리맡 벽에는 등이 달려 있고 비닐 타일을 간 방바닥, 난방, 신식 욕실과 옷가지를 말리는 건조실까지 딸려 있었다. 전체적으로 따뜻하고 밝은 느낌인데, 색조의 배합은 분명히 전문가의 손에 의한 것이었다.

"야아, 힐튼 호텔 같은데!"

명랑해 보이는 젊은 사나이가 소리를 질렀다. 그는 숙소 문을 열고 들어서더니 내 옆에 서서 캔버스 가방을 침대 위로 힘있게 던졌다.

"이것으로 놀라는 건 좀 빨라." 줄어든 푸른 색 저지 옷을 입은, 마디진 몸집의 팔이 긴 젊은이가 말했다. "복도 끝에 굉장치도 않은 식당이 있는데, 아주 근사한 의자에다 텔레비전, 탁구대까지 다 준비되어 있어."

다른 목소리가 끼어들었다.

"뉴베리 같군."

"정말이야."

"아스코트보다도 좋지."

여기저기서 머리가 끄덕여졌다.

"아스코트에는 이런 1인용 침대가 없어."

이야기로 판단해 보건대 뉴베리와 아스코트의 숙소 시설이 전국에서 가장 좋은 모양이었다.

"이제야말로 보스들이 우리도 인간이라는 걸 깨달은 모양이지."

얼굴이 뾰죽하게 생긴 사나이가 적의를 품은 선동하는 듯한 말투로 말했다. "옛날의 그 빈대가 우글거리던 거지 움막에 비하면 궁전 아닌가."

시든 사과 같은 얼굴을 한 비쩍 마른, 나이 든 사나이가 끄덕였다. "하지만 미국에서는 벌써 전부터 이 정도의 대우를 해줬다지 뭔가."

"그곳에선 대우를 잘해 주지 않으면 이런 지저분한 일을 하겠다고 나설 녀석이 없다는 걸 일찍 깨달은 거야." 선동꾼이 다시 말했다.

"세상도 많이 달라졌지."

"나 있는 곳은 대우가 나쁘지 않아." 내가 참견하였다.

그 선동꾼 옆의 침대 위에 짐을 올려놓으면서, 아무 속셈이 없는 인간처럼 보여야 할 텐데 하고 속으로 긴장하였다. 슬로에 있을 때보다 훨씬 내 언동을 의식하였다. 거기서는 일의 내용을 익히 알고 있어서, 주의를 기울이고 있으면서도 다른 마부들과 무심하게 사귈 수 있었다. 그런데 여기서는 두 밤밖에 자지 않는다. 조금이라도 단서를 잡기 위해서는 단도직입적으로 관심 있는 화제로 이야기를 끌고 가야만 한다.

자료 내용은 이미 교과서처럼 머릿속에 들어 있었고, 지난 두 주일 동안 주위의 이야기에서 경마 특유의 속어를 되도록 많이 흡수하려고 신경을 집중시켜 귀를 기울여 왔다. 그러나 브리스틀에서 그들이 이야기하고 있는 것을 모두 다 알아들을 자신이 없었으므로, 내 말이 그 자리에서 어울리지 않는 동떨어진 것이 되지나 않을까 걱정되어 마음이 무거웠다.

"그런데 자넨 어디서 왔나?" 명랑한 젊은이가 나를 훑어보면서 물었다.

"옥토버 경의 마구간에서." 나는 대답했다.

"아하, 인스킵의 마구간이라는 뜻이로군. 굉장히 멀리까지 왔는데
……"

"인스킵의 마구간은 나쁘지 않을지도 모르지." 선동꾼 사나이가
말했다. 그리고 나서 그는 아차 하는 얼굴이 되었다. "하지만 아직도
우리를 구두 닦는 걸레 정도로 여길 때가 많아. 우리도 다른 인간이
나 마찬가지로 태양빛을 쬘 권리가 있다는 것을 잊어버리고 있는 자
들이 있다니까."

"그러니까 말이야." 뼈마디진 사나이가 진지한 말투로 끼어들었
다. "이야기로 듣자하니 밥도 제대로 먹이지 않으면서 잠시라도 손을
놓고 있으면 때리는 데가 아직 있다잖아. 그래서 모두들 이내 도망치
니까 혼자서 4마리, 5마리씩 맡는 거지!"

나는 아무 관심도 없는 듯한 목소리로 말했다.

"그곳이 어디야? 인스킵을 그만두고 나왔을 때 혹시라도 그런 데
로 휩쓸려 들어가면 큰일이니까."

"자네 있는 쪽이라고 생각하는데." 자신이 없는 목소리였다.

"아니, 더 북쪽인 더램이에요." 다른 사람이 끼어들었다. 야위고
아직도 뺨에 솜털이 보스스한 귀여운 소년이다.

"너도 그곳을 알고 있니?"

소년은 고개를 끄덕였다.

"어떻다고 말할 것도 없어. 미치광이가 아닌 이상 그런 데는 가지
않을 테니까. 몇백 년 전의 지옥이야. 그곳에는 갈 데 없는 인간
찌꺼기들이 갈 뿐이지."

"폭로해야 해!" 선동꾼이 말했다.

"거긴 누가 관리하는데?"

"핸버라는 자예요." 아까 그 소년이 말했다. "조련도 되어 있지 않
아요…… 그리고 경마에 나와 우승한 적도 없어요. 가끔 마부장이 모

임 같은 데에 나와 반강제적으로 모집한다고 떠들지만, 누가 들어 줘야지요. 그 자리에서 모두 거절해 버린답니다."

"누군가가 어떻게든 손을 써야 해." 선동꾼 사나이가 기계적으로 말했다.

그의 입버릇인 모양이다. "누군가가 어떻게······" 하고 말하지만 정작 그때가 되면 자기는 꽁무니를 뺄 것이다.

모두들 식당 쪽으로 몰려갔다. 음식은 정말 맛이 좋았다. 배불리 먹고도 무료였다. 술집으로 가자는 제안이 나왔으나 2마일이나 걸어야 한다고 하자 저절로 들어갔다. 게다가 이 밝고 따스한 식당 카운터 밑에 맥주가 몇 상자나 있다는 걸 알고서야 떠나겠는가.

이야기를 약물 투여 쪽으로 끌고 가는 일은 간단했다. 그들도 화제가 끝없이 많은 모양이었다. 그 자리에 있는 스물 몇 명 가운데 자기 손으로 직접 말에게 먹였다고 인정하는 사람은 하나도 없었다. 그러나 모두들 그런 일을 한 적이 있는 사나이를 알고 있는 친구가 있는 모양이었다. 나는 맥주를 마시면서 관심 어린 표정으로 이야기를 듣고 있었다. 사실 관심이 있었던 것이다.

"패독(경주가 시작되기 전에 말이 모이는 곳)을 나오는 순간 산을 끼얹어 출전을 못하게 만들었지."

"마취제를 너무 많이 먹였더니 이튿날 아침 마구간 안에서 죽어 있었대."

"똥 속에 고무 밴드가 7개나 나왔다니까."

"약이 지나쳐서 첫 장애물도 못 넘었잖아. 눈이 보이지 않았던 거야, 장님이 됐다구."

"경주 시작 30분 전에 커다란 물통에 가득 든 물을 먹였지. 뱃속에서 물이 출렁거려 약 같은 건 필요없었어."

"위스키 반병쯤 흘려 넣은 적이 있는데······."

"경주가 있는 날 아침 제대로 호흡하지 못하는 말의 코에 튜브를 넣었는데, 그 말이 이긴 건 호흡이 편안해져서가 아니라 튜브에 든 코카인 때문이라는 걸 알았지."

"사과 속을 파내고 그 속에 수면제를 넣어 가지고 있는 현장을 덮쳤는데……."

"검사원의 바로 코앞에서 주사기를 떨어뜨렸대."

"아직도 사용되지 않은 수법이 있을까?" 내가 물었다.

소년이 말했다.

"남은 건 요술 정도겠지요."

모두들 웃었다.

"누군가가 결코 밝혀낼 수 없는 방법을 만들어서 언제까지나 들키지 않고 쓰는 일도 있을지 모르지" 하고 나는 무심한 투로 말했다.

"흐음." 명랑한 사나이가 묘하게 목을 울렸다. "큰일 날 소릴 하는구먼. 그렇게 되는 날에는 경마도 끝장이야. 우리도 실업자가 되고 경마꾼도 장사 다한 거지."

그는 얼굴을 심하게 일그러뜨렸다.

그러나 나이 지긋한 작은 사나이는 농담이라고 생각하지 않는 모양이었다.

"벌써 몇 년이나 써 오고 있어." 그는 무거운 표정으로 혼자 고개를 끄덕이고 있었다.

"조교사 중에는 아주 교묘하게 해치우는 녀석이 있거든. 거짓말이 아니야. 개중에는 몇 년이나 자기의 말에 약을 쓰고 있는 자도 꽤 많이 있어."

그러나 다른 마부들은 그의 말에 동의하지 않았다. 약물 검사로 그런 녀석은 없어져 버렸다. 면허도 취소되고 추방되었다. 자기가 맡아 기르고 있는 말에게서 약물이 검출되면 조교사가 자동적으로 쫓겨난다는 옛날 규칙은 조교사에게 확실히 좀 가혹하다. 꼭 조교사가 나쁜 것도 아니지 않는가. 특히 지게 하기 위해 약이 투여되었을 경우라면, 이기게 하기 위해서 몇 달이나 훈련시킨 말을 스스로 못 쓰게 만들 조교사가 있겠는가? 그러나 그 규칙이 바뀐 지금도 약물 투여가 줄어들었다고는 생각할 수가 없다. 대강 이런 이야기들이 오갔다.

"그야 그렇겠지. 약을 먹이는 녀석은 그것이 조교사로서의 일생을 망치는 일이 아니라 한 번의 경주에서 1마리의 말을 이기지 못하게 만드는 데 지나지 않는다고 생각하겠지. 그럼, 양심의 가책이 사뭇 가벼워지거든. 안 그런가? 마구간 문을 닫아 일자리를 잃는 일만 아니라면 50파운드 받아먹고 사료에 아스피린을 집어넣는 마부도 불어날 거야."

모두들 계속 지껄였다. 개중에는 그럴 듯한 의견도 있고 또 야비한 농담도 있었다. 그러나 나의 관심사인 11필의 말에 대하여서는 아무것도 모른다는 게 분명해졌다. 문제의 마구간에서 온 사람은 하나도 없었고, 또 신문 지상의 추리적인 기사를 읽는 사람도 없다는 것 역시 확실해졌다. 비록 읽었다 하더라도 1년 반이라는 오랜 기간을 통해 부분적으로 보았을 뿐, 나처럼 모든 자료를 종합하여 집중적으로 연구하지는 않았을 것이다.

차츰 이야기가 중간에 끊기면서 하품이 나오고 이윽고 제각기 지껄이면서 침대에 들어갔다. 나 자신도 의혹을 사는 일 없이 하루 저녁을 무사히 넘길 수 있어 가슴을 쓸어내렸다.

다른 마부가 하는 일을 주의 깊게 살피며 이튿날도 아무에게도 이상한 눈초리를 받는 일 없이 지낼 수 있었다. 오후 일찍 스파킹 플러그를 마구간에서 끌어내어 패독으로 데리고 가 빙빙 걸음을 걸리고 안장을 얹는 동안 말을 붙들고 있다가 그것이 끝나자 다시 끌고 걸었다. 이번에는 기수가 올라타는 동안 말을 잡고 있다가 코스로 끌고 갔다. 그리고 나서 코스 입구 옆의 작은 스탠드에 가서 다른 마부와 함께 경주를 구경했다.

스파킹 플러그가 우승했다. 나는 굉장히 기뻤다. 입구에서 말을 맞아 널따란 승마 대기실로 데리고 갔다.

베케트 대령이 지팡이에 기대서서 기다리고 있었다. 그는 말을 툭툭 두드려 주고 기수에게 축하의 말을 하였다. 기수는 안장을 내리고 검량실 쪽으로 갔다. 대령이 비아냥대는 말투로 내게 말하였다.

"쥐꼬리만큼 본전을 찾은 셈이 되나 보군요."

"정말 좋은 말입니다. 장애물 경주에는 아주 이상적인 말입니다."

"좋소, 또 달리 뭐 필요한 건 없소?"

"있습니다. 11필의 말에 대해서 좀더 세밀한 자료가 필요합니다. 어디서 낳아서 사육되었나, 무엇을 먹었나, 병을 앓은 일은 없는가, 이동할 때의 운반차 기사가 식사하는 식당, 출전할 때의 편자는 경마장에서 신겼는가, 편자를 신긴 편자장이는 누구인가, 등등 무슨 일이든 모두 알아야겠습니다."

"진심이오?"

"네."

"하지만 약물이 투여되었다는 점 이외에는 공통점이 없소."

"나는 약물 투여를 가능하게 한 공통점이 무엇인가 알아내는 게 문제라고 생각합니다."

나는 느릿느릿 스파킹 플러그의 코를 쓰다듬어 주었다. 승리한 뒤라 흥분하여 다루기 힘들었다. 베케트 대령은 엄한 눈으로 나를 보고 있었다.

"로크 씨, 바라는 자료를 구해 주지요."

나는 싱긋 웃었다.

"감사합니다. 스파킹 플러그는 성심껏 돌보겠습니다. 이 일에서 물러날 때까지는 본전을 모두 찾을 겁니다."

"말을 들여놓으시오!" 계원이 소리쳤다.

대령이 힘없는 동작으로 손을 흔든 것을 신호로 나는 말의 흥분이 가라앉도록 슬슬 데리고 걸어 마방으로 돌아갔다.

숙소에 돌아가 보니 경주 기간의 중간이어서 어제 저녁보다 훨씬 많은 마부들이 와 있었다. 이번에는 그들의 화제를 약물 투어 쪽으로 끌고 가 귀를 기울일 뿐 아니라, 내 마구간에서 특정한 마방을 가르쳐 주는 일만으로 50파운드를 주겠다는 자가 있을 경우 거절할지 안 할지 모르겠다고 슬그머니 떠 보았다. 몇 명인가가 나무라는 듯한 눈초리로 나를 흘겨보았다. 그러나 얼굴과는 동떨어지게 커다란 코를 연방 킁킁 울리고 있는 작은 몸집의 사나이가 뭔가 생각하는 듯한 표정으로 나를 보았다.

이튿날 아침 세면장에서 그 사나이가 내 옆에 다가와 얼굴을 씻으면서 입술 사이로 말을 밀어 냈다.

"어제 저녁의 그 말 정말인가? 50파운드 주면 마방을 가르쳐 준다는 말?"

나는 어깨를 으쓱했다.

"거짓말해서 뭐 생기는 게 있나?"

그는 흘끔 주위를 살펴보았다. 나는 그만 웃음이 터져 나올 것 같아서 견딜 수가 없었다.

"자네한테 직접 그 이야기를 듣겠다는 사람을 소개해 줄 수 있을지 몰라. 나눠먹기로 말이지, 반반씩."

"농담은 그만 하시지." 나는 난폭한 어조로 말했다. "나눠먹기? 반반씩 나눠먹기? 날 뭘로 아는 거야?"

"그럼, 5파운드면," 사나이는 코를 킁킁거리며 값을 내렸다. "어떨까……? 그 이하로는 안 돼."

"마방을 가르쳐 주는 건 나쁜 짓이야." 나는 수건으로 얼굴을 닦으면서 거드름 피우는 태도로 말했다.

상대방은 놀란 눈으로 나를 쳐다보았다.

"자네가 5파운드 떼야겠다면, 60파운드 아래로는 안 되겠는데."

사나이는 웃어야 할지 화내야 할지 모르겠다는 표정이었다. 어쩔 줄 몰라 하고 있는 그를 그 자리에 남겨 두고 나는 히죽히죽 웃으며 스파킹 플러그를 요크셔로 데리고 돌아갈 준비를 하기 시작했다.

5

　금요일 저녁때 슬로의 술집에 가서 또 스피와 홀 양끝에서 서로 흘겨보았다.

　일요일에는 마부의 절반이 반나절 휴가를 얻어 번딜에 가서 축구와 다트 시합을 했는데, 두 가지 모두 이겼다. 우리는 서로 어깨를 두드리면서 맥주를 마셨다. 번딜 쪽 사람들은 신참인 내 탓에 다트에 졌다고 말한 외에 특별히 나에게 관심을 보이는 눈치는 없었다. 이곳에서도 약물 투여 사건이 있었다는 옥토버의 말을 들었음에도 불구하고 스피 같은 존재는 눈에 띄게 드러나지 않았고, 내가 본 범위 안에서는 내가 어떤 악인이리라고 별로 다르게 보는 성싶지도 않았다.

　그 다음 주일에는 내가 맡은 3마리 말의 시중을 들고, 자료를 읽고, 이리저리 촉수를 뻗쳐 보았으나 결과는 마찬가지였다. 파디의 태도는 냉랭했다. 파디에게서 나와 스피가 같은 부류라는 보고를 받았는지 월리의 태도도 싸늘해졌다. 월리는 오후의 작업량 할당을 이제까지보다 많이 떠맡김으로써 나에 대한 감정을 나타냈다. 날마다 점심 식사가 끝난 뒤부터 4시의 오후 작업이 시작될 때까지의 자유 시간에 한가롭게 지내는 대신 광장 청소, 도구 손질, 사료 준비, 인스킵의 자동차 청소, 비어 있는 마방의 창문 닦기를 해야만 했다. 나는 묵묵히 일했다. 앞으로 싸우고 뛰쳐나갈 구실이 필요하게 될 경우 하루 11시간씩 일했다는 불평은 일리가 있다고 생각되었기 때문이다.

화요일 정오에 다시 스파킹 플러그와 여행을 떠났다. 이번에는 첼트넘이었다. 그리고 운전기사뿐만 아니라 글리츠와 그의 말, 그리고 마부장도 함께 가게 되었다.

경마장 마구간에 도착해 보니 오늘 밤, 지난 시즌 챔피언 기수의 축하 파티가 있다고 하였다. 오늘 밤 이곳에서 자는 마부들 모두가 거리의 댄스파티에 참가하여 축하한다는 것이다. 글리츠와 나는 부지런히 말의 손질을 끝내고 식사한 다음 옷을 갈아입고 버스로 산을 내려가 파티의 입장료를 치르고 들어갔다. 큰 홀 안은 밴드의 연주가 요란스럽게 떠들썩했다. 춤추는 사람은 아직 많지 않았다. 아가씨들이 작은 그룹을 이루고 앉아 커다랗게 그룹을 지어 서 있는 사나이들 쪽을 보고 있었다. '이상한 파티로군' 하고 말하려다가 나는 깜짝 놀라 입을 다물었다. 글리츠는 내가 이 파티를 이상하게 생각할 줄은 모르고 있는 것이다. 그를 데리고 바에 가니 경마장에서 온 마부들이 거리의 사람들과 뒤섞여 있었다. 글리츠에게 맥주를 한 잔 사면서 오늘 밤 내가 하려고 하는 일을 그에게 보여 주게 된 것이 애석하여 견딜 수가 없었다. 가엾은 사나이다. 파디에 대한 감정과 나에 대한 호의 사이에 끼어 어쩔 줄 모르는 것이다. 그런 그를 나는 오늘 밤 환멸의 구렁텅이에 몰아넣으려고 하는 것이다. 나는 그 까닭을 그에게 말해 주고 싶었다. '오늘 밤에는 아무것도 하지 말았으면⋯⋯' 하는 생각이 자꾸만 들었다. 그러나 둔한 마부 한 사람의 호의를 유지하기 위해서 이와 같이 두 번 다시 없는 좋은 기회를 놓쳐 버릴 수는 없었다. 아무리 내가 그를 좋아한다 해도 나는 2만 파운드에 걸맞는 일을 하기로 이미 약속한 것이다.

"글리츠, 계집애 하나 주워서 춤이나 추지 그래?"

그의 얼굴에 천천히 웃음이 떠올랐다.

"아는 여자애가 없어요."

"그런 건 괜찮아, 너 같은 사나이라면 계집애들도 기꺼이 춤을 출 거야. 가서 신청해봐."

"괜찮아요, 당신하고 같이 있는 게 좋아요."

"에이 참. 그럼, 한 잔 더 마시자."

"아직 남아 있는데……"

나는 둘이 같이 기대고 있던 바 쪽을 향해 거의 입도 대지 않은 잔을 꽝 하고 내려놓았다.

"이 따위 술 같지도 않은 건 난 안 마셔!" 나는 눈을 부라렸다.

"이봐, 바텐더, 위스키 더블로 가져와!"

"댄!"

글리츠가 나의 기세에 놀라 자빠졌다. '우선은 성공이군.' 바텐더가 위스키를 따르고 돈을 받았다.

"잠깐!" 나는 다시 큰 소리로 외쳤다. "따른 김에 한 잔 더 따르지."

바 저쪽 끝에서 마부들이 한 무리 고개를 돌려 나를 보고 있는 것이 보인다기보다는 느껴졌다. 나는 글라스를 들어 두 모금에 마셔 버리고 손등으로 입을 문질렀다. 빈 잔을 밀어 놓고 두 잔째의 돈을 치렀다.

"댄." 글리츠가 내 옷소매를 잡아당겼다. "그렇게 마셔도 괜찮아?"

"아!" 나는 얼굴을 찌푸리며 대답했다. "계집애하고 춤추고 와!"

그러나 그는 움직이지 않았다. 내가 두 잔째를 비우고 석 잔째를 주문하는 것을 보고 있었다. 걱정스러운 표정이었다.

마부들 한 무리가 우리 쪽으로 몰려왔다.

"이거 굉장한 기세인데!"

밝은 푸른 색 바지를 화려하게 입은, 나와 비슷한 또래의 키 큰 사나이가 말했다.

"무슨 참견이야!" 나는 퉁명스럽게 말했다.

"자네 인스킵네 있지?" 사나이가 물었다.

"그래, 인스킵네 있지…… 그 머저리 같은 녀석."

나는 석 잔째를 집어 들었다. 나는 본디 위스키는 센 편인데, 특히 오늘 저녁은 계획적으로 저녁밥을 든든히 먹어 두었다. 그러므로 모두가 곤드레가 된 줄로 알아도 나 자신은 끄떡없는 것이다. 그러나 연극은 일찌감치 꾸며야 한다. 내가 술에 잔뜩 취한 오늘 저녁의 일을 이 사람들의 기억에 넣지 못한다면 곤란하다.

"고작 11파운드야." 나는 지긋지긋하다는 듯이 말했다. "한 주일 이레 동안 땀 흘려 일한 값이 말이야!"

어떤 이는 정말 그렇다는 듯한 표정을 보였다. 푸른 바지를 입은 사나이가 물었다.

"그렇다면 위스키를 마구 마실 수도 없을 텐데?"

"왜? 왜 못 마셔? 아, 짜릿하다! 이런 장사, 보통으로 해서는 되는 줄 알아?"

푸른 바지가 글리츠에게 말했다.

"이 작자, 많이 취한 모양인데?"

"그런 것 같아요." 글리츠가 걱정스러운 얼굴로 말했다. "그리고 보니 댄은 이번 주일 내내 정말 일을 많이 한 것 같았어."

"나는 몇천 파운드나 되는 말을 돌봐 주고 있어. 말이 이기느냐 지느냐는 내 손에 달렸지. 그런데도 인색하게…… 뭐야."

나는 석 잔째를 비우고 딸꾹질을 하며 말했다.

"이렇게 불공평한 일은 달리 없단 말이야!"

바가 혼잡해지기 시작했다. 주위에 모인 사람들의 차림새며 인사말로 미루어 보아 적어도 절반쯤은 어떤 형태로든 경마와 관계가 있는 모양이다. 거리는 도박사의 사무원, 예상꾼, 마부 등으로 가득 찼다. 사실 그런 인간들을 끌어들이기 위해 댄스파티를 연 것이니까. 모두들 차츰 거칠게 술잔을 주고받았다. 이 15분 동안에 넉 잔째의 더블 위스키를 얻어 내기란 상당히 힘든 일이다.

나는 글라스를 손에 들고 사람들을 훑어보았다. 몸이 앞뒤로 휘청거렸다.

"내가 바라는 건 말이야." 나는 다시 시작했다. '대관절 내 소망은 뭐지?' 나는 머릿속으로 대답을 찾았다. "난 말이야, 오토바이를 갖고 싶어. 여자를 기쁘게 해줄 수 있거든. 휴가 때는 외국으로 날아가고 싶어. 근사한 호텔에 들어서…… 눈짓만 하면 급사가 뛰어오고…… 좋아하는 술을 얼마든지 마시는, 그리고 집의 계약금을 치르고, 그런 일을 지금의 내 형편으로 할 수 있다고 생각하나? 내가 가르쳐 주지. 지옥에서 눈사람이나 만들라고, 흥! 오늘 아침 급료 봉투에 얼마가 들어 있었다고 생각해? 7파운드 4펜스야!"

나는 지치지도 않고 불평불만을 늘어놓았다. 시간이 천천히 흘러갔다. 청중이 바뀌고 또 바뀌었다. 나는 그 자리에 모인 경마 관계 인사들 모두가 인스킵의 마부 중에 돈을, 그것도 상당액의 돈을 바라는 자가 있다는 것을 빠짐없이 들었으리라고 생각될 때까지 늘어놓았다. 그런데 맨송맨송한 얼굴로 난처한 듯이 내 곁에 붙어 앉은 글리츠조차도 겉으로는 나의 주정이 점점 심해 가는데도 술은 차츰 간격을 뜸하게 두고 마신다는 것을 알아차리지 못하는 모양이었다.

이윽고 내가 일부러 쓰러지며 기둥을 붙잡자 글리츠가 내 귀에다 대고 큰 소리로 말했다.

"댄, 나는 그만 돌아가겠어요. 당신도 같이 안 가면 마지막 버스를 놓칠걸요. 그래 가지고는 걸어서 가지도 못할 테고."

"뭐얏?"

나는 눈을 가느스름하게 뜨고 그의 얼굴을 보았다. 푸른 바지가 와서 내 뒤에 서 있었다.

"도와 줄까?" 그는 글리츠에게 물었다.

글리츠가 정나미 떨어진 얼굴로 나를 보고 있었다. 나는 그에게로 쓰러지면서 어깨에 팔을 돌렸다. 푸른 바지의 신세를 졌다가는 큰일이라고 생각한 것이다.

"내 친구 글리츠여, 자네가 그렇게 말한다면 나도 돌아갈 용의 있도다!"

입구를 향해 걸었다. 푸른 바지가 뒤따라왔다. 내가 비틀거릴 때마다 글리츠가 허우적거렸다. 이때쯤에는 똑바로 걷지 못하는 이들이 여기저기에 많이 있었다. 버스 정류장의 인파가 바람이 자는 날의 바다처럼 큰 무리를 이루고 일렁거렸다. 나는 사람들 눈에 띄지 않는 어둠 속에서 히죽이 웃으며 하늘을 올려다보았다. 그리고 오늘 밤 힘들여 뿌린 씨가 열매를 맺지 않는다면 영국 경마계에는 부정이 없는 거라고 생각하였다.

곯아떨어지지는 않았던 것 같은데, 이튿날 아침 일어났을 때는 머리가 깨어질 듯이 아팠다. 머리 위에서 대장장이가 쇠망치를 휘두르고 있는 것 같았다. '모든 일은 다 목적이 있어서 한 것이다' 하고 나는 자신을 타일렀다.

스파킹 플러그가 출전하여 반마신 정도의 차이로 졌다. 그것을 계기로 마부용 스탠드 위에서 다들 들으라는 듯 떠들어 댔다. 일주일분 급료를 시궁창에 버린 거나 같다고.

좁은 대기실에서 베케트 대령이 말의 목덜미를 툭툭 두들기면서 내게 말하였다.

"이 다음에는 우승하겠지요? 요구한 자료는 소포로 보냈소."

그리고 나서 그는 자리를 떠나 인스킵과 기수를 상대로 경주에 대한 이야기를 하고 있었다.

그날 밤, 모두 함께 요크셔로 돌아갔다. 글리츠와 나는 운반차의 말 싣는 곳에 놓인 긴 의자 위에서 여행하는 내내 거의 잠을 잤다.

몸을 뒤면서 글리츠가 비난하는 듯한 어조로 말했다.

"나는 당신이 인스킵의 마구간을 그렇게나 싫어하는 줄은 몰랐어요…… 그리고 이제까지 주정하는 건 못 봤는데……."

"일이 문제가 아니야, 글리츠. 문제는 급료야."

어젯밤의 태도를 그대로 밀고 나갔다.

"당신이 불평하는 그 급료로 결혼하여 아이까지 낳아 키우는 사람도 있어요."

내가 하는 말에는 도무지 찬성할 수 없다는 투였다. 사실 내 언동이 그로서는 대단한 충격이었던 모양이다. 어젯밤 이후 나와는 거의 말을 하지 않는 것만 보아도 잘 알 수 있었다.

이튿날 오후, 옥토버에게 보고할 만한 일은 아무것도 없었으므로 산에서의 밀담은 짧은 시간에 끝났다. 그때 그에게서 들은 바에 의하면, 베케트가 우송해 준 자료는 앨더쇼트의 우수한 사관 후보생 11명의 손에 의해 수집된 것이라는 말이었다. 작업은 창의성 테스트라는 이름으로 맡겨져 배정된 말에 대한 보고의 정밀성을 비교한다는 것이다. 몇 가지 항목에는——내가 부탁한 것이지만——간단한 설명이 붙어 있었다. 그 이외에는 모두 창의성과 조사 능력에 맡긴 모양인데, 베케트의 이야기로는 모든 능력을 다 기울여 조사한 것 같았다.

나는 그전보다 더욱 대령의 조직력에 감탄하면서 산을 내려왔다. 그런데 이튿날 소포를 받았을 때의 놀라움은 그보다 더 큰 것이었다. 월리가 오후에 또 너절한 일을 시켰기 때문에 저녁 식사 뒤 마부들이 대부분 슬로로 가기까지 숙소에서 소포를 뜯어 볼 기회가 없었다. 그 안에는 두꺼운 종이 표지를 붙인, 타이프로 친 237페이지의 보고서가 가득 들어 있었다. 일주일 안에 이만한 것을 만들어 내기 위해서는 후보생뿐만 아니라 타이피스트들에게도 굉장한 작업이었을 것이다. 자료는 간결한 보고 형식으로 되어 있어 장황한 서술로 공간을 허비한 곳은 전혀 없었다. 처음부터 끝까지 상세한 사실이 가득 들어 있었다.

올너트 부인의 목소리가 층계를 타고 올라왔다.

"댄, 미안하지만 석탄 한 통 갖다 주지 않겠어?"

나는 보고서를 침대 시트 밑에 감추고 우리가 식사하고 여가의 대부분을 보내는 따스한 부엌 겸 거실로 내려갔다. 그곳에서 아무 방해 없이 무엇을 읽는다는 일은 불가능했다. 새벽부터 취침 시간까지 감독자의 눈이 번득이고 있는 것이다. 방해를 받지 않고 정신을 집중하여 보고서를 읽을 수 있는 곳은 내 생각으로는 화장실밖에 없었다. 그리하여 모두 잠들기를 기다려 복도를 지나 화장실에 들어가서 안으로 잠갔다. 누가 미심쩍게 생각하면 배탈이 났다고 대답할 작정이었다.

시간이 걸렸다. 4시간이 지났는데도 아직 절반밖에 읽지 못했다. 나는 일어나서 하품을 하며 뻣뻣해진 몸을 길게 기지개켜며 방으로 돌아왔다. 아무도 잠을 깨지 않았다.

이튿날 밤 모두들 잠들기를 기다려 일을 계속할 생각으로 드러누워 있으려니까 저녁에 슬로에 갔다 온 네 사람의 이야기 소리가 들려 왔다.

"스피와 같이 있던 녀석이 누구지요?" 글리츠가 말하였다. "못 보던 녀석이야."

"엊저녁에도 있었어." 다른 목소리가 말했다. "이상한 녀석이던데."

"어디가 이상해?"

숙소에 남아 있던 젊은 마부가 물었다. 내가 안락의자에서 졸고 있을 때 텔레비전을 보고 있던 사나이였다.

"꼭 집어 말할 수는 없지만," 글리츠가 말했다. "눈을 가만두지 않는 그런 느낌이었어요."

다른 목소리가 말하였다.

"누군가를 찾고 있는 것 같지 않아?"

파디가 내 오른편에 있는 벽께에서 한 마디 내뱉었다.

"그 녀석 곁에 가지 마. 스피도 그렇고, 잘 들어 둬. 그놈들 하고 어울리다가는 큰코 다칠 테니까."

"하지만 번쩍거리는 금빛 넥타이를 맨 녀석이 우리에게 한 잔씩 사 줬잖아요. 인심 쓰는 거 보니까 그다지 나쁜 녀석 같지도 않던데……."

글리츠의 이러한 단순성에 파디는 정나미가 떨어진 듯이 한숨을 쉬었다.

"네가 이브였다면 보자마자 사과를 먹어치웠겠지. 뱀이 꾈 필요도 없이 말이야."

"아무려면 어때요." 글리츠가 하품을 하면서 말했다. "내일이면 그 녀석도 없어지겠지. 스피에게 날짜가 다가온다든가 뭐라든가 하더라구요."

모두들 이런 말 저런 말을 중얼거리다가 잠들었다. 나는 어둠 속에서 눈을 뜬 채 '이제 들은 말들은 꽤 재미있는데' 하고 생각했다. 내일 저녁에는 꼭 술집에 가 봐야겠다. 당장에라도 달라붙을 것 같은 눈꺼풀을 억지로 뜨고 따스한 침대에서 나와 화장실로 갔다. 보고서를 끝까지 읽는 데 4시간이 걸렸다. 나는 화장실 바닥에 주저앉아 벽에 기댄 채 멍하니 앞을 보고 있었다. 현미경으로 조사한 것 같은 너무나도 자세한 11필의 경력 조사서 가운데 모두에게 공통된 점은 단하나도 없었다. 공통분모는 전혀 없는 것이다. 4마리나 5마리에 공통되는 것은 몇 가지 있었다. 그렇지만 그 4마리나 5마리가 언제나 같은 것은 아니었다. 예를 들어서 기수가 사용한 안장 제작자라든가, 경매된 장소라든가, 사료라든가 하는 것들이다. 아무튼 이 보고서로 인하여 상당히 명확한 단서를 잡을 것으로 믿었던 내 기대는 완전히 사라지고 말았다. 실의에 차서 얼어붙은 몸을 붙안고 침대로 기어들었다.

이튿날 저녁 8시쯤 나는 혼자서 슬로를 향해 걸어갔다. 다른 이들은 모두 급료날까지는 돈이 떨어졌고 어쨌든 텔레비전의 '제트 카'를 보고 싶은 모양이었다.

"첼트넘에서 스파킹 플러그에게 걸었다가 돈을 다 털린 줄 알았는데⋯⋯." 글리츠가 말했다.

"2실링 정도 남아 있어." 나는 잔돈을 내보였다. "맥주 한 잔은 되겠지."

수요일은 대개 그렇지만 술집에는 손님이 없었다. 스피와 그의 정체 모를 친구의 모습도 보이지 않았다. 맥주 한 잔 마시고, 1점에서 20점까지의 고리를 하나씩 겨냥하여 다트를 던지며 시간을 보냈다. 이윽고 과녁에서 화살을 뽑아내고 시계를 보며 헛걸음이었나 보다고 생각했다. 바로 그 순간 입구에 한 사나이가 나타났다. 바깥 입구가 아니라 옆의 바로 통하는 문이다. 곱게 거품이 인 호박색 음료 글라스와 가느스름한 잎담배를 왼손에 들고 오른손으로 문을 밀쳤다. 그는 나를 흘금흘금 보며 마부냐고 물었다.

"그렇소."

"글렌저, 아니면 인스킵?"

"인스킵."

"흐음……."

그는 홀 안으로 들어와 문에서 손을 떼었다.

"그쪽 마부 한 사람을 내일 저녁에 이리로 데려다 주면 10실링 주지. 맥주도 실컷 마시게 해주고."

나는 흥미 있는 표정을 지었다.

"누구?" 하고 물었다. "특정한 녀석인가? 금요일에는 잔뜩 몰려올 텐데."

"그렇지. 아니, 내일 밤이 좋겠군. 쇠뿔은 단 김에 빼라는 게 내 신조거든. 누구냐고? 그렇지. 자네가 동료 이름을 말해봐. 그 중에서 하나 고를 테니까. 어때?"

퍽 우스꽝스러운 수법이라고 생각했으나, 직접 내 이름을 지명하여 나중까지 기억되는 것을 피하고 싶은 모양이다.

"오케이. 파디, 글리츠, 윌리, 스티브, 론." 나는 사이를 두었다.

"계속해."

"렉, 노만, 디브, 제프, 댄, 마이크."

상대방의 눈이 빛났다.

"댄이라고 했지? 좋은 이름이군. 그럼, 댄을 데리고 와 봐."

"내가 댄인데."

한순간 그의 얼굴 근육이 팽팽해지며 눈이 가늘어졌다.

"장난하지 마!" 날카로운 말투였다.

"그쪽이야." 나는 침착하게 지적하였다. "말을 꺼낸 건."

사나이는 의자에 걸터앉더니 앞 테이블에 가만히 글라스를 놓았다.

"왜 오늘 저녁에 혼자 왔지?"

"마시고 싶어서."

상대방은 입을 다물었다. 머릿속으로 어떻게 말을 꺼낼까 생각하고 있는 모양이다. 떡 벌어진 몸집의 키가 작은 사나이로, 작아 보이는 검은색 양복의 윗옷 앞자락을 터놓고 있었다. 머리글자를 붙인 크림색 셔츠와 금빛 넥타이가 보였다. 손가락이 통통하고 목덜미에 군살이 쪘으나, 나를 보는 눈은 날카로웠다.

이윽고 사나이가 입을 열었다.

"자네 마구간에 스파킹 플러그라는 말이 있지?"

"있지."

"월요일에 레스터에서 뛰나?"

"그런 모양이야."

"가망있나?" 사나이가 물었다.

"이봐, 정보가 필요한 거야? 굉장히 복잡하게 나오는군. 스파킹 플러그는 바로 내가 맡고 있어. 내 의견이니까 잘 들어 둬. 이번 월요일 경주에서 플러그를 따를 말은 없어!"

"우승한다는 건가?"

"물론, 내가 단언하지."

"그럼, 자넨 자기 말에 걸겠군?"

"물론."

"급료의 절반? 4파운드쯤?"

"글쎄……."

"플러그는 틀림없이 우승후보야. 하지만 잘해야 갑절, 4파운드 얻어먹는 거지. 별것 아니야. 그런데 경우에 따라서 100파운드 벌 방법이 없는 것도 아니거든."

입으로는 "놀리지 마"라고 말하면서 다음 말을 듣기 위해 곁눈질로 사나이의 얼굴을 더듬었다.

사나이가 자신만만한 태도로 몸을 앞으로 내밀었다.

"마음에 안 든다면 나중에 거절해도 돼. 자네가 싫다고 하면 난 아무 말 않고 가버릴 테니까. 아무도 이 이야기는 모르는 거지. 하지만 만일 나중에 할 마음이 있다면 나쁘게는 대하지 않아."

나는 단도직입적으로 물었다.

"100파운드를 받고 무얼 하라는 거지?"

사나이는 조심스럽게 주위를 둘러보고 더욱 소리를 낮추었다.

"일요일 밤, 스파킹 플러그의 먹이에 조금 넣어 주기만 하면 돼. 아주 쉽지? 간단한 일이야."

"간단하군." 내가 되풀이하였다. 사실 간단한 일이었던 것이다.

"그럼, 하겠나?"

그는 물어뜯을 듯한 눈으로 나를 노려보았다.

"당신 이름도 모르잖아."

"그런 건 걱정 안해도 돼."

그는 내뱉듯이 말했다.

"당신 도박사야?"

"아니." 사나이가 말했다. "도박사는 아냐. 질문은 그만하고…… 할텐가?"

"당신은 도박사가 아니라면서 우승 후보가 못 이기도록 손쓰는 데 100파운드 낸다는 거로군. 내 짐작으로는 다른 말을 내세워서 이기려는 것도 아닌 모양이고…… 당신, 도박사들에게 우승 후보가 이기지 못할 거라는 정보를 흘릴 모양이지? 그들은 고마워서, 그렇지, 한 사람 앞에 사례금을 최저 50파운드는 내놓겠지. 이 나라에는 어림잡아 1만 1천 명쯤의 도박사가 있어. 엄청난 손님이지. 하지만 정보를 주는 상대는 미리 정해져 있겠지? 그러니까 신용 거래 비슷한 건가?"

사나이의 얼굴에 걱정과 뜻밖이라는 표정이 떠올랐다. 나는 내 육
감이 적중했음을 알아차렸다.

"어디서 들었지?" 힘없는 목소리였다.

"나도 풋내기는 아냐."

나는 비웃음을 띠었다.

"침착해. 어디서 들은 건 아니니까." 나는 잠시 뜸을 들였다. "스
파킹 플러그의 사료에 경품을 넣어 주긴 하겠는데, 아까 그 액수로는
안 되겠어. 100파운드 가지고는……."

"안 된다고? 그럼, 이야기는 취소야." 그는 이마의 땀을 닦고 있
었다.

"그렇겠지." 나는 어깨를 움츠렸다.

"150내지." 상대방이 마지못한 듯이 말하였다.

"150이라면 괜찮지." 나는 응했다. "그럼, 선금을 주실까?"

"반액 선급, 경주 뒤에 나머지를 주겠어."

말이 술술 나왔다. 늘 해 온 흥정인 모양이다.

나는 곧 응낙했다. 사나이가 토요일 저녁때 이곳에 와서 약봉지와
75파운드를 건네주겠다고 말했다. 나는 고개를 끄덕여 보이고 가게를
나왔다. 사나이는 우울한 표정으로 글라스를 응시하고 있었다.

산길을 오르면서 스피는 일당과의 접촉 중개자 명단에서 지우기로
했다. 그가 약물 투여 관계의 일에서 다리 역할을 해준 것은 확실하
지만, 목적은 신진 우승 후보가 우승하지 못하도록 하는 것으로, 우
승한 경험이 없는 이류 말에 흥분제를 먹인 일과는 관계가 없는 것이
다. 같은 부류의 인간이 이처럼 서로 다른 부정 수단을 강구한다고는
생각할 수가 없기 때문이다.

베케트 대령의 조사 결과를 그냥 치워 버리기가 아까운 생각이 들

어, 그날 밤과 그 다음 밤 내내 화장실에 들어가 다시 신중하게 읽어 보았다. 그 결과는 낮의 일이 손에 잡히지 않는다는 사실로 나타났을 뿐이다. 이 5일 동안의 수면 시간은 평균 3시간이 될까말까였다. 그러나 일요일에 옥토버와 만났을 때 11명의 젊은이들이 만들어 낸 방대한 보고서가 아무 소용없었다고 말하기는 정말 싫었다. 그리고 시간을 들여 읽고 또 읽는 동안 그 두툼한 서류 뭉치 속에서 뭔가 도움이 되는 사실을 집어 낼 수 있으리라는 이치에 맞지 않는 확신이 있었다.

토요일 아침은 찬바람이 휘몰아치는 아주 좋지 않은 날씨였으나, 옥토버의 딸들은 말운동의 제1진과 함께 떠났다. 엘리나는 얌전하게 아침 인사를 하기 위해 다가왔을 뿐이었는데, 다시 내가 다루는 말 가운데 한 마리를 타게 된 패티는 발을 들어올려 줄 때 눈짓을 하며 속눈썹을 깜박여 보이기도 하고 일부러 몸을 갖다대기도 했다.

"지난주에는 보이지 않던데, 대니 보이 ? " 등자에 발을 걸면서 그녀가 말했다. "어디 있었지 ? "

"첼트넘입니다, 아가씨. "

"그럼, 이번 토요일은 ? "

"여기 있습니다. "

그녀는 사뭇 사람을 업신여기는 듯한 투로 말했다.

"그렇다면 다음부터 내가 탈 때는 등자끈을 짧게 하는 거 잊지 말아요, 너무 길어. "

그녀는 자기 스스로 하려고도 않고 나보고 하라는 시늉을 해보였다. 내가 하는 것을 잠자코 보면서 즐기는 눈치였다. 내가 두 개째 버클을 쥐고 있을 때 내 손에 무릎을 대고는 구두코로 나의 늑골을 세게 찼다.

"왜 잠자코 있는 거야, 대니 보이?" 그녀는 몸을 구부리고 작은 목소리로 말하였다.

"당신 같은 미남은 좀더 똑똑하게 구는 편이 좋아. 왜 잠자코 있어?"

나는 진지하게 대답했다.

"목이 잘리고 싶지 않아서요."

"바보!" 빈정대듯이 말하고 그녀는 말머리를 돌렸다.

'저러다가 이제 큰 봉변을 당하지!' 하고 나는 생각했다. 그녀는 너무나도 도발적이었다. 물론 깜짝 놀랄 만한 미인이기는 했으나, 그뿐만이 아니었다. 남을 골려 주는 장난은 기분이 상할 뿐이라고 하지만, 그 뒤에 깃든 유혹이 마음을 부추겼다.

그녀의 일은 훌훌 털어 버리고 스파킹 플러그를 끌어내어 타고서 광장을 나오자 늘 하는 대로 운동을 시키려 높은 지대로 올라갔다.

그날은 날씨가 점점 더 나빠져서 제2진이 떠날 무렵에는 세차게 비가 내리기 시작하였다. 역풍을 헤치고 빗방울에 얼굴을 얻어맞으면서 온 몸이 물에 빠진 생쥐같이 되어 집으로 돌아오는 길에 올랐다. 비가 계속 내렸기 때문인지, 아니면 토요일이기 때문인지 고맙게도 월리가 오후의 잡일을 시키지 않았다. 숙사 식당에서 다른 마부 9명과 더불어 3시간이나 누웠다 앉았다 하고 휘몰아치는 바람 소리를 들으면서 텔레비전으로 쳅스터의 경주를 보았다. 난로 둘레에 널린 윗옷, 바지, 양말에서 무럭무럭 김이 피어오르고 있었다.

나는 지난 시즌의 경마 자료집을 테이블 위에 펼쳐놓고 왼손 주먹 위에 턱을 괸 채 오른손으로 아무 생각 없이 페이지를 넘기고 있었다. 11마리 말의 조서에서 단서를 전혀 얻지 못하여 마부들의 기분을 상하게 하는 일을 일부러 해야만 했다. 오스트레일리아의 뜨거운 햇살이 내려쬐는 여름과는 정반대인 계절이라서 그런지, 나의 수사는

107

처음부터 성공할 가능성이 없는 무모한 계획으로 생각되었다. 문제는 내가 이미 옥토버에게게서 돈을 받았기 때문에 이제 와서 새삼스럽게 약속을 깨뜨릴 수 없다는 점이다. 이런 생활을 앞으로 몇 달 동안이나 계속하지 않으면 안 되는 것이다. 그렇게 생각하니 더욱더 서글퍼졌다. 음울한 기분에 사로잡힌 채 시름없이 앉아 귀중한 자유 시간을 허비하고 있었다.

지금 돌이켜보니 그날 오후의 내 우울증은 단순한 피로 때문이 아니라, 내가 하고자 결심한 일이 실패로 돌아갈 것 같다는 자신감 상실 때문이었던 게 틀림없다. 그 뒤 훨씬 지독한 경험을 했음에도 불구하고, 옥토버의 이야기에 귀를 기울인 일을 후회하며 살기 좋은 오스트레일리아의 나의 집으로 당장 달려가고 싶은 기분에 사로잡힌 것은 아주 짧은 순간뿐이었기 때문이다.

텔레비전을 보고 있는 이들이 기수에 대해서 멋대로 평을 하면서 경주 결과에 대해 서로 내기를 걸기도 했다.

"늘 그렇듯이 후반 끝머리에서 차이가 두드러질 거야." 파디가 말했다.

"상당한 거리니까 마지막까지 스태미나가 지속되는 건 알라딘 정도일걸."

"그렇지 않아요." 글리츠가 반대했다. "롭스터 칵테일이 끝내 앞설 거에요."

나는 몇십 번이나 되풀이해 읽었으면서도 묵묵히 그저 목적도 없이 경마 자료실 페이지를 들추고 있었다. 그러는 동안 책 첫머리 쪽의 일반 자료 가운데서 쳅스터 경주 코스의 평면도가 우연히 눈에 띄었다. 코스의 모양, 장애물의 위치, 스탠드, 스타팅 게이트, 골포스트를 그려 놓은 약도였다. 나는 지금까지 루들로, 스탭포드, 헤이독의 약도를 보아 왔으나 아무것도 얻은 바가 없었다. 켈소와 세치필드의 약도는 없었다. 평면도 항목 다음에 코스의 순서, 거리, 관리 위원의 이름, 주소, 각 경주의 최고 기록 등 자료가 실려 있었다.

아무 생각 없이 쳅스터의 난을 들여다보았다. 파디가 말하던 '막판에 몰아친 거리'가 나와 있었다. 150야드였다. 켈소, 세치필드, 루들로, 스탭포드, 헤이독도 조사해 보았다. 모두 쳅스터보다 훨씬 길었다. 책에 나와 있는 코스 전부의 마지막 직선 거리를 조사해 보았다. 에인트리 그라운드 내셔널이 두 번째로 길었다. 가장 긴 것은 세치필드이고 세 번째는 루들로, 네 번째는 헤이독, 다섯 번째는 켈소, 그리고 여섯 번째는 스탭포드였다. 지리적 관계 위치는 문제가 아니었던 것이다. 그 일당들이 다섯 코스를 선택한 것은 코스 모두 마지막 직선거리가 4분의 1마일쯤 되었기 때문이라는 것이 확실하였다.

산만한 자료 속에서 적어도 한 가지 공통점이 나왔다는 것은 조금이나마 진전했다는 말이 된다. 깊이를 알 수 없는 깊은 우물 속에서 얼마쯤 빛을 본 듯한 기분으로 책을 덮고 4시에 다함께 비에 젖은 광장으로 나갔다. 내가 담당한 3마리에 각기 한 시간씩 들어서 건강하고 깨끗하게 윤이 나도록 솔질을 해주고, 깔짚을 매만져 주고, 물을 길어 오고, 인스킵이 점검하는 동안 머리를 잡아 주고, 포대기를 걸쳐 주고, 마지막으로 저녁 사료를 넣어 주었다. 늘 그렇듯 모두의 작업이 끝났을 때는 7시였다. 식사를 마친 뒤 옷을 갈아입고 털털이 오스틴 자동차에 7명이 깡통 정어리처럼 포개져서 슬로로 가는 언덕길을 허덕허덕 내려갈 무렵에는 8시가 되어 있었다.

당구, 다트, 도미노, 동료끼리의 입씨름 등 언제나와 꼭 같았다. 나는 가만히 참고 기다렸다. 10시 가까이 되자 모두들 이튿날 아침일을 생각하고 나머지 맥주를 마저 마시기 시작했다. 그때 스피가 홀을 가로질러 문 쪽으로 가면서 내 눈길을 붙들더니 따라오라고 고갯짓을 했다. 나는 일어나 그를 쫓아가 화장실에 있는 그를 찾아냈다.

"이거 전해 주라고 하더군. 나머지는 화요일에."

그는 짤막하게 말했다. 강인한 모습을 보여 줄 속셈인지, 입을 단단히 다물고 차가운 시선으로 나를 응시하면서 두툼한 갈색 봉투를 내밀었다.

나는 가죽 점퍼 안주머니에 집어넣고 고개를 끄덕였다. 그리고 말없이 무표정하게 상대방과 똑같이 차가운 시선을 던지고서 홀로 돌아왔다. 한참 뒤 그가 천연덕스럽게 나왔다.

다시 오스틴의 자동차에 포개어 타고 고갯길을 올라가 좁은 숙사의 침대로 들어갔다. 가슴께에 75파운드와 흰 가루약 봉지를 껴안고서.

6

옥토버가 손가락 끝에 흰 가루를 찍어 핥아 보았다.

"나도 뭔지 도무지 모르겠군요." 그는 머리를 저으면서 말했다.

"분석시켜 보아야지."

나는 허리를 굽혀 그의 사냥개를 툭툭 두들기고 귀 뒤를 쓰다듬어 주었다.

"돈을 받고서 말에게 약을 먹이지 않으면 큰일난다는 건 알고 있겠지요?"

나는 그를 쳐다보고 싱긋 웃었다.

"웃을 일이 아니오." 그는 진지한 표정으로 말했다. "그런 부류의 패거리들은 난폭하기 짝이 없거든. 갈비뼈라도 부러지는 날에는 그만이니까."

"아무래도," 나는 일어서면서 말했다. "스파킹 플러그가 우승하지 않는 편이 좋겠습니다. 한 번이라도 배신하게 되면 그들 일당에게 접근할 기회가 완전히 끊길 테니까요."

"바로 그 점이오." 안도감이 깃든 목소리였다. "스파킹 플러그는 지지 않으면 안 되오. 그런데 인스킵에게 기수를 어떻게 하라고도 할 수 없고."

"그런 말을 해서는 안 됩니다. 그를 이 일에 끌어들여서는 안 됩니다. 나야 별 상관이 없지만요. 내일 아침 플러그에게 물을 조금만 주어서 갈증이 나게 해 놓은 뒤, 경주 시작 직전에 물통으로 하나 가득 먹이면 우승하지 못하겠지요."

옥토버는 재미있다는 듯이 나를 보았다.

"수법을 하나 둘 배웠군."

"내가 배운 수법을 모두 이야기한다면 아마 몸서리치실 겁니다."

그가 미소를 지었다.

"좋소, 그 방법밖에 없겠지. 우승 후보를 지게 하기 위해 이사가 마부와 모의했다는 사실이 드러나면 전 영국 운영 위원회 사람들이 뭐라고 할까……." 그는 소리내어 웃었다. "베케트 대령에게는 사정을 이야기해 두지요. 하지만 스파킹에게 걸 인스킵이나 우리집 마부들, 그리고 일반 사람들은 재미없게 됐는데, 손해볼 테니까."

"그렇습니다." 나도 인정하였다.

흰 가루약 봉지를 접어 돈과 함께 봉투에 넣었다. 75파운드는 부주의하게도 일련 번호가 나란히 매겨져 있는 5파운드짜리 새 지폐였다. 옥토버가 가지고 가서 알아보기로 했다.

나는 11필의 말이 우승한 코스는 모두 마지막 직선거리가 길다는 것을 이야기해 주었다.

"결국은 비타민을 썼다는 말이 될지도 모르겠소." 그는 뭔가 생각하는 듯한 표정으로 말했다. "비타민은 약물 테스트로는 검출해 내지 못하거든요. 본디 약제가 아니라 식품이니까. 비타민이면 문제가 시끄럽게 되겠는데."

"비타민으로 스태미나를 늘이는 겁니까?" 내가 물었다.

"그렇소, 상당히 스태미나가 붙는다오. 당신이 지적한 것처럼 11마리는 모두 마지막 반마일에서 축 처지는 말들인데, 그런 말에 쓰기에 아주 이상적인 것이오. 우리도 우선 비타민을 생각해 보기는 했지만, 그 생각을 버리지 않을 수 없었지요. 비타민을 혈관에 대량으로 주입하면 우승하게 되기는 하지만, 뛰는 사이에 연소해 버리기 때문에 분석해도 검출되지 않아서, 달리 검출 방법이 없소. 말이 흥분하지 않아, 경주가 끝난 뒤에도 귀에서 벤젠드린이 흘러넘치는 모습으로 돌아오지는 않지요." 그는 한숨을 지었다. "어떻게 해야 하나……."

나는 마음이 내키지 않았으나 베케트의 보고서에서 아무것도 얻은 바가 없었다고 고백하였다.

"베케트도 나도 그 보고서에 대해서는 당신만큼 기대를 갖고 있지 않았소. 지난주에 그와 이야기할 기회가 자주 있었는데, 만일 당신이 투약된 시기에 문제의 말을 조련하던 어딘가의 마구간에 들어갈 수 있다면 뭔가 보지 못하고 지나쳐 버린 점을 찾아낼지 모른다는 의견도 나왔지요. 물론 11마리 중 8마리는 팔려서 소속 마구간이 바뀌었소. 애석하지만 하는 수 없는 일이지요. 그렇지만 3필은 당시의 마구간에 그대로 있소. 어느 한 곳에 들어갈 수 있으면 좋겠다고 생각하는데."

"그렇군요. 알았습니다. 세 마구간을 찾아가서 써 줄지 시도해 보겠습니다. 하지만 지금 와서는 단서가 될 만한 건 아무것도 없을 겁니다. 그러는 동안에 전혀 다른 마구간에서 12번째의 말이 나타날지도 모르지요. 지난주에 헤이독에서 미심쩍은 점이 없었습니까?"

"없었소. 출전한 말들 모두에게서 경주 전에 침 샘플을 채취했는데, 우승 후보가 아주 자연스럽게 이겼기 때문에 샘플 분석도 하지 않았소. 그런데 그 다섯 코스가 막판 몰아치는 직선거리가 길어서 선택된 것이라고 한다면 앞으로는 한층 더 엄중하게 감시할 필요가 있겠구려. 특히 11마리의 어느 하나가 출전할 경우에는."

"출전 예정표를 보면 등록을 했는지 안 했는지 알 수 있겠지요. 하지만 이제까지 보아 온 바에 따르면 같은 말에 두 번 투약된 예는 없었으니까, 여기에서 그 공식이 무너진다고는 생각할 수 없습니다."

찬바람이 세차게 골짜기에 불어닥치자 옥토버는 몸을 떨었다. 어제 온 비로 물이 불어난 개울이 바위 사이를 기세좋게 흐르고 있었다. 옥토버가 휘파람을 불어 개울가를 건들거리고 돌아다니고 있는 개를 불렀다.

악수하면서 그가 말했다.

"또 한 가지, 수의사의 이야기로는 공기총 탄환이라든가 다트 같은 것은 사용되지 않았다고 하오. 하지만 그들도 100퍼센트 확신이 있는 건 아니오. 이 다음에는 말의 피부를 철저하게 조사시킬 생각이오."

"그렇게 해주십시오."

미소를 나눈 다음 우리는 각기 다른 방향을 향하여 갔다. 나는 그가 마음에 들었다. 창의성이 풍부하고, 말이며 태도에 나타나는 접근하기 어려운 큰 회사 중역다운 위압감을 누그러뜨리는 유머 감각도 갖추고 있었다. '강인한 사나이야'라고 나는 감탄에 가까운 마음을 품었다. 그는 정신적으로도 육체적으로도 강인하여 목적을 향해 곧장 나아간다. 이어받지 않아도 자기 손으로 백작 작위를 쟁취할 그런 사나이였다.

그날 밤과 이튿날 아침, 스파킹 플러그는 물을 얻어 마시지 못하였다. 운반차의 기사는 마부들에게서 피와 땀의 결정체인 급료를 이 말에 걸어야 한다는 지시를 받고 레스터로 향하였다. 나는 내가 배신자가 된 것 같은 기분이 들었다.

인스킵 마구간의 다른 말도 같은 칸에 타고 있었는데 제3경주에 나갈 예정이었으며, 장애물 제5경주다. 따라서 나는 처음의 두 경주와 스파킹 플러그의 경주를 볼 수가 있다. 나는 경주표를 사 가지고 패독의 목책에 걸터앉아 첫 번째 경주에 출전할 말이 소개되는 것을 보고 있었다. 자료에서 보고 조교사의 이름은 술하게 알고 있었으나 얼굴은 몰랐다. 장난삼아 패독 안에서 기수와 이야기하고 있는 조교사의 이름을 맞춰 보려고 생각했다. 제1경주에는 7마리밖에 뛰지 않는다. 조교사는 오웬, 칸넬, 비비, 카잘레트, 핸버…… 핸버? 어디선가 들은 이름이다. 그러나 생각이 나지 않았다. '대단한 일은 아니겠지' 하고 생각하였다.

핸버의 말이 가장 볼품없었다. 그 말을 끌고 나온 마부 역시 손질하지 않은 구두에 때묻은 레인코트를 걸치고서도 아주 태연하였다. 코트를 벗은 기수의 윗옷에는 어딘가의 진흙이 묻어 있었다. 깨끗한 옷 한 벌 마련해 주지 않고 작업원의 옷차림을 상관 않는 조교사 자신은 몸집이 크고 성미가 급해 보이는 사나이로, 굵고 꺼칠한 단장을 짚고 있었다.

마침 스탠드에서 바로 옆자리에 핸버의 마부가 경주를 구경하려고 와서 앉았다.

"이길 것 같나?" 나는 무심하게 물었다.

그는 입을 삐죽이 내밀고 말했다.

"달리는 만큼 손해지 뭐. 저 거지 같은 말 시중은 이제 딱 질색이라니까!"

"그래, 다른 말은 괜찮겠지?" 나는 말이 출발점에 서는 것을 보며 다시 물었다.

"다른 말? 또 3마리나 있다네. 놀랐지? 하지만 시시한 말뿐이어서 싫증이 났어. 이번 주일에는 급료가 좋든 말든 그만두고 나올 참이라네."

그때 갑자기 핸버라는 이름에 관련된 일이 생각났다. 브리스틀 숙소에서 한 소년이 말한 이름이었다. 전국에서 노동 조건이 가장 나쁜 마구간, 밥도 제대로 먹이지 않고 혹사하여 쓰레기 같은 사람들밖에 고용하지 못하는 곳이다.

"급료가 좋든 말든이라니, 무슨 뜻인가?" 내가 물었다.

"핸버는 남이 주급 11파운드 줄 때 16파운드를 주거든." 사나이가 말했다. "하지만 돈이 문제가 아냐. 핸버 녀석 어떻게 되든 내 알 바 아니지. 아무튼 나는 그만둘 거야!"

경주가 시작되었다. 핸버의 말은 꼴찌였다. 마부가 뭐라 중얼거리면서 말을 데리러 갔다.

나는 소리없이 웃으면서 사나이를 따라 층계를 내려오다가 그의 일은 잊어 버리고 말았다. 첼트넘의 댄스파티에서 바에 있던 검은 콧수염을 기른 수상쩍은 사나이가 층계 밑에서 기다리고 있었기 때문이다.

나는 천천히 그 자리를 떠나 패독에 가서 목책에 기대었다. 사나이가 슬그머니 뒤따라 왔다. 옆에 서더니 패독 안에 들어가 있는 한 마리의 말에 눈길을 돌린 채 말했다.

"돈이 필요하다고?"

그를 흘금 훑어보면서 나는 말했다.

"오늘 경주가 끝나면 필요없어."

사나이도 흘긋 내 쪽을 보았다.

"흐음, 스파킹 플러그에게 꽤 자신이 있는 모양이지?"

"물론!" 나는 볼멘 소리로 대답했다. "절대적이야."

그리고 나는 생각했다. '수고스럽게도 누군가가 나에 대해 그에게 가르쳐 준 자가 있군.' 이것은 내 일을 조사하였다는 말이 된다. 어차피 좋은 소문은 듣지 못하였겠지.

"흐음……."

아무 말 없이 1분쯤 지났다. 이윽고 사나이가 지금까지와는 아주 다른 말투로 입을 열었다.

"어때, 일자리를 바꿀 생각은 없나? ……다른 곳으로 옮겨 줄까?"

나는 어깨를 움츠리며 말했다.

"생각한 일이야 있지. 누구든 다 그럴걸."

"우수한 마부는 서로 데려가려고 덤비거든. 자네, 말 다루는 솜씨가 좋다지? 인스킵의 소개장만 있으면 어디서든지 써 줄 거야. 자리가 날 때까지 기다릴 셈이라면."

"어디야?" 내가 물었으나 상대방은 서두르는 빛이 없었다.

다시 1분쯤 지났을 무렵, 사나이는 남의 말을 하듯 말하였다.

"마구간에 따라서는…… 상당한 수입이 있거든."

"……"

"물론." 그는 가볍게 기침을 했다. "마구간 일 말고 다른 일도 좀 거들면 말이야."

"무슨 일……."

"글쎄…… 별일은 아니고," 그는 애매하게 대답하였다. "경우에 따라 달라. 뭐랄까…… 용돈 좀 주겠다는 사람에게 조금 힘만 보태면 돼."

"누군데?"

그는 쓴웃음을 지었다.

"나를 대리인으로 생각하면 돼. 어때? 조건은 조교할 때의 상황이라든가 여러 가지 정보를 귀띔해 주는 데 일주일에 5파운드, 좀더 위험이 따르는 특별 작업일 경우에는 충분히 보너스를 줄 걸세."

나는 아랫입술을 깨물면서 천천히 대꾸했다.

"나쁘진 않군. 그런데 인스킵에게서 그런 일을 하면 안 되나?"

"인스킵의 마구간은 도박 전문이 아니야. 우승하지 못할 말은 아예 내보내지 않거든. 그런 곳에 부하를 넣어 둘 필요는 없어. 그런데 지금 도박 전문 마구간으로 우리 쪽 사람이 들어가 있지 않은 곳이 두 군데 있어. 그중 어느 쪽에 들어가든 자네는 쓸 만한 일을 해낼 거야."

그는 이름이 알려진 조교사의 이름을 둘 들었는데, 내가 취직하려고 마음먹고 있는 곳의 세 사람과는 다른 이름이었다. 여기서 나는 어느 쪽이 더 유리한지 결정을 내려야 했다. 다시 투약될 가능성이 거의 없는 11마리 중의 한 마리가 있는 곳으로 갈 것인가, 틀림없이 교묘하게 조직되어 있을 스파이 망에 걸려드는 편이 좋을까?

"생각해 보지. 연락 방법은?"

"자네가 일원이 되기 전까지는 가르쳐 줄 수 없어." 그는 딱 잘라 말했다. "흐음, 스파킹 플러그는 제5경주로군. 경주가 끝난 뒤에 대답을 듣기로 할까? 마구간으로 돌아가는 길의 어딘가에 있겠네. 오케이면 머리를 끄덕이게, 아니면 머리를 흔들고. 하지만 이런 좋은 기회는 다시없을 거야. 자네한테 어울리는 일이지."

상대방의 웃음에 비웃음의 빛이 보였다. 나는 가슴이 저려 옴을 느꼈다.

사나이는 등을 돌리고 두어 발짝 떼다가 다시 돌아섰다.

"스파킹 플러그에게 크게 걸어 두는 편이 좋겠지?" 하고 물었다.

"글쎄, 뭐랄까. 나라면 공연한 짓은 안해."

놀라움의 표정이 보이더니 다음에는 의심스러운 듯이, 그리고 알겠다는 얼굴이 되었다.

"이거 놀랐는데!"

그는 돌멩이 밑에서 기어나온 벌레를 보는 것 같은 눈초리로 나를 보면서 웃었다. 이 사나이는 자기의 장사 밑천을 혐오하고 있는 것이다.

"자넨 쓸 만해. 틀림없이 소용이 있을 거야."

나는 사나이의 뒷모습을 멀거니 바라보았다. 그가 스파킹 플러그에게 거는 것을 말린 것은 친절한 마음에서가 아니었다. 나에 대한 신뢰감을 유지하고 강화시키는 단 하나의 방법이었기 때문이다. 그가 50야드쯤 갔을 무렵 나는 그 뒤를 밟았다. 사나이는 똑바로 옹기종기 늘어서 있는 가게 쪽으로 가더니 한 집 한 집 표시해 놓은 배당률을 보며 걸어갔다. 내가 보기에 정말 다음 경주의 예상을 검토하고 있는 모양이었으며, 내가 준 정보를 특정 사람에게 알려주는 것 같은 기색은 없었다. 나는 길게 숨을 내쉬고 다른 집 말에 10실링 걸고 스탠드로 돌아가 코스에 말이 나오는 것을 보고 있었다.

스파킹 플러그는 허겁지겁 두 통의 물을 마신 뒤 끝에서 두 번째 장애물에 걸려 관중의 욕설을 뒤집어쓰면서 지쳐 버린 걸음걸이로 다른 한 마리의 뒤를 따랐다. 나는 마음이 아파 견딜 수가 없었다. 이것은 우수한 말에 대해 너무나도 무정한 취급인 것이다.

말을 마구간으로 끌고 가는 도중에 검은 콧수염의 사나이가 기다리고 있었다. 내가 끄덕이니 '그렇겠지' 하는 듯한 냉소를 띠었다.

"이쪽에서 연락하지."

돌아오는 차안과 그리고 이튿날은 마구간 전체가 스파킹 플러그의 뜻밖의 패배 때문에 우울한 분위기에 휩싸여 있었다. 화요일 밤, 혼자 슬로에 가니 스피가 나머지 75파운드를 건네주었다. 살펴보니 선금으로 받은 15매에 이어지는 연속 번호로 5파운드짜리 새 지폐가 15매 들어 있었다.

"좋아." 내가 말했다. "자네 몫은 어떻게 됐지?"

스피는 입술을 비틀어 붙였다.

"이미 받으셨어. 너희들 같은 풋내기가 위험한 다리를 건너는 걸 나는 뒤에서 도와 주기만 하면 되지. 어때, 응?"

"괜찮은 거래로군. 이런 일 자주 하나?"

나는 봉투를 주머니에 챙겨 넣었다.

그는 어깨를 움츠렸다. 자랑스러운 얼굴이다.

"자네 같은 녀석은 1마일 밖에서도 훤히 보여. 짐작컨대 인스킵도 이제 앞이 안 보이는 모양이지. 자네 같은 구린 녀석을 고용하긴 아마 이번이 처음일걸. 그 다트 시합이 안성맞춤이었지. 난 잘해. 그러니까 언제든 팀에 참가하지. 요크셔에는 마구간이 많이 있어. 기대를 어기고 패배하는 우승 후보 말도 많이 있지."

"잘들 하는군."

그는 우쭐해서 입을 일그러뜨렸다. 그렇다는 뜻이다.

고갯길을 오르면서 TNT 다이너마이트 키트의 도화선에 불을 붙이는 방법을 생각해 보았다.

검은 콧수염 사나이의 제의가 있었으므로 베케트의 보고서를 다시 한번 읽고서 11필에 대한 투약이 스파이 단의 짓인지 아닌지를 조사하기로 했다. 새로운 각도에서 보면 뭔가 실마리가 나올지도 모르며, 스파이에 가담하는 것을 그만두고 처음 계획한 대로 투약된 말의 마구간으로 갈 것인가 말 것인가를 결정하는 데 도움이 되리라고도 생각했다.

화장실에 들어앉아 다시 1페이지부터 읽기 시작했다. 67페이지의 다섯 번째 말의 경력 첫머리에 다음과 같이 기록되어 있었다.

'아스코트의 경매에서 요크의 D.L. 멘티프 씨가 420파운드에 구입하고, 500파운드에 포제트의 핸버에게 전매, 3개월 동안 두 번 허들에 출전했으나 입상하지 못함. 다시 돈커스터에서 리즈의 N.W. 데이비스 씨에게 600파운드에 팔렸음. 그에 따라 마스 에지의 L. 피터슨 조교 마구간에 맡겨져 18개월 동안 허들에 네 번, 장애물에 다섯 번 출전하였으나 입상하지 못했음. 출전 경주는 아래 표와 같음.'

핸버에게 3개월 있었다. 나는 혼자 웃었다. 마부뿐만이 아니라 말도 오래 있지 못하는 모양이다. 한 페이지 한 페이지 빠짐없이 읽어 내려갔다.

94페이지에 다음과 같이 씌어져 있었다.

'알라모는 켈소의 공개 경매에 나와서 버뷔크셔의 존 아바스노트 씨에 의하여 300파운드에 낙찰됨. 그에 따라 포제트의 H 핸버 조교사에게 맡겨졌으나 한 번도 출전하지 못하고 그대로 핸버에게 같은 금액으로 팔렸음. 몇 주일 뒤 다시 켈소에서 넌위치의 클레멘트 스미슨 씨에게 375파운드에 팔림. 이곳에서 여름을 지낸 뒤 말튼의 새뮤엘 마틴 조교사에게 맡겨짐. 크리스마스까지 허들에 네 번 출전하였으나 입상하지 못했음. 아래 표를 보시오.'

나는 뻣뻣해진 목줄기를 주물렀다. 또 핸버인 것이다.

계속 읽었다.

180페이지에 다음과 같이 씌어 있었다.

'리지웨이는 그 뒤 1살 때 홈 편의 제임스 그린(농업)에게 빚돈 저당으로 인도되었음. 그린 씨는 2년 동안 방목한 뒤 사냥말로 조련시켰음. 그런데 퓨지의 터플로 씨가 경주말로 훈련시키고자 양도를 신청했음. 리지웨이는 퓨지의 로널드 스트리트 조교사에 의하여 평지 경주 조교를 받았으나, 그해 여름 경주에 네 번 출전, 입상하지 못했음. 터플로 씨는 리지웨이를 브리지 루스의 앨버트 조지 씨(농업)에게 양도함. 조지 씨는 자신이 조교를 시도하였으나 일이 바빴기 때문에 충분히 훈련시키지 못하고 더램 근처의 사촌형제를 통해 헤드레이 핸버 조교사에게 양도. 핸버는 말의 열성을 인정하고 11월 뉴마킷 경매에 내놓아 메이너의 P.J. 블루워 씨에 의하여 290파운드에 낙찰되고…….'

나는 수없이 나오는 인명에 주의를 기울이며 끝까지 읽었으나, 핸버의 이름은 그 뒤 두 번 다시 나타나지 않았다.

11마리 중 3마리는 그 경력 중 짧은 기간이기는 하지만, 핸버의 마구간에 있었던 적이 있다. 다만 그뿐이다.

수면 부족으로 모래를 끼얹은 것 같은 눈을 비볐을 때, 갑자기 조용한 숙소 안에 자명종 소리가 울려 퍼졌다. 나는 놀라서 시계를 보았다. 6시 반 가까이 되어 있었다. 일어나 기지개를 켜고 얼굴을 씻은 다음 보고서를 잠옷과 그 위에 걸쳤던 윗옷 밑에 감추고 하품을 하면서 방으로 돌아왔다. 다른 사람들도 침대에서 일어나 나와, 눈을 비비면서 옷을 입고 있었다.

광장은 지독히 추워 손에 닿는 것 모두가 손가락 끝에서 체온을 빼앗아 가는지 금방 손이 얼어 움직일 수 없게 되었다. 공기가 완전히 얼어붙어 식도를 흘러 떨어지는 아이스 커피처럼 덩어리가 되어 가슴속으로 들어왔다. 마방의 오물을 쓸어 내고 안장을 얹고 언덕으로 올라가 운동한 다음 돌아와, 땀을 닦아 주고 말을 쉬게 하고서 사료와 물을 주고 아침 식사를 하러 갔다. 똑같은 일을 2마리째, 3마리째 되풀이하는 동안에 점심때가 되었다.

식사 중에 월리가 와서 나와 다른 두 명에게 마구 손질을 명령했다. 캔에 든 자두와 푸딩을 먹고 마구실에 가서 안장 등을 만지기 시작했다. 난로가 있기 때문에 따스하여 나는 안장에 머리를 올려놓고 깊이 잠들어 버렸다.

동료 하나가 내 다리를 툭툭 치며 "댄, 일어나, 일이 잔뜩 밀렸잖아"라고 말하는 바람에 놀란 나는 잠의 심연에서 깨었다. 그러나 아직 완전히 눈을 뜨기도 전에 다른 하나가 "자게 좀 내버려 둬. 언제나 잘하고 있잖아"라고 말했다. 그에게 축복을 보내면서 나는 다시 무감각의 세계로 떨어져 들어갔다. 곧 4시가 되어 마구간 작업이 또 3시간, 7시에 저녁 식사, 이렇게 하여 하루가 끝나 가고 있었다.

그렇게 하는 동안 내내, 보고서 속에 핸버의 이름이 세 번이나 나왔다는 사실을 생각하고 또 생각했다. 그렇지만 투약시에 11마리 중 4마리에 같은 사료를 주었다는 사실과 마찬가지로 그것이 어떠한 의미를 가지고 있는지 전혀 짐작이 가지 않았다. 가장 마음에 걸리는 일은 이미 두 번이나 열심히 읽었으면서도 그 이름에 주의를 기울이지 못했다는 점이다. 물론 레스터에서 핸버와 그의 말을 보고 마부와 이야기하기까지는 그런 이름에 주의를 기울일 이유가 없었다는 것은 나도 알고 있었다. 그러나 같은 이름이 세 번이나 나타난 것을 놓치고 있었다면, 다른 이름도 그냥 넘어갔을 가능성이 충분히 있다. 여기서 해야 할 일은 보고서에 나타나 있는 모든 이름을 뽑아 적어서 그것들이 다른 말과 어떤 관련을 갖고 있는가 조사해 보는 일이다. 전자계산기라면 몇 초에 할 수 있겠지만, 나로서는 또 하룻밤을 화장실 안에서 지내야 될 듯싶었다.

보고서 속에서 1천 개 이상의 이름이 나왔다. 수요일 밤에 반쯤 뽑아내고 잠을 조금 자 둔 뒤 나머지 반은 목요일 밤에 끝마쳤다.

금요일에는 드물게도 태양이 빛나고 고지대의 아침은 눈부셨다. 나는 행렬의 가운데쯤에서 스파킹 플러그를 가볍게 달음박질시키면서 인명표의 일을 생각하였다. 2마리 이상의 말에 관계가 있는 이름은 핸버 이외에 꼭 한 사람 있을 뿐이다. 그 다른 한 쪽은 폴 제임스 애덤스라는 인물로, 과거에 각기 시기는 다르지만 그 11마리 중 6필을 가지고 있었던 적이 있다. 11필 중 6필, 우연이라고는 생각할 수 없다. 절대 확실하다고 해도 좋다. 나는 첫 번째의 중요한 단서를 잡았다는 확신이 섰으나, 과거 몇 달 동안 폴 애덤스가 소유했었다는 사실이 어찌하여 한두 해 뒤에 투약을 가능하게 했는지 전혀 짐작해 볼 수가 없었다. 오전 내내 생각하였으나 도저히 이해할 수가 없었다.

"날씨가 좋아서 담요 세탁에는 안성맞춤이야"라고 월리가 나에게 지시했다. 작업은 말에게 덮어 주는 담요 등을 광장 콘크리트 위에 펼쳐놓고 호스로 물을 끼얹고 가루비누를 뿌린 다음 손잡이가 긴 비로 문질러 물빨래를 하여 목책에 걸쳐 물을 빼 가지고 따뜻한 마구실에 넣어 말리는 것이다. 모두가 싫어하는 작업인데, 일을 시킬 때 월리는 나에 대한 혐오를 노골적으로 나타냈다. 스파킹 플러그가 우승하지 못한 뒤로 나에 대한 그의 냉대는 한층 더해졌으나, 그래도 내가 무슨 수단을 부렸으리라는 말은 입에 담지 않았다. '하는 수 없지' 하고 나는 점심 식사가 끝난 뒤 담요 다섯 장을 펼쳐놓고 물을 끼얹으면서 생각하였다. 2시간쯤 혼자 생각에 잠길 수 있었다. 그러나 언제나와 마찬가지로 내 예상은 들어맞지 않았다.

3시가 되어 말이 잠을 청하고 마부들도 말의 흉내를 내든가, 아니면 금방 받은 급료봉투를 들고 헐로게이트의 거리로 볼일 보러 급히 나가고 없었다. 마구간 전체가 쉬고 있는 가운데 나 혼자 비를 들고 마지못해 일하고 있는데, 패티 털렌이 문 안으로 들어와 광장의 포장도로를 걸어오더니 내게서 몇 피트 떨어진 곳에서 걸음을 멈췄다.

목에서 스커트 자락 끝까지 은빛 단추가 달린 초록빛 트위드 드레스를 입고 있었다. 깨끗하고 윤기있는 밤색 머리칼을 곱게 매만져 어깨에 늘어뜨리고, 넓은 초록빛 밴드를 이마에 두르고 있다. 꿈꾸는 듯한 속눈썹과 엷은 핑크빛 입술을 보고 있으려니 땀 흘리며 일하는 마부에게 이토록 아름다운 훼방꾼은 없으리라는 생각조차 들었다.

"안녕, 대니 보이!" 그녀가 말했다.

"어서 오십시오, 아가씨."

"창문에서 내려다보고 있었지" 하고 말했다.

나는 놀라서 옥토버의 저택 쪽을 쳐다보았다. 나무로 완전히 가려져 있으리라고 생각했었는데, 과연 잎이 떨어진 가지 사이로 돌벽과 창문이 하나 보였다. 그러나 상당한 거리이다. 저기서 나를 알아보았다면 패티는 망원경으로 보았을 것이 틀림없다.

"혼자 쓸쓸할 것 같아서 이야기하러 왔어요."

"고맙습니다."

"실은……." 그녀는 속눈썹을 내리깔고 말했다. "식구들은 오늘 저녁이나 되어야 돌아올 거고, 저렇게 큰 집에서 혼자 있자니 얼마나 심심한지 몰라요. 그래서 이야기하러 온 거예요."

"그래요……."

나는 비를 짚고 서서 그녀의 아름다운 얼굴을 쳐다보았다. 눈의 표정이 나이보다 비교적 어른스럽다고 생각했다.

"여긴 춥군요. 이야기할 게 있어요. 저기 저 문간에 가서 잠깐 이야기하지 않을래요?"

그녀는 내 대답을 기다리지 않고 입구 쪽으로 걸어갔다. 사료광이다. 나는 입구에 비를 세워 놓고 뒤따라 들어갔다.

"무슨 일인데요, 아가씨?"

내가 물었다. 창고 안은 어두컴컴하였다.

이야기가 목적이 아니라는 것은 곧 알게 되었다.

그녀는 내 목에 팔을 돌리더니 키스해 달라고 입술을 내밀었다. 나는 얼굴을 숙이고 키스하였다. 이 옥토버의 딸은 처녀가 아니다. 그녀는 혀와 이를 움직여 키스하면서 리드미컬하게 배를 내게 비벼댔다. 나는 온 몸의 근육이 딱딱해졌다. 달콤한 비누 향기가 행동과는 어울리지 않게 청순하였다.

"그건 그렇고."

그녀는 소리 죽여 웃으면서 몸을 떼더니 창고의 절반을 메우고 있는 건초더미 쪽으로 걸음을 옮겼다.

"어서 와요."

나를 어깨 너머로 부르면서 그녀는 편편한 건초 꼭대기로 올라갔다. 나는 천천히 그 뒤를 따랐다. 그 위에 올라가서 비며 물통들을 놓아 둔 헛간과 입구를 통해 펼쳐놓은 담요에 볕이 내리쬐고 있는 쪽을 바라보았다. '건초더미 꼭대기는 필립이 어렸을 적에 가장 좋아한 놀이터였지. 이런 때에 가족을 생각해 내다니, 묘한 일이군' 하고 나는 생각했다.

패티는 내게서 3피트쯤 떨어진 자리에 반듯하게 드러누워 있었다. 커다랗게 벌려뜬 눈이 이글거리고 있었다. 묘한 웃음을 띤 입이 반쯤 벌려져 있었다. 나의 눈길을 붙든 채 그녀는 천천히 은단추를 모두 끌렀다. 몸을 약간 흔드니 옷의 앞자락이 열렸다.

밑에는 한 오리도 걸치지 않은 알몸이었다.

나는 그녀의 몸을 보고 있었다. 진주빛으로 빛나며 가늘고 매력적이었다. 기대감에 몸을 떨고 있었다.

나는 눈을 그녀의 얼굴로 옮겼다. 검은 눈을 크게 뜨고 있었으며, 그 얼굴에 감돌고 있는 기묘한 웃음이 갑자기 음흉스럽고 능청맞고 더러운 것 같은 느낌을 주었다. 문득 그녀의 눈에 비치고 있을 내 모습이 머리에 떠올랐다. 런던에 있는 옥토버의 집 거울에 비친 거무스름한 빛깔의 험상궂은 얼굴 모습, 거짓과 죄악에 익을 대로 익어 버린 마부의 모습을.

그때 나는 그녀가 짓는 미소의 의미를 알았다.

나는 앉은 채 몸의 방향을 바꾸어 그녀에게로 등을 돌렸다. 분노와 치욕감이 온 몸에 퍼졌다.

"옷을 바로 여며요." 내가 말했다.

"왜? 불능자인가요, 대니 보이?"

"앞을 여며, 파티는 끝났으니까." 내가 되풀이하였다.

나는 건초더미에서 미끄러져 내려와 마루를 가로질러 뒤도 안 보고 문 밖으로 나왔다. 비를 집어 들자 자신의 어리석음을 스스로 비웃으면서 팔이 아프도록 담요를 문질러 나에 대한 분노를 발산시켰다.

한참 뒤 초록빛 드레스의 은단추를 채운 모습이 천천히 사료광에서 나오는 것이 보였다. 그녀는 주위를 둘러보더니 포장도로 끝의 질척한 구렁창 쪽으로 갔다. 구두를 완전히 흙투성이로 만들어 가지고 어린아이처럼 내가 막 빨아 놓은 담요 위를 어정어정 걷더니 한복판에서 구두의 흙을 닦아 냈다.

커다랗게 눈을 뜨고 나를 바라보는 얼굴에 아무 표정도 없었다.

"그냥 두나 봐, 대니 보이!"라고 내뱉고서 그녀는 천천히 광장을 내려갔다. 밤색 머리칼이 초록빛 트위드 드레스 위에서 조용히 흔들리고 있었다.

나는 다시 담요를 문질렀다. 왜 그녀에게 키스하였던가? 키스로 그녀의 뜻을 알았으면서도 왜 뒤를 따라 건초더미에 올라갔던가? 왜 그처럼 쉽게 말려들어 그런 어리석은 짓을 하였던가? 나는 말할 수 없는 자기혐오에 사로잡혀 가슴을 쳤다.

비록 전채로 식욕이 돋우어졌다 해도 만찬 초대를 받아들일 필요는 없다. 그러나 일단 받아들이고 나서 제공된 것을 거절하는 것은 실례다. 그녀가 화를 낸 것은 당연한 일이다.

또 나 자신이 혼란을 느낄 이유가 있었다. 9년 동안 두 소녀의 아버지 노릇을 해 왔으며, 그 중 하나는 패티 또래의 나이다. 어렸을 때는 낯선 사람의 차를 타면 안 된다고 가르치고, 큰 뒤에는 좀더 교묘한 함정을 피하는 법을 가르쳤다. 그런 내가 어버이의 반대쪽에 서는 짓을 한 것이다.

나는 옥토버에 대하여 어쩔 수 없는 죄의식을 느꼈다. 패티가 바랐던 일을 실행할 의도가 있었던 것만은 부정할 수 없기 때문이다.

7

이튿날 아침 내 말을 탄 것은 엘리나였다. 패티가 말을 바꾸자고 했을 것이다. 패티는 한 번도 나를 보려고 하지 않았다. 거무스름한 스카프를 은빛 머리에 두른 엘리나는 발을 받쳐 주자 깍듯한 예절로 따스한 미소를 보이고 동생과 둘이서 행렬 선두에 섰다. 그리고 말 운동에서 돌아오자 그녀는 자기의 말을 마방으로 끌고 갔고, 내가 스파킹 플러그를 손질하는 동안 거의 다 자기 손으로 뒷시중을 들고 있었다. 광장을 걸어가서 그녀가 아직도 거기에 있는 것을 발견하기까지는 무엇을 하고 있는지 알지 못했다. 안장도 말고삐도 흙도 그냥 내버려 두고 가 버리는 패티의 방식을 잘 알고 있는 나는 깜짝 놀랐다.

"사료와 물을 가져다 주세요." 그녀가 말하였다. "흙을 씻기 시작한 김에 마저 해버리게요."

나는 안장과 말고삐를 마구실에 갖다 두고 돌아가는 길에 사료와 물을 날라왔다. 엘리나는 말의 갈기에 마지막 솔질을 해주는 중이었다. 나는 담요를 덮고 버클을 채웠다.

내가 깔짚을 폭신하게 매만지고 있는 동안 그녀는 곁에 서서 보며 문의 볼트가 걸리기까지 기다리고 있었다.

"고맙습니다, 정말 고맙습니다." 내가 말했다.

그녀는 생긋 웃었다.

"말 만지는 걸 좋아해요, 정말로요. 말이 아주 좋은데, 경주마는 특히 더 좋거든요. 미끈하고 빠르고, 보고만 있어도 기분이 좋아져요."

"그렇습니다." 나도 동의하였다.

우리 둘은 같이 광장을 걸어갔다. 그녀는 문 쪽으로, 나는 그 옆의 숙소로.

"평소에 하는 일과는 전혀 다른 일이거든요."

"평소엔 무얼 하고 계십니까?"

"네. 공부지요. 더램 대학에 다니고 있어요."

갑자기 나는 나에 대해 생각하고 싱긋 웃었다. 내 일은 아니다. 만약 대등한 교제라면 엘리나에게서 예절 말고도 무엇인가를 찾아 낼 수 있지 않을까 하고 느꼈다.

"승마 솜씨가 굉장히 좋던데요." 갑자기 그녀가 말했다. "인스킵 씨가 오늘 아침 아버지에게 당신은 기수 면허를 따도 좋을 정도라고 말하는 걸 들었어요. 경마 기수가 될 생각을 하신 적 있어요?"

"되고 싶군요." 나도 모르게 열의를 담아 대답했다.

"그런데 왜 안하세요?"

"이제 곧 여기서 나가게 될지도 모르기 때문입니다."

"그래요, 섭섭하군요."

예절바른 인사말에 지나지 않았다.

숙소에 닿았다. 그녀는 내게 생긋 웃음을 보내고 계속 걸어서 광장을 지나 모습이 보이지 않게 되었다. 나와 두 번 다시 만나지 못할지도 모른다는 생각이 들었다. 어쩐지 서운하였다.

　말 운반차가 경주에서 우승한 말과 3등 및 등외의 말을 태우고 돌아오자 나는 운전대에 올라가 또 지도를 살펴보았다. 폴 애덤스가 살고 있는 마을을 알고 싶었던 것인데, 이윽고 찾아내었다. 그 위치의 중요성이 차츰 확실해짐에 따라 나는 놀라면서도 만족스러운 웃음을 띠었다. 취직자리가 또 하나 생긴 모양이다.

　나는 숙소에 돌아가 올너트 부인의 부엌으로 가서 부인이 요리한 달걀과 수프와 빵과 프루츠 케이크를 먹고 울퉁불퉁한 침대에서 잠이 들었다. 이튿날 아침 부인이 반짝반짝하게 닦은 욕실에서 느긋하게 물에 몸을 담갔다. 오후가 되자 처음으로 옥토버에게 보고할 만한 가치가 있는 사실을 가지고 개울을 따라 올라갔다.

　그는 바위 같은 딱딱한 표정으로 나를 맞더니 한 마디 말할 틈도 주지 않고 느닷없이 내 얼굴을 손바닥으로 세게 때렸다. 허리께서부터 크게 팔을 휘두른 멋진 일격이었다. 손이 날아온다는 것을 알아차렸을 때는 이미 늦었다.

　"대체 무슨 일입니까?" 나는 물었다. 혀로 이를 더듬어 부러지지 않았다는 것을 알자 마음이 놓였다.

　그는 나를 흘겨보았다.

　"패티가 모두 이야기했네." 그는 아무래도 뒷말이 이어지지 않는 모양인지 말을 끊었다.

　"네?" 나는 멍한 표정으로 목을 울렸다.

　"뭐, 네?"

　역겹다는 듯이 그는 나의 흉내를 내었다. 거칠게 숨을 몰아쉬고 있었다. 또 때리려고 덤비지 않을까 생각했다. 나는 두 손을 주머니에 찌르고 있었다. 그는 두 팔을 늘어뜨린 채 주먹을 쥐었다 폈다 하고 있었다.

"패티가 뭐라고 했습니까?"

"모조리 다."

마음속의 분노가 눈에 보이는 듯하였다.

"오늘 아침 그 애가 울면서 내게 와서 자네가 억지로 건초더미로 끌고 간 일, 도망치려고 했지만 기진맥진이었다는 것, 그리고 그 손으로 무슨 짓을 했는지, 마구…… 억지로."

더 이상 말이 나오지 않는 모양이었다. 나는 어처구니가 없었다.

"아닙니다." 나는 격렬한 어조로 말했다. "절대로 그런 짓은 하지 않았습니다. 키스는 했지요, 그것뿐입니다. 그녀가 꾸며낸 거짓 이야기입니다."

"그런 거짓말을 할 까닭이 없어. 세세한 점까지…… 경험하지 않았으면 알고 있을 수가 없는 일이야!"

나는 입을 벌렸다가 그냥 다물었다. 그녀는 분명 경험했을 것이다. 어딘가에서, 누군가와, 그것도 한두 번이 아니었을 것이다. 그녀 쪽에서 부추기듯이 꾀어. 보통 사람으로서는 생각해 낼 수 없을 것 같은 그녀의 복수는 어느 정도 성공하리라고 깨달았다. 어떤 일이 있어도 여자의 아버지에게는 말하지 못할 사연이 있기 때문이다. 더욱이 내가 그 아버지 되는 사람을 좋아할 경우에는.

옥토버가 냉엄한 투로 말하였다.

"나는 지금까지 이번만큼 사람을 잘못 본 적이 없소. 나는 당신을 책임감 있는 사나이로 생각했었지. 자제심 정도는 있으리라 생각했소. 내게서 돈을 받고 나의 존경까지도 얻고 있는 당신이 내 눈이 미치지 않는 곳에서 내 딸을 농락하는 그런 야비하고 더러운 사기꾼인 줄은 미처 몰랐소."

그 말이 어느 정도 진실을 담고 있다는 것이 가슴에 와 닿았다. 나 자신의 어리석은 행동에 대한 자책감도 가슴의 아픔을 덜어 주지는 못했다. 그러나 나도 상대방의 말을 그냥 듣고만 있을 수는 없었다. 절대로 패티를 범하지 않았고, 투약 사건의 조사도 아직 계속해야 하기 때문이다. 전망이 어느 정도 밝아진 지금, 치욕을 당한 채 집으로 돌아갈 수는 없다.

나는 천천히 말했다.

"분명히 패티와 사료광에 들어갔었습니다. 키스한 것도 사실입니다. 그러나 그것은 한 번, 정말 한 번뿐입니다. 그 이외에는 정말, 글자 그대로 그녀의 어느 부분에도, 손에도 옷에도 닿지 않았습니다."

그는 한참 동안 내 얼굴을 응시하였다. 격렬한 분노가 차츰 가라앉고 지친 표정으로 바뀌었다.

이윽고 침착을 되찾은 목소리로 말하였다.

"두 사람 중 어느 누구인가가 거짓말을 하고 있군. 나로서는 내 딸을 믿을 수 밖에 없소."

뜻밖에도 말끝에 간청의 빛이 엿보였다.

"그렇겠지요." 나는 눈을 돌려 골짜기를 쳐다보았다. "그럼, 어떻든 이것으로 문제 하나는 결말이 난 셈이군요."

"무슨 문제가?"

"어떻게 징계 해고를 당하여 소개장 없이 이곳을 쫓겨나느냐 하는 문제입니다."

그가 생각하고 있던 것은 훨씬 다른 일이었으리라. 그가 반응을 보이기까지는 약간 시간이 걸렸다. 그는 한동안 미간을 모으고 나의 얼굴을 바라보았다. 그 시선을 나는 말없이 받아들였다.

"그럼, 조사를 계속하겠다는 거요?"

"당신이 바라신다면."

"계속하고 싶소." 몹시 침울한 말투였다. "당신은 이제 어딘가로 옮겨갈 것이고, 두 번 다시 패티와 만날 기회가 없을 테니까. 당신에 대한 나 개인적인 감정은 별도로 하고, 당신이 우리들로서는 성공할 수 있는 유일한 사람이라는 점을 부인할 수는 없소. 나도 무엇보다 경마의 장래를 먼저 생각하지 않으면 안 되겠지요."

그는 입을 다물었다. 나를 혐오하는 사나이를 위해서 그러한 일을 계속해야 한다고 생각하자 정말 견딜 수 없이 참담한 기분이었다. 그렇다고 해서 도중에 단념하는 일은 더더욱 견딜 수 없는 일이다. 나 자신도 이해가 안 가는 기분이었다.

한참 뒤에 그가 입을 열었다.

"왜 소개장 없이 나가고 싶다는 거요? 그 세 마구간 가운데 어느 하나도 소개장이 없으면 당신을 쓰지 않을 텐데."

"목표로 하는 마구간에 취직하기 위해서는 소개장이 없어야 합니다."

"어느 마구간인데?"

"헤드레이 핸버의 마구간입니다."

"핸버라고!" 그는 진정 귀를 의심하고 있는 듯했다. "왜? 그는 조교사로서의 기량도 없고, 또 투약된 말을 조련한 일도 없지 않소? 그런 데 가서 뭘 한다는 거요?"

"틀림없이 문제의 말이 우승했을 때의 조교사는 아니었지요." 나도 인정하였다. "그렇지만 그 중 3마리를 경주마로서의 경력 초기에 그가 다루었습니다. 또 그 중 6마리를 어떤 시기에 소유하고 있던 P J 애덤스라는 인물도 있습니다. 지도를 보니 애덤스의 주소는 핸버에 게서 10마일도 떨어져 있지 않았습니다. 핸버의 주소는 더램 주 포제트이고, 애덤스는 노섬버랜드 주의 경계를 넘으면 바로인 텔브리지입니다. 이것은 11필 중 9필이 영국의 특정한 한 지역에 있었던 적이 있다는 말이 됩니다. 그러나 1마리도 오래 있지는 않았습니다. 트랜지스터와 루드야드 두 말의 경력에 대한 초기의 일은 다른 말만큼 자세하지는 않지만, 좀더 조사해 보면 반드시——비록 짧은 기간일지라도 애덤스나 핸버에게 있었다는 게 밝혀질 겁니다."

"하지만 말이 얼마 동안 애덤스나 핸버에게 있었다는 사실이 몇 달 또는 몇 년 뒤에 말의 속력에 영향을 미쳤다고는 도저히 생각할 수 없는데?"

"그 점은 모르겠습니다. 하지만 가서 알아보겠습니다."

다시 말이 끊어졌다.

"좋소." 그가 무거운 어조로 말했다. "인스킵에게 당신을 해고하겠다고 전하지요. 패트리시아에게 무례한 짓을 했다고 말해 두겠소."

"좋습니다."

그는 냉랭한 눈초리로 나를 보았다.

"편지로 보고하도록. 두 번 다시 당신 얼굴을 대하고 싶지 않으니까."

그가 걸음걸이에 힘을 주어 골짜기를 올라가고 있는 뒷모습을 바라보았다. 지금도 패티가 말한 대로 정말 내가 그런 짓을 했다고 믿고 있는지도 모른다. 그는 딸의 말을 믿지 않을 수 없는 것이다. 그것은 충분히 이해가 갔다. 그렇지 못하다면 진실은 더욱 견디기 어려울 것이다. 올해 18살 된 아름다운 자기 딸이 사실은 허위에 가득 찬 음란한 여자라는 사실을 인정하고 싶지 않은 것은 아버지로서 당연한 일이다.

또 나 자신에 대해서도 '그런대로 무사히 풀려났구나' 하고 생각하였다. 만일 벨린다나 헬렌을 범한 자가 있다면 나는 아마 그를 죽였을 것이다.

이튿날 두 번째 말 운동 뒤에 인스킵이 모진 말로 나를 힐문하였다. 듣고 있으려니 좋은 기분은 아니었다. 광장 포장도로에서 그가 뭇사람들이 보는 앞에서 나를 징계하는 동안 마부들은 심술궂은 미소를 띠고 물통이며 사료 그릇을 옮기며 말처럼 귀를 쫑긋 세우고 있었다. 보험증과 소득세 신고서를 돌려준 다음——처음에 옥토버가 준비해 준 서류에는 여전히 알아보기 힘든 콘월의 주소가 적혀 있었다——짐을 챙겨 당장 나가라고 말했다. 그리고 자기 밑에서 일했노라고 말해도 소용없다는 것이다. 신원 보증을 해주어서는 안 된다고 옥토버 경이 명령했을 뿐만 아니라, 자기도 전적으로 동감이기 때문이라고 말했다. 해고 예고 대신 일주일분의 급료를 주었다. 올너트 부인의 식비를 제한 것이다. 이것으로 모든 일은 끝났다.

나는 좁은 숙소에 돌아와 짐을 챙겨 6주 동안 신세진 침대를 탕탕 쳐서 작별을 고하고, 마부들이 점심을 먹고 있는 식당으로 내려갔다. 스물 두 개의 눈이 내게로 향했다. 어떤 이는 경멸의 뜻을 나타내고, 또 어떤 자는 놀라움을 표시하고, 또 두어 명은 흥미로워하는 표정이었다. 내가 떠나는 것을 서운하게 여기는 이는 없었다. 올너트부인이 두툼한 치즈 샌드위치를 만들어 주었다. 나는 그것을 먹으면서 고갯길을 내려와 슬로로 가서 헐로게이트로 가는 2시 버스를 탔다.

헐로게이트에서 다음은 어디로 갈까?

조금이라도 사리를 아는 마부라면 인스킵 정도로 번성하는 마구간에서 바로 핸버에게 가는 짓은 하지 않는다. 아무리 쫓겨났다 할지라도, 남의 의혹을 사지 않기 위해서는 차츰 몸을 낮추어야 한다. 그러기 위해서는 내가 일자리를 구하는 것이 아니라 핸버 쪽에서 말을 걸어오기를 기다리는 편이 좋겠다고 결정하였다. 그다지 힘든 일은 아닐 것이다. 핸버의 말이 뛰는 경주에 모조리 나가고, 날이 감에 따라 차츰 초라한 꼴이 되어 어떤 일이든 상관없다는 시늉을 하는 것이다.

그러다 보면 일손이 부족한 마구간에서 덤벼들겠지.

그동안 어딘가 지낼 곳이 필요하다. 이런 생각을 하는 동안에도 버스는 헐로게이트를 향해 달렸다. 핸버의 말이 출전하는 로컬 코스 가까운 북동쪽의 어딘가로 가자. 남의 눈에 띄지 않기 위해 큰 거리, 경주가 없을 때 시간을 보낼 만한 번화한 거리가 필요하다. 헐로게이트의 도서관에서 지도며 안내서를 조사한 결과 뉴캐슬로 결정하였다. 사람 좋은 운전기사의 트럭을 타고 또 갈아타고 하면서 오후 늦게 거리에 닿아 뒷골목의 호텔에 방을 잡았다.

지독한 방이었다. 커피색 벽이 여기저기 떨어지고, 바닥에 깐 싸구려 리놀륨은 너덜너덜했다. 폭이 좁은 긴 의자 겸 딱딱한 침대, 때문은 중고 가구가 두어 가지 있었다. 방 한구석에 있는 뜻밖에도 깨끗한 세면기가 유일한 구원이었다. 그러나 지금의 내 행색과 목적에 걸맞는 방임을 인정하지 않을 수 없었다.

간이식당에서 3실링 6펜스짜리 저녁 식사를 하고, 영화관에 들어가 3마리의 말을 돌볼 필요도 없고 입에 담았던 말을 쓸쓸한 기분으로 굳이 되새길 필요도 없는 처지를 즐겼다. 다시 자유의 몸이 되어 마음도 개고 옥토버와의 옥신각신도 잊을 수 있었다.

이튿날 아침, 골짜기에서 건네주지 못했던 두 번째의 75파운드를 등기 우편으로 보내고, 핸버에게 고용될 시기를 늦춰야 할 이유를 간단히 쓴 편지를 함께 보냈다.

우체국에서 바로 마권상으로 가서 달력에 기록해 놓은 경주 예정표를 베꼈다. 지금은 12월 초인데, 북부에서는 1월 첫째 주까지는 거의 경주가 없다는 것을 알았다. 이것은 내가 하는 일 없이 시간을 보내야 한다는 뜻이므로 슬그머니 화가 났다. 뉴캐슬에서 있을 다음 토요일의 경주 뒤로 노팅엄 이북에서는 크리스마스 이튿날인 복싱 데이까지 경주가 없다. 그동안 2주일 이상이나 틈이 생긴다.

예정이 늦어지는 것을 속상하게 여기며 이번에는 중고품 오토바이를 찾으러 나섰다. 오후 늦게야 겨우 바라던 것을 발견하였다. 엔진을 강화한 500cc 노튼 오토바이로, 개조한 지 4년이 지났으며, 이전 주인은 한창 유행하는 고속도로 질주에 정신이 팔려 한쪽 다리를 잃은 젊은 사나이였다. 판매원은 내게서 돈을 받으며 사뭇 즐거운 듯이 그런 이야기를 들려준 끝에, 오토바이는 지금이라도 쉽게 100마일 이상 속력을 낼 수 있다고 말했다. 나는 고맙다고 말하고 소음기, 핸들, 브레이크 케이블, 타이어를 새것으로 갈아 끼우기 위해 정비소에 맡겼다.

슬로에서는 차가 없어도 그다지 불편하지 않았고, 포제트에서도 내 기동력에 크게 관심둘 일은 없었으나 급히 도망쳐야만 할 경우가 있을지도 모른다는 생각이 머릿속에 있었다. 나는 신문기자 토미 스티플튼의 일이 머리에서 떠나지 않았다. 그는 헥섬과 요크셔 사이에서 행방을 알 수 없이 9시간을 지낸 뒤 시체가 되어 나타났다. 포제트는 헥섬과 요크셔 사이에 있다.

나흘 뒤, 뉴캐슬 경마장에서 맨 처음 눈에 띈 인물은 고용 마구간 스파이가 되지 않겠느냐고 말을 걸어 왔던 검은 콧수염의 사나이였다. 그는 입구 가까이 사람 눈에 띄지 않는 한구석에서 귀가 커다란 마부와 이야기하고 있었다. 나중에 그 사나이가 영국에서 가장 유명한 도박 전문 마구간의 말을 끌고 있는 것을 보았다.

상당한 거리에서 콧수염이 마부에게 흰 봉투를 건네주고 갈색 봉투를 받는 것이 보였다. 정보를 사고 있는 것이겠지만, 너무나 공공연히 하고 있어 오히려 의혹을 사지 않는 것일까 하는 생각이 들었다.

검은 수염이 거래를 마치고 마권 판매장에 늘어서 있는 마권상 좌판 쪽으로 걸어가는 것을 뒤밟아 갔다. 먼저와 마찬가지로 각 마권상이 제시하고 있는 제1경주의 배당률을 살펴보고 있을 뿐, 달리 의도가 있는 것으로 보이지는 않았다. 그의 뒤를 밟는 것같이 보여서는 안 되므로 나도 먼저와 같이 우승 후보에게 돈을 얼마쯤 걸었다. 사나이는 조사하며 다닐 뿐, 돈을 걸지도 않고 그냥 걸어가 경주 코스 경계의 난간에 다다랐다. 거기서 짙은 회색 스커트 위에 노르스름한 가죽 자켓을 걸치고 머리를 붉게 물들인 여자 옆에서 짐짓 우연인 듯이 걸음을 멈추었다.

여자가 사나이 쪽으로 얼굴을 돌리고 둘이서 무엇인가 이야기하고 있었다. 이윽고 사나이가 가슴 주머니에서 갈색 봉투를 꺼내어 손에 든 출마표 사이에 끼웠다. 한참 뒤 두 사람은 남의 눈에 띄지 않게 출마표를 교환했다. 사나이는 태연한 얼굴로 그 자리를 떠나고, 여자는 봉투를 끼운 출마표를 까맣게 윤이 나는 커다란 핸드백에 넣고 소리나게 닫았다. 좌판 저 맨 뒷줄에서 보고 있으려니까 여자는 클럽 입구를 지나 회원석인 잔디밭을 가로질러 갔다. 나는 거기까지 따라갈 수 없으므로 스탠드에 올라가 그녀가 다음 울안을 걸어가는 것을 보았다. 여자는 아는 사람이 많은 모양이었다. 걸음을 멈추고서 몇몇 사람과 이야기하고 있었다. 헐렁한 모자를 쓰고 있는 허리 굽은 노인, 연신 그녀의 팔을 더듬는 뚱뚱하고 젊은 사나이, 밍크 목도리를 두른 두 여자 등등. 커다란 소리로 웃고 있는 세 사나이들에게 가려져 여자의 모습이 보이지 않아, 그 중 누군가에게 봉투를 건네주었는지는 알 수 없었다.

말이 차례차례 가벼운 발걸음으로 코스에 나오자 사람들은 경주를 구경하기 위해 스탠드에 올라섰다. 붉은 머리의 여자는 혼잡한 회원석 스탠드 속으로 들어가 보이지 않게 되었다. 여자를 놓치고 나는 안절부절못하고 있었다. 경주가 시작되고 우승 후보가 10마신의 차이로 골인하였다. 사람들이 만족스러운 듯이 환호성을 울렸다. 나는 군중들이 내 곁을 지나 스탠드에서 밑으로 들어가는 가운데 서서 대단한 기대는 갖지 않았으나 붉은 머리가 다시 나타나기를 기다렸다.

소망을 이루어 주듯이 여자가 나타났다. 한 손에 핸드백을 들고 한 손에 출마표를 갖고 있었다. 발을 멈추고 이번에는 키가 작달막하고 몹시 살이 찐 사나이와 이야기하더니 이윽고 클럽과 일반 마권 판매소의 경계 난간을 따라 늘어서 있는 마권 가게 쪽으로 걸어와서 나와 가장 가까운 스탠드에 있는 좌판 앞에 섰다. 비로소 여자의 얼굴을 똑똑히 볼 수 있었다. 생각보다 젊고 특징이 없는 모습이었다. 위의 앞니 사이가 크게 벌어져 있었다.

여자가 카랑카랑한 목소리로 "빔모, 계산해야겠어"라고 말하면서 핸드백을 열고 갈색 봉투를 꺼내어 안경을 낀 몸집이 작은 사나이에게 주었다. 작은 사나이는 '빔모 보그너(1920년 창립), 맨체스터 및 런던'이라고 쓴 간판 옆의 상자 위에 서 있었다.

빔모 보그너가 봉투를 받아 윗옷 호주머니에 넣고 애교있는 목소리로 "네, 고맙습니다" 하는 소리가 내 귀에까지 들려 왔다.

나는 스탠드에서 내려가 얼마 안 되는 배당을 받았다. 붉은 머리가 빔모 보그너에게 준 갈색 봉투는 귀가 큰 마부가 검은 수염에게 건네준 것과 비슷해 보였지만, 꼭 그렇다고 확신할 수는 없었다. 콧수염 마부에게서 받은 봉투를 내가 볼 때 서로 이야기를 주고받은 사람 중 어느 하나에게, 또는 스탠드에서 내가 놓치고 못 본 사이에 누군가에게 넘겨주고 마권 가게에 왔을 때는 정말 빚을 갚으러 온 것인지도 모른다.

그들의 일련의 움직임을 확인하기 위해서는 긴급 정보를 흘리면 된다. 일이 너무나 급해져 인파 속에 끼어들거나 할 겨를 없이 직접 A에서 B로, B에서 C로 연락하지 않을 수 없는 정보를. 그 긴급 정보를 만드는 것은 스파킹 플러그가 제5경주에 나오므로 간단하였다. 검은 콧수염을 좀더 타이밍이 좋은 때 붙잡기 위해서는 한순간도 그에게서 눈을 떼지 않고 있어야 했다.

그가 꼭 정해진 대로만 움직이고 있었으므로 그를 만나기는 아주 쉬웠다. 그는 언제나 스탠드의 같은 지점에서 경주를 구경하고, 경주와 경주 사이에는 바에 들어갔으며, 말이 패독에서 끌려갈 때는 코스로 통하는 입구 곁에 사람 눈에 띄지 않게 서 있었다. 그 자신은 돈을 걸지 않았다.

핸버 마구간에서는 제3경주와 최종 경주에 1마리씩 출전하고 있었다. 그리하여 오후 늦게까지 나의 주목적을 이루지 못하고 있었는데, 제3경주 때는 핸버의 마부장에게 접근하지 않았다. 그 대신 검은 콧수염의 뒤를 슬슬 따라다녔다.

제4경주가 끝났을 때 나는 검은 콧수염을 따라 바에 들어가 그가 음료 글라스를 집어든 참에 팔을 건드렸다. 맥주의 절반이 팔 위에 엎질러져 옷소매를 타고 흘러내렸다. 화가 나서 그가 고개를 돌렸을 때 나와 코가 맞부딪치는 일이 벌어졌다.

"앗, 실례! 야아, 이게 누구야!"

나는 되도록 목소리에 놀라움을 나타냈다.

그는 눈썹을 모았다.

"이런 데서 뭘 하고 있지? 스파킹 플러그는 다음 경주에 나오지 않나?"

나는 얼굴을 찡그렸다.

"인스킵을 그만뒀어."

"그럼, 내가 말한 그곳에 들어갔나? 잘했군."

"아직이야. 그쪽은 약간 늦을지도 모르겠는데."

"왜? 빈 자리가 없나?"

"내가 인스킵에게서 쫓겨났다니까 그리 달갑지 않은 모양이야."

"뭐라고?" 사나이가 날카롭게 말했다.

나는 다시 되풀이해 말했다.

"쫓겨났다니까."

"왜?"

"지난 주 당신이 내게 말을 걸었던 날 스파킹 플러그가 진 걸 가지고 이러쿵저러쿵 하더니만…… 아무 증거는 없지만, 어쨌든 이 근방에서는 당장 떠나 주었으면 좋겠다는 거였지."

"그거 안됐구먼." 사나이는 꽁무니를 빼면서 말했다.

"하지만 마지막 웃음은 이쪽 것이라구." 나는 소리 죽여 웃으면서 사나이의 팔을 잡았다. "거짓말이 아니야. 우는 꼴을 좀 봐 줘야지."

"무슨 뜻인데?"

경멸에 찬 목소리였으나 눈은 흥미를 나타내고 있었다.

"스파킹 플러그는 오늘도 이기지 못해." 내가 말했다. "뱃속이 편치 못해서 이기지 못할 거야."

"어떻게 알지?"

"그 녀석의 소금에 파라핀 액을 넣었지. 내가 월요일에 쫓겨난 뒤로 날마다 설사약을 먹이는 모양이야. 그러니 뛸 생각이 날 게 뭐람. 절대로 우승하지 못해."

나는 웃었다.

검은 콧수염은 의혹에 찬 눈으로 나를 보고 있었으나 내 손가락을 꼭 비틀듯이 잡고 바에서 일어나 뛰어나갔다. 나는 조심조심 그의 뒤를 따랐다. 그는 거의 달음박질로 마권 판매장에 가서 낭패스러운 모습으로 주위를 둘러보고 있었다. 붉은 머리칼의 모습은 아무 데도 없었으나 어디에서 보고 있었던 모양으로 잠시 뒤 난간 쪽으로 빠르게 걸어가는 것이 보였다. 아까 두 사람이 만났던 곳이다. 그곳에 검은 콧수염이 급히 나타났다. 사나이가 빠른 말로 무엇인가 이야기하고 있었다. 여자는 잠자코 귀를 기울이고 고개를 끄덕였다. 사나이는 얼마쯤 침착을 되찾은 모양으로 그 자리를 떠나 마권 판매장을 나와서 패독으로 돌아왔다. 여자는 사나이의 모습이 보이지 않게 되기를 기다렸다가 회원석을 가로 질러 빔모 보그너에게로 갔다. 작은 사나이가 난간에서 몸을 내밀고 여자의 이야기를 들었다. 이야기가 끝나고 부하 사무원에게 지시를 내리기 위하여 이쪽으로 돌아섰을 때 작은 사나이의 얼굴에 커다랗게 웃음이 떠오르고 있었다.

나는 천천히 마권상의 좌판 앞을 걸어가면서 저마다 제시해 놓은 배당률을 살펴보았다. 먼젓번에 출전했을 때 물을 잔뜩 먹어서 졌기 때문에 스파킹 플러그는 우승 후보가 아니었다. 그래서 스파킹 플러그에 다섯 갑절 이상의 배당을 제시하겠다는 무모한 가게는 없었다. 나는 뒷줄돈이 많아 보이는 가게를 골라 인스킵에게서 받은 급료 40파운드를 모조리 1대 5의 비율로 얼마 전까지 돌보던 말에게 걸었다.

빔모 보그너의 근방을 어른거리고 있으려니까 몇 분 뒤 앞을 지나는 사람들에게 1대 7의 비율을 외치는 소리가 들렸다. 그는 다시 내줄 필요가 없을 것으로 믿으면서 손님의 돈을 긁어모으고 있는 것이다.

만족스러운 웃음을 띠면서 나는 스탠드의 맨 윗단에 올라가 경주를 관람하였다. 스파킹 플러그는 다른 말을 문제삼지도 않고 장애물을 차례차례 뛰어넘어 뒤따르는 말을 비웃듯이 20마신이라는 큰 차이로 골인하였다. 거리가 멀어서 경주 결과에 대한 보그너의 고견을 듣지 못하는 것이 유감이었다.

돈이 많아 보이는 명랑한 가게 주인은 낯빛도 달라지지 않고 5파운드 지폐로 240파운드를 내주었다. 무슨 앙갚음할 방법을 생각하고 있을지도 모르는 검은 콧수염을 피하여 코스 한가운데의 일반 대중석으로 가서 20분쯤 무료한 시간을 보냈다. 최종 경주에 출전하는 말들이 출발선에 섰을 무렵 말의 출입구를 지나 층계를 올라가서 마부용 스탠드로 갔다.

핸버의 마부장이 스탠드 위쪽에 서 있었다. 나는 난폭하게 그 옆을 빠져나가면서 그의 발에 걸려 쿵 하고 쓰러졌다.

"눈뜨고 다녀!" 그는 작은 눈을 동그랗게 뜨고 소리쳤다.

"안됐군, 티눈이라도 생겼나?"

"무슨 참견이야."

그는 아니꼽다는 얼굴로 나를 보았다. 이제 내 얼굴을 기억하였겠지.

나는 엄지손가락 손톱을 깨물었다.

"마틴 데이비스의 마부장을 모르나?" 하고 물어 보았다.

"저기 있는 빨간 스카프를 두른 사나이야. 왜 그러지?"

"일자리를 찾으려고." 나는 대꾸했다.

그에게 말할 틈을 주지 않고 그 자리를 떠나 빨간 스카프를 두른 사나이한테로 갔다. 그의 마구간에서도 이번 경주에 1마리가 출전하고 있었다. 나는 낮은 목소리로 "2마리가 나왔소?" 하고 물었다. 상대방은 머리를 저으며 "노" 라고 대답하였다.

상대방이 '노' 하는 것을 핸버의 마부장이 유심히 보고 있다는 것을 알았다. 내가 꾸민 대로 그는 내가 일자리를 부탁하다가 거절당한 것으로 받아들인 모양이다. 계획한 대로 씨를 뿌려 놓은 뒤 경주를 구경하고(핸버의 말이 꼴찌였다), 패독의 레일을 빠져나와 회원용 주차장을 지나서 경마장을 벗어났다. 검은 콧수염과도, 복수심에 불타고 있을 빔모 보그녀와도 마주치지 않았다.

일요일은 반나절 동안 을씨년스러운 방 안에서 보내고 오후에는 사람이 많지 않은 거리를 돌아다녔다. 그 결과 두 주일을 뉴캐슬에서

빈둥빈둥 지내기란 힘든 일이며 크리스마스를 혼자서 너덜너덜한 커피색 벽을 쳐다보며 지낼 수는 도저히 없다는 생각이 들었다. 더구나 배에 두른 전대 속에는 옥토버에게서 받은 돈의 잔액 말고도 경마에서 딴 돈이 200파운드나 들어 있으며, 핸버의 말은 복싱 데이의 스탬포드 경마까지는 출전 예정이 없다. 그 사이에 무엇을 할까 결정짓는 데는 10분도 걸리지 않았다.

일요일 밤, 빔모 보그녀의 정보망에 관한 보고서를 옥토버에게 보내고, 오전 1시에는 런던으로 가는 급행 열차에 올라 있었다. 월요일은 하루 종일 쇼핑하고 화요일 저녁에는 새로 마련한 옷으로 몸치장을 한 뒤 고급 캐슬 스키를 안고 눈 덮인 드로미테 마을의 밝고 아늑한 작은 호텔에 들었다.

내가 이탈리아에서 보낸 두 주일은 옥토버에게 의뢰받은 일에 직접 이득이 있었다고는 말하지 않겠지만, 나 자신에게는 대단히 의의 있는 나날이었다. 부모님이 돌아가신 뒤 처음으로 가진 휴가다운 휴가로, 지난 9년 동안 처음으로 아무 걱정도 목적 의식도 없이 홀가분하게 보낸 휴양이었다.

나는 젊어졌다. 날마다 눈 비탈에서 하는 격렬한 운동, 밤마다 스키 친구들과 모여 즐기는 댄스파티가 무거운 책임을 짊어졌던 세월의 껍질을 벗겨 마침내는 50살이 아니라 27살, 아버지가 아니라 젊은 사나이로 되돌아온 것 같은 기분이 들었다. 내가 오스트레일리아를 떠날 때부터 시작되어 인스킵의 마구간에서 지낸 몇 주일 동안에 조금씩 진행된 어깨의 짐을 내리는 작업이 돌연 끝난 것같이 생각되었다.

그밖에 호텔 프런트의 아가씨라는 보너스까지 붙었다. 통통하니 살진 건강한 여자로, 나를 본 순간 검은 눈을 빛내더니 가벼운 유혹을 곧 받아들여 며칠 밤을 내 침대에서 즐겁게 지냈다. 그녀는 나를 크리스마스 선물이라고 불렀다. 오랫동안 나 같은 즐거운 연인을 갖지 못했었다고 말하며 퍽 기뻐하였다. 아마도 패티 이상으로 남자를 좋아하는 체질인 듯했지만, 패티와는 비교할 수 없을 만큼 건전하고 여자다웠다. 죄의식 같은 것은 조금도 느끼게 하지 않으면서 심신을 어루만져 주었다.

나는 떠나는 날 그녀에게 금팔찌를 선물로 주었다. 그녀는 내게 키스하고 무슨 일이든 두 번째는 처음만큼 즐겁지 못한 법이니까 절대로 돌아와서는 안 된다고 말했다. 독신자에게 내리는 신의 축복 같은 여자였다.

나는 크리스마스 밤에 비행기로 영국에 돌아왔다. 이제까지 경험하지 못하였을 만큼 육체적으로도 정신적으로도 상태가 좋아 핸버 밑에서 어떤 지독한 일을 당하여도 참고 견딜 자신이 있었다. 그 뒤의 일을 생각하면 필요한 마음가짐이었다고 할 수 있다.

8

복싱 데이 스탬포드 경마의 제1경주는 경주 뒤에 출전마를 경매에 붙이는 세일링 체이스였는데, 맨 끝의 장애물을 네 번째로 뛰어넘자마자 기수를 흔들어 떨어뜨리고 목책을 넘어 코스 가운데의 잔디밭으로 달아났다. 검량실 뒤의 테두리 없는 층계 위에서 내 곁에 서 있던 마부가 뭐라고 외치며 뛰어갔다. 그러나 말이 미친 듯이 코스 끝에서 끝으로 날뛰며 돌아다니고 있어 15분 뒤에 간신히 붙들었을 때는 마부와 조교사 말고도 10명쯤의 응원 부대가 동원되어 있었다. 모두가 걱정스러운 얼굴로 볼품없는 밤색 말을 코스에서 끌어내어 내 앞을 지나 마구간 쪽으로 가는 것을 지켜보았다.

가엾은 말은 땀을 흘리며 고통에 쫓기고 있는 것이 누구의 눈에나 역력하였다. 코 끝에서 입에 걸쳐 거품으로 덮이고, 눈을 연신 허옇게 뒤집고 있었다. 근육이 경련하며 귀를 찰싹 뒤에다 붙이고 접근하는 사람은 누구든 걷어찰 기세였다.

출마표에 의하면 슈퍼맨이라는 말이다. 내가 조사하고 있는 11마리에는 들어 있지 않았다. 그러나 그 흥분된 모습, 미친 듯한 행동,

나아가서는 스탭포드의 세일링 체이스에서 말썽을 일으켰다는 사실 등으로 미루어 보아 나는 그것이 12마리째의 말이라고 확신하였다. 12번째는 실패로 끝난 것이다. 베케트가 말한 것처럼 말이 무엇인가에 의해 흥분하고 있다는 사실은 의심의 여지가 없었다. 나는 이제까지 말이 저런 상태가 된 것을 한 번도 본 일이 없었으며, 신문 스크랩에 있는 '흥분한 우승마'라는 표현보다 훨씬 지독한 상태였다. 슈퍼맨은 투약량이 지나쳤든지, 아니면 다른 말과 같은 양의 투약에 대하여 극도로 민감한 반응을 보였든지 둘 중의 어느 한쪽일 것이라고 판단하였다.

옥토버, 베케트, 맥레스필드 중 아무도 스탭포드에 와 있지 않았다. 비록 오늘이 복싱 데이이기는 하지만 옥토버가 약속한 조치가 강구되었기를 바라지 않을 수 없었다. 경주 시작 전에 검사며 조치가 취해졌는가, 그리고 기수의 인상을 곧 알아보아야 하고, 비정상적인 액수의 판돈을 건 자를 조사하며, 또한 주사 구멍을 찾아 말의 온 몸을 상세하게 조사해야 한다는 등의 말을 내가 관계자에게 직접 할 수는 없었다. 말하면 즉시 정체가 드러날 것이기 때문이다.

슈퍼맨이 다른 장애물을 모두 무사히 뛰어넘었다는 사실에서 나는 흥분한 것은 마지막 장애물에 다다랐을 때, 또는 뛰어넘는 순간, 아니면 막 뛰어넘었을 때 효과를 발휘했다는 확신이 더욱 굳어졌다. 그 지점에서 갑자기 광포해져 선두에 서는 대신 기수를 떨어뜨린 뒤 도망친 것이다. 선두를 달리는 말을 쫓아가 따라잡기 위한 시간과 거리가 충분히 있는 마지막 직선 코스인 400야드를 질주할 힘이 주어진 곳은 바로 그 지점이었다.

의심받지 않고 이야기할 수 있는 것은 슈퍼맨의 마부밖에 없는데, 그 말의 상태로 보아 마구간에서 나오기까지는 상당한 시간이 걸릴 게 틀림없다. 그 사이에 핸버의 마구간에 취직하도록 손을 써 놓아야 한다.

경마장에 갔을 때 나는 머리에 빗질도 하지 않고 지저분한 구두를 신고 가죽 점퍼 깃을 세우고 주머니에 손을 찌른 채 음울한 표정을 짓고 있었다. 남이 보면, 또 내 느낌으로도 그야말로 퇴락한 모습이었다.

그날 아침 다시 마부의 옷으로 갈아입는 것은 그리 기분 좋은 일이 아니었다. 스웨터에는 말 냄새가 배었고, 통이 좁은 싸구려 바지는 초라하기 짝이 없었으며, 속옷은 세탁하지 않았기 때문에 잿빛으로 변하고, 셔츠는 흙이며 말똥이 묻은 채였다. 크리스마스 밤에는 찾지 못할지도 몰라서 여행 중 세탁소에 보내지 않았던 것인데, 더러운 옷을 입기란 여간 불쾌한 일이 아니었다. 그러나 후회는 하지 않았다. 퇴락한 모습이 실로 일품이었다.

나는 웨스트 켄징턴 공항 터미널의 세면장에서 수염을 깎고 스키와 스키복이 든 가방을 유스톤 역의 수하물 예탁소에 맡기고, 딱딱한 긴 의자 위에서 두어 시간 낮잠을 즐긴 뒤 자동판매기의 샌드위치와 커피로 아침을 먹었다. 그런 다음 스탭포드 경마장으로 가는 기차를 탔다. 이대로 가다가는 온 런던 시내에 보따리를 뿌려 놓게 되는 게 아닌가 하고 혼자 웃음지었다. 이번 여행에서 갈 때나 올 때나 옥토버의 런던 저택 집사 테렌스에게 맡겨 둔 물건을 쓸 생각은 없었다. 옥토버와 얼굴을 마주치고 싶지 않았기 때문이다. 나는 그를 좋아하고 있었으므로 대단한 용건이 없는 한 그의 노여움에 찬 얼굴을 보고 싶지 않았다.

복싱 데이 경주에 핸버는 1마리, 제4경주에 말라 비틀어진 장애물 경주 전문 말을 내보내고 있었다. 나는 안장을 짓는 마당 난간에 기대서서 마부장이 안장을 치우는 것을 보고 있었다. 핸버는 손잡이가 굵은 단장을 짚고 지시를 내리고 있었다. 나는 그를 좀더 자세히 관찰하기 위해서 왔던 것인데, 내 눈에 비친 사나이는 어떤 나쁜 짓이라도 마다하지 않으리라는 점에서는 기대에 어긋나지 않았으나, 저런 사나이의 명령에 따라야 한다고 생각하니 서글프기 짝이 없었다.

큼직한 덩치에 일류 재단사의 손을 거친 낙타 코트를 입고, 그 밑으로 거무스름한 바지와 먼지 하나 묻지 않은 구두가 보였다. 머리에는 운두 높은 모자를 쓰고, 손에는 하얀 가죽 장갑을 끼고 있었다. 큰 얼굴이었으나 군살은 없고 탄력이 있었다. 웃음을 모르는 듯한 눈, 꾹 다문 입, 코 옆에서 턱으로 내려가는 깊은 주름 등이 자못 완고하고 강직하여 사리에 어두운 듯한 인상을 주었다.

그가 쓸데없는 동작을 하지 않고 가만히 서 있는 것은 인스킵과 정반대였다. 인스킵은 말 주위를 열심히 돌아다니며 가죽 끈이며 버클을 점검하고 안장을 두드리고 잡아당기고 말의 다리를 쓰다듬는 등 이해가 가기까지 신경질적으로 같은 일을 되풀이했다.

핸버의 경우, 신경질적인 것은 말의 고삐를 잡고 있는 소년이었다. 겁을 먹고 있다는 말로는 표현이 부족한 느낌이었다. 놀란 동물처럼 겁에 질린 눈을 끊임없이 핸버 쪽으로 보내며, 되도록 그와 말의 반대쪽에 숨어 있으려고 하였다. 16살쯤 되어 보이는 마르고 초라한 소년으로, 내가 보기에는 지능이 낮은 것 같았다.

마부장은 코가 크고 매정스러워 보이는 중년의 사나이였는데, 서두르지 않고 안장 점검을 마치자 턱을 쳐들어 패독으로 데리고 가라고 마부에게 명령하였다. 핸버가 말의 뒤를 따라 걸었다. 약간 절름발이였으나 단장으로 감추고 있었다. 모든 사람이 길을 비켜주리라 믿고 있는 모양인지, 전차처럼 곧장 앞으로 걸었다.

나는 그의 뒤를 따라 패독으로 옮겨가, 난간에 기대서 어줍잖은 표정으로 말을 보고 있는 수습 기수에게 지시를 내리는 것을 보고 있었다. 기수의 발을 받쳐 준 것은 핸버가 아니라 마부장이었다. 마부장은 담요를 주워 가지고 어디론가 가 버렸다. 마부용 스탠드에서 나는 주의 깊게 마부장 바로 앞에 자리를 잡고서, 경주 직전의 조용한 틈을 타서 옆에 서 있는 알지도 못하는 마부에게 돈을 좀 빌려 달라고 부탁했다. 아니나다를까, 사나이는 화가 나서 못 견디겠다는 듯이 마부장에게 들릴 만큼 큰 소리로 거절하였다. 나는 어깨에 힘을 주어 지금 그 말이 노리는 사람의 귀에 들어갔는지 어떤지 고개를 돌려 확인하고 싶은 마음을 억눌렀다.

핸버의 말은 직선 코스에서 힘이 다하여 뒤에서 두 번째로 들어왔다. 아무도 놀라지 않았다.

그 뒤 나는 마구간 입구에서 슈퍼맨의 마부가 나오기를 기다렸는데, 그는 30분이나 지나 제5경주가 끝날 무렵에야 나왔다. 내가 자연스럽게 그의 옆에서 함께 걸으며 "그런 말이 내 차례에 올까봐 겁나는데……" 하고 말을 걸자 그는 나에게 어디서 일하고 있느냐고 물었다. 인스킵이라고 대답했더니 그는 태도가 누그러지며 이런 소동을 벌인 체면상 차 한 잔 사겠다고 말했다.

치즈 샌드위치를 반쯤 먹었을 때 나는 "그 말은 경주 뒤에 늘 그렇게 흥분하나?" 하고 물었다.

"아니, 언제나 기운이 쭉 빠지지. 지금쯤은 야단이 났을걸."

"무슨 말이지?"

"경주 시작 전에 계원이 와서 출전마 전체를 테스트 했어. 무엇 때문에 경주 시작 전에 검사를 하는 거지? 어디서든 그렇게 하지는 않을 거야. 경주 시작 전에 검사를 하다니, 자네, 그런 일 당한 적 있나?"

나는 고개를 저었다.

"슈퍼맨은 여느 때와 똑같은 상황이었어. 입상하는가 싶다가는 마지막에 가서 뻗어 버리거든. 바보 녀석! 근성이 돼먹지 않았어.

말 주인이 심장을 테스트하게 해보았지만 아무 이상이 없었지. 역시 근성이 돼먹지 못한 거야. 아니, 그건 또 좋다 하지만, 갑자기 뒷다리를 쳐들고 헛것에 쫓기기라도 한 것 같은 모습으로 미친 듯 뛰다니…… 아까 그 꼴 봤나? 대체적으로 그 말이 신경질적이긴 하지만, 여러 명이 간신히 붙잡았을 때는 벽으로 기어오르려고 했지. 우리 집 대장은 새파래졌어. 어느 모로 보든 무얼 먹였다고밖에 보이지 않으니 말이야. 그래서 지시도 떨어지기 전에 이쪽에서 먼저 검사를 해 달라고 했지. 흥분제를 썼다고·면허 취소라도 시키면 야단이니까 말야. 수의사 두 명이 와서 분석할 재료를 채취하고 있었는데…… 슈퍼맨이 그 의사들을 마구간 바깥으로 차내려고 야단이 아닌가. 마지막에는 진정제를 주사했지. 대체 저걸 어떻게 끌고 간담."

"맡은 지 오래 되었나?" 나는 동정의 뜻을 비추며 물었다.

"시즌 초부터야. 넉 달쯤 되나. 아까도 말했지만 몹시 신경질적인 말인데, 이제야 겨우 날 따르게 됐어. 부디 약 기운이 떨어지기 전에 가라앉아 줬으면 좋으련만."

"자네가 보기 전에는 어디 있었지?" 나는 아무렇지도 않게 물었다.

"지난해에는 데번의 작은 마구간에서 비니라든가 하는 조교사가 맡아 보았지. 그래, 맞아, 비니였어. 거기서 시작한 모양인데, 이렇다 할 일은 없었다지, 아마."

"거기서 아예 신경질적으로 만들어 버렸군."

"그런데 그게 이상해. 우리가 8월에 경마가 있어 데번에 갔을 때 비니네 사람들에게 그렇게 말했지. 그랬더니 내가 다른 말을 잘못 알고 그런다는 거야. 슈퍼맨은 얌전한 말이라 전혀 문제 같은 건 일으키지 않는다는 거였어. 뭘랬는지 알아? 만일 슈퍼맨이 신경질적인 말이 되었다면 거기서 나와 우리에게로 올 때까지의 여름 사이에 무슨 일이 있었을 거라는 말이었어."

"여름 동안은 어디 있었는데?" 나는 홍차 잔을 집어 들면서 물어보았다.

"그건 모르겠는데. 우리 대장이 아스코트 경매에서 싸게 샀지. 그러나 이렇게 되면 대장은 아마 헐값에라도 팔아치우겠지. 불쌍한 녀석이야. 바보 같은 녀석……."

그는 우울한 표정으로 컵을 바라보고 있었다.

"그럼, 오늘 흥분한 건 약 때문이라고는 생각지 않는 모양이지?"
내가 물었다.

"갑자기 머리가 이상해졌다고밖에 생각이 안돼. 아무리 생각해도 미친 거야. 왜 그러냐 하면 나와 대장과 초키 말고는 약을 먹일 기회가 있는 사람이 없거든. 난 먹이지 않았어. 대장도 안했고, 그는 도대체 그런 짓을 할 사람이 아니니까. 그렇다고 초키가 했을 리도 없고, 그는 지난달부터 마부장이 되어 지금 좋아서 어쩔 줄 모르는데……."

차를 다 마시고 여전히 슈퍼맨의 이야기를 하면서 제6경주를 구경하였다. 마부는 더 이상 내게 소용될 만한 일은 알지 못하는 모양이었다.

경주가 끝난 뒤, 거리 중심지까지의 반 마일 길을 걸어가 공중전화 부스에서 옥토버에게 똑같은 전보를 두 통——어디 있는지 몰라서 하나는 런던 저택에, 다른 하나는 슬로에——띄웠다. 내용은 '슈퍼맨에 대한 긴급 정보를 바람. 특히 올해 5월쯤 데번의 비니에게서 팔려 간 주소를 알려 주기 바람. 뉴캐슬 우체국으로 부탁함.'

그날 저녁 나는 삼류 영화관에서 뮤지컬을 보면서 전날의 즐거움과는 딴 세상 같은 시간을 보냈다. 싸구려 하숙집에 갔더니 머리 꼭대기에서부터 발끝까지 유심히 훑어본 다음 선불을 요구했다. '언제쯤 쓰레기처럼 취급되는 일에 익숙해질 때가 올까' 하고 생각하며 돈을 치렀다. 나는 이런 경험을 할 때마다 매번 충격을 받는 것이다. 돌이켜보건대 오스트레일리아에서는 사람들이 나에게 경의를 표하는 일에 익숙해져 습관이 되어 마음에 두지도 않고 고맙다는 마음도 없었다. 지금 그 일부분이라도 맛볼 수 있다면 하고 후회 비슷한 마음을 안고 여주인의 뒤를 따라 낯설기 그지없는 작은 방으로 들어가서 요리를 해서는 안 된다, 11시 이후에는 더운 물이 없다, 여자를 끌어들여서는 안 된다는 등등의 내키지 않는 설교에 귀를 기울였다.

이튿날 오후에는 눈에 띄게끔 일부러 형편없이 초라한 모습으로 핸버의 마구간 언저리를 서성거렸다. 경주가 끝나자 버스와 기차를 타고 뉴캐슬로 돌아와 하룻밤을 지냈다. 이튿날 아침, 소음기와 기타 부속품을 새로 갈아끼운 오토바이를 찾아 가지고 옥토버에게서 답장이 왔는지 보러 우체국으로 갔다.

사무원이 편지를 한 통 내밀었다. 그 안에는 인사말도 서명도 없는 한 장의 타이프 지가 들어 있었다.

슈퍼맨은 아일랜드에서 태어나 사육되었음. 데번의 비니에게로 오기까지 두 번 주인이 바뀌었음. 그 뒤 5월 3일 비니에게서 포제트의 핸버 씨에게로 양도되었다가 7월 핸버가 아스코트의 경매에 내놓아 현 소유주가 260파운드에 사들였음.

어제 스탭포드에서의 슈퍼맨 조사 결과, 유력한 단서 없음. 약물 검출은 끝나지 않았으나 검출 가능성은 없을 것으로 생각됨. 경마장 수의사는——그도 같은 의견이겠지만——부정마로 단정하고 피부를 상세히 조사한 결과, 진정제를 주사한 이외에는 바늘 자국이 없었음.

경주가 시작되기 전 슈퍼맨의 상태는 분명 정상이었음. 기수의 보고에 의하면 마지막 장애물까지는 여느 때와 다름없었으며, 마지막 장애를 뛰어넘었을 때 경련을 일으킨 모양으로 기수를 떨어뜨렸다고 함.

루드야드에 대하여 좀더 조사한 결과, 4년 전 텔브리지의 P J 애덤스가 구입했다가 얼마 뒤 아스코트에서 전매되었음. 트랜지스터는 3년 전 애덤스가 사들인 3개월 뒤에 뉴마킷 경매에서 팔렸음.

연속 번호인 5파운드 지폐 30매에 대하여 조사한 결과, 버클레이즈 은행 버밍엄 지점에서 슬로에서 말을 걸어 온 사나이와 완전히 일치하는 인상의 루이스 그린필드라는 인물에게 지불하였음이 밝혀졌음. 그린필드와 T N T 텔레튼에 대해서는 이미 수배가 끝났으나, 그쪽이 임무를 완료할 때까지 체포를 미루기로 하겠음.

빔모 보그너에 대한 보고. 마구간의 정보 매수는 위법 행위가 아님. 처벌할 계획은 없으나 스파이 망 활약에 관한 경고가 일부 조교사에게 은밀히 내려질 것임.

나는 종이를 잘게 찢어 쓰레기통에 버리고 오토바이를 타고 캐털릭으로 통하는 고속도로에서 시험해 보았다. 상태가 좋아 속력을 즐기면서 아직도 100마일의 속도를 낼 수 있다는 것을 확인하였다.

토요일, 캐털릭에서 핸버의 마부장이 낚싯밥에 걸려들었다.

인스킵이 경주에 2마리를 내보내고 있어서, 파디가 그 1마리를 돌보고 있었다. 제2경주 전에 마부용 스탠드 위에서 아일랜드 출신인 머리가 예리한 조그만 파디와 핸버의 마부장이 열심히 이야기하고 있는 게 보였다. 파디의 마음이 누그러져 내게 유리한 말이라도 할까 걱정했으나, 쓸데없는 걱정이었다. 그 자신이 직접 나의 괜한 걱정을 치워 주었다. 그는 나의 수세미 같은 머리에서부터 더러운 구두 끝까지 더듬으면서 말했다.

"넌 지지리도 못난 녀석이야. 이런 꼴이 되는 건 당연해. 핸버네 녀석들이 나에게 너에 대해 물어 보더군. 왜 인스킵에게서 쫓겨났 느냐고. 주인어른의 따님을 어떻게 했다는 점잖은 이야기가 아니라 진짜 이유를 털어놓아 주었지."

"진짜 이유라니, 뭔데?" 나는 놀라며 물었다.

그는 사뭇 업신여기는 듯이 입꼬리를 치켜올렸다.

"잘 들어 둬. 사람의 입은 그렇게 무거운 게 아니야. 재미있는 소문이 떠돌고 있는데, 잠자코 있을 사람이 있을 것 같아? 네가 첼트넘에서 곤드레가 되어 인스킵의 불평을 늘어놓은 것을 글리츠가 내게 말하지 않을 줄 알았나? 그리고 브리스틀에서 남에게 특정 말의 마방을 가르쳐 주는 일쯤 아무것도 아니라고 지껄였다는 것도 내가 다 듣고 있어. 게다가 그 스피라는 악당과 형제처럼 다정했었지. 우리가 모두 급료를 스파킹 플러그에게 걸었을 때, 말이 꼭 장작개비 같았어…… 그것도 네 녀석 짓이 틀림없어. 그러니까 핸버에게 말해 줄 수밖에. 너를 채용하는 어리석은 짓은 말라고. 넌 인간 쓰레기야. 어떤 마구간이든 널 쓰는 날엔 변변한 일이 생겨나지 않을 거라고 말해 줬어."

"걱정 끼쳤군."

"뭐 승마 솜씨는 좋아. 그것만은 인정해 주지. 하지만 그것도 아무 소용없게 되었어. 두 번 다시 올바른 마구간에서 일할 날은 없을 테니까. 너 따위를 채용하는 건 좋은 사과 속에 썩은 사과를 집어넣는 거나 똑같은 일이지." 파디는 씹어뱉듯이 말했다.

"이런 말을 모두 핸버네 사람에게 이야기했단 말이야?"

그는 고개를 끄덕거렸다.

"올바른 데서는 결코 너를 쓰지 않을 거라고 말이야. 자업자득이란 바로 이런 거야!"

그는 내게 등을 돌리고 걸어갔다. 나는 한숨을 쉬며 파디가 이 정도로 나쁘게 보고 있는 사실을 기뻐해야 한다고 스스로 위로하였다.

마지막 두 경주 사이에 핸버의 마부장이 패독에서 나를 불렀다.

그는 내 팔을 붙잡고 말했다.

"여어, 자네 일자리를 찾고 있다며?"

"그래."

"일자리를 하나 구해 줄 수 있을지도 모르겠는데, 다른 데보다 급료도 좋아."

"누구의 마구간이지? 얼만데?" 내가 물었다.

"주급 16파운드."

"나쁘진 않군. 어디야?"

"내가 일하고 있는 곳. 핸버 씨의 마구간이야. 더램에 있지."

"핸버라고?" 나는 그다지 내키지 않는 표정으로 되뇌었다.

"일자리를 찾고 있다면서? 일하지 않아도 좋을 신세라면 걱정없겠지."

그는 나의 초라한 모습을 비웃듯이 훑어보았다. 나는 대답했다.

"일자리가 없으면 곤란해."

"그럼, 어때?"

"그가 나를 쓸까? 딱지맞는 게 처음은 아니지만……." 나는 유들유들하게 말하였다.

"지금 손이 모자라니까 쓸 거야. 이번 수요일에 여기서 경주가 있지. 그전에 내가 말해 둘 테니까 괜찮다면 그때 핸버를 만나. 쓸지 안 쓸지는 그가 말해 줄 테니까."

"왜 지금 물어 보면 안되지?"

"그건 안 돼. 수요일까지 기다려."

"그렇다면 하는 수 없지만……."

나는 마지못해 동의하였다. 수요일까지 가면 그만큼 더 내가 쪼들릴 거라고 계산하고 있는 모양이었다. 그렇게 되면 어떤 일에든 덤벼들 게 틀림없다. 나쁜 소문을 듣고 겁이 나서 꽁무니를 뺄 가능성이 적어진다고 생각하는 것이다.

경마로 딴 200파운드와 인스킵에게서 받은 돈의 절반을 이탈리아 여행에서 써 버렸기 때문에——조금도 후회하고 있지는 않지만—— 오토바이 대금과 하숙집 숙박료를 치르고 나니 처음에 옥토버에게서 받은 200파운드도 거의 바닥이 나 버렸다. 그는 필요한 경비를 더 주겠다고 말하지 않았으며, 나도 달라고 할 마음은 조금도 없었다. 급료의 나머지 절반은 나 좋을 대로 써도 좋다는 판단 아래 그 뒤 사흘 동안 오토바이를 타고 에딘버러로 가서 스스로 스코틀랜드에서 가장 기묘한 관광객임에 틀림없으리라 생각하면서 거리를 돌아다니며 즐겼다.

화요일 밤, 섣달그믐 축제가 최고조에 달했을 무렵, 큰마음먹고 레스토랑 라페리티프의 급사장에게 좌석을 부탁하였다. 그때 그의 예절을 잃지 않은 응대는 정말 볼 만하였다. 당연한 일이지만, 내가 지불할 만 한 돈이 있다는 것을 확인한 뒤에야 홀 한구석에 놓인 테이블로 안내해 주었다. 잘 차려입은 다른 손님들의 마뜩찮은 표정에는 아랑곳없이 핸버에게서 받을 대우를 머리에 그려 보면서 바닷가재 요리를 시작으로 천천히 진미를 만끽하고, 가장 좋은 포도주를 거의 한 병 다 마셔 치웠다.

주인 없는 홀가분한 생활에 호사스러운 작별을 고하고 영국에서 가장 나쁜 마구간에서 새해 첫날 일을 할 작정으로 캐털릭을 향해 의기양양하게 국도 1호선을 달렸다.

9

핸버의 마구간은 소문보다도 더 지독한 곳이었다. 마부에 대한 형편없는 대우는 계획적으로 고안된 것인데, 하루도 지나지 않아 나는 마부들로 하여금 오랫동안 일할 마음이 나지 않게 하기 위한 수단이라는 것을 알아차렸다. 그들 중 3개월 넘게 근무하고 있는 이는 포제트 거리에 살고 있는 마구간 주임과 마부장뿐이고, 보통 마부가 주급 16파운드로는 도저히 수지가 맞지 않는다고 결심하는 데 필요한 기간은 대충 8주일에서 10주일이라는 것을 알았다.

그러므로 주임과 마부장을 빼면 지난해 여름 슈퍼맨에게 어떤 일이 있었는지 알고 있는 이는 하나도 없다는 말이 되는 것이다. 그 무렵에 일한 마부는 이미 없으니까. 그리고 이 두 선임자가 남아 있는 것은 이곳에서 이루어지고 있는 모든 사정을 잘 알기 때문이며, 만일 그들에게 슈퍼맨에 대하여 묻는다면 스스로 토미 스티플튼의 전철을 밟는 거나 마찬가지라고 경계하였다.

나는 마구간에 따라서는 마부의 숙소가 얼마나 더러운지 듣고 있었으며, 마부 중에는 그런 숙소도 과분하다고 할 만한 인간이 있다는 것도 알고 있었다. 내가 아는 이들 중에는 밖으로 석탄을 가지러 가기가 귀찮아서 자기가 쓰는 의자를 뜯어서 땐 사람이 있으며, 또 접시 닦기가 싫어서 변기에 접시를 포개 놓고 물을 틀어 씻어 내린 사람도 있다. 아무리 핸버가 그런 쓰레기 같은 이들만 모아다 놓았다 할지라도 이 마구간의 숙소 조건은 인간 이하의 취급이었다.

숙소는 마구간 위에 있는 사료광이었다. 말발굽 소리며 쇠사슬이 철렁거리는 소리들이 죄다 들리고, 널빤지 틈으로 내려다보면 눈 아래에 마방이 있다. 그 틈을 통해 퀴퀴한 짚 냄새며 차가운 바람이 스며들었다. 천장이 없고 대신 지붕 타일이 있을 뿐이어서 오르내리는 것은 바닥널을 잘라 낸 구멍에 걸쳐 놓은 사다리에 의지할 수밖에 없다. 그나마 하나뿐인 작은 창은 유리가 깨져 그 위에 포장지를 붙여 놓아 빛을 가로막고 있었으며, 찬바람이 멋대로 드나들었다.

다락방에 있는 가구 비슷한 것이라고는 7개의 침대뿐인데, 금속 파이프 테두리에 천 하나를 걸친 정도의 물건이었다. 각 침대는 베개 하나와 잿빛 담요가 한 장 있을 뿐이므로, 나는 내 몫을 찾느라 싸워야 했다. 침대의 전주인이 없어지면서 다른 이가 진작부터 쓰고 있기 때문이었다. 베갯잇은 아예 없고, 시트도 매트리스도 없었다. 모두 추워서 입은 채로 잤다. 그곳에 간 지 사흘째 되는 날, 눈이 내리기 시작하였다.

마부용으로 쓰이고 있는 또 하나의 방은 사다리를 내려선 곳에 있는 부엌인데, 그것도 마구간에서 맨 끝의 마방을 개조한 것이다. 사람이 살아가기에 알맞게 하려는 고려가 전혀 되어 있지 않은 것으로 보아, 여기서는 사람이 동물과 똑같이 취급되고 있다는 것이 역력했다. 들창에는 쇠창살이 끼워져 있고, 양쪽으로 여는 개폐식 문 바깥쪽에는 볼트가 달린 채였다. 바닥은 배수구가 가로로 쭉 뻗쳐 있는 콘크리트, 한쪽 벽은 거친 널빤지인데 뒷발로 걷어찬 자국이 나 있고, 나머지 세 면은 맨 벽돌이었다. 방은 견딜 수 없을 정도로 춥고 눅눅하였으며 더러웠다. 말 1마리에게는 충분한 공간일지 모르지만, 7명의 사람으로서는 돌아눕기조차 힘든 상태였다.

가구라고 이름붙일 만한 것이라곤 두 벽면을 따라 놓아 둔 나무 의자, 테이블, 넓은 전열기, 그릇장, 그리고 세면용으로는 쇠붙이로 된 물그릇과 세면기 받침대가 있을 뿐이다. 화장실은 바깥의 말 오물더미 옆에 있는 헛간이었다.

식사는 언제나 칼라를 달고 있는 아둔해 보이는 여자가 맡아 준비하는데, 음식은 다른 모든 상황보다 더 나빴다.

핸버는 무관심한 표정으로 나를 흘긋 보더니 고개를 끄덕이는 것만으로 채용했었는데, 내가 가자 여전히 관심 없는 얼굴로 말 1필을 맡으라고 지시하고는 마방 번호를 가르쳐주었다. 그를 비롯하여 다른 누구도 말의 이름을 가르쳐 주지 않았다. 자기 자신도 1마리 맡고 있는 마구간 주임은 대개의 다른 마구간 조교와는 달리 거의 아무 권한도 주어져 있지 않은 모양이었으며, 모든 일은 핸버가 직접 명령하고 감독하였다.

그는 작업의 질보다도 양의 달성을 요구하여 모두를 혹사하였다. 마구간에는 30필의 말이 있었다. 주임은 1필을 맡고 있었으나 마부장은 말 운반차를 운전하므로 말을 돌보지 않았다. 그러한 관계로 나머지 29필을 7명이 돌보는 것인데, 이밖에도 마구간 전체의 청소며 수리도 하게 되어 있었다. 경주가 있어서 한두 마리가 경마장에 가는 날이면 남아 있는 마부들은 한 사람이 6마리를 돌보는 일도 종종 있었다. 여기에 비교하면 인스킵의 마구간은 요양소 같았다.

조금이라도 게으름 피우는 것을 보면 핸버는 대단하지 않지만 신경에 거슬리는 벌을 주고, 모진 말투로 일이 많으니까 남보다 더 많은 급료를 주고 있다, 그런데도 마음에 안드는 녀석은 언제든지 나가라고 호통쳤다. 이곳에 있는 마부들을 다른 마구간에서 써 주지 않는 이들뿐이므로 핸버에게서 떠난다는 것은 그대로 경마계에서 떠난다는 말이었다. 그리고 핸버 마구간의 실정을 거의 모르는 채 나가게 되는 것이다. 실로 교묘하였다.

이 생지옥의 동료들은 서로 정이 없고 친하고 싶은 인간도 없었다. 그 중에서 가장 괜찮은 것은 복싱 데이에 스탭포드에서 본 지능이 낮아 보이는 소년이었다. 젤리라는 이름으로, 남보다 배나 동작이 둔하고 머리도 나빠 늘 야단만 맞고 있었다.

나머지들 중 둘은 형무소 출신인데, 그들의 생활 태도에 비하면 스피 털레튼쯤은 주일학교 우등생 격이었다. 나는 그 중의 하나인 지미에게서 담요를, 몸이 탄탄한 또 하나의 폭력배 찰리에게서 베개를 완력으로 빼앗았다. 이 두 녀석은 총대장 격으로, 걸핏하면 사람을 치고받기가 일쑤였으며, 말썽이 일어날 성싶으면 적당히 거짓말을 꾸며내어 다른 사람을 함정에 빠뜨리고 자기는 벌을 피하는 것이 장기였다.

레기라는 녀석은 밤도둑이었다. 마르고 창백한 얼굴의 사나이로, 눈꺼풀이 언제나 부들부들 떨리고 있었다. 손가락 끝에 고리라도 달렸는지 번쩍하면 남의 빵을 채어 가는 것이다. 나는 많은 배당량을 몇 번이나 도둑맞은 끝에 간단히 그가 훔치는 현장을 잡았다. 그렇게 하여 남보다 배나 먹고도 언제나 가장 마른 것이 이상스러워 견딜 수가 없었다.

그들 중의 하나는 귀머거리였다. 둔하고 무심한 말로 어려서 아버지가 걸핏하면 뺨을 때려서 이렇게 되었다고 이야기했다. 버트라는 이름으로, 가끔 오줌을 싸기 때문에 지독한 악취를 풍기고 있었다.

일곱 명 째의 조프는 가장 고참으로 10주일이 지났는데도 나갈 마음은 털끝만큼도 없는 모양이었다. 슬쩍 곁눈질로 훔쳐보는 버릇이 있고, 어쩌다 지미나 찰리가 형무소 생활 이야기를 할 때면 금방 울상이 되었다. 그리하여 나는 그가 무슨 죄를 범하고 발각될까 겁내는 것이라고 판단하였다. 그로서는 감옥살이를 하기보다는 핸버 밑에서 10주일을 지내는 게 차라리 낫다고 여겨질 테지만, 그 점은 토의할 여지가 충분히 있다.

그들은 마부장 재드 윌슨에게서 들어 나에 대한 일을 잘 알고 있었다. 따라서 내가 어떤 끔찍한 것이라도 태연히 저지를 인간이라는 점은 모두 당연한 듯이 받아들여 주었으며, 옥토버의 딸에 대한 소문이 사실이라면 형무소에 끌려가지 않은 게 실로 운이 좋은 덕택이라고 생각하는 모양이었다. 언제까지나 그것을 화제삼아 키득키득 웃으며 외설스러운 농담을 주거니 받거니 하였는데, 더러는 과녁을 맞힌 것도 있었다.

그들과 함께 생활하는 일은 대단한 인내를 필요로 하며 지독한 식사와 힘든 작업, 편안치 못한 잠자리, 견디기 어려운 추위 등 뼈를 깎는 고통이었다. 이러한 경험으로 말미암아 나는, 오스트레일리아의 생활을 대단한 노력이라고 생각하고 있었으나 사실은 편안하고 안이한 것이었다고 새삼스럽게 느꼈다.

핸버의 마구간에 오기 전까지 나는 왜 저렇게 무능한 조교사에게 비싼 돈을 들이면서 말을 맡길까 이상스럽게 생각했었는데, 와 있는 동안 차츰 알게 되었다. 우선 마구간의 겉모습에 놀라움을 금치 못하였다. 경마장에서 본 말의 모습으로 미루어 보아 마구간은 자갈을 깐 바닥에 잡초가 우거지고 마방 문짝도 거의 떨어져 나가고 칠도 허옇게 벗겨진 모습을 상상했었다. 그런데 실제로는 정돈이 잘되어 있고 아늑했다. 하기는 그 때문에 마부들이 오후의 휴식도 없이 혹사당하고 있긴 하지만, 그와 같은 외관을 유지하는 일은 핸버로서는 돈이 드는 일이 아니고, 가끔 페인트를 사 가지고 와서 마부들을 혹사하면 되는 것이다.

가끔 말을 보러 오는 마주에 대한 그의 태도는 무뚝뚝하고 자신에 차 있었다. 나중에 안 일이지만, 비용이 다른 어느 마구간보다도 싸서 그것이 실력 이상으로 위탁자를 끌고 있는 까닭인 모양이었다. 그리고 마구간에 있는 말은 모두 경주마가 아니고 그 중에는 사냥말도 있어 조교할 책임이 없으며, 따라서 사육과 운동만 시키고서 상당액의 금액을 받고 있었던 것이다.

동료 마부에게서 들은 바로는 이번 시즌에 출전한 말은 7마리뿐인데, 그 7마리는 혹사당해 평균 열흘에 한 번은 뛴 모양이다. 그 중에서 우승한 것은 1마리, 2등이 2마리, 3등이 1마리였다 한다.

7마리 중 내가 담당한 말은 하나도 없었다. 내가 맡은 4마리 가운데 경주마는 2마리인데, 짐작컨대 핸버의 말인 듯했다. 나머지 2마리는 사냥말이었다. 2마리의 경주마는 똑같은 갈색 털에 7살 정도였다. 1마리는 전혀 스피드가 없고, 다른 하나는 연습용 장애물은 잘 뛰어넘었으나 성질이 난폭했다. 나는 마구간 주임 캐스에게 이름을 가르쳐 달라고 졸라서 도빈과 스타라는 이름을 알아내었다. 경주마답지 않은 이 두 이름은 경주마 명부에도 없었으며, 핸버가 쓴 조교 중인 말 명단에도 올라 있지 않았다. 루드야드, 슈퍼맨, 차콜 등도 여기서 잠깐 지냈을 때는 역시 알지 못할 별명이 붙여졌을 가능성이 있다고 느꼈다.

경마계를 떠난 마부가 2년 뒤에 다른 마구간에서 나와 우승한 루드야드와 지난날 그가 돌보았던 도빈이나 스타를 결부시켜 생각할 가능성은 전혀 없다고 해도 좋았다.

그런데 왜, 왜 2년 뒤에 우승한 것일까? 그 점에 대해서는 아직도 전연 짐작이 가지 않았다.

한기가 휘몰아쳐 와서 그냥 뿌리를 내렸다. 그래도 다른 마부의 말에 의하면, 지난해 겨울만큼 지독한 겨울은 없었다고 한다. 생각해 보니 그 겨울의 1월, 2월에 나는 오스트레일리아에서 한여름의 태양 아래 땀을 흘리고 있었다. 벨린다와 헬렌, 필립이 긴 방학을 어떻게 보내고 있을까? 그 아이들이 지금의 이 더럽고 타락한 인간 이하의 내 생활을 본다면 어떻게 생각할까? 그리고 마부들이 자기네 고용주가 이렇게도 비참한 모습이 되어 있는 것을 보면 어떻게 생각할까? 생각만 해도 우스웠다. 그들 생각을 하고 있으면 지루한 시간도 빨리 지나가고, 나 자신이 본디의 모습을 잃어버리는 것을 구원해 주었다.

중노동으로 지새는 하루하루가 지나는 동안 이처럼 극단적으로 변한 사람이 자신의 진짜 목적을 완전히 잃지 않고 있을 수 있을까 하는 의혹이 고개를 쳐들었다.

누구의 눈에도 의심스럽게 비치지 않도록 표정이며 언동을 난폭하고 둔중하게 하고, 한시도 마음을 늦추지 않았다. 나는 게으른 태도로 일하고 천치 바보 같은 모습으로 말을 탔다. 그러나 시간이 지남에 따라 그러한 꾸밈도 차츰 수월해졌다. 오래도록 인간 쓰레기의 흉내를 내고 있으면 정말 그렇게 되는 게 아닐까 하는 생각이 들기도 하였다. 인간으로서의 긍지를 모두 내던져 버리면 나중에는 자신에게 긍지가 결여되어 있다는 것을 깨닫지 못하게 되는 것은 아닐까? 나는 이러한 의문이 아무 근거가 없는 것이었으면 하고 바랐다. 가끔 이러한 모습을 보고 조용히 웃고 있을 수 있는 동안은 문제없겠지 하고 생각하였다.

석 달쯤 지나면 마부가 자기 쪽에서 나가겠다는 말을 하게끔 다루어질 것이라는 내 생각을 조프 스미스에게 일어난 일이 뒷받침해 주었다.

말 운동 때 핸버는 말을 타고 참가하는 일은 없었으나, 차를 타고 와서 보고 모두 걸어서 돌아가는 사이에 먼저 돌아가 일의 점검을 하는 것이 보통이었다.

어느 날 아침, 제2진을 데리고 돌아오니 핸버가 마당 한가운데에 서서 그 특유의 불쾌한 표정을 짓고 있었다.

"스미스, 로크, 말을 마방에 넣고 이리로 와!"

시키는 대로 하였다.

"로크."

"네."

"네 말의 사료통은 모두 지저분하기 짝이 없어. 깨끗이 닦아 놔."

"네."

"그 벌로 다음 주에는 5시 반에 일어나야 해."

"네."

나는 속으로 한숨을 지었으나 그 정도의 것은 그의 불쾌한 징벌 중에서는 그래도 나은 편이었다. 본디 나는 일찍 일어나는 일은 그다지 힘들지 않기 때문이다. 문제는 아무 일도 않고 마당 한가운데 한 시간 이상 뻗치고 서 있어야 하는 데 있는 것이다. 주위는 어둡고 춥고 무료하였다. 나는 핸버 자신도 별로 자지 않는 모양이라고 생각하였다. 그의 침실 창문은 마당 쪽으로 나 있어 5시 40분까지 서 있지 않으면 손전등을 켜서 주의를 환기시켰다.

"이번에는 너야."

핸버가 생각하는 모습으로 조프를 보았다.

"7번 마방 바닥에 진흙이 쌓여 있어. 저녁 식사 전에 짚을 모두 들어내고 바닥을 소독액으로 닦아 둬."

조프가 그만 대꾸를 하였다.

"하지만 다른 사람들과 함께 식사하지 않으면 다 먹어치웁니다."

"그런 것도 미리 생각하고 일을 해 뒀으면 될 거 아니야! 나는 다른 데보다 5할 이상이나 급료를 더 주고 있어. 그 정도의 일은 해

줘야지. 시키는 대로 해!"

조프가 울상이 되었다. 저녁을 먹지 못하면 몹시 허기질 것이라는 사실을 잘 알고 있는 것이다.

"주인님, 저녁 식사 후에 하게 해주십시오."

핸버는 아무렇지도 않은 표정으로 슬그머니 단장을 거꾸로 잡았다. 그리고 느닷없이 손잡이 부분으로 조프의 허벅지를 세게 내리쳤다.

조프가 외마디 소리를 지르며 다리를 어루만졌다.

"저녁 식사 전에 해."

그는 이렇게 말하고 단장을 짚고 걸어갔다.

조프는 자기 몫의 싱거운 양고기를 아깝게 놓치고 숨을 가쁘게 몰아쉬며 뛰어들어 왔을때 자기 몫인 푸딩의 마지막 한 조각이 찰리의 입으로 들어가는 것을 보았다.

"빌어먹을 자식! 에잇, 빌어먹을 놈들 같으니라구." 그는 슬픈 듯이 울부짖었다. 그래도 일주일을 버텼다. 그 뒤 여섯 번이나 몸뚱이 이쪽저쪽을 얻어맞고 저녁을 세 번, 아침을 두 번, 점심을 한 번 못 얻어먹었다. 그 무렵에는 늘 울상을 짓고 있었는데, 그래도 나가겠다는 말은 하지 않았다.

닷새 뒤, 아침 식사 때 캐스가 부엌에 와서 조프에게 말했다.

"아무래도 보스가 널 점찍은 모양이야. 이렇게 되면 아무리 별짓 다 해도 제대로 보아주지 않아. 제일 좋은 건 어디 다른 데 일자리를 찾는 일이겠지. 너를 생각해서 말하는 거야. 보스는 누군가의 일이 제대로 돼 있지 않으면 가끔 머리가 어떻게 되는 모양이지. 그렇게 되면 누가 뭐래도 바로잡지 못해. 네가 죽어 자빠질 정도로 열을 내서 일해도 인정해 주지 않을 거야. 더 이상 매 맞는 건 너도 싫겠지? 더 이상 여기 있다가는 이제까지 일은 문제가 안 될 만큼 지독한 꼴을 당할 거야. 알겠지? 널 생각해서 말하는 거야,

정말."

그런데도 조프가 슬퍼하며 지저분한 가방에 소지품을 넣어 가지고 울상이 되어서 나간 것은 이틀 뒤였다.

이튿날 아침 비쩍 마른 소년이 보충으로 들어왔다. 오기 전에 지미가 담요를 가져갔는데, 빼앗을 만한 힘이 없었으므로 사흘 뒤 곧 나갔다. 얼어붙는 듯한 두 밤을 신음하며 지새우더니 사흘째는 모습을 감추어 버렸다.

이튿날 아침 식사 전에 이번에는 지미가 단장으로 얻어맞았다.

아침 식탁에 늦게 들어온 그는 투덜대며 젤리가 들고 있는 빵을 뺏으려고 하였다.

"내 몫은 어디 있어?"

물론 다른 사람들이 이미 먹어 버린 것이다.

그는 동료들을 흘겨보면서 말했다.

"모두들 내 말도 돌봐 줘. 난 나간다. 누가 이런 데 있겠어. 형무소보다 더 지독한 곳이야. 내가 매 맞고도 그냥 잠자코 있을 줄 알아!"

"항의하면 될 거 아냐?" 레기가 말했다.

"어디다?"

"으음…… 순경한테."

"너도 돌았군." 지미가 어처구니없다는 듯이 말하였다. "병신 같은 녀석! 전과자인 내가 순경을 찾아가서 고용주가 나쁘다, 단장으로 날 때렸다고 말하라는 거냐? 그 녀석들은 우선 크게 웃겠지. 웃다가 기절할지도 몰라. 다음은 어떻게 되지? 여기 와서 캐스에게 맞는 것을 봤느냐고 물을 거야. 저 캐스 놈에게는 여기 일이 소중해. 그렇고말고, '뭐 잘못 들었겠죠. 아무것도 못 봤는데요'라고 말할 게 뻔해. 핸버 씨는 진정한 신사이며 인정이 많은 사람이다, 전과자가 하는 말을 곧이곧대로 들어서야 되느냐…… 흥, 웃기지 마. 난 나가 버리면 돼. 너희들도 바보가 아니면 나가는 거야."

그러나 아무도 그의 충고를 듣지는 않았다.

찰리의 이야기로는 지미는 자기보다 2주일 더 있었으니까 11주일 쯤 되리라고 한다.

지미가 불평하고 나간 뒤, 나는 일을 하면서 생각하였다. 11주일, 길어야 12주일이면 핸버의 손이 움직이기 시작할 것이다. 내가 이곳에 온 지 3주일이 되니까 최대한 앞으로 9주일이 남았다. 그 동안 그의 약물 사용법을 알아 내야 한다. 그러나 문제는 내가 조프만큼 오래 견딜 수 있느냐 하는 것이 아니라, 핸버가 나를 쫓아내려고 마음먹기 전에 그의 수법을 알아 내지 못하면 마음먹은 뒤에는 늘 나를 주시하고 있어 알아 낼 기회가 전혀 없을 것이라는 점이었다.

3주일이 지나도 한시바삐 여기를 나가야겠다는 것 말고는 아무것도 안 일이 없었다. 조프와 지미의 일을 보충할 마부 둘이 새로 들어 왔다. 레니는 보스턴 감화원에 있었던 적이 있다는 것을 자랑삼는 키가 큰 젊은이와, 세실이라는 35살쯤 된 만성 알코올 중독자였다. 그의 말에 따르면 술 때문에 온 영국 안의 마구간 태반에서 쫓겨났다는 것이다. 나는 그가 어디서 술을 손에 넣어 어떻게 숨기는지 짐작이 가지 않았으나, 매일 4시쯤에는 취하여 밤마다 곤드레가 되어 무섭게 코를 골았다.

날마다의 생활이——이것을 생활이라고 할 수 있을지 어떨지는 모르지만——이렇게 계속되었다.

어느 마부나 다 핸버의 조금 나은 급료를 필요로 하는 이유가 있었다. 레니는 먼저 고용주에게서 훔친 돈을 물어 주고 있었으며, 찰리는 어딘가에 먹여 살려야 하는 아내가 있고, 세실은 술을 마시기 위하여, 레기는 병적인 저축광이기 때문에, 그리고 젤리의 급료는 핸버가 직접 그 부모에게 송금하고 있었다. 젤리는 부모를 돕고 있다는 것이 자랑이었다. 내 경우는 재드 윌슨과 캐스에게 오토바이 월부금 지불이 늦어지고 있기 때문에 꼭 16파운드의 주급이 필요하다고 말해 두었다. 또 그렇기 때문에 매주 토요일 오후 포제트 우체국에 가서 잠시 볼일을 본다는 어엿한 구실도 얻게 되었다.

마구간에서 1마일 반 떨어진 포제트 시내로 가는 교통 수단은 아무 것도 없었다. 재드 윌슨과 캐스는 각기 차를 가지고 있었으나 우리를 태워 주지 않았다. 그밖에는 내 오토바이가 있을 뿐인데, 모두의 불만을 무시하고 저녁에 술 마시러 갈 때 눈이 얼어붙은 길을 달리는 일은 단호히 거부했다. 그 결과 보통 때는 포제트 시내에 가는 사람이 거의 없고, 토요일 오후 두어 시간이나 혹은 낮에 작업량이 좀 적어 모두들 걸을 만한 기운이 남아 있는 날, 아니면 일요일 저녁때 맥주를 마시러 갔다.

토요일에는 두꺼운 플라스틱 덮개를 오토바이에서 벗기고 좋아서 어쩔 줄 모르는 젤리를 뒤에 태우고 포제트 시내를 향해 갔다. 나는 머리가 둔한 젤리가 한 주일 동안 가장 많이 혼나는 것이 가엾어서 늘 데리고 다니기로 하였던 것인데, 이윽고 그것이 하나의 습관이 되고 말았다. 먼저 우리는 우체국에 가서 월부 대금을 송금하는 것처럼 가장하였다. 사실은 전보용지며 기타 종이 부스러기가 널려 있는 선반에 기대서서 마구간의 누군가에게 들키지 않도록 주의하면서 옥토버에게 보내는 매주의 보고를 쓰는 것이다. 답장이 있으면 그 자리에서 읽고 찢어 쓰레기통에 버렸다.

젤리는 내가 언제나 15분쯤 우체국에 볼일이 있는 것으로 이해하고 아무 의심도 없이 같은 건물 반대쪽 장난감가게에 가서 구경을 하고 있었다. 두어 번 커다란 장난감 자동차를 사 가지고 숙소 방바닥에서 부서질 때까지 놀고 있었다. 또 매주 어린이용 만화책을 사서 그 뒤 며칠은 즐거운 듯이 그림을 보며 웃고 있었다. 젤리는 글을 전혀 읽을 줄 몰라 나보고 읽어 달라고 하였다. 덕분에 나는 '원숭이 미키'며 '플립 마코이'들의 활동상을 잘 알게 되었다.

우체국을 나오면 오토바이를 타고 200야드쯤 떨어진 가게에 식사하러 갔다. 변변한 가구도 없는 네모진 가게로 마가린 색깔의 벽, 알전구의 차가운 빛, 상처투성이 테이블을 볼 수 있을 뿐이었다. 장식이라고는 펩시콜라의 광고가 있을 뿐이고, 주문은 맨발에 우중충한 빛깔의 머리칼을 정수리에서 동그랗게 묶은 기운 없어 보이는 여자아이가 받았다.

그렇지만 그런 일은 조금도 마음에 걸리지 않았다. 젤리와 나는 무어라 말할 수 없는 기쁨에 차서 베이컨, 프라이드 에그, 수프, 완두콩을 먹었다. 가끔 가까운 테이블에서 찰리며 다른 이들이 마찬가지로 먹고 있는 것을 볼 수 있었다. 여자아이는 우리가 어디 사는 사람인지 알고 있어, 주인의 딸이라는 신분으로 우리를 멸시하고 있었다.

돌아갈 때 젤리와 나는 핸버 마구간에서의 식사를 보충하기 위하여 초콜렛 바를 잔뜩 샀다. 이 비밀 저장식은 일주일 뒤에 레기가 뒤져낼 때까지 숨겨두고 먹었다.

5시에는 마구간에 돌아가 오토바이에 덮개를 씌우고 한 주일 동안의 즐거움이 추억과 트림으로 변하고, 남은 것은 다시 서글픈 일주일뿐이었다.

이런 생활 속에서도 사건을 생각할 시간은 얼마든지 있었다. 얼어붙은 들판에 짚이 깔린 길을 몇 시간이나 걸어서 빙빙 돌아다니는 동안, 말에게 솔질해 줄 때, 한밤중에 말이 부시럭대는 소리와 동료들의 코고는 소리며 잠꼬대를 들으며 깨어 있을 때 등.

나는 몇 번이나 되풀이하여 영국에 온 뒤로 보고 읽고 들은 모든 것을 되새겨 보았다. 그 가운데서 가장 중요한 것으로 떠오른 것은 스탭포드에서의 슈퍼맨의 행동이었다. 그 말에게는 분명히 약물이 투여되어 있었다. 일련의 부정 사건의 12번째인 것이다. 그런데 그 말은 우승하지 못하였다. 이번에는 생각의 순서를 바꾸어 보았다. 약을 썼다, 우승하지 못했다. 그러나 과연 12번째 말일까? 13번째나 14번째일지도 모른다…… 그밖에도 성공하지 못한 경우가 있을지도 모른다.

핸버에게 와서 2주일이 지난 세 번째 토요일에 옥토버에게 편지를 띄워 토미 스티플튼이 보관하고 있던 신문 스크랩 중에서 카트멜 경마장의 패독 안에서 갑자기 미쳐 부인 하나를 죽인 말의 기사를 찾아 달라고 부탁하였다. 그 말의 과거를 밝혀 주었으면 좋겠다고 했다. 일주일 뒤 타이프로 친 답장이 왔다.

'올드 이트니언. 지난해 랭카셔 카트멜에서 사살 처분됨. 그 전해 11월과 12월 핸버 마구간에서 지냈음. 핸버가 세일링 체이스 경주 뒤에 사들여, 7주일 뒤 레스터 경매에서 매각.'

그러나 올드 이트니언의 경우는 경주 전에 패독에서 발광했었다. 핸디캡 경주에 출전할 예정이었고, 경주 뒤에 매각하기로 되어 있지는 않았다. 그리고 카트멜의 직선 코스는 짧다. 이러한 사실들은 다른 말의 경우의 패턴과 들어맞지 않는다.

약물 테스트는 음성 반응. 미친 원인은 모름.

토미 스티플튼은 겨냥이 섰던 것이다. 그렇지 않으면 그 기사를 스크랩해 놓았을 리가 없다. 그러나 최종적인 확인을 하지 않고 행동할 만한 자신이 없었던 모양이다. 그 확인 도중에 그는 살해당한 것이다. 그 점은 의심의 여지가 없었다.

나는 편지를 찢어 버리고 젤리와 함께 시내의 식당으로 갔다. 보통 이상으로 위험이 내 등 뒤에 다가와 있는 것을 느꼈다. 그래도 한 주 일에 한 번뿐인 인간다운 식사에 대한 식욕이 줄어들지는 않았다.

며칠 뒤 저녁 식사 때, 여느 때와 마찬가지로 찰리가 자기의 트랜 지스터 라디오의 스위치를 켜기까지의 정적 속에서 나는 슬그머니 화 제를 카트멜 경마 쪽으로 돌렸다. 찰리는 트랜지스터 라디오를 갖고 있어 저녁마다 룩셈부르크 방송의 대중 가요——나도 차츰 좋아지고 있었지만——에 다이얼을 맞추었다.

나는 물어 보았다.

"카트멜 경마장의 경주는 어떨까?"

그곳에 가 본 일이 있는 마부는 알코올 중독자인 세실뿐이었다.

"이제 옛날 같은 일은 없어." 그는 멀쩡한 투로 말했다. 레기가 그 의 마가린을 바른 빵을 집어 간 것도 모르고 있었다.

세실의 눈은 부어 있었고 젖은 것 같았다. 나는 다행히도 가장 좋 은 시간에 질문을 한 모양이다. 그가 낮술이 깨어 멍하니 말이 없을 때와 저녁술을 마시러 어딘가로 모습을 감추는 그 중간의 입이 가벼 운 30분을 포착하였던 것이다.

"그럼, 예전에는 어땠는데?" 내가 재촉하였다.

"언제나 장이 섰지." 그는 딸꾹질을 한 번 했다. "여러 가지 탈것 이 있고 쇼가 벌어지고 굉장히 화려했어. 은행도 휴일이고, 알겠어? 성령강림제 다음날이었지. 경마장에서 회전목마도 타고 말이지. 더비 이외에는 거기밖에 없었거든. 물론 요즘은 없어졌지만. 요즘 세상은 사람들을 즐겁게 해주지 않아. 장이 선다고 해서 경주에 방해되는 것 도 아닌데."

"흐음, 장이라……." 젤리가 멍하니 손에 들고 있는 빵을 곁눈질로 보면서 레기가 비웃듯이 말했다.

"손가락 끝으로 벌기는 안성맞춤이었지." 레니가 짐짓 악당인 체하며 말했다.

"그렇지."

찰리가 동의하였다. 형무소 출신 선배가 감화원 졸업생을 동등하게 취급해도 좋을지 어떨지 결정을 짓지 못하는 모양이었다.

"뭐라고?" 세실이 되물었다.

"손가락, 소매치기야." 레니가 말하였다.

"난 또 뭐라고. 그리고 사냥개 경주가 있었지. 그런데, 그것도 집어치웠어. 그것도 어엿한 스포츠였는데. 카트멜에 가면 하루 종일 볼 게 많았어. 하지만 지금은 다른 경마장이나 마찬가지야. 뉴턴 애보트라든가 어디 다른 데와 똑같다니까. 여느 날이나 마찬가지로 말 경주밖에 안해."

그는 트림을 하였다.

"사냥개 경주란 어떤 건데?" 내가 물었다.

"경견이야." 그는 어리광부리는 듯한 웃음을 지었다. "개 경주지. 예전에는 말의 경주 전에 먼저 하기도 하고 뒤에 하기도 했어. 그런데 그걸 그만둬 버렸다니까. 녀석들, 남의 즐거움을 없애 버리다니…… 하지만 말이야." 그는 보라는 듯이 말하였다. "눈치 빠르게만 하면 지금도 개놀이를 할 수 있어. 요즘은 경마장 반대쪽의 변두리에서 아침에 하지. 그러니까 일을 일찌감치 끝내면 가서 돈을 걸 시간이 있어."

"사냥개 경주라고?" 레니가 못 믿겠다는 표정으로 물었다. "개가 경마장 경주 코스를 어떻게 달려? 전기 토끼도 아닌데."

세실이 그쪽으로 얼굴을 돌렸다,

"사냥개 경주에 무슨 코스가 있다는 거야!" 그는 잘 돌아가지 않는 혀로 열심히 말했다. "코스가 아니라 길이라구. 누군가가 아니스 열매나 파라핀 같은 걸 자루에 잔뜩 넣어서 몇 마일이나 언덕 위를 끌고 돌아다니지. 그렇게 하고서 개를 쫓는 거야. 맨 먼저 그 길을 따라 돌아온 개가 우승하는 거지. 재작년인가, 우승 후보인 개를 골 반마일 앞에서 쏜 녀석이 있었는데, 정말 야단법석이었어. 그런데 녀석이 겨냥을 잘못했어. 우승 후보 바로 뒤를 쫓던 개를 쏘았거든. 어디 다른 데서 온 놈이었겠지만 일이 틀어져버린 거지."

"레기가 빵을 훔쳐 갔어!" 젤리가 구슬픈 비명을 올렸다.

"이번 시즌에 카트멜에 갔었나?" 내가 물었다.

"아니." 못 가서 서운하다는 표정이었다. "가지 않았어. 거기서 여자가 죽었지."

"왜?" 레니가 바싹 다가앉았다.

"어떤 미친 말이 패독 안에서 발작 증세가 나타나 난간을 뛰어넘더니 구경 와 있던 불운한 여자를 덮쳤어. 그 여자야말로 청천벽력이었겠지. 말이 군중 사이를 빠져나가려고 몸부림치면서 그 여자를 아주 형편없이 짓뭉개 버렸대. 말은 멀리 달아나지는 않았지만 차고 뛰고 야단법석이어서 수의사가 쫓아와 사살하기까지 다리가 부러진 사나이도 있었다지, 아마. 미쳤다고들 그랬어. 내 친구가 가서 같은 경주에 나가는 말을 끌었는데, 눈앞에서 여자가 짓밟혀 죽는 건 차마 볼 수가 없었다더군."

모두 몸서리쳐지는 이야기를 듣고 잠시 입을 다물고 있었다. 다만 귀가 들리는 않는 버트는 예외였지만.

"자," 세실이 일어나면서 말하였다. "산책 시간이야."

그는 산책하러 나갔다. 아마도 어딘가 술을 숨겨 둔 데로 가는 것이리라. 한 시간도 못되어 돌아오자 기듯이 사다리를 올라와 여느 때나 마찬가지로 곯아떨어져 버렸다.

10

이곳에 온 지 4주째가 지날 무렵 레기가 식사가 불만이라며 그만두
고 나갔다. 하루인가 이틀쯤 지나자 얼굴이 동그스름한 소년이 들어
와서 카랑카랑한 목소리로 케네스라고 인사하였다.

핸버에게 나는 아직도 지향 없이 이어지는 표류물 같은 인간들의
흐름 속 무의미한 얼굴 가운데 하나일 뿐인 모양이었다. 그러한 상태
가 계속되고 있는 한 나는 안전하게 행동할 수 있으므로 그의 주의를
끌 만한 일은 하지 않도록 아주 조심하였다. 그가 나에게 명령하면
나는 그대로 따랐다. 나를 꾸짖고 벌을 주는 일도 있었지만, 그것은
나의 실수에 대한 다른 사람들과 같은 취급이었다.

나는 한눈에 그의 기분을 알아차릴 수 있게 되었다. 1회와 2회째의
말운동하는 동안 내내 얼굴을 찡그리고 말없이 보고 있다가 3회째에
게으름 피우는 자가 없는가 보러 오는 날이 있었다. 그런 날에는 캐
스조차도 조심스럽게 행동하며, 말을 걸어 왔을 때만 입을 열었다.
어떤 날은 많이 지껄이는 일이 있는데, 말투가 모질고, 모두 잠자코
있는 쪽을 좋아하였다. 때로는 멍한 표정으로 우리들의 실수를 눈감

아 주는 일도 있고, 지극히 드문 일이지만 어느 정도 인생에 만족하고 있는 듯한 표정이 되는 때도 있었다.

언제 어떤 경우에도 자기와 우리의 신분 차이를 과시하듯 빈틈없는 옷차림을 하고 있었다. 짐작컨대 옷은 그가 중요시하고 있는 것 가운데 하나인 모양이었다. 또한 큰 기선만한 최신식 벤트리 자동차도 그의 풍족한 생활을 여실히 보여 주고 있었다. 차의 뒷좌석에는 텔레비전, 융단, 무선 전화, 모피, 공기 조절 장치, 그리고 캐비닛 선반에는 술병 6개와 글라스 12개가 있고 그밖에 타래송곳이며 얼음주머니며 교반기 등 소도구가 가득 들어 있었다.

매주 월요일은 내가 청소 당번이므로 차에 대해 잘 알고 있었다. 금요일은 버트가 당번이었다. 핸버가 애지중지하는 차였다.

장거리 여행 때는 재드 윌슨의 누이동생이 그녀의 신분에 어울리지 않는 이 차를 운전하였다. 얼굴이 커다란 여자로 이 거대한 차를 익숙한 솜씨로 운전하고 있었는데, 손질할 책임까지는 없는 모양이었다. 나는 그녀와 한 번도 말을 해본 적이 없다. 어디인지도 모르는 곳에서 자전거를 타고 와서 운전이 끝나면 다시 자전거로 돌아갔다. 차의 정비가 마음에 들지 않는 일이 더러 있는 모양이었으나 그럴 경우엔 재드를 통해 버트와 내게 지시를 내렸다.

나는 차를 닦으면서 그 안을 샅샅이 뒤져 보았으나 주사기나 흥분제 샘플을 그냥 놓아둘 정도로 핸버는 친절하지 않았다.

내가 가고부터 한 달 동안은 몹시 날씨가 추워 그 때문에 조사도 뜻대로 진척되지 않았다. 경주가 중단되고 있을 동안 핸버는 말에 투약하는 일도 없고 나로서도 직선 코스가 긴 다섯 경마장에서의 경주에 말을 내놓을 경우, 일상 작업에 어떠한 변화가 나타나는지 알아낼 수가 없었다.

그리고 또 핸버와 재드 윌슨과 캐스는 언제나 마구간 어딘가에 있었다. 광장 끝의 가장 높은 곳에 있는 벽돌집이 핸버의 사무실인데, 그 안을 조사해 보고 싶어도 셋 중 누군가에게 언제 들킬지 모르는 일이므로 그러한 위험을 감히 무릅쓰지는 못했다. 핸버와 재드 윌슨이 어딘가의 경주에 가고 캐스가 점심 먹으러 집에 돌아간 사이에 다른 마부들이 점심 먹는 틈을 타서 숨어들어갈 수는 있다.

사무실의 열쇠는 캐스가 갖고 있어 아침에 열고 밤에는 잠갔다. 내가 보는 범위에서는 점심 먹으러 갈 때는 잠그지 않는 모양이었으며, 일요일 이외에는 사무실은 하루 종일 열린 채 있었다. 이것은 핸버가 거기에 단서가 될 만한 물건을 전혀 놓아두지 않는다는 증거일지도 모른다. 그러나 생각하기에 따라서는 얼른 보아 누구의 눈에도 수상쩍은 것이 아닐지라도 수사를 마음먹고 조사하는 사람으로서는 중요한 단서가 될 만한 물건을 내버려 두었을지도 모른다.

그렇다고 하지만 잠그지 않은 마구간 사무실을 훑어보는 것으로 문제 전체가 해결되리라고는 도저히 생각되지 않았고, 들킬 위험을 무릅쓸 정도의 일도 아니었으므로 사태가 유리하게 전개되기까지 참는 편이 좋겠다고 마음먹었다.

또한 마당과 인접하여 농가를 개조한, 흰 벽으로 된 핸버의 집이 있었다. 두어 번 마당에 쌓인 눈을 쓸게 되었을 때 슬금슬금 집안 형편을 더듬어 보았으나, 가게 앞에 만들어 놓은 견본 주택처럼 깨끗이 정돈된 인기척이 없는 집으로, 사람 기척이 없는 빈집 같은 느낌이었다. 핸버는 결혼하지 않았으며, 적어도 아래층의 눈에 보이는 범위에는 아늑하게 하루 저녁을 지낼 만한 방이 없었다.

창 너머로 본 바로는 뒤져 보고 싶은 책상이나 비밀 서류를 넣어둘 만한 금고도 없었다. 하지만 그렇다고 집 쪽을 아예 무시해서는 안 된다고 생각하였다. 사무실에 숨어들어가 조사한 결과 아무것도 없을 경우에는 기회 있는 대로 몰래 집에 들어가 보기로 하였다.

수요일 밤이 되어 추위도 겨우 기세가 꺾이고 목요일, 금요일로 이어졌다. 토요일 아침에는 눈이 녹아 물웅덩이가 생기고, 마구간은 다시 사냥과 경마 준비로 활기를 띠었다.

금요일 밤 캐스가 와서 내가 맡아 돌보고 있는 사냥말의 소유주가 토요일 아침 두 마리 모두 준비해 두도록 말했다고 전해 주었다. 나는 제2진의 말운동 뒤에 마구간에서 두 마리를 끌어내어 맞으러 온 운반차에 태웠다.

말 주인은 잘 닦인 재규어 승용차 앞에 기대서 있었다. 장화가 유리알처럼 반들거리고 노란 사냥용 바지는 완벽하게 재단된 것이었으며, 핑크색 코트가 몸에 잘 맞았고, 양말은 부드러운 순백색이었다. 그는 손에 가죽 채찍을 들고서 장화를 끊임없이 탁탁 치고 있었다. 40살쯤 되어 보이는 키가 크고 어깨가 벌어진 사나이로 모자는 쓰지 않았는데, 마당 이쪽에서 보니 호남이었다. 가까이 가 보았더니 조급한 표정과 거친 살갗이 눈에 띄었다.

"이봐!" 그는 채찍으로 나를 가리켰다. "이리 좀 와."

나는 그에게로 갔다. 눈꺼풀이 도톰하고 코와 뺨에 가느다란 복숭아빛 혈관이 드러나 보였다. 사람을 멸시하는 듯한 거드름 피우는 눈초리로 나를 보았다. 내 키는 5피트 9인치다. 그런데 그는 나보다 4인치는 더 컸으며, 위압적인 태도였다.

"내 말이 도중에 지치거나 하는 일이 있으면 가만두지 않겠다. 나는 거칠게 타는 편인데, 컨디션은 괜찮겠지?"

옥토버와 비슷한, 부유층의 독특한 목소리였다.

"저 눈 속에서 최대한 훈련시켰어요." 나는 침착하게 대답하였다.

사나이가 어깨를 들썩하였다.

"했습니다." 나는 다시 고쳐 말했다.

"무례한 태도는 좋을 게 없어."

"무례라니요, 그럴 마음은 조금도 없습니다."

그는 흉측한 소리로 웃었다.

"물론 그럴 테지. 달리 일자리를 찾기는 힘들 테니까. 안 그래? 앞으로 나에게 말할 때는 각별히 조심하도록. 공연히 손해 보지 말고."

"네. 잘 알겠습니다."

캐스가 내 왼쪽 팔꿈치 쪽에서 걱정스러운 듯이 나타났다.

"무슨 일이라도?" 그가 물었다. "로크가 무슨 잘못이라도 저질렀습니까, 애덤스 씨?"

내가 소스라쳐 놀란 표정을 어떻게 감추어 억눌렀는지 나도 전혀 모르겠다. 애덤스——폴 제임스 애덤스. 어떤 시기에 나중에 투약된 말을 7마리나 소유하고 있었던 사나이.

"이 집시 녀석이 내 말을 제대로 보살피고 있나?" 애덤스가 악의에 찬 어조로 말했다.

"다른 마부들과 마찬가지로 하고 있습니다." 캐스가 달래듯이 대답했다.

"그런 건 아무런 변명도 안돼." 그는 나를 뚫어지게 노려보고 있었다. "눈이 있는 동안은 편안하게 지냈어. 지나치게 편했지. 그러나 사냥이 시작됐으니 눈을 떠! 난 너의 주인처럼 호락호락하지는 않아! 명심해."

나는 잠자코 있었다. 그는 채찍으로 세게 장화를 때렸다.

"알았나? 난 웬만해서는 만족하지 않아."

"네." 나는 대답했다.

그는 손을 펴서 채찍을 땅에 떨어뜨렸다.

"주워!"

내가 몸을 구부리자 그는 구두를 내 어깨에 대고 힘껏 떠다박질렀다. 나는 구렁텅이에 철퍼덕 쓰러졌다.

그는 악마 같은 만족스러운 웃음을 띠었다.

"일어나, 이 구더기 같은 녀석아! 시키는 대로 하는 거야. 채찍을 주워!"

나는 일어나 채찍을 주워서 사나이에게 건네주었다. 그는 내 손에서 와락 훔켜 가지고 캐스를 보면서 말했다.

"이런 녀석들은 엄하게 다룰 필요가 있어. 기회 있는 대로 짓밟아야 해, 이 녀석은." 그는 냉혹한 눈으로 나를 흘금 쳐다보았다. "맛을 보여 줘야 한단 말이야. 자넨 어떻게 하면 된다고 생각하나?"

뭐라고 대답해야 좋을지 몰라서 캐스가 내 쪽을 보았다. 나는 흘긋 애덤스의 얼굴을 보았다. 잿빛 눈이 술 취한 사람처럼 묘하게 투명하였다. 그러나 그는 완전히 정상이었다. 나는 그와 같은 눈초리를 언젠가 본 일이 있다. 지난날 짧은 기간이기는 하지만 내가 고용한 적이 있는 마부의 눈초리와 똑같았다. 나는 그것이 어떤 눈초리인지 알고 있었다. 그가 약한 자를 골려 주기를 좋아하는지, 강한 상대를 짓밟고 싶어하는지 순간적으로 정확하게 판단하지 않으면 안 된다. 나는 본능적으로, 그리고 상대방의 몸집과 겉모습으로 미루어 약한 자를 골리는 일쯤으로는 만족하지 못하는 인간일 것으로 판단하였다. 그것은 이런 경우 절대로 반항의 빛을 보여서는 안 된다는 것을 뜻한다. 그리하여 나는 되도록 겁먹은 태도를 보였다.

"자, 저것 봐." 애덤스는 혐오감을 노골적으로 나타냈다. "저 겁먹은 꼴을!" 그는 초조하게 어깨를 움츠렸다. "그럼, 캐스, 길의 물을 닦아 내라든가 뭐 너절한 일을 시키며 부려먹어. 이런 녀석을 다뤄봐야 재미도 없어. 짓밟아 터뜨려 줄 만한 근성도 없잖아. 여우 쪽이 차라리 낫겠지. 적어도 교활한 근성이 있으니까 말이야."

그는 마당 저쪽에서 오는 핸버에게로 눈길을 옮겼다. 그는 캐스에

181

게 "핸버 씨에게 잠깐 보자고 전해 줘"라고 말했다.

캐스가 가 버리자 그는 다시 내게로 돌아섰다.

"전에는 어디 있었지?"

"인스킵의 마구간입니다."

"그런데, 쫓겨났나?"

"네, 그렇습니다."

"왜?"

"네…… 그게……."

나는 말이 막혔다. 이와 같은 인간에게 사정 이야기를 하기가 공연히 싫었던 것이다. 그러나 그가 나중에 알아 낼 수 있는 사소한 점에서 진실을 말해 두면 다른 거짓말은 그냥 믿을지도 모른다.

그는 냉랭하게 다시 물었다.

"물으면 얼른 대답해. 왜 인스킵이 널 쫓아냈지?"

나는 침을 삼켰다.

"주인의 딸에게 장난질을 치고…… 목이 잘렸습니다."

"장난질……." 그는 되받았다. "이거 놀랐는데."

그는 음탕한 표정을 띠고 듣기 거북한 말을 늘어놓았다. 가슴이 아팠다. 캐스가 핸버와 함께 돌아왔다. 애덤스는 핸버 쪽을 보고 웃으면서 말했다.

"이 녀석이 인스킵을 쫓겨난 이유를 알고 있나?"

핸버가 관심도 없다는 듯이 무뚝뚝하게 대답했다.

"옥토버의 딸을 건드렸다더군. 그리고 우승 후보가 꼴찌로 들어오게 만든 일도 있지. 다 이 녀석 짓이야."

"옥토버의 딸이라!" 애덤스가 놀란 소리를 지르며 눈을 가늘게 만들어서 나를 보았다.

"인스킵의 딸이 아니었구먼." 내 귀를 탁 쳤다. "거짓말했군그래!"

나는 재빨리 말을 돌렸다.

"인스킵 씨에게는 딸이 없습니다."

"웬 말대꾸야!"

다시 번쩍 손을 놀렸다. 익숙한 솜씨였다. 충분히 연습이 되어 있는 모양이었다.

"헤드레이," 그는 무표정하게 서 있는 핸버에게 말을 붙였다.

"괜찮다면 월요일의 노팅엄 경주에는 내 차로 가지. 10시에 마중 올 테니까."

"좋아." 핸버가 동의하였다.

애덤스가 캐스 쪽을 돌아보았다.

"이 멍텅구리 로미오의 버릇을 좀 단단히 가르쳐 주게. 기합 좀 넣어서."

캐스의 아첨하는 듯한 웃음소리를 들으니 목덜미에 소름이 끼쳤다.

애덤스는 침착한 태도로 재규어에 오르자 시동을 걸고 두 마리의 사냥말을 태운 운반차 뒤를 따라 나갔다.

핸버가 말하였다.

"로크가 일을 못하게 해서는 안 돼, 캐스. 일을 할 만한 정도로 해야 해. 이번에는 그전처럼 바보짓은 하지 마."

그는 절뚝거리면서 마방 점검을 계속하기 위하여 걸어갔다.

캐스가 나를 쳐다보았다. 나는 고개를 떨어뜨리고 흙투성이가 된 젖은 옷으로 눈길을 주고 있었다. 마구간 주임이 적의 일원임을 확인한 이상 내 얼굴에 순종의 빛이 전혀 없는 것을 상대방에게 보여서는 안 되는 것이다.

"애덤스 씨는 무례한 태도를 좋아하시지 않아."

"무례한 짓은 안 해."

"말대꾸도 싫어하시지. 입 좀 조심해."

"그는 다른 말도 여기 두고 있어?" 내가 물었다.

"있지. 하지만 네가 참견할 일이 아니야. 그런데 벌을 주라고 하셨지. 그분은 잊지 않고 나중에 알아보시거든."

"잘못한 게 없다니까." 나는 여전히 고개를 떨어뜨리고 볼멘소리로 말했다. 나의 마구간 주임이 이런 장면을 본다면 뭐라고 말할까 생각하니 그만 웃음이 터질 것만 같았다.

"잘못을 저지르지 않았어도," 캐스는 말하였다. "애덤스 씨의 경우는 앞으로 잘못을 저지르지 못하도록 미리 벌을 주시지. 일리가 있긴 해." 그는 코를 울리는 것 같은 웃음소리를 냈다. "시간이 안 걸려서 좋아. 알겠나?"

"그의 말은 모두 사냥말인가?"

"아니. 하지만 네가 맡은 두 마리는 그렇지. 잊지 마. 애덤스 씨가 직접 타시니까 털까지 하나하나 손질이 돼 있는지 금방 알거든."

"자기의 다른 말을 돌보는 마부에게도 이렇게 하나?"

"젤리가 불평하는 소리는 듣지 못했는데. 애덤스 씨는 예절바르게만 하면 크게 뭐라고 하시지 않아. 그건 그렇고, 그 벌 말인데……."

나는 잊어 버려 주기를 바랐다.

"마구간 둘레의 콘크리트를 닦아. 지금부터 시작하여 점심 식사 뒤에도 오후 작업 시간까지 계속해."

나는 고개를 떨구고 땅바닥을 바라보면서 맥 빠진 인형처럼 서 있었다. 속으로 나는 뜻하지 않은 강한 반항심과 싸우고 있었던 것이다. 대체 옥토버는 나에게 무엇을 기대하고 있는 것일까? 어디까지 참고 견뎌야 하는 것일까? 만일 그가 여기서 어떤 한계에까지 이르면 "그만두게. 좋네, 그만 됐어. 이거 너무하군그래. 단념하게" 하고 말할 것인가? 하지만 나에 대한 그의 감정을 생각해 보면 그런 일은 없겠지.

캐스는 "연장광 선반에 솔이 있으니까, 당장 시작해" 하는 말을 남기고 가 버렸다.

콘크리트로 포장된 통로는 폭이 6피트로 건물 네 면의 마방 앞으로 통하고 있었다. 한 달 동안 말 운반차가 자유롭게 마방으로 드나들 수 있도록 눈이 깨끗이 치워져 있다. 그렇지 않아도 근대화된 마구간에서는 대부분 인스킵이나 나의 마구간처럼 지푸라기 하나 없이 깨끗이 다룬다. 그런데 1월도 다 간 을씨년스러운 날에 4시간이나 무릎을 꿇고 앉아 솔로 닦는 것은 실로 참담하고도 힘든 미친 짓 같은 시간 낭비이며, 보기에도 우스꽝스럽다.

콘크리트를 닦든가 오토바이를 타고 가 버리든가 두 가지 가운데 하나를 택할 수밖에 없다. 그러나 나는 '그 때문에 1만 파운드를 받지 않았던가' 하고 다시 생각한 다음 솔을 집어 들었다. 캐스는 하루 종일 건물 주위를 얼씬거리며 내가 게으름 피우지 못하도록 감시하고 있었다.

오후 내내 나의 고행을 보고 비웃고 있던 다른 마부들이 내가 포제트의 식당에 갔다가 돌아와 보니 저녁 작업 중에 콘크리트 통로를 낮보다 더 더럽게 만들어 놓았다. 그러나 나는 그것을 전혀 마음에 두지 않았다. 게다가, 애덤스가 돌려보낸 두 마리의 말은 흙과 땀이 범벅이 되어 손질하는 데 2시간이나 걸렸다. 저녁때는 온 몸의 근육이 피로에 지쳐 있었기 때문이다.

게다가 엎친 데 덮친 격으로 애덤스가 돌아왔다. 광장에 재규어를 몰아넣고 내리더니 캐스가 통로를 가리키며 설명하는 것을 들으면서 내가 그의 검정말을 열심히 손질하고 있는 마방 쪽으로 천천히 걸어 왔다.

그는 입구에 버티고 서서 코 옆으로 나를 내려다보았다. 나는 그쪽을 보았다. 짙은 푸른색의 가는 줄무늬 바지를 입고 흰 셔츠에 은회색 넥타이를 맨 품위 있는 차림새였다. 피부의 광택도 좋고 머리도 곱게 매만져져 있으며 손도 희푸르고 청결하였다. 사냥이 끝나고 집에 돌아가 뜨거운 욕탕에 들어갔다가 옷을 갈아입고 한 잔 죽 들이킨 모양이다. 나는 한달이나 목욕을 못했는데, 햄버의 마구간에 있는 동안은 더운 물은 구경도 못하겠지. 나는 더러워지고 허기가 지고 극도의 피로에 쫓기고 있었다. 그가 가 버리고 나 혼자 남기를 바랐다. 그러나 소원대로 되지는 않았다.

그는 마방 안으로 한 걸음 들어와 말의 뒷다리에 말라붙은 진흙을 살펴보고 있었다.

"댄!"

"네."

"내 말은 벌써 3시간 전에 왔을 텐데, 그동안 뭘 하고 있었지?"

"다른 3마리를 돌보고 있었습니다."

"내 말을 먼저 해야지."

"진흙이 마르기를 기다렸습니다. 젖은 동안은 솔질을 못합니다."

"말대꾸하지 말라고 오늘 아침에 일렀지?"

팔이 쑥 뻗쳐 오더니 오늘 아침에 때린 귀를 갈겼다. 그리고 엷게 웃음을 띠고 서 있었다.

귀를 때리자 기운이 나는 모양인지 그는 내 멱살을 잡아 벽에 밀어붙이고서 한 번은 손바닥으로 또 한 번은 손등으로 철썩 갈겼다. 웃음을 띤 채.

나는 무릎으로 그의 아랫도리를 걷어차고 배에 한 방 먹이고 싶었다. 자신을 억제하기란 쉬운 일이 아니었다. 진짜로 보이기 위해서는 소리내어 울면서 용서해 달라고 빌어야 한다는 것을 알고 있었으나,

도무지 입이 떨어지지 않았다. 그러나 말은 못하더라도 동작으로 연극할 수는 있었다. 나는 두 팔로 머리를 감싸듯이 하였다.

그는 웃으며 손을 놓았다. 나는 주저앉아 한쪽 무릎을 꿇고 겁에 질린 듯이 벽에 달라붙었다.

"얼굴값도 못하는 병신 녀석!"

나는 아무 말도 않고 가만히 있었다. 갑자기 내게 덤벼들었듯이 나를 골리는 일에도 갑자기 흥미를 잃은 모양이다.

"일어서!" 조급한 투로 말하였다. "아프긴 뭐가 아파. 때릴 가치도 없는 녀석이군. 일어나서 말을 닦아. 제대로 손질해 놓지 않으면 또 통로를 닦게 할 테니까."

그는 마방을 나가더니 광장을 가로질러 갔다. 나는 일어나 기둥에 기대서서 격렬하게 뛰는 가슴을 부둥켜안고 그가 핸버의 집으로 통하는 오솔길을 올라가는 것을 바라보았다. 이제부터 호화로운 저녁 식사를 하겠지. 편안한 의자, 난로의 불, 한 잔의 브랜디, 그리고 이야기 상대가 되는 친구가 있다. 나는 마음이 울적하여 한숨을 짓고 다시 말의 흙을 닦는 일로 돌아갔다.

하루의 고행에 대한 빈정거림과 포제트에서의 식사 내용을 들으면서 말라비틀어진 빵과 치즈로 저녁을 마치고 나니 점점 동료라는 사람들이 싫어졌다. 사다리를 올라가 침대에 걸터앉았다. 핸버의 마구간도 이제 진저리가 난다. 더 이상 참지 못할 것 같은 기분이 들었다. 오늘 아침에도 생각했듯이 바깥에 나가 오토바이 덮개를 벗기고 인간 세계로 달려가면 일은 끝나는 것이다. 옥토버에게 돈을 돌려주고 적어도 임무의 반은 달성했다고 하면 나의 양심에 대해서도 변명이 될 것이다.

침대에 앉은 채 오토바이를 타고 가는 일을 계속 생각하였다. 그러나 끝내 그렇게 하지 않았다.

그러다가 한숨을 짓고 있는 자신을 알아차렸다. 사실 이곳을 나간다는 것은 도저히 있을 수 없는 일임을 나 자신도 잘 알고 있었다. 비록 날마다 저 통로를 닦아야 한다 해도.

얼마쯤 변칙적인 취급을 받았다고 해서 도망친다면 앞으로 올바른 인간들 틈에 끼이지 못한다는 것은 전혀 별문제로 하더라도, P.J. 애덤스의 비정한 손에 의해 영국 경마계의 명성이 땅에 떨어지게 된다는 것은 확실한 일이다. 내가 여기 온 것은 그를 쓰러뜨리기 위해서이다. 최초의 만남이 불쾌한 경험으로 끝났다고 하여 보따리를 싼다는 것은 도저히 생각할 수 없는 일이다.

그는 핸버 따위와는 비교도 할 수 없는 벅찬 상대로 내 앞에 나타났다. 핸버는 입이 거칠고 탐욕스러우며 심술궂은 허영적인 사나이에 지나지 않으며, 마부를 때리는 것도 다만 나가게 하기 위해서였다. 그러나 애덤스는 남을 골리는 일 자체가 즐거움인 모양이다. 저 품위 있는 신사 같은 겉모습 밑의 그다지 깊지 않은 곳에서 무지하고 잔인한 야만스러움을 찾아볼 수 있다. 핸버는 힘으로 움직이는 사람이다. 나는 애덤스가 그 두뇌인 것을 알아차렸다. 핸버와 비교하면 그는 훨씬 복잡한 성격이고, 무서운 상대이다. 나는 핸버라면 싸워볼 만하다고 생각하고 있었다. 그런데 애덤스가 내 자신감을 뒤흔들어 놓았다.

누가 사다리를 올라왔다. 세실이 토요일 밤의 술을 퍼마시고 비틀거리며 올라오는가 했더니 뜻밖에도 젤리였다. 그는 올라와서 내 옆의 침대에 걸터앉았다. 기운이 없어 보였다.

"댄."

"응?"

"오늘 댄이 없어서 식당에서도 재미가 없었어."

"그래?"

"으음." 얼굴이 밝아졌다. "하지만 만화 사왔어. 읽어 줄 테야?"

"내일 하자."

나는 피로하였다.

그는 잠시 아무 말 없이 생각을 모으고 있는 모양이었다.

"댄!"

"뭐야?"

"어쩐지 미안한데."

"왜?"

"오늘 다른 사람들하고 같이 웃고 그래서…… 잘못했어. 댄은 오토바이도 태워 주고 그러는데, 오토바이 타는 거 정말 좋아."

"걱정 마, 젤리."

"모두들 댄을 놀리길래 같이 그러는 게 잘하는 건 줄 알았어. 그렇게 하면 함께 데리고 가주니까."

"알고 있어, 젤리. 걱정하지 마, 아무것도 아냐."

"내가 실수했을 때 댄은 언제나 웃지 않았는데."

"그런 일은 잊어 버려."

"난 엄마를 생각하고 있었어." 그는 이마에 주름을 모으고 말했다.

"언젠가 엄마는 마룻바닥을 닦는 일을 했지. 어떤 사무실에서 말이야. 집에 돌아오면 아주 지쳐 쓰러지고 말았지. 그때 엄마는 마루 닦는 일은 할 게 못된다고 말했어. 등뼈가 아픈 병이 생긴다고 그랬던 게 기억나."

"그래?"

"등이 아파, 댄?"

"조금."

기쁜 듯이 그는 고개를 끄덕이고 있었다.

"엄마는 모든 걸 다 알아."

젤리는 침대를 삐거덕거리면서 몸을 앞뒤로 흔들고 생각이 모아지지 않은 침묵에 잠겨 있었다. 나는 그의 사과 방식에 감동하였다.

"만화 읽어 줄께."

"피로하지 않아?" 그는 좋아하며 물었다.

나는 머리를 저었다.

그는 소지품을 넣어 둔 종이 상자에서 만화책을 꺼내 가지고 와 내 옆에 앉았다. 나는 원숭이 미키, 베릴의 위기, 줄리어스 시저, 바스톰 보이즈 등등을 읽어 주었다. 모두 두 번씩 읽었다. 그러는 동안 그는 즐거운 듯이 웃으면서 내 뒤를 따라 되풀이하고 있었다. 다음 주말 쯤에는 전부 외워 버리겠지.

그러다가 나는 그의 손에서 책을 받아 침대 위에 놓았다.

"젤리, 네가 돌보는 말 중에 애덤스 씨의 말은 어느 것이지?"

"애덤스 씨?"

"내가 맡아 보는 말의 주인이지. 오늘 아침에 재규어를 타고 온, 빨간 코트 입은 사람 말이야."

"아, 그 애덤스 씨?"

"그럼, 달리 또 있니?"

"아니, 그 사람이 확실히 애덤스 씨야." 그는 몸을 떨며 말했다.

"그는 어떤 사람이지?"

"댄이 오기 전에 있던 데니스를 애덤스 씨가 굉장히 미워했어. 버릇없는 말을 했대."

"흐음."

데니스가 어떤 봉변을 당하였는지는 듣고 싶지도 않았다.

"데니스는 3주일도 있지 않았어." 젤리가 생각하면서 말하였다.

"나중 이틀은 자꾸만 무언가에 걸려 엎어지곤 했어. 어찌나 우스웠던지."

나는 그의 말을 가로막았다.

"네 말들 중 어느 것이 애덤스 씨의 것이지?"

"하나도 없어." 그는 분명하게 말했다.

"캐스는 있다고 하던데."

그는 놀라는 동시에 겁먹은 표정이 되었다.

"싫어, 댄. 애덤스 씨의 말은 싫어!"

"그럼, 네 말의 주인은 누구지?"

"잘 모른다니까. 페이젠트는 다르지만. 그건 버드 씨의 말이야."

"언젠가 네가 경주에 데리고 갔던 것이지?"

"응."

"다른 말은?"

"미키는……." 이마에 주름을 모았다.

"미키는 내가 돌보는 애덤스 씨의 푸른 색 사냥말 옆방에 있는 말이지?"

"응."

그는 내가 바로 맞혔다는 듯이 싱긋 웃었다.

"미키는 누구 말이지?"

"몰라."

"주인이 보러 온 일이 한 번도 없었어?"

그는 자신없이 고개를 젓고 있었다. 주인이 왔어도 그가 알지 의심스러웠다.

"그럼, 네가 보는 다른 말은 어때?"

젤리는 다른 마부보다 동작이 느려서 세 마리밖에 맡고 있지 않았다.

"점프라고 해." 그는 자랑스럽게 대답했다.

"주인이 누구지?"

"사냥말이야."

"그런데 누구 말이냐구?"

"어떤 사나이인데," 그는 열심히 생각하고 있었다. "뚱뚱한 사람이야. 귀가 쫑긋하고," 그러면서 자기 귀를 앞으로 잡아당겨 보았다.

"그 사람 잘 알아?"

젤리는 입이 커다랗게 찢어지며 웃었다.

"크리스마스 때 10실링 주었어."

'역시 애덤스의 말은 미키로구나' 하고 나는 생각하였다. 그러나 애덤스도 핸버도 캐스도 그것을 젤리에게 가르쳐 주지 않았다. 아무래도 캐스가 깜박 잊고 말한 모양이다.

"여기 온 지 얼마나 되지, 젤리?"

"얼마나?" 그가 어정쩡하게 되풀이하였다.

"크리스마스까지 몇 주일 됐었지?"

그는 목을 갸우뚱하고 생각에 잠겨 있었다. 얼굴이 밝아졌다.

"블랙번이 아세날을 이긴 다음날 왔어. 아버지가 시합 구경을 데리고 갔거든. 블랙번은 우리 집 근처에 있는 팀이야."

나는 더욱 여러 가지로 물어 보았으나 그가 핸버의 마구간에 언제 왔는지 분명하지 않았다.

"그럼, 네가 왔을 때 미키는 그전부터 있었니?"

"여기 와서 그 말밖에 보고 있지 않는데."

내가 더 이상 물어 보지 않자 젤리는 편안한 표정으로 만화책을 집어 들고 그림을 보고 있었다. 그를 보면서 '저 정도의 두뇌라면 어떨까' 하고 생각해 보았다. 세상의 여러 가지 일을 배워도 스며드는 일 없는 솜뭉치 같은 두뇌, 판단력도 기억력도 주의력도 존재하지 않는 두뇌인 것이다.

그는 만화를 보며 즐거운 듯이 벙긋거렸다. 머리가 단순하다고 해도 당사자는 전혀 불편을 느끼고 있지 않는 것이다. 마음씨가 착한 아이다. 그는 자기가 이해하지 못하는 일로 상처 입을 일은 없다. 그와 같은 수준에서의 생활에도 이점은 많이 있다. 자기가 계산된 모욕의 대상이라는 것을 모른다면 일부러 스스로 둔감하게 되고자 노력할 필요도 없다. '만일 내가 젤리처럼 단순하다면 핸버 마구간에서의 생활이 좀더 편할 텐데' 하고 생각하였다.

그는 갑자기 얼굴을 쳐들고 내가 자기를 보고 있다는 것을 알자 따스하고 자못 만족스러운 듯한 신뢰에 찬 미소를 지었다.

"나는 댄이 좋아."

그는 이렇게 말하고 다시 책으로 주의를 옮겼다. 아래층에서 떠들썩한 소리가 들려오고 마부들이 거의 몸도 가누지 못하는 세실을 여럿이 떠메고 올라왔다. 젤리는 얼른 자기 침대로 돌아가서 만화를 조심조심 간수하였다. 나는 다른 이들과 마찬가지로 장화를 신은 채 두 장의 잿빛 담요를 뒤집어쓰고 편안치 못한 캔버스 위에 드러누웠다. 지칠 대로 지친 몸을 위하여 이리저리 편안한 자세를 찾아보았으나 헛일이었다.

11

사무실은 핸버의 성격과 마찬가지로 차갑고 배타적인 느낌이었으며, 그의 자동차처럼 겉치레 장식은 아무것도 없었다. 문을 들어서면 좁고 긴 방인데, 광장 쪽으로 면한 벽에 조그만 창문이 하나 있을 뿐이었다. 정면 왼쪽에 세면소로 통하는 문이 있었다. 그곳은 벽을 희게 칠하였고, 옆으로 길다란 세 개의 무광택 유리창으로부터 햇빛이 들어오고 있었다. 또 하나의 문이 화장실로 통하고 있었다. 세면소 안에는 세면기와 플라스틱을 붙인 테이블과 냉장고와 벽장이 두 개 있었다. 벽장 하나에는 보통 말에게 쓰는 붕대며 바르는 약, 그 밖의 것이 들어 있었다.

위치를 건드리지 않도록 조심하면서 병이며 포장한 꾸러미며 캔을 하나하나 살펴보았다. 얼른 보아 흥분제 같은 것은 눈에 띄지 않았다.

두 번째 벽장에는 흥분제가 꽤 많이 들어 있었다. 다만 사람들의 것인 알코올 종류로, 갖가지 병과 숱한 글라스가 준비되어 있었다. 말 주인을 접대하기 위한 것이지, 말에게 쓰이는 것은 아니었다. 나는 벽장문을 닫았다.

냉장고에는 맥주가 네 병, 우유, 얼음을 만드는 용기가 있을 뿐이었다.

나는 다시 사무실로 갔다.

핸버의 책상은 앉으면 광장이 내다보이게끔 창가에 놓여 있었다. 튼튼하게 만들어졌고 양옆에 서랍이 달려 있다. 세세한 점까지 주의 깊게 정리되어 있었다. 핸버는 노팅엄의 경주에 갔으므로 오늘 아침에는 거의 사무실에서 시간을 보내지 않은 것이 확실한데, 정돈이 잘 되어 있는 것은 그의 성격으로 봐서 일시적인 현상은 아니었다. 어느 서랍이나 잠겨 있지 않아서 사무용품, 세율표 등과 같은 내용물이 한눈에 보였다. 책상 위에는 전화기와 탁상용 램프, 펜과 연필이 담긴 접시, 크리켓 공만한 녹색 유리 문진이 놓여 있었다. 문진 바닥에 기포가 보였다.

문진 밑에 놓인 종이에 캐스에게 내린 지시인 듯한 하루의 일과가 씌어 있었다. 나에게는 오후 일과로 끊임없이 카랑카랑한 목소리로 떠들어 대는 케네스와 함께 말의 식량 창고를 청소하고, 저녁때 다섯 필의 말을 손질하도록 시키라고 씌어 있었으므로 낙심하고 말았다. 손질해야 하는 말의 수가 늘어난 것은 경주에 간 버트의 말까지 맡아야 하기 때문이다.

사무실 안에는 책상 말고도 경마에 대한 인쇄물을 넣어 두는, 천장에 닿을 만큼 높다란 장이 있었는데, 들어 있는 물건이라고는 거의 없었다. 그밖에 짙은 녹색 서류 캐비닛이 셋, 가죽 안락의자가 둘, 등이 곧은 나무 의자에 가죽 방석을 놓아 둔 것이 하나 벽 가까이 놓여 있었다.

나는 재빨리 서류 캐비닛의 서랍을 하나하나 살펴보았다. 안에는 경주 일정표, 영수증, 신문 스크랩, 사진, 지금 조교 중인 말에 대한 서류, 말의 컨디션 분석, 말 주인에게서 온 편지, 마구상 및 말의 사료업자와의 거래 서류 등, 어느 조교사의 사무실에서나 볼 수 있는 것들뿐이다.

시계를 보았다. 캐스는 언제나 점심때는 한 시간쯤 마구간을 비운다. 나는 그가 광장을 나간 다음 5분 기다렸고, 그가 돌아오기 10분 전에 사무실을 나가기로 마음먹고 있었다. 나에게 주어진 시간은 꼭 45분인데, 이미 그 절반이 지나고 있었다.

책상 위의 연필과 서랍 속에서 편지지를 꺼내어 서랍 가득히 들어 있는 현재 위탁마의 장부를 조사하기 시작했다. 17마리의 경주마 하나하나에 저마다 장부가 따로 있어 조교를 위한 지출이 상세하게 씌어 있었다. 먼저 말의 이름을 베꼈다. 아는 이름은 거의 없었다. 말 주인의 이름과 사들인 연월일도 베꼈다. 그 중에는 몇 년 된 것도 있었으나 3마리는 요 세 달 동안에 사들인 것이다. 문제삼을 만한 것은 이 3마리뿐이라고 생각되었다. 투약된 말로 핸버에게 넉 달 이상 있었던 것은 1마리도 없었기 때문이다.

그 3마리의 이름은 친친, 칸더스테그와 스타램프였다. 친친은 핸버의 것이고 나머지 두 마리는 애덤스의 것이다.

장부를 제자리에 돌려놓고 시계를 보았다. 앞으로 17분 남았다. 연필을 책상 위에 놓고 말의 명단을 적은 종이를 접어서 전대에 넣었다. 급료를 거의 쓰지 않았으므로 전대 주머니가 아주 불룩했는데, 이것을 셔츠 밑에 두르면 남의 눈에 띄지 않았다. 전대를 도둑맞지 않으려고 다른 마부들이 알세라 세심한 주의를 기울여 왔다.

신문스크랩과 사진이 든 서랍을 재빨리 살펴보았으나 11마리의 말이나 그들이 우승한 일에 대한 것은 아무것도 없었다. 경주 일정표는 얼마쯤 참고가 되었다. 복싱 데이 경주의 슈퍼맨 이름에 연필로 ×표를 그어 놓았다. 그러나 곧 있을 세치필드 경마의 세일링 체이스 경주에는 아무런 표시도 없었다.

가장 큰 수확을 얻을 수 있었던 것은 영수증 서랍이었다. 안쪽에 다른 장부가 있어 11마리가 저마다 2페이지씩 차지하고 있었다. 11마리 사이에서는 여러 가지 점에서 실패한 다른 9마리의 이름을 볼 수 있었다. 그 중 한 마리는 슈퍼맨이고, 다른 한 마리는 올드 이트니언이었다.

두 페이지 중의 왼쪽 페이지에 그 말의 경주 경력이 세세하게 씌어져 있고, 특히 그 11마리의 오른쪽 페이지에는 이겼을 때의 경주 내용이 상세하게 적혀 있었다. 그 밑에 핸버의 수입인 듯한 금액이 씌어 있었다. 성공한 경주의 경우 모두 몇천 파운드에 이르고 있었다. 슈퍼맨의 페이지에는 '손실 300파운드'라고 적혀 있고, 올드 이트니언의 오른쪽 페이지에는 경주의 기록은 없고 다만 '살해 처분'이라고 간단하게 적혀 있었다.

식스 플레이라는 말 외에는 모두 커다란 ×표를 그어 놓았다. 이 세 마리의 왼쪽 페이지에는 자세한 기록이 있고, 오른쪽 페이지는 백지였다.

나는 장부를 덮어 제자리에 두었다. 시간이 없다. 주위를 둘러보고 내가 들어왔을 때와 조금도 다름이 없는지 확인한 다음 살짝 밖으로 나왔다. 조금이나마 식사가 남았을까 하고 기적을 바라면서 부엌으로 갔다. 물론 남아 있을 턱이 없었다.

이튿날 아침, 제2진이 말운동을 하러 간 사이에 젤리의 말 미키가 없어졌다. 캐스는 젤리에게 재드가 미키의 다리 힘을 붙여 주기 위해 바닷물 속을 걷게 하려고 바닷가에 있는 핸버의 친구 집으로 데리고 갔으며, 저녁에는 돌아올 것이라고 말해 주었다. 저녁때가 되었으나 미키는 돌아오지 않았다.

수요일에 핸버의 말이 하나 경주에 나갔으므로 나는 그가 없는 동안 다시 점심식사를 포기하고 이번에는 집 쪽을 조사하였다. 환기창이 열려 있어서 쉽게 들어갈 수는 있었으나 어떤 방법으로 약물을 사용했는지 알아낼 만한 단서는 아무것도 없었다.

목요일은 하루 종일 미키가 아직도 바닷가에서 돌아오지 않았으므로 걱정스러워 견딜 수가 없었다. 표면상의 이유로는 의심할 데가 없다. 바다에서 12마일 떨어진 곳에 있는 조교사라면 누구나 하는 것이다. 바닷물은 말의 다리에 좋다. 그런데 이제까지 핸버 마구간의 말에 뭔가가 있고, 그에 따라 뒷날 약물 사용이 가능하도록 되어 있다. 나는 지금 그것이 미키에게 이루어지고 있는데도 그것을 발견할 유일한 기회를 놓치는 것은 아닐까 하는 강한 의혹에 사로잡혔다.

장부에 의하면 애덤스는 사냥말 말고도 마구간에 있는 경주마 중의 네 마리를 소유하고 있다. 그 모두가 마구간 안에서 진짜 이름이 알려져 있지 않았다. 따라서 미키가 그 네 마리 중의 하나인지도 알 수 없다. 어쩌면 칸더스테그나 스타램프 가운데 어느 하나일지도 모른다. 그래서·나는 조바심이 났다.

금요일 아침, 외부에서 빌려 온 운반차가 출전마를 헤이독의 경마장으로 실어가고, 재드와 핸버의 운반차는 점심 때까지 광장에 있었다. 이것은 전에 없던 일이다. 나는 재빨리 운반차의 마일 수를 보아두었다.

우리가 먹기 힘든 점심밥을 먹고 있을 때 재드가 차를 운전하고 나갔다. 그 뒤 이번 주 조련으로 부드러운 흙에서 파헤쳐진 잔디를 다시 제자리에 심기 위하여 모두들 마구간에서 꽤 떨어진 마장으로 가 있는 사이에 돌아왔는지 아무도 본 사람이 없었다. 그런데 4시쯤 저녁 일 때문에 돌아오자 미키가 자기 마방에 들어와 있었다.

나는 운반차의 운전대에 올라가 마일 수를 보았다. 재드는 16마일 반을 달렸다. 바닷가까지는 가지 않았던 것이다. 나는 '이거 당했구나' 하고 생각했다.

두 마리 경주마의 손질을 끝내고 애덤스의 파란 말을 손질하려고 솔과 가래를 들고 가니 젤리가 미키의 옆 마방 벽에 기대서서 울고 있었다.

"왜 그러지?" 나는 도구를 내려놓으며 물었다.

"미키가 물었어." 그는 고통과 공포로 떨고 있었다.

"어디 보자."

작업복 왼쪽 소매를 빼고 상처를 보았다. 어깨 부근의 상반부 살에 자주빛의 둥그런 피멍이 부어올라 있었다. 세게 물린 듯했다. 캐스가 왔다.

"뭘하고 있지?"

나는 젤리의 팔을 보였을 뿐 더 설명할 필요는 없었다. 캐스는 문 밑으로 미키의 마방을 들여다보면서 젤리에게 말했다.

"다리가 영 나빠져서 바닷물로는 도저히 안 되겠어. 수의사가 브리스터를 바르는 게 좋겠다고 해서 오늘 오후에 발라 주었지. 원인은 그거야. 좀 성질이 사나워져 있어. 다리가 타들어가는 듯한 연고를 발랐으니 어쩔 수 없지. 그만 울고 어서 손질해. 그리고 댄, 너도 빨리 사냥말을 손봐야잖아. 쓸데없이 시간 허비하지 말고."

캐스는 가 버렸다.

"난 못해." 젤리는 혼잣말처럼 중얼거렸다.

"왜 못하지." 나는 명랑하게 격려하듯이 말했다.

젤리는 겁에 질린 듯한 얼굴을 내게로 돌렸다.

"또 물 거야."

"괜찮아, 이젠."

"몇 번이나 물려고 했어. 게다가 사납게 마구 걷어차는 거야. 난 무서워서 못 들어가겠어."

그는 완전히 겁에 질려 몸을 긴장시키고 있었다. 나는 그를 들어가게 하는 것은 무리라고 판단했다.

"그럼, 내가 미키를 손질할 테니까 넌 내 사냥말을 손질해 줘. 그런데 젤리, 정말 정신차려서 잘해야 해, 알았지? 애덤스 씨가 내일 또 탈 테니까. 또 토요일 하루 내내 콘크리트를 닦는 건 질색이야."

그는 퍽 당황한 듯한 표정을 짓고 있었다.

"이제까지 내게 이렇게 친절하게 대해준 사람은 없어."

"다 그런 거야." 나는 쌀쌀하게 말했다. "만약 내 말을 아무렇게나 다루었다가는 미키보다 더 세게 물어 줄 테니까."

이윽고 그는 긴장을 풀고 웃었다.

그리고는 아픈 듯이 팔을 소매에 끼고서 나의 도구를 집어 들더니 사냥말이 있는 문을 열었다.

"캐스에게 말하지 않을 거지?" 젤리는 걱정스러운 듯이 물었다.

"그래." 나는 젤리를 안심시키고 미키의 마방 문을 열었다.

말은 안전하게 묶여 있었고 흔히 요람이라고 부르는 나무로 엮은 목도리를 두르고 있었다. 머리를 수그려 앞다리의 붕대를 물어 찢지 못하도록 하기 위해서이다. 캐스의 설명에 의하면 다리의 힘줄을 수축시키고 강화하는 브리스터라는 강한 자극성 고약을 발랐다고 했다. 브리스터는 약한 힘줄을 치료하는 데 쓰인다. 그런데 문제는 미키의 다리는 그러한 치료를 필요로 하지 않는다는 점이다. 내가 보는 바로는 아주 튼튼한 다리였다. 하지만 지금은 확실히 다리가 아픈 모양이었다. 브리스터 때문인지도 모르지만, 그 이상의 통증인 것 같기도 했다.

젤리가 말한 것처럼 미키는 정말 사나워져 있었다. 손이나 말로 달래도 듣지 않고 다가가면 뒷다리를 들어 차며 물려고 덤볐다. 나는 뒤쪽으로 가지 않도록 조심하며 마방 안쪽의 깔짚을 매만지고 있으려니까 궁둥이를 내 쪽으로 돌리려고 발버둥질을 쳤다. 물과 사료를 넣어 주었으나 쳐다보지도 않았다. 덮고 있는 담요가 땀에 젖어서 후줄근했으므로 밤중에 추울까봐 갈아 주었다. 담요를 바꿀 때는 술래잡기를 하는 것 같은 꼴이 되었지만, 괭이로 위협하면서 무사히 끝마쳤다.

젤리와 함께 캐스가 말에게 정해진 먹이를 나누어 주는 곳으로 갔다가 마방으로 돌아와서 그릇을 바꾸었다. 젤리는 좋아하며 크게 웃었다. 그 기분이 내게로 옮아와 나도 함께 웃었다.

미키는 나를 물려고만 하면서 먹이에는 관심을 보이지 않았는데, 함부로 물릴 수는 없었다. 단단히 묶어 놓고 나와 젤리의 손이 든 망태기를 문 밖의 안전한 장소에 옮겨 놓았다. 아침까지는 진정이 되겠지.

젤리는 콧노래를 부르면서 솔로 검은 사냥말의 털을 하나하나 정성스레 빗어주고 있었다.

"아직 안 끝났니?" 나는 물었다.

"이 정도면 됐어?" 그는 걱정스럽게 물었다.

나는 안에 들어가서 보았다.

"잘했어."

나는 진심으로 말했다. 젤리는 작업 중에서 말의 손질을 가장 잘했다. 이튿날 애덤스가 아무런 불평도 없이 말을 타고 나갔을 때는 가슴을 쓸어내렸다. 어딘가 멀리 가기 때문에 서두르는 모양이었으나, 골려먹기에는 좀 약하다는 인상을 주는 데 성공했기 때문인지도 모른다.

그날 아침 미키의 상태는 더욱 악화되어 있었다. 애덤스가 가 버리자 나는 젤리와 함께 마방 문 밑으로 들여다보았다. 가엾은 말은 커다란 목도리를 둘렀는데도 한쪽 붕대를 물어뜯고 있어 힘줄 위의 살갗이 크게 벗겨져 있었다.

미키는 무섭게 눈을 부릅뜨고 우리를 보았다. 귀를 뒤로 눕히고 물어뜯을 듯이 목을 늘어뜨리고 있었다. 어깨와 궁둥이 근육이 격렬하게 떨리고 있었다. 나는 말이 다른 말과 싸울 때 말고는 그런 모습을 본 적이 없었다. 굉장히 사나워졌다고 생각되었다.

"미친 것 같아." 놀란 표정으로 젤리가 속삭였다.

"가엾게시리."

"댄, 설마 안에 들어가진 않겠지? 물려 죽을 거야." 젤리가 말했다.

"캐스를 불러와." 나는 말했다. "캐스와 핸버에게 저 모습을 보여주기 전에는 들어가지 않겠어. 가서 캐스에게 미키가 미쳤다고 말해. 그러면 헐레벌떡 달려오겠지."

젤리가 급히 뛰어가더니 캐스와 함께 돌아왔다. 캐스는 가까이 오기까지는 걱정과 부아가 한데 섞인 것 같은 얼굴을 하고 있었다. 그러나 미키를 한 번 보더니 걱정스러운 얼굴이 되어 젤리에게 절대로 문을 열지 말라고 이르고는 핸버를 부르러 갔다.

이윽고 핸버가 단장을 짚고 천천히 광장을 가로질러 왔다. 그 옆에서 키 작은 캐스가 종종걸음으로 따랐다. 핸버는 한참 동안 미키를 보고 있었다. 이윽고 저런 상태의 말을 손질할 일을 생각하고 또 떨기 시작한 젤리 쪽으로 눈을 돌렸다. 그리고는 옆의 마방 옆에 서 있는 나를 보았다. 그는 내게 물었다.

"애덤스 씨 사냥말 마방 담당이지?"

"네, 조금 전에 애덤스 씨가 데리고 나갔습니다."

그는 유심히 나를 훑어보고 다음에는 마찬가지로 젤리를 보더니 캐스에게 말했다.

"로크와 젤리의 말을 서로 바꾸는 게 좋겠네. 둘 다 똑같이 바보스럽지만 로크 쪽이 덩치도 크고 나이도 더 먹었으니까."

아마도 젤리가 부상당했을 때에는 항의해 올지도 모르는 부모가 있지만, 로크의 근친란에는 '없음'이라고 씌어 있기 때문이리라고 나는 생각했다.

"나 혼자선 안 들어갑니다. 내가 치우는 동안 캐스가 괭이로 말을 막아 줘야 해요." 나는 말했다. 그래도 둘 다 다치지 않고 나올 수 있다면 정말 운이 좋은 거라고 나는 생각했다.

그러자 놀랍게도 캐스가 만약 내가 혼자 들어갈 만한 배짱이 없다면 다른 마부를 하나 데려다가 도와주도록 하겠다고 허겁지겁 핸버에게 말했다. 핸버는 우리 두 사람의 말은 아랑곳하지도 않고 잠자코 미키를 보고 있었다. 이윽고 그는 나에게 물통을 들고 사무실로 오라고 명령했다.

"빈 물통입니까?"

"그래, 빈 물통이야."

그는 침착하지 못하게 말하고 사무실 건물 쪽으로 조금 절뚝거리면서 걸어갔다. 나는 사냥말 마방에서 물통을 꺼내 가지고 그의 뒤를 따라가 문 옆에서 기다렸다.

그는 한 손에 조그만 라벨이 붙은 병을, 다른 한 손에는 찻숟가락을 들고 나왔다. 병 속에 흰 가루가 7부쯤 들어 있었다. 물통을 내밀라고 몸짓하며 그 속에 숟가락으로 절반쯤 가루를 집어넣었다.

"물통에 물을 3분의 1쯤 넣어 미키의 사료통에 부어. 채이지 말고. 마시면 곧 얌전해질 거야."

그는 병과 숟가락을 들고 사무실 안으로 들어갔다. 나는 가루를 조금 집어 조끼 밑에 넣어 둔 핸버의 말 명단 사이에 넣었다. 나중에 손가락으로 찍어서 핥아 보았다. 아주 조금 묻은 가루가 약간 쌉쌀한 맛이 났다. 전에 세면소 벽장 안에 있는 것을 보았을 때 병의 라벨에 '가용성 페노바비톤'이라고 적혀 있었다. 뜻밖에도 핸버는 아주 많은 양을 가지고 있었다.

물통에 물을 넣고서 손으로 휘저은 다음 미키의 마방으로 갔다. 캐스의 모습은 보이지 않았다. 젤리는 광장 저쪽에서 세 마리째의 말을 손질하고 있었다. 주위를 둘러보고 도와줄 사람을 찾았으나 모두 몸을 감추고 없었다. 나는 빌어먹을, 하고 혀를 찼다. 혼자서는 절대로 미키의 마방에 들어가지 않겠다. 생각만 해도 끔찍스러운 일이 아닌가.

핸버가 광장을 걸어왔다.

"빨리 들어가."

"말이 발버둥치면 엎질러질 텐데요."

"흐음."

그때 미키가 무서운 기세로 벽을 찼다.

"배짱이 없다는 말이지?"

"저기에 혼자 들어가다니, 바보가 아닌 다음에야……."

나는 볼을 불룩하게 만들었다. 핸버는 나를 노려보고 있었으나 더 이상 말해 봐야 소용없다고 생각했는지 갑자기 벽에 기대 세워 둔 괭이를 오른손에 들고 왼손에는 단장을 잡았다.

"어서 해!" 그는 거칠게 호령했다. "꾸물대지 말고."

전원 생활을 광고하는 듯한 우아한 옷차림을 하고 두 가지의 기묘한 무기를 들고 있는 모습이 몹시 우스꽝스러웠다. 그나마 도중에 도망치지 않기를 바랄 뿐이다.

나는 미키의 마방 문을 열고 핸버와 함께 안으로 들어갔다. 나 혼자 남겨 놓고 핸버가 도망칠지도 모른다고 생각한 것은 미안한 일이

었다. 그는 어디까지나 냉정했으며 공포 같은 감정은 전혀 없는 것
같았다. 솜씨있게 먼저 미키를 한쪽 벽에 몰아붙이고 다음에 반대쪽
벽으로 몰아붙였다. 그동안 나는 오물을 긁어내고 새 짚을 넣었다.
먹이통에서 입도 대지 않은 먹이를 꺼내고 약이 든 물통을 넣을 때까
지 그는 말을 붙잡고 있었다. 그렇다고 해서 미키가 가만히 있었던
것은 아니다. 발굽도 이빨도 어제 저녁보다 더 광포했다.

냉정하게 억누르고 있는 핸버의 눈앞에서 병신스러운 짓을 한다는
것은 화나는 일이었으나 애덤스의 경우만큼 속상하지는 않았다.

일이 끝나자 핸버가 나더러 먼저 나가라고 하고 뒤따라 무사히 나
왔을 때는 화려하게 무늬가 진 옷에 구김살 하나 없었다.

문을 닫고 빗장을 걸고 접먹은 모습으로 서 있으려니까 핸버가 사
뭇 업신여기는 듯한 표정으로 나를 보고 있었다.

그는 빈정대는 투로 말했다.

"로크, 미키가 약에 취해서 잠잘 때라면 다룰 수 있겠나?"

"네." 나는 우물거렸다.

"그렇다면 너의 그 알량한 용기가 닳아 없어지지 않도록 2, 3일 동
안 약을 계속하지. 물을 줄 때 캐스나 내게 말하면 수면제를 넣어
주겠다. 알겠나?"

"네."

"됐어."

그는 파리라도 쫓는 것 같은 손짓으로 나더러 가보라고 했다.

나는 더러운 짚을 긁어 담은 망태기를 뒤꼍의 말똥더미로 가지고
가서 미키가 물어뜯은 붕대를 살펴보았다. 브리스터는 붉은 빛깔의
고약이다. 미키의 부상당한 다리를 자세히 살펴보았으나, 약 자국은
거의 없었다. 지금도 붕대에 약이 전혀 묻어 있지 않았다. 상처의 크
기로 보아 꽤 많이 묻어 있어야 할 것이었다.

그날 오후, 언제나처럼 젤리를 태우고 오토바이로 포제트 시내로 가서 그가 우체국 건물 안의 장난감 가게에서 이것저것 살펴보기 시작하는 것을 확인했다.

옥토버에게서 편지가 와 있었다.

지난 주 보고가 없었는데, 무슨 까닭인가? 상황 보고는 당신의 임무다.

나는 입술을 깨물면서 편지를 찢었다.

임무라고? 하마터면 울화통이 터질 뻔했다. 지옥보다 더한 상태를 견디며 핸버의 마구간에 머무르고 있는 것은 임무이기 때문만은 아니다. 나는 본디 고집스러운 성격이어서 한 번 시작한 일은 끝까지 해내고야 마는 사람이기 때문이다. 그리고 큰소리치는 것 같지만, 영국의 경마계를 애덤스의 마수에서 구해 내고 싶은 것이다. 임무뿐이라면 벌써 옥토버에게 돈을 돌려주고 집으로 돌아갔을 것이다.

'상황 보고는 당신의 임무다.'

패티의 일로 아직도 화를 내고 있다. 그런 글을 쓴 것도 내가 언짢아하리라는 것을 뻔히 알고 있기 때문이라고 생각하니 기분이 우울해졌다.

나는 보고를 썼다.

이 겸손하고 온순한 하인은 지난 주 상황 보고의 임무를 다하지 못한 것을 죄송스럽게 생각하는 바입니다.

상황은 아직도 분명하지 않으나 유력한 사실이 확인되었습니다. 문제의 11필은 거듭 투약되지는 않았습니다. 식스 플레이라는 말이 다음번 우승마가 될 예정입니다. 현재의 소유주는 서섹스의 헨리 바딩튼이라는 인물입니다.

죄송하오나 다음 질문에 대답해 주시기 바랍니다.

1 함께 보낸 흰 가루분은 가용성 페노바비톤인가?

2 친친, 칸더스테그, 스타램프 등 경주마의 등록된 체격의 특징
은?

3 블랙번이 아세날을 이긴 연월일은?

편지를 봉투에 넣으면서 이것으로 임무 운운에 대한 앙갚음을 한
셈인가 하고 씁쓰레한 미소를 지었다.

젤리와 함께 식당에서 배불리 먹었다. 내가 핸버의 마구간에 온 지
5주일하고도 2일이 되는데, 이제는 옷이 모두 헐렁헐렁하다.

더 이상 먹을 수 없을 만큼 먹고 나서 우체국 건물로 되돌아가 주
변의 상세한 지도와 컴퍼스를 샀다. 젤리는 이제까지 결심하지 못했
던 장난감 탱크를 결연히 5실링에 사고 또 내가 기분이 좋다는 것을
확인하자 만화책을 하나 더 샀다. 우리는 다시 마구간으로 돌아왔다.

날이 지나갔다. 미키의 약이 효과적이어서 나는 별 곤란없이 청소
하고 손질할 수가 있었다. 캐스가 한쪽 다리의 붕대를 풀었으나 붉은
빛깔의 고약은 묻어 있지 않았다. 그러나 상처는 차츰 나아 가기 시
작했다.

미키를 탈 수가 없고 또 길 쪽으로 끌고 가려고 하면 발버둥을 치
므로 날마다 한 시간씩 광장을 빙빙 끌고 돌았다. 말보다도 내가 더
지쳤으나 그 동안에 여러 가지로 생각을 모을 수가 있었다.

화요일 아침, 핸버의 단장이 찰리의 어깨를 세게 갈겼다. 한순간
찰리가 덤벼드는가 싶었다. 그러나 핸버는 싸늘한 눈초리로 하얗게
흘기고 이튿날 아침 같은 어깨 부위에 다시금 강하게 내리쳤다. 그날
밤 찰리의 침대는 비어 있었다. 내가 온 뒤로 6주일 동안에 나간 것

은 그가 네 사람째였다(사흘밖에 있지 않았던 소년은 빼놓았다). 처음부터의 동료로 남은 사람은 버트와 젤리뿐이다. 내 차례가 돌아올 날이 눈앞에 다가와 있는 것 같았다.

목요일 아침 애덤스와 핸버가 와서 언제나처럼 순시를 하였다. 두 사람은 미키의 마방에서 문 너머로 보는 것만으로 그쳤다.

"들어가지 않는 편이 좋아, 폴." 핸버가 경고했다. "약을 먹이기는 했지만 언제 어떻게 될지 모르니까."

애덤스는 미키의 머리맡에 서 있는 나를 보았다.

"왜 저 집시가 이 말을 보고 있지? 그 바보가 보았잖아?" 분노와 낭패가 섞인 목소리였다.

핸버는 미키가 젤리를 물었기 때문에 나와 바꿨다고 설명했다. 애덤스는 그래도 마음에 걸리는 모양이었으나 다른 사람 앞에서는 자기 생각을 말하지 않는 편이 좋겠다고 생각한 듯했다.

"집시놈은 이름이 뭐지?"

"로크." 핸버가 대답했다.

"그래, 로크, 마방에서 나와."

그러자 핸버가 걱정스럽게 "폴, 벌써 또 하나가 나갔네" 하고 말했다.

썩 위로가 되는 않는 말이었다. 나는 미키를 경계하면서 마방 밖으로 나와서 고개를 떨구고 눈을 내리깔았다.

"로크, 넌 급료를 어디다 쓰지?" 애덤스가 명랑한 목소리로 물었다.

"오토바이 월부금을 냅니다."

"월부? 으음, 그래? 앞으로 얼마나 남았나?"

"대강…… 15회분입니다."

"그것을 다 치를 때까지는 여기 있겠다는 말이로군."

"네."

"월부금을 치르지 못하면 오토바이를 뺏기나?"

"네, 그렇다고 생각합니다."

"그렇다면 핸버 씨는 네가 그만둔다는 걱정은 하지 않아도 되겠군?"

나는 내키지 않았으나 느릿하게 "네, 그렇습니다" 하고 대답했다. 확실히 진심임에는 틀림이 없다.

"좋아, 이제 분명해졌군. 그런데 너의 어디에 불안정하고 거의 미친 말을 다룰 만한 용기가 있었지?"

"약을 먹여 놓았습니다."

"로크, 허튼 수작하지 마. 수면제를 먹인 말이 틀림없이 안전하지는 않다는 것쯤은 너도 알고 있을걸."

나는 잠자코 있었다. 지금처럼 찰나적인 기지를 필요로 하는 때는 없는데 아무 생각도 떠오르지 않았다.

애덤스는 조용한 목소리로 말했다.

"너는 보기만큼 명청한 녀석은 아니야. 우리의 눈을 속이려 드는 모양인데, 다른 속셈이 있는 거지?"

"그런 건 없습니다."

나는 그저 막막할 따름이었다.

"그렇다면 어디 시험 좀 해봐야지."

핸버에게로 손을 내밀자 핸버는 애덤스에게 자기의 단장을 건네 주었다. 그는 팔을 쳐들어 나의 넓적다리를 꽤 강하게 내리갈겼다.

여기에 머무르기 위해서는 무슨 짓을 해서라도 그를 막지 않으면 안 된다. 이번에는 아무래도 그에게 빌붙을 수밖에 없다. 나는 기절할 듯이 무너져내려 땅바닥에 털썩 주저앉았다.

"제발 때리지 말아 주십시오, 이렇게 빕니다." 나는 애원하였다.

"약을 갖고 있습니다. 미키가 너무나도 무서워서 토요일에 포제트의 약국에 가서 용감해지는 약이 없느냐고 물어 봤더니 주더군요, 그 뒤로 죽 먹고 있습니다."

"무슨 약이지?" 의심스러운 듯이 애덤스가 물었다.

"트랑킨인가 뭔가라고 했습니다. 잘은 모르겠습니다."

"트랭퀼라이저."

"네, 그렇습니다. 트랭퀼라이저입니다. 용서해 주십시오, 부탁입니다. 미키가 무서워서요. 때리지 말아 주십시오."

"이거 놀랐는걸." 애덤스는 소리내어 웃었다. "어이가 없군. 이놈들이 이 다음에는 뭘 생각해 낼까?"

애덤스는 핸버에게 단장을 돌려 주고 함께 아무 일도 없었던 것처럼 다음 마방으로 옮겨갔다.

"용감해지는 약 트랭퀼라이저라…… 그거 괜찮은데."

두 사람은 웃으면서 마방으로 들어갔다.

나는 천천히 일어나서 옷의 먼지를 털었다. 빌어먹을, 그렇게 말하는 수밖에 없었다. 나는 암담한 기분이 되었다. 어째서 긍지가 그토록 소중한가, 긍지를 버리는 일이 어째서 그토록 괴로운 것일까?

이렇게 되니 머저리 놀음이 유일한 길이라는 것을 확실히 깨닫게 되었다. 애덤스에게는 조금이나마 용기있는 사람은 자기의 힘에 대한 도전으로 받아들인다는 무서운 마음의 결함이 있다. 그는 핸버를 지배하고 캐스를 손아귀에 넣고 휘두른다. 그리고 그 두 사람은 친구인 것이다. 만약 내가 그에게 반항하면 온 몸뚱이가 피투성이가 되고, 그러고도 남아 있는 까닭이 무엇이냐고 의심받게 된다는 것은 틀림없는 사실이다. 내가 버티면 버틸수록 그의 의혹은 더해진다. 오토바이 월부로는 그다지 오래 얼버무릴 수가 없다. 그는 머리 회전이 빠른 사나이다. 의혹을 느끼게 되면 내가 옥토버의 마구간에서 왔다는 것을 생각해 낼 게 틀림없다. 옥토버가 이사의 한 사람이므로 당연히 그의 적이라는 것은 알고 있을 것이다. 토미 스티플튼을 상기할 것이 분명하다. 쫓기는 자의 민감한 심경이 그의 머리에 자극을 줄 것이다. 그가 우체국에 가서 조사하면 내가 매주 송금하고 있지 않다는 것을 곧 알게 될 것이고, 약국에 물으면 트랭퀼라이저를 산 일이 없다는 것도 간단하게 알 것이다. 이미 깊이 들어가 있는 그로서는 내가 스티플튼의 후임자일 가능성을 무시하는 그런 위험은 무릅쓰지 않을 것이다. 일단 나를 의심하기 시작하면 내 수사는 끝장나는 것이다.

그러나 만약 나를 더할 데 없는 머저리로 믿게끔 해 두면 나에게 관심을 갖지 않을 것이고, 나도 필요하다면 앞으로 5, 6주일은 여기에 더 머무를 수가 있다. 나는 그렇게 되기를 빌었다.

애덤스로서 보면 이성이 아니라 본능이었을지도 모르지만, 미키의 담당이 젤리가 아니고 나라는 것에 불안을 느끼는 건 아마도 당연한 일일 것이다.

그 말 가까이에서 몇 시간씩 지내는 동안 말 상태의 원인을 차츰 알게 되었다. 비정상적인 말, 또는 말 전반에 대하여 내가 이제까지 쌓아올린 지식으로 차츰 원인을 포착할 수가 있었다. 이제 나는 애덤스와 핸버가 어떤 방법으로 우승마를 만들어 내는지 그 윤곽을 대강 잡을 수가 있었다.

그러나 자세한 것은 알지 못했다. 이론은 섰으나 뒷받침이 없는 것이다. 그 자세한 증거를 잡기 위해서는 좀더 시간이 필요하다. 그 시간을 벌기 위하여 땅바닥에 꿇어 엎드려 애덤스에게 애원하는 일이 필요하다면 그렇게 해야 한다. 그러나 쉬운 일이 아니라는 것에는 변함이 없었다.

12

옥토버의 답장은 여전히 싸늘했다.

현재의 소유주에 의하면 식스 플레이가 세일링 체이스에 출전할 예정은 없음. 그렇다면 약이 투약되는 게 아니라는 말인가?

질문에 대한 대답은 다음과 같음.

1 흰 가루분은 가용성 페노바비톤임.

2 친친의 마체 특징――푸른 색 털의 거세마. 코 옆에 흰 반점. 오른쪽 앞다리 목에 흰 점.

칸더스테그――엷은 밤색의 거세마. 두 앞다리와 왼쪽 뒷다리 목에 흰 점.

스타램프――밤색의 거세마. 왼쪽 뒷다리 발굽 흰 색.

3 블랙번이 아세날을 이긴 것은 1월 30일.

경박한 어조는 이해하기 곤란하다. 무책임성이 조사 태도에까지 미친 것인가?

무책임, 임무. 그가 좋아하는 낱말들인 모양이다.

말의 특징을 다시 한번 읽었다. 미키는 스타램프인 것이 확실했다. 친친은 햄버의 말로 내가 돌보고 있는 두 마리의 경주마 중 도빈이다. 칸더스테그는 버트가 맡고 있는 걸음걸이가 좋지 못한 말로, 마구간에서는 프래쉬라는 이름으로 불렸다.

만약 블랙번이 아세날을 이긴 것이 1월 30일이라면 젤리는 이미 햄버의 마구간에 11주일 있은 셈이 된다.

나는 옥토버의 편지를 잘게 찢어 버리고 답장을 썼다.

식스 플레이는 올드 이트니언과 슈퍼맨이 실패로 끝난 지금 남아 있는 유일한 말이므로 어느 경주에서나 부정행위에 이용될 가능성이 많습니다.

말운동 중에 말에서 떨어져 머리를 다치거나 차에 깔리는 일이 없다고 단언할 수 없으므로 우선 연락을 드립니다. 이번 주 그들의 수법이 차츰 밝혀졌습니다. 단 자세한 점에 대해서는 아직도 분명치 못한 점이 많습니다.

나는 애덤스와 햄버가 사용하고 있는 흥분제가 역시 아드레날린이라는 것, 그것을 혈액에 투입하는 방법에 대한 나의 추리를 옥토버에게 알렸다.

이상으로 판단할 수 있듯이 애덤스와 햄버 두 사람을 처단하기 위해서는 두 가지 주요 사실을 입증해야 합니다. 목적을 수행하기에 온 힘을 다하고 있으나 시일이 촉박하므로 확약은 곤란합니다.

나는 혼자 떨어져 있는 외로움에 지쳐 충동적으로 다음과 같은 말을 덧붙였다.

　믿어 주십시오, 제발 믿어 주십시오, 패티의 머리카락 한 올 건
드리지 않았습니다.

그러고 나니 어쩐지 고민의 절규인 듯싶어 싫은 마음이 들었다. 머
저리 놀음을 하는 동안에 진짜 머저리가 되어 버린 것이다. 덧붙인
부분을 찢어 내고 편지를 부쳤다.

나는 조사할지도 모르므로 트랭퀼라이저를 사 두는 편이 좋겠다고
생각하여 약국에 들렀다. 약사는 딱 잘라 나의 요구를 거절했다. 치
과의사의 처방이 없으면 절대로 팔지 못한다는 것이었다. 애덤스나
핸버 중 어느 하나가 이 불합리한 점에 의혹의 눈을 돌리기까지는 그
다지 시간이 걸리지 않을 것이라고 생각하니 후회의 기분에 쫓겼다.

식당에 가서 서둘러 식사하고 아직도 먹고 있는 젤리에게 돌아갈
때는 혼자 걸어서 가라고 하자 몹시 낙담했으나, 나는 무슨 일이 있
어도 주변의 지리를 조사해 두어야 했다.

포제트 시내를 벗어나자 길옆에 오토바이를 세워 놓고 이 일주일
동안 틈나는 대로 들여다보곤 했던 지도를 꺼냈다. 나는 연필과 컴퍼
스로 동심원을 두 개 그려 놓았다. 바깥쪽은 핸버의 마구간을 중심으
로 반지름 8마일, 안쪽은 5마일 원이다. 만약 재드가 곧장 그 장소에
가서 미키를 데리고 어디 들르지 않고 돌아온 것이라면 그곳은 두 원
사이의 어딘가에 있을 것이다. 핸버의 마구간에서 한쪽 방향은 노천
탄광이므로 문제 밖이었다. 남동쪽 8마일은 클레버링이라는 큰 탄광
거리의 외곽이다. 북쪽과 서쪽 방향은 거의 황무지로 바람에 시달린
히드 등 관목이 끝없이 펼쳐진 가운데 핸버의 마구간처럼, 작은 호주
머니마냥 쏙 들어간 비옥한 골짜기가 점점이 분포하고 있다.

애덤스가 살고 있는 텔브리지 마을은 바깥쪽 원에서 바깥으로 2마일 지점에 있으므로 미키가 거기 갔었다고는 생각할 수 없었다. 그러나 핸버의 마구간과 애덤스의 마을을 잇는 선상의 지역을 먼저 조사하는 것이 좋은 방법이라고 생각했다.

그의 집 주위 상황을 더듬고 있는 것을 애덤스에게 들켜서는 안 되므로 에딘버러에 간 뒤로는 쓴 일이 없는 헬멧을 쓰고 커다란 방진 안경을 꼈다. 이러면 누이동생이라도 몰라보리라. 도중에 애덤스의 모습은 보이지 않았으나 그의 집을 볼 수가 있었다. 네모 반듯한 크림 빛의 조지 왕조 풍 저택으로, 괴수의 머리를 단 문설주가 있었다. 교회가 하나, 가게가 한 채, 술집 둘과 나머지는 자그마한 집들이 모여 있는 텔브리지 마을 가운데서 두드러지게 위압하는 듯한 구조였다.

마을 자동차 정비소에서 가솔린을 넣어 준 소년과 애덤스에 관한 이야기를 하였다.

"애덤스 씨라고요? 3, 4년 전에 루커스 경의 저택을 사들였지요. 노인이 돌아가신 뒤에 말입니다. 뒤를 이을 사람이 아무도 없었기 때문이지요."

"그러면 애덤스 부인은?" 나는 물었다.

"무슨 말씀이지요? 애덤스 부인이라니요? 없습니다." 그는 웃으면서 늘어진 머리칼을 쓸어올렸다. "하지만 가끔 손님을 많이 데리고 올 때가 있지요. 집이 가득찰 정도로 말입니다. 모두 상류 신사들이랍니다. 애덤스 씨는 상류 계급만 집으로 초대하나 봅니다. 그리고 그분은 필요한 물건이 있을 때 금방 구하지 못하면 야단이 나지요. 남의 사정 같은 건 생각해 주지 않아요. 지난 주 금요일에는 교회의 종을 치고 싶었나 봅니다. 새벽 2시쯤 온 마을을 잠에서 깨웠지요. 글쎄 그것도 창문을 깨뜨리고 안으로 들어갔던 거예요. 하지만 마을

에다 돈을 많이 내니까 이러니저러니 말하는 사람은 아무도 없습니다. 식품비, 음료비, 급료 등등 말이에요. 그분이 온 뒤로 모두 잘 살게 되었지요."

"그런 일을 가끔 합니까? ……교회 종을 울리는 일 말이오."

"좋은 그렇지 않지만, 다른 여러 가지를 하지요. 아마 이야기해 봐야 당신은 안 믿을 거예요. 하지만 뭘 깨뜨리거나 하면 듬뿍 보상을 하니까 모두들 가만히 있지요. 그저 기운이 남아돌아가나 보다고 여기고 있습니다."

그러나 그런 어리석은 짓을 할 나이는 벌써 지나지 않았는가.

"가솔린은 여기서 삽니까?" 나는 주머니에서 돈을 꺼내며 천연덕스럽게 물었다.

"아니, 좀처럼 안 삽니다. 저택에 탱크가 있어서요." 소년의 얼굴에서 웃음이 사라졌다. "그분 것이 떨어졌을 때 꼭 한 번 넣어 준 일이 있지요."

"그때 무슨 일이 있었소?"

"내 발을 짓밟았지요. 그것도 사냥용 장화로요. 일부러 그랬는지는 나도 잘 모르지만, 그때는 일부러 한 것같이 생각됐었지요. 하지만 그런 짓을 할 까닭이 없잖겠어요."

"나도 모르겠는데."

그는 머리를 저으면서 생각에 잠겼다.

"아마 내가 발을 치운 줄 알았을 겁니다. 구두 뒷꿈치를 내 발 위에 올려놓고 몸을 뒤로 젖혔어요. 난 슬리퍼를 신고 있었지요. 하마터면 발가락 뼈가 으스러질 뻔했었어요. 몸무게가 220파운드는 될 텐데."

그는 한숨을 쉬면서 거스름돈을 건네주었다. 나는 인사하고 그 자리를 떠났다. 풍채가 훌륭하고 머리가 좋으며 부자일 경우, 정신병자는 어떤 짓을 하든 남이 의심하지 않는 법이라는 생각이 들었다.

춥고 흐린 오후였으나 나는 즐거웠다. 둔덕에 올라가 오토바이에 걸터앉은 채 물결치듯 펼쳐진 헐벗은 구릉을 바라보았다. 지평선에 클레버링의 높은 굴뚝이 보였다. 헬멧과 안경을 벗고 손가락으로 머리칼을 헤치며 찬 바람에 머리를 식혔다. 힘이 솟아올랐다.

미키가 매어져 있던 곳을 찾아내기는 불가능했다. 농가의 헛간이든 아무 데라도 좋다. 굳이 마구간일 필요는 없으며, 마구간이 아닌 듯이 생각되었다. 오직 한 가지, 근처 사람의 눈에 띄지 않고 소리도 들리지 않을 만큼 떨어진 장소일 것은 확실했다. 문제는 촌락이 넓은 지역에 늘어서 생각지도 않은 곳에 골짜기가 있고, 시야를 벗어난 곳에도 관목의 들판이 펼쳐진 이 지역에는 장소가 수없이 많다는 점이다.

거의 체념에 가까운 마음으로 헬멧을 쓰고 안경을 끼고 얼마 남지 않은 자유 시간 동안 감시하기에 알맞은 곳을 찾았다. 한 군데는 핸버의 마구간이 있는 골짜기를 내려다볼 수 있는 둔덕이고, 또 하나는 그곳에서 텔브리지로 통하는 길 중간의 네거리를 감시할 수 있는 곳으로, 거기서 사방으로 길이 뻗어 있었다.

핸버의 비밀 장부에 칸더스테그의 이름이 있는 이상, 언젠가는 미키——본명 스타램프——가 걸어간 길을 끌려갈 것은 절대로 틀림이 없다. 가는 곳을 발견할 수는 없을지라도 근방 지리를 머리에 새겨 두는 것은 결코 헛일이 아니리라.

4시쯤 언제나처럼 마지못해 핸버의 마구간으로 돌아가 저녁 일을 시작했다. 일요일과 월요일이 지나갔다. 미키는 여전했다. 다리의 상처는 나아 갔으나 수면제를 먹이는데도 아주 위험했으며, 또 점점 살이 빠져 갔다. 그런 상태에 놓인 말을 이제까지 본 적도 다른 적도 없었으나 회복되지는 못할 것 같았다. 아무래도 애덤스와 핸버는 또 실패한 모양이다.

핸버도 캐스도 미키의 증상에 골머리를 앓고 있었으나 핸버 자신은 시간이 지남에 따라 걱정스럽다기보다 화가 나서 못 견디겠다는 표정이었다. 어느 날 아침, 애덤스가 왔다. 내가 광장 반대쪽에 있는 도빈의 마방에서 보니 셋이서 미키의 거동을 살피고 있었다. 이윽고 캐스가 마방 안으로 들어갔다가 금방 머리를 흔들면서 나왔다. 애덤스는 몹시 화가 나 있는 것 같았다. 그가 핸버의 팔을 움켜잡고 두 사람은 사무실 쪽으로 걸어갔다. 뭔가 다투고 있는 모양이었다. 어떻게 둘 사이의 이야기를 엿들을 수 없을까 하는 생각이 들었다. 독순술을 익히지 못한 것이 안타까웠다. 원거리 도청기도 가지고 있지 않았다. 정말 아무 소용없는 한심한 스파이라는 생각이 들었다.

화요일 아침 식사 때 편지 한 통이 날아들었다. 더램의 소인이 찍혀 있었다. 내 거처를 알고 있는 사람도, 또 나에게 편지를 쓸 사람도 거의 없을 터이므로 이상하게 여겨졌다. 사람이 안 보는 데 가서 읽을 생각으로 주머니에 집어넣었는데, 나중에 뜯어보니 뜻밖에도 옥토버의 큰딸에게서 온 것이었으므로 남의 눈에 띄지 않게 한 것을 다행으로 생각했다. 더램 대학에서 보낸 것으로 내용은 간단하게 '다니엘 로크님, 이번 주 적당한 날에 잠깐이라도 좋으니 만나 뵙고 싶습니다. 의논드릴 일이 있습니다. 엘리나 털렌'이라고 씌어 있었다.

옥토버가 딸에게 전할 말을 부탁했든가, 뭔가 내게 보여 줄 것이 있든가, 또는 내게 직접 편지한다는 위험을 피하여 거기서 나와 만나고 싶은지도 모른다. 아무튼 짐작이 가지 않았다. 나는 캐스에게 하루만 오후에 시간을 달라고 부탁했으나 거절당했다. 그는 토요일이라면 괜찮지만 그것도 맡은 일을 나무랄 데 없이 다 해 놓은 뒤의 이야기라고 말했다.

토요일이면 너무 늦을지도 모르고, 그녀가 주말 휴가로 요크셔에 돌아갈지도 모른다. 그러나 나는 토요일밖에 갈 수가 없다고 편지를 써서 그날 저녁 식사 뒤에 포제트까지 걸어가서 편지를 부쳤다.

금요일 그녀에게서 답장이 왔다. 간단한 내용으로 여전히 아무런 까닭도 쓰지 않았다.

토요일 오후도 좋습니다. 당신이 온다고 경비원에게 말해 두겠어요. 학교의 옆쪽 현관(학생과 방문자 전용 현관입니다)에 가서 내 방으로 안내를 부탁하세요.

그리고 학교의 약도를 연필로 그려 두었다.

토요일 아침, 나는 6마리의 말 시중을 들어야 했다. 찰리의 후임자가 아직 안 왔고, 젤리가 페이젠트를 경주에 데리고 갔기 때문이다. 애덤스가 와서 핸버와 이야기하며 자기 사냥말을 차에 태우는 것을 감독하고 있었는데, 고맙게도 내 쪽을 보지 않았다. 마구간에 20분쯤 있는 동안 그는 얼굴을 잔뜩 찡그리고 미키의 마방을 들여다보고 있었다.

캐스는 그다지 불친절한 사나이는 아니었다. 내가 토요일 오후에 꼭 외출해야 한다는 걸 알고 있었으므로 고맙게도 내 일이 점심때까지 끝나도록 도와주었다. 나는 몇 번이나 고맙다고 말했다. 그는 지금 한 사람이 모자라고, 요즈음 모두들——물론 그를 빼고——일을 많이 한다는 것을 알고 있으며, 특히 내가 다른 사람들처럼 쓸데없이 불평하지 않는다는 것도 잘 알고 있다고 말했다. 나는 그 점은 내 부주의였으며, 불평하지 않는다는 실수는 그리 자주 반복할 필요가 없으리라고 생각했다.

나는 상황이 허락하는 한, 신중하게 몸을 닦았다. 먼저 주전자를 난로 위에 올려놓아 물을 데우고 그것을 대 위에 놓인 세면기에 부었다. 그리고 길이 8인치, 너비 6인치의 지저분한 거울을 들여다보면서 여느 때보다 꼼꼼하게 수염을 깎았다. 주위에는 한시라도 빨리 포제트 시내로 가고 싶어 하는 마부들이 웅성거리고 있었다.

내가 가지고 있는 옷 가운데 여자 대학을 방문하는 데 어울릴 만한 것은 하나도 없었다. 체념하고 칼라가 높은 검은 스웨터, 차콜 빛의 바지와 검은 가죽 점퍼를 입고 가기로 하였다. 넥타이가 없어서 셔츠는 입지 않았다. 끝이 뾰죽한 구두를 보니 도저히 참을 수 없을 만큼 더러웠으므로 승마용 장화를 물로 빨아 신고 가기로 하였다. 그밖에 몸에 지니고 있는 것은 모두 지저분하고 말 냄새가 배어들었으리라고 생각했으나 나로서는 습관이 되어 냄새가 나지 않았다.

나는 어깨를 움츠렸다. 더 이상 어쩔 수가 없었다. 오토바이의 커버를 벗기고 더램을 향하여 떠났다.

13

엘리나의 학부 건물은 가로수 길이 이리저리 뻗어 있는 가운데 자리 잡은 중후하고 위엄에 찬 건물 옆에 서 있었다.

정면에 근엄한 현관이 있고, 오른편 주차장께에 현관만큼은 안 되는 또 다른 입구가 있었다. 오토바이를 바싹 몰고 가 긴 자전거 행렬 옆에 멈춰 세웠다. 자전거 저쪽에 7대의 소형차가 보이고 그 가운데 엘리나의 빨간 2인승 자동차가 있었다. 층계를 두 단 올라가니 '학생'이라는 글자 외에는 아무런 장식도 없는 커다란 떡갈나무 문이 있었다. 안으로 들어가자 바로 오른편에 경비원의 책상이 있었다. 슬픈 듯한 얼굴을 한 중년 사나이가 걸터앉아 명단을 보고 있었다.

"엘리나 털렌 양의 방을 가르쳐 주시겠습니까?"

경비원은 얼굴을 들고 "당신이 방문객이오? 상대방을 아십니까?" 하고 물었다.

"그렇습니다."

내가 이름을 말하자 그는 신중하게 손가락 끝으로 명단을 더듬었다.

"다니엘 로크 씨가 털렌 양을 방문할 예정. 방으로 안내하도록—
—알겠습니다. 이리 오십시오."

그는 일어나서 책상을 돌아 나와 시근시근 숨을 내쉬면서 건물 안쪽으로 안내했다.

복도를 몇 번이나 구부러져 갔으므로 어째서 안내가 필요한지 깨달았다. 여기저기에 문이 있고 조그만 금속 테두리 속의 흰 카드에 거주자와 방의 이름이 적혀 있었다. 층계를 두 번 올라가고 다시 몇 번인가 구부러져 다른 문과 구별이 안 되는 문 앞에 멈추어 섰다.

"여기입니다." 경비원은 무표정하게 말했다. "여기가 털렌 양의 방입니다." 그리고 그는 오던 길을 되돌아갔다.

문의 이름표에 'E.C. 털렌'이라고 씌어 있었다. 문을 두드리자 E.C. 털렌 양이 문을 열어 주었다.

"들어 오세요."

그녀의 얼굴에는 웃음기라고는 없었다.

나는 안으로 들어갔다. 그녀는 내 뒤에서 문을 닫았다. 나는 가만히 서서 방을 둘러보았다. 핸버의 벌거숭이나 다름없는 방에 길들여져 있는 나로서는 커튼이며 융단, 의자, 쿠션, 꽃을 장식해 놓은 방에 들어오자 무어라 말할 수 없는 감동에 젖어들었다. 색조는 뒤섞이거나 조화를 이룬 파란 색과 녹색이고 그것을 배경으로 수선화와 빨간 튤립이 곱게 피어 있었다.

커다란 책상 위에 책이며 종이가 흩어져 있었다. 책장, 파란 색 커버를 씌운 침대, 옷장, 벽에 붙여 짠 벽장과 편안해 보이는 의자가 둘 있었다. 차분한 느낌의 방이다.

공부하기 좋은 방이다. 더 이상 서서 생각하고 있으면 부러움에 쫓기리라는 마음이 들었다. 부모의 죽음으로 인하여 내가 잃어버린 것은 이것이었던 것이다. 공부를 할 시간과 자유.

"앉으세요."

그녀는 편안하게 보이는 의자 하나를 가리켰다.

"고맙습니다."

그녀는 내 맞은편에 앉았으나 나를 보지 않고 방바닥으로 눈길을 떨어뜨렸다. 진지한 표정으로 눈썹을 모으고 있었다. 옥토버로부터의 전갈은 나를 더욱 곤경에 몰아넣는 내용이 아닐까 하고 우울한 마음으로 상상해 보았다.

"이렇게 오시라고 한 것은," 그녀는 입을 열었다. "오늘 오시게 한 것은," 그녀는 말을 끊고 벌떡 일어나더니 나의 뒤를 걸으면서 계속하였다. "오시라고 한 까닭은," 그녀는 내 등에다 대고 말했다. "사과를 드리고 싶어서예요."

"사과라니요?" 나는 깜짝 놀랐다. "무슨 말씀이십니까?"

"동생 이야기예요."

나는 일어서서 그녀를 바라보았다.

"그만두십시오!" 나는 격렬한 어조로 말했다.

나는 이 몇 주 동안 갖은 굴욕을 참아 왔다. 그러니만큼 남이 같은 처지에 놓여 있는 것이 차마 보기 안타까웠다.

그녀는 고개를 가로저었다.

"죄송스러워서, 우리 가족이 당신에게 너무나 큰 죄를 지은 것 같아서…… 진심으로 용서를 바랍니다."

그녀 뒤의 창문으로 비스듬히 비쳐드는 부드러운 햇빛 속에서 은발의 머리칼이 아련히 빛나고 있었다. 소매 없는 어두운 녹색 드레스 아래 새빨간 저지를 입고 있었다. 전체적으로 풍부하고 황홀한 느낌이었으나 이렇게 바라보고 있으면 그녀는 더욱 더 말하기가 힘들겠지. 나는 다시 의자에 앉아 옥토버의 견책이 아니라는 것을 알자 가벼운 기분으로 "그 일은 이제 걱정하지 마십시오" 하고 말했다.

"걱정 말라고요?" 그녀는 목소리를 높였다. "달리 무슨 일을 내가 할 수 있단 말인가요? 물론 당신이 해고된 이유는 알고 있었어요. 나도 아버지에게 당신을 교도소에 보내야 한다고 몇 번이나 주장했었지요. 그런데 이제 와서 그것이 모두 거짓말이었으니까 걱정 말라니, 그것이 가만히 있을 수 있는 문제인가요? 당신이 야비한 죄를 저질렀다고 모두들 믿고 있는데요!"

그 어조에는 나를 위하여 걱정하는 마음이 깃들어 있었다. 자기 가족 중 한 사람인 패티가 비열한 짓을 했다는 것이 견딜 수 없는 모양이었다. 그것이 자기 동생이라는 것만으로도 스스로를 깊이 나무라고 있는 것이다. 그 점으로 그녀가 더없이 미덥게 보였으나, 물론 그녀가 아주 인품 좋은 아가씨라는 것은 이미 충분히 알고 있던 바이다.

"어떻게 알았습니까?" 나는 물었다.

"패티가 지난 주말에 내게 이야기했어요. 언제나처럼 둘이서 쓸데 없는 이야기꽃을 피우고 있을 때였어요. 이제까지 그애는 당신의 이야기를 도무지 하려 들지 않았어요. 그런데 그때, 웃으면서 아무렇지도 않은 듯이 내게 말했던 거예요. 물론 동생이…… 남성과의 교제가 많았다는 것은 알고 있었어요. 몸이 그렇게 생겼나 보지요. 하지만 나는 그 이야기를 듣고 큰 충격을 받았습니다. 처음에는 동생의 말이 믿어지지 않을 정도였어요."

"뭐라고 말했는데요?"

내 등 뒤에서 발걸음이 멈추었다. 이윽고 조금 떨리는 듯한 목소리가 들려 왔다.

"당신에게 애무를 청했으나 응해 주지 않았고, 자기의 나체를 보이자 당신은 옷을 여미라고 말했을 뿐이어서, 너무나도 분해 이튿날 하루 종일 복수할 방법을 생각하고 있다가 일요일 아침 눈물을 흘리면서 아버지에게 가서, 아버지에게……."

나는 웃으면서 명랑한 목소리로 말했다.

"그래요, 그 이야기는 조금 진실과 가까운 것 같군요."

"웃을 일이 아니에요." 그녀는 항의했다.

"웃지 않았습니다. 안심한 겁니다."

그녀는 내 앞으로 와서 의자에 앉더니 물끄러미 내 얼굴을 쳐다보았다.

"그렇다면 당신은 괴로워하셨군요?"

나의 쓰라린 마음이 겉으로 드러났던 모양이다.

"네, 마음에 걸렸습니다."

"아버지에게 동생이 거짓말을 했다는 이야기를 했어요. 지금까지는 동생의 남자 문제로 아버지에게 말씀을 드린 적이 없었어요. 하지만 이것만은 전혀 문제가 달라요…… 어쨌든 일요일 점심 식사 뒤에 아버지에게 이야기했어요."

그녀는 말을 멈추고 망설였다. 나는 잠자코 기다렸다. 이윽고 그녀는 말을 이었다.

"뭔가, 어쩐지 아주 이상했어요. 아버지는 거의 놀라시지 않았어요. 적어도 나처럼 그렇게 깜짝 놀라시지는 않으셨어요. 그저 뭔가 아주 나쁜 소식을 들었을 때처럼 갑자기 온 몸의 힘이 빠져 버린 것같이 되셨어요. 친한 친구가 오랜 병을 앓던 끝에 죽어 버린 것 같은 그런 슬픈 표정이었어요. 나로서는 도무지 이해가 되지 않더군요. 그리고 내가 이렇게 된 이상 당신을 다시 돌아오게 하는 것이 당연하다고 말했으나 절대로 승낙하지 않으셨어요. 떼를 쓰다시피 했지만, 끝내 들어 주시지 않더군요. 게다가 당신을 해고할 이유가 없었다는 말을 인스킵 씨에게 알릴 수는 없다고 하시며, 나에게 패티의 일을 아무에게도 말하지 않겠다고 약속하라고 하셨어요. 이러니 어떻게 하지요. 당신에게 죄송해서……."

그녀는 잠시 침묵하더니 격렬한 감정을 깃들여 말을 이었다.

"하지만 나는 적어도 당신에게는 알려야 한다고 생각했어요. 아버지와 내가 이제야 진상을 알았다고 해서 당신으로서는 어떻다 할 것도 없을는지 모르지만 동생이 저지른 일 때문에 내가 정말 말로는 표현할 수 없을 만큼 죄송하게 생각하고 있다는 것을 당신에게 알리고 싶었던 거예요."

나는 그녀에게 미소지어 보였다. 저절로 웃음이 떠올랐다. 그녀의 눈부신 듯한 살갗의 아름다움에 비해 콧날이 아주 조금 똑바르지 않다는 것 따위는 문제도 되지 않았다. 크게 벌려 뜬 잿빛 눈에는 거짓 없는 진실한 마음이 나타나 있었다. 내가 내 입장을 주장할 수도 없는 마부인 만큼 그녀가 동생의 용렬한 행위에 대하여 한결 더 양심의 가책을 느끼고 있다는 것을 나는 알았다. 그것을 알기 때문에 오히려 나는 대답할 말을 찾지 못했다.

옥토버가 설마 그렇게 하지는 않으리라고 생각했지만, 비록 그렇게 하고 싶다 하더라도 핸버의 귀에 들어가리라는 위험을 생각하면 나의 결백을 선언하는 일은 도저히 할 수 없을 것이다. 하물며 내게 인스킵의 마구간으로 돌아오지 않겠느냐고 말한다는 것은 말도 안 된다. 인스킵의 마구간에 취직할 수 있는데도 불구하고 핸버에게 있다고 하면 어떤 사람의 눈에나 이상하게 비칠 것이다.

나는 천천히 입을 열었다.

"동생에게 아무 짓도 하지 않았다는 것을 아버님이 믿어 주시기를 내가 얼마나 바랐는지 당신이 알았으니, 지금의 이 이야기가 어떤 일자리보다도 소중하다는 것을 당신도 이해해 주리라 믿습니다. 나는 당신의 아버님을 좋아합니다. 존경하고 있습니다. 그리고 아버님의 말씀이 옳습니다. 또다시 그 자리로 돌아간다는 일은 도저히 생각할 수가 없습니다. 첫째 자신의 딸이 거짓말쟁이라는 것을 공표하는 셈이기 때문입니다. 그것을 아버님에게 요구할 수는 없습니다. 생각하는 것부터가 잘못이지요. 나는 그렇게 하지 않겠습니다. 지금 이대로가 더욱 좋습니다."

그녀는 한참 동안 말없이 나를 바라보고 있었다. 안심과 놀라움과 이해할 수 없다는 듯한 표정이 얼굴을 스쳐 갔다.

"보상을 바라지 않으세요?"

"필요없습니다."

"당신을 이해할 수가 없군요."

나는 그녀의 힐문하는 듯한 시선을 피하며 일어섰다.

"알겠습니까, 나로서도 완전히 결백하다고는 말할 수 없습니다. 동생에게 키스를 하여 기대를 갖게 한 면도 있었겠지요. 그렇지만 나는 나의 행위를 부끄럽게 여기고 등을 돌렸습니다. 그것이 거짓 없는 진상입니다. 동생만 잘못한 것이 아닙니다. 나도 잘못했습니다. 그러니까, 부디 나에 대해 너무 걱정하지 않으셔도 됩니다."

나는 창가에 서서 밖을 내다보았다.

"살인을 하려다 만 사람을 교수형에 처할 수는 없어요." 그녀는 엄격한 목소리로 말하였다. "당신은 너무 너그러워요. 그렇게 쾌히 용서하리라고는 생각 못했어요."

"그렇다면 나를 이 자리에 부르지 말았어야 합니다. 당신은 큰 위험을 무릅썼습니다."

창문 아래는 네모 반듯한 안마당이었다. 잔디밭을 넓은 길이 에워싸고 있었다. 이른 봄 햇볕 아래의 평화로운 정경이었다.

"어떤 위험인데요?" 그녀가 물었다.

"내가 문제를 일으킨다는 위험입니다. 한 집안의 불명예, 털렌이라는 집안 명성에 대한 오점 등 그런 위험이지요. 상류 신문이나 주간지가 떠들어 대고 아버님은 얼굴을 들지 못하게 됩니다."

그녀는 깜짝 놀라는 듯했으나 결의는 변하지 않았다.

"누가 뭐래도 과오를 저질렀으니까 마땅히 그것을 바로잡아야 해요."

"결과 같은 것은 상관없습니까?"

"네, 그런 것은 상관없어요." 그녀는 가냘픈 목소리로 되받았다.

나는 웃음을 터뜨렸다. 나와 호흡이 맞는 아가씨이다. 나도 결과 같은 건 알게 뭐냐고 반기를 든 일이 몇 번이나 있었다.

"이제 그만 돌아가야겠습니다. 불러 주셔서 고맙습니다. 나와 만난다는 일 때문에 이 한 주 동안 여러 가지로 생각이 많았을 것입니다. 그 점도 나로서는 더할 나위 없이 고맙게 생각하고 있습니다."

그녀는 시계를 보며 망설이고 있었다.

"어중간한 시간이지만, 커피, 어떠세요? 멀리서 오셨는데."

"들겠습니다."

"그럼, 앉아 계세요. 곧 준비하겠어요."

나는 다시 의자에 걸터앉았다. 그녀는 벽장문을 열었다. 한쪽으로 세면기와 거울이 있고 다른 한편에 가스 난로와 그릇 선반이 있었다. 주전자에 물을 담아서 난로 위에 올려놓고 의자 사이에 자리 잡은 나지막한 테이블에 잔이며 접시를 늘어놓았다. 차분하고 우아한 동작이었다. 자신을 내세우려고 꾸미는 데가 전혀 없어 보였다. 집안보다 두뇌를 앞세우는 곳에서는 자기의 신분을 제쳐 놓을 만한 자신이 있고, 나 같은 사나이를 침실 겸 거실에 들여놓을 필요도 없을 텐데 커피를 대접할 만한 자신마저 있다.

무엇을 공부하고 있느냐고 묻자 영어라고 대답하며 테이블 위에 우유, 설탕, 비스킷 등을 꺼내 놓았다.

"책을 봐도 됩니까?"

"네." 차분한 대답이었다.

나는 일어나서 책장을 훑어보았다. 어학 관련 책들이 있었다. 고대 아이슬랜드 어, 앵글로색슨 어, 중세 영어, 그리고 알프레드 대왕 연대기에서부터 존 베체만의 시에 이르기까지 광범위한 영국 문학 작품이 꽂혀 있었다.

"내 책을 어떻게 생각하세요 ? " 그녀는 조심스럽게 물었다.

나는 뭐라고 대답해야 좋을지 몰랐다. 나의 꾸밈이 어쩐지 그녀에게 나쁜 짓을 하고 있는 것같이 생각되었다.

"공부를 많이 하시는군요, " 나는 자신없는 목소리로 말했다.

책장 앞에서 떨어지자 별안간 옷장 문에 달려 있는 거울 앞에 서게 되었다.

나는 복잡한 마음으로 내 모습을 보았다.

몇 달인가 전에 옥토버의 런던 저택을 나온 뒤로 처음 보는 마부로크의 전신상이었다. 시간은 흘렀으나 개선된 자취는 없다.

머리가 길게 늘어지고 구레나룻이 빰을 온통 덮었다. 볕에 그을지 않은 희뿌연 살갗이었다. 얼굴에 탄력이 있고 전에 없었던 빈틈없는 눈초리였다. 검은 옷을 걸치고 있으니 마치 부랑자같이, 사회의 해충같이 보였다.

거울 속에서 그녀의 모습이 내 뒤에 나타났다. 그리고 거울 속에서 우리 두 사람의 눈길이 마주쳤다.

"거울에서 보는 자신의 모습이 마음에 들지 않는 모양이지요 ? "

나는 그녀 쪽을 돌아다보았다.

"누구든 다 싫어하겠지요 ? " 나는 얼굴을 찌푸리면서 물었다.

놀랍게도 그녀는 장난스럽게 웃었다.

"그럴까요 ? 만일 이 학교 안을 당신 혼자 걸어 다니면 아마 야단 날 거예요, 스스로는 잘 모르실지도 모르지만, 뭐랄까, 인상이⋯⋯ 어딘가 억센 데가 있지만, 패티의 마음을 알 수 있을 것 같아요,

내가 말하는 건……. ”

그녀는 처음으로 당황한 표정을 보이며 말을 멈추었다.

“물이 끓습니다. ” 나는 구원의 손길을 뻗어 주었다.

그녀는 살았다는 듯이 나에게 등을 돌리고 커피를 탔다.

나는 창문 쪽으로 걸어가서 차가운 유리에 이마를 댄 채 인기척이 없는 앞마당을 내려다보았다.

‘지금도 그렇게 보이는 모양이구나’ 하고 생각했다. 남루한 옷차림에 영락한 느낌을 풍기고 있는데도 여전히 여자들에게 그런 느낌을 주고 있나 보다. 사람이 특정한 골격을 가지고 태어나는 것은 우연한 일일까? 이제까지도 몇 번이나 생각해 본 일이다. 내 얼굴이나 머리 모양은 나 스스로 만든 것이 아니다. 외모가 아름다웠던 부모님이 물려주신 것이다. 부모님이 하신 일일 뿐, 나는 아무 일도 하지 않았다.

엘리나의 머리칼도 그렇다고 나는 생각했다. 타고난 것이며 자랑삼을 것은 아니다. 점이나 사팔뜨기처럼 우연한 일에 지나지 않는 것이다. 여느 때는 까맣게 잊어 버리고 있다가 남이 지적하면 마음이 불안해진다. 그리고 그 덕분에 더러 손해를 보기도 했다. 유리한 원매자를 두 사람이나 놓친 일이 있다. 그들의 아내가 말이 아니라 나를 보고 있는 시선이 마음에 들지 않았던 것이다.

엘리나의 경우는 지극히 일시적인 기분이라고 생각했다. 자기 아버지가 부리던 마부와 이러니저러니 할 만큼 바보는 아니다. 나로서도 털렌 자매는 둘 다 위험인물이다. 한 사람 때문에 굴러 떨어진 구렁텅이에서 겨우 기어 올라온 참이다. 다른 한 사람 때문에 또 다른 구렁텅이로 뛰어들 생각은 조금도 없었다. 그렇기는 하지만 안타까운 마음을 금할 길이 없었다. 나는 엘리나가 너무나도 사랑스러웠다.

“커피 다 됐어요. ”

나는 창가에서 떨어져 테이블로 돌아왔다. 그녀는 본디의 침착한 모습으로 되돌아가 있었다. 이미 조금 전의 장난스러운 표정은 흔적도 없이 사라지고 싸늘하다고도 할 수 있는 얼굴 표정이었다. 아까의 실언을 후회하고 나에게 그것을 이용하여 기어오를 틈을 주지 않으려는 듯했다.

　그녀는 내게 잔을 집어 주고 비스킷을 권하였다. 핸버 마구간의 점심은 빵과 마가린과 맛도 없는 딱딱한 치즈뿐이고, 저녁도 마찬가지일 것이므로 기꺼이 먹었다. 토요일에 우리가 포제트에서 식사를 한다는 것을 핸버가 알고 있기 때문에 저녁 식사는 언제나 그렇다.

　우리는 조용히, 주로 그녀 아버지의 말에 대하여 이야기를 했다. 스파킹 플러그는 어떻게 지내고 있느냐고 물었더니 아주 성적이 좋다고 대답했다.

　"그의 신문 스크랩이 있어요, 보시겠어요?"

　"보고 싶군요."

　그녀가 찾는 동안 나는 책상 옆에 서 있었다. 책상 위의 종이를 들추고 그 밑을 찾으려는데 맨 위의 종이가 바닥에 떨어졌다. 주워들어 책상 위에 놓으면서 보니 무슨 퀴즈 비슷한 것이다.

　"고마워요, 그거 잃어버리면 큰일나요, 문학학회 주최의 콘테스트예요, 이제 하나만 답을 알아내면 되는데…… 스크랩을 어디다 두었더라?"

　콘테스트의 내용은 열거한 인용문의 작자를 찾아내는 것이다. 나는 읽어보았다.

　"맨 처음 문제가 힘들어요, 아직 아무도 찾아내지 못했을 걸요."

　그녀는 어깨너머로 말했다.

　"어떻게 하면 이깁니까?"

　"남보다 먼저 모두 완전히 맞춰서 내면 돼요."

"그러면 상품은?"

"책. 하지만 그보다도 명예지요. 한 학기에 한 번 있는데, 좀 힘들어요."

그녀가 종이며 허섭스레기가 잔뜩 들어찬 서랍을 열었다.

"어디다 두었더라……."

그녀는 서랍 안의 물건을 책상에 쏟았다.

"괜찮습니다, 걱정 마십시오." 나는 정중하게 말했다.

"네, 하지만 나도 찾고 싶어요."

한 움큼의 자질구레한 것이 와그르르 책상 위로 쏟아졌다.

그 속에 크롬 도금을 한 3인치쯤 되는 관이 있었다. 양끝이 사슬로 이어져 있었다. 몇 번 본 물건이다. 무언가 음료와 관계가 있다.

"뭡니까?" 나는 그것을 손을 가리키며 물었다.

"그거요? 아, 소리 나지 않는 피리." 그녀는 여전히 서랍을 마구 휘저으며 "개에게 써요" 하고 덧붙였다.

나는 그것을 집어들었다. 소리가 안 나는 개피리. 왜 술병이나 글라스와 관련시켜서 기억하고 있었을까……. 온 누리가 한순간 멈춰선 듯했다.

몸에 충격이 일 정도의 흥분과 더불어 내 마음은 사냥 거리를 향하여 돌진하고 있었다. 마침내 애덤스와 핸버의 운명을 이 손아귀에 움켜잡은 것이다. 가슴이 마구 뛰는 것을 느꼈다.

간단하다. 실로 간단하다. 관을 중간쯤에서 잡아 뽑으니 한쪽은 가느다란 피리이고 다른 한쪽은 캡으로 되어 있었다. 피리와 캡은 사슬로 이어져 있다. 작은 피리를 입에 대고 불어 보았다. 희미한 소리가 들렸다.

"사람의 귀에는 거의 들리지 않지만 물론 개에게는 잘 들리지요. 사람도 들을 수 있도록 소리를 조절할 수 있어요."

그녀는 내 손에서 피리를 받아 그것의 한 부분을 뽑았다.

"이제 불어 보세요."

나는 다시 불어 보았다. 이번에는 여느 피리와 같은 소리가 났다.

"이거 잠시 빌려 주시지 않겠습니까? 혹시 쓰지 않으시면 말입니다. 실험해 보고 싶은 일이 있어서요."

"그러세요. 내 개가 지난 봄에 죽은 뒤로 한 번도 쓰지 않았어요. 하지만 돌려주어야 해요. 여름 방학에 강아지를 얻기로 했거든요. 훈련을 시켜야하니까요."

"물론 돌려 드리겠습니다."

"그럼, 됐어요. 어머나, 여기 있었군."

나는 스크랩을 받아들었으나 그 내용에 마음을 쓰고 있을 수가 없었다. 눈에 보이는 것은 핸버의 커다란 차 안의 바에 있는 얼음집게, 그 밖의 크롬 도금을 한 세간들이 늘어 놓여 있는 선반이었다. 나는 이제까지 그다지 유심히 보지 않았다. 그런데 그 가운데 사슬이 달린 작은 관이 있는 것이 눈에 띄었었다. 그것이 소리 안 나는 개피리였던 것이다.

나는 애써 스파킹 플러그의 기사를 읽고 고맙다고 말하며 돌려주었다.

피리를 조끼주머니에 집어넣고 시계를 보았다. 벌써 3시 반을 가리키고 있었다. 돌아가서 일을 시작하려면 조금 늦겠다.

그녀는 옥토버에게 내 결백을 알려준 것 외에 또 피리를 가르쳐 주었다.

뭔가 은혜를 갚고 싶었으나 방법이 하나밖에 생각나지 않았다.

"인간이 평온과 세속으로부터의 해방을 온전케 할 수 있는 것은 자기의 영혼 속에 침거할 때뿐이다……." 나는 인용하여 말했다.

그녀는 놀란 듯 얼굴을 들었다.

"그건 퀴즈의 처음 부분이에요."

"그렇소, 다른 사람이 도와 줘도 됩니까?"

"네, 아무렇게 해도 상관없어요, 하지만……."

"마르쿠스 아우렐리우스입니다."

"그래요?" 믿기 어렵다는 듯한 표정이었다.

"마르쿠스 아우렐리우스 안토니우스, 로마 황제, 서기 121년~180년."

"《명상록》?"

나는 고개를 끄덕였다.

"원어는 어느 나라 말이지요? 그것도 써야 해요, 라틴 어겠지요?"

"그리스 어입니다."

"어쩐지 꿈만 같아요…… 당신은 어느 학교에 다니셨지요?"

"옥스퍼드셔의 조그만 마을 학교입니다."

2년 동안, 8살 때까지 다녔다.

"우리에게 언제나 마르쿠스 아우렐리우스를 들려 준 선생님이 있었습니다."

그러나 그것은 질롱 학교의 선생님이었다.

나는 오늘 이곳에 있는 동안 내내 그녀에게 나의 정체를 밝히고 싶은 충동을 받았는데, 이 순간만큼 그 마음이 강렬한 적은 없었다. 그녀 앞에서 나의 본성을 드러내지 않는 일은 정말 힘들었다. 슬로에 있었을 때조차 그녀와 이야기할 때에는 자칫 본디의 내 말을 썼을 정도이다. 그녀에 대해서 나 자신을 숨긴다는 일은 견딜 수가 없었다. 그러나 어디서 무슨 까닭으로 왔는지는 말하지 않았다. 옥토버가 그녀에게 이야기하지 않았으며, 딸에 대해서는 아버지가 더 잘 알고 있을 터라고 생각되었기 때문이다. 그리고 그녀가 여동생과 잘 어울린다는 점도 있다. 그 여동생 패티의 입은 믿을 수가 없다. 옥토버도 이야기하는 것은 수사에 지장을 가져온다고 생각한 것이리라. 그 점은 나로서는 분명하지 않았다. 그러나 말하지 않기로 했다.

"정말 마르쿠스 아우렐리우스가 틀림없지요?" 그녀는 의심하듯이 거듭 물었다. "한 번밖에 기회가 없어요, 틀리면 그것으로 끝이에요."

"그럼, 확인해 보는 게 좋겠지요. 자기 생활에 만족하는 걸 배운다는 것에 대한 부분입니다. 아주 좋은 충고인데, 스스로 실행한 적이 없으니까 기억하고 있는 거지요."

나는 웃었다.

"공연한 참견인지는 모르지만, 사회에서 좀더 좋은 위치에 있을 수 있는 분이 아닌가 생각되는군요. 당신은…… 머리가 비상한 분인 것 같아요. 왜 마구간 같은 데서 일하고 있지요?"

새로운 시도를 제안하는 것 같은 어조였다.

"내가 마구간에서 일하는 건," 나는 아이러니컬한 진실을 털어놓았다. "그것밖에 모르기 때문입니다."

"그럼, 평생 하실 건가요?"

"그렇게 되리라고 생각합니다."

"그것으로 만족하세요?"

"그래야지 어쩌겠습니까?"

"오늘 오후가 이렇게 되리라고는 꿈에도 생각지 못했어요. 솔직히 말해서 몹시 불안했답니다. 하지만 당신 덕분에 편안한 기분으로 이야기할 수 있었어요."

"다행이군요." 나는 밝은 어조로 말했다.

그녀는 빙그레 웃었다. 문을 열어 주면서 그녀는 말했다.

"내가 바래다 드려야 해요. 이 건물을 설계한 건축가는 미궁을 좋아했었나 봐요. 벌써 가 버렸을 터인 방문자가 며칠이 지나 위층 어딘가에서 배가 고파 빈사 상태가 된 채 방황하고 있는 일이 가끔 있지요."

나는 웃었다. 그녀는 나와 어깨를 나란히 하고 구불거리는 복도를 지나 층계를 내려가서 입구까지 걸어갔다. 그동안 그녀는 대등한 사람과 이야기하는 투로 대학 생활에 대해서 이야기해 주었다. 그녀의 말에 의하면 더램은 옥스퍼드, 케임브리지 다음가는 유서 깊은 대학으로, 영국에서 지리와 물리학 강좌가 있는 유일한 학교라는 것이었다. 그녀는 정말 인품이 좋은 아가씨였다. 층계에서 나와 악수를 나누었다.

"안녕, 패티의 일, 정말 미안했어요."

"아니, 그녀와의 일이 없었다면 나는 오늘 이곳에 오지 못했을 테니까요."

그녀는 활짝 웃었다.

"굉장한 대가로군요."

"그만큼 가치가 있었습니다."

그녀의 눈이 조금 가늘어진 것 같은 느낌이 들었다. 내가 오토바이에 걸터앉아 헬멧을 쓰는 것을 지켜보고 있었다. 그녀는 이윽고 손을 번쩍 쳐들어 흔들고 문 안으로 들어갔다. 문이 쾅 닫혔다.

14

지난 주 보고에 대하여 옥토버에게서 뭔가 답장이 있으리라고 여겼
는데 편지가 없었다.

이미 저녁 작업 시간에 늦었지만 더 늦어질 것을 각오하고 편지를
썼다. 토미 스티플튼의 일이 도무지 머리에서 떠나지 않았다. 발견한
사실을 알릴 기회도 없이 죽은 것이다. 나는 같은 실수를 되풀이할
수가 없었다. 또 동시에 죽을 마음도 없었다. 서둘러서 편지를 썼다.

말을 자극하는 도구는 소리나지 않는 피리라고 생각합니다. 개에
게 쓰는 피리입니다. 핸버는 차 안의 술을 넣어 두는 캐비닛에 늘
하나 가지고 다닙니다. 올드 이트니언의 일을 기억하십니까? 카트
멜에서는 경주가 있는 날 아침에 개 경주를 합니다.

편지를 부치고 군것질로 먹을 커다란 초콜릿과 젤리에게 줄 만화책
을 사 가지고 남의 눈에 띄지 않게 마구간으로 들어갔다. 그러나 캐
스가 기다리고 있다가 씁쓰레한 표정으로 핸버에게 보고할 것이므로

다음 토요일에는 쉬지 못할 것으로 알라고 말하였다. 나는 한숨을 쉬면서 일을 시작했다. 마구간은 차갑고, 더럽고, 황량한 분위기가 뼈에 스며드는 것 같은 느낌이 들었다.

그러나 한 가지 달라진 것이 있다. 피리가 폭탄처럼 내 조끼 안주머니에 들어앉아 있는 것이다. 가지고 있는 것을 들키면 사형 선고나 마찬가지다. 적어도 나로서는 그렇게 생각되었다. 앞으로 할 일은 내가 성급하게 그릇된 추리를 하고 있지 않다는 것을 확인하는 일뿐이다.

토미 스티플튼은 아마도 나와 마찬가지 결론에 이르러 그것을 핸버에게 들이댔으리라. 상대가 살인을 마다않는 사람이라는 것을 몰랐던 게 틀림없다. 그러나 그의 죽음 덕분에 나는 알게 되었다. 나는 그들의 코 앞에서 7주일을 생활하며 충분히 조심하고 있다. 그리고 마지막까지 나의 정체를 밝히지 않을 작정이므로, 월요일에는 어떻게 실현하고 어떻게 무사히 도망칠 것인가 하고 하루 종일 생각에 잠겼다.

일요일 저녁 5시쯤, 애덤스가 번질번질한 재규어를 마구간으로 몰아붙였다. 그의 모습을 보니 끔찍한 생각이 들었다. 여느 때와 마찬가지로 핸버와 함께 마구간을 순시하며 미키의 문 앞에서 발을 멈추고 오래도록 말을 보고 있었다. 그도 핸버도 안에는 들어가지 않았다. 처음 수면제를 먹일 때 나를 도운 뒤로 핸버는 몇 번인가 미키의 마방에 들어갔지만 애덤스는 아직 한 번도 들어간 적이 없었다.

"어떻게 생각해, 헤드레이?" 애덤스가 물었다.

핸버는 어깨를 움츠렸다.

"회복될 기색이 안 보여."

"단념할까?"

"글쎄……." 핸버는 낙심한 듯이 말했다.

"에이, 속상해!" 애덤스는 격렬한 어조로 씹어뱉었다. 그는 나를 보면서 물었다. "너는 여전히 트랭퀼라이저로 기운을 돋우고 있나?"

"네."

그는 업신여기는 듯한 너털웃음을 터뜨렸다. 우스워서 견딜 수가 없는 모양이었다. 이번에는 얼굴을 찡그리고 핸버에게 덤벼들 듯이 말하였다.

"죽여 버려. 아무리 봐도 틀린 것 같아."

핸버는 얼굴을 돌리면서 말했다.

"좋아, 내일 하지."

두 사람의 발자국 소리가 다음 마방으로 향하였다. 나는 미키를 바라보았다. 힘껏 돌보아 주었으나 상태가 지나치게 악화되어 있었다. 처음부터 이미 글렀던 것이다. 두뇌의 착란 상태가 2주일이나 계속되고, 그동안 늘 수면제에 시달려 왔으며, 더욱이 먹이를 일절 입에 대지 않았으니 미키의 상태가 최악에 이른 것은 당연한 일이다. 핸버 같은 냉혈한이 아니면 벌써 옛날에 죽였을 것이다.

마지막 밤을 되도록 편안하게 해주려고 여러 가지로 손을 썼으나 그러는 동안에도 줄곧 물려고 덤볐다. 마지막이어서 애석하다는 마음은 없었다. 미친 말을 2주일 동안이나 보살피면 누구나 싫증을 내겠지. 그러나 내일 처분된다니 한시 바삐 실험해 보지 않으면 안 된다.

나는 아직 그것을 실행할 마음의 준비가 되어 있지 않았다. 작업을 마치고 도구를 챙긴 다음 광장을 걸어가면서 내가 직접 하지 않아도 될 구실을 생각해 보았다.

적당한 구실이 금방 떠올라 어린 시절 이후 처음으로 내가 공포에 쫓기고 있다는, 이제까지 상상도 하지 않았던 불쾌한 사실을 깨달았다.

옥토버에게 식스 플레이로 실험해 보라고 하면 된다. 또는 다른 말이라도 좋다. 내가 직접 할 필요는 없다. 내 손으로 하지 않는 편이 절대 현명하다. 옥토버라면 완전하게 안전을 기하여 실행할 수 있으나 내 경우, 만일 핸버에게 들키면 목숨이 달아나는 거나 마찬가지다. 그러므로 반드시 옥토버에게 맡겨야 한다.

내가 공포에 쫓기고 있다고 깨달은 것은 그때였다. 마음에 들지 않았다. 내가 직접 실험할 결심을 하는 데 하룻밤이 걸렸다. 미키를 대상으로 해야 한다. 내일 아침이다. 옥토버에게 미루는 것이 현명한 처사라는 데는 변함이 없었다. 그러나 앞으로 자존심을 잃고 살아간다는 것은 생각할 수도 없었다. 무엇 때문에 집을 뛰쳐나왔던가? 내 능력의 한계를 알아보기 위해서가 아니던가?

이튿날 아침, 미키의 마지막 수면제를 받으러 물통을 들고 사무실 문 앞으로 가니 수면제는 병 속에 조금 남아 있을 뿐이다. 캐스가 물통에 병을 거꾸로 하여 탁탁 쳤다.

"이것으로 놈의 약은 이제 없어." 그는 병에 마개를 꽂았다. "약이 좀더 있었으면 이번만은 실컷 먹일 텐데. 뭘 하고 있나, 빨리 가서 먹여." 캐스는 물어뜯을 듯이 말했다. "그런 다 죽어 가는 얼굴 하지 마. 네가 사살당하는 것도 아니잖아."

그러기를 바라는 바이다.

물통을 들고 수도에 가서 물을 조금 받았다. 페노바비톤이 녹은 물을 휘휘 저은 다음 배수구에 쏟아 버렸다. 이번에는 수면제가 들어 있지 않은 물을 미키에게 가지고 갔다.

미키는 금방이라도 죽을 것 같은 모습으로 서 있었다. 뼈가 가죽을 찢고 나올 정도로 앙상하고 어깨 밑에까지 목을 늘어뜨리고 있었다. 아직 눈에는 광포한 빛이 남아 있었으나 쇠약해질 대로 쇠약해져 덤벼들 힘도 없었다. 머리 밑에 물통을 놓자 이번에는 물려고 하지 않고 입을 물통에 대고서 시름시름 한두 모금 마셨다.

말의 곁을 떠나 마구실에 가서 잡동사니가 들어 있는 바구니에서 새 목도리를 꺼냈다. 엄중한 규칙이 있었으나 무시해 버렸다. 도구 간수는 캐스만이 할 수 있게 되어 있었다. 목도리를 미키에게 가지고 가서 두 주일을 앓는 동안 난동을 부려 약해진 것을 끌러 내어 짚 밑에 숨기고 새 것을 둘러 주었다. 낡은 것에서 사슬을 풀어 새것에 달았다. 미키의 목을 가볍게 두드리니 싫어하는 눈치였다. 마방을 나와 문 아래 부분에만 빗장을 걸었다.

제1진을 운동시키러 데리고 갔고, 제2진도 끝났다. 아침에 수면제를 먹이지 않았으므로 지금쯤 미키의 머리가 맑아졌을 것이 틀림없다고 여겨졌다.

운동에서 돌아온 도빈을 끌고 미키의 모습을 문 너머로 보았다. 힘없이 머리를 양옆으로 흔들고 있었다. 불안스럽게 보였다. 가엾은 말! 이제 곧 나 때문에 더 많이 애쓰게 될 것이다.

핸버는 사무실 입구에서 캐스와 이야기를 나누고 있었다. 마부들은 자기 말을 돌보느라고 들락날락 하고 있었다. 물통이 여기저기에서 서로 부딪쳐 소리를 내고 마부끼리 떠들썩하게 말을 주고받느라 시끄러웠다. 작업 중인 마구간에서의 소음이다. 아주 좋은 기회였다.

도빈을 끌고 그의 마방을 향하여 광장을 가로질렀다. 도중에 조끼 호주머니에서 피리를 꺼내어 캡을 벗겼다. 주위를 둘러보고 아무도 보지 않고 있다는 것을 확인하자 어깨너머로 목을 돌리고 작은 피리를 입술에 대고서 세게 불었다. 희미한 소리가 들렸을 뿐이다. 도빈의 발굽 소리에 묻혀 들리지 않을 정도였다.

그 순간, 가공스러운 결과가 나타났다.

미키의 겁에 질린 처절한 비명이 들렸다.

발굽이 바닥이며 벽을 세게 찼다. 그럴 때마다 쇠사슬이 절그럭절그럭 소리를 내었다. 나머지 몇 야드를 급히 걸어가 말을 마방에 넣고 사슬을 걸고 피리를 전대 속에 집어넣은 다음 미키의 마방 쪽으로 뛰어갔다. 다른 마부들도 마찬가지로 뛰고 있었다. 핸버는 절뚝거리면서 달려왔다.

세실과 레니의 어깨너머로 보니 미키는 아직도 비명을 올리며 여기저기 걷어차고 있었다. 가엾은 말은 뒷발로 서서 자기 앞의 벽돌벽을 차부수려고 했다. 그리고는 별안간 앞발을 내리더니 있는 힘을 다하여 뒤로 날았다.

"앗, 위험하다!" 세실이 소리질렀다. 튼튼한 문이 있어서 위험하지는 않았으나 본능적으로 말 앞에서 펄쩍 뒤로 물러났다.

미키의 사슬은 길지 않았다. 사슬이 팽팽하게 되자 철컥 소리가 나고 말은 뒤로 나는 것을 멈추었다. 뒷다리가 허리 밑으로 꺾여져 들어가고 털썩 옆으로 쓰러졌다. 다리가 푸들푸들 떨렸다. 머리가 튼튼한 새 목도리 안에서 팽팽해진 사슬에 잡아당겨져 허공에 매달리게 되었다. 그 부자연스러운 각도로 미루어 보아 분명 자기 스스로 자기 목을 꺾은 것이다.

내가 바랐던 것처럼 고통이 적은 즉사였다.

마구간의 전원이 미키의 마방으로 몰려들었다. 핸버는 문 너머로 흘끗 죽은 말을 보더니 이쪽으로 돌아서서 무엇인가 생각하는 듯한 표정으로 누더기를 걸친 여섯 명의 마부를 둘러보고 있었다. 눈이 가늘어진 엄한 표정을 보고 모두들 질문을 삼켰다. 한순간 주위가 고요해졌다.

"한 줄로 서!" 핸버는 별안간 호령을 했다.

마부들은 지시대로 한 줄로 섰다.

"주머니 속의 물건을 모두 내놓아."

무슨 까닭인지 모르는 채 마부들은 시키는 대로 했다. 캐스가 그 앞을 걸으며 주머니에서 꺼낸 물건을 살피고, 아무것도 남아 있지 않다는 것을 확인하기 위해 주머니를 뒤져 보았다. 내 앞에 왔을 때 때묻은 손수건, 펜 나이프, 동전 두어 닢을 보더니 내 주머니를 뒤집어 보았다. 그는 내 손에서 손수건을 빼앗아 털어 보고 돌려 주었다. 전대 속의 피리는 그의 손가락 끝에서 1인치도 떨어져 있지 않았다.

6피트쯤 떨어져서 서 있는 핸버의 더듬는 듯한 눈길을 느꼈으나, 나는 애서 멍청하고 의아한 표정을 띠고 있었다. 내가 식은땀도 흘리지 않고 도망칠 준비로 근육을 긴장시키고 있지도 않다는 것을 깨닫고 스스로도 야릇한 느낌이 들었다.

이상하게도 위험이 닥쳐오자 오히려 냉정해지고 머리가 맑아졌다. 그 까닭은 모르겠으나 도움이 된 것만은 사실이다.

"뒷주머니는?" 캐스가 물었다.

"아무것도 없어." 나는 천연덕스럽게 말하고 몸을 반쯤 돌렸다.

"좋아, 다음은 케네스."

주머니를 다시 안으로 집어넣고 꺼낸 물건을 넣었다. 손 끝도 아무 이상 없었다. 스스로도 놀랄 정도였다.

케네스의 조사가 끝날 때까지 핸버는 서서 기다렸다. 이윽고 그는 캐스에게 근처의 비어 있는 마방을 턱으로 가리켰다. 캐스는 우리들이 운동에서 데리고 돌아온 말의 마방을 하나하나 뒤지고 다녔다. 마지막 것이 끝나고 돌아오자 머리를 저어 보였다. 핸버는 잠자코 벤트리를 넣어 둔 차고를 가리켰다. 캐스는 사라졌다가 다시 나타나 무표정하게 고개를 저었다. 핸버가 단장에 몸을 기대면서 절뚝절뚝 사무실 쪽으로 조용한 광장을 걸어 갔다.

그가 피리 소리를 들었을 리는 없으며, 우리들 중의 누군가가 미키에게 미치는 영향을 시험하기 위하여 피리를 불었다고 생각하는 것 같지도 않았다. 만약 그렇게 생각했다면 당연히 우리를 발가벗기고 조사했을 것이다. 아직도 미키의 죽음을 사고로 보고 있는 것이다.

더욱이 마부들의 주머니에도 마방 안에도 피리가 없었으니 미키를 발광시킨 것은 이 측은한 마부들은 아니라고 결론지었을 것이다. 적어도 나는 그렇기를 바랐다. 이제 애덤스도 그렇게 생각해 주면 나는 우선 무사하다.

그날 오후, 나는 차의 청소 당번이었다. 핸버의 피리는 코르크 마개따기와 얼음집게 사이의 가죽끈에 아무 일 없이 매달려 있었다. 나는 그것을 보고 그대로 놓아두었다.

이튿날 애덤스가 왔다.

미키는 개의 먹이를 만드는 사나이에게 팔려갔다. 사나이는 너무 말랐다고 투덜투덜 불평했다. 나는 아무도 모르게 새 목도리를 마구실에 갖다놓고 낡은 것을 사슬에 매달아 놓았다. 캐스조차 그 조작을 알아차리지 못했다.

애덤스와 핸버가 천천히 걸어서 미키의 빈 마방까지 오더니 문에 기대서서 이야기하고 있었다. 젤리가 옆의 마방 입구에서 머리를 내밀어 서 있는 두 사람을 보더니 허둥지둥 목을 움츠렸다. 나는 언제나처럼 도빈에게 사료며 물을 갖다 주기도 하고 오물을 긁어 내어 버리기도 했다.

"로크!" 핸버가 소리질렀다. "이리 와, 뛰어."

나는 뛰어갔다.

"뭡니까?"

"이 마방을 아직 치우지 않았군."

"죄송합니다. 오늘 오후에 하겠습니다."

"오늘 점심 전에 해 놔." 그는 명령을 내렸다.

그것으로 내가 오늘 점심을 얻어먹지 못한다는 것을 충분히 알 수 있었다. 그는 뭔가 계산하고 있는 듯한 표정으로 눈을 가느스름하게 뜨고 입을 꽉 다문 채 나를 바라보고 있었다.

나는 고개를 떨어뜨리고 "네" 하고 힘없이 대답했다. 제기랄, 너무 이르잖아. 나는 화가 났다. 내가 온 지 아직 8주밖에 안 된다. 적어도 앞으로 3주는 더 있어도 되지 않겠는가. 만일 그가 정말로 나를 쫓아 낼 작정이라면 임무를 수행할 수가 없다.

"먼저 저 물통을 꺼내다가 갖다 둬." 애덤스가 말했다.

마방 안을 보았다. 미키의 물통이 아직도 사료통에 들어 있었다. 문을 열고 안으로 들어가 물통을 집어 들고 나오려고 돌아서다가 우뚝 멈춰 섰다.

애덤스가 뒤따라 들어왔다. 손에 핸버의 굵은 단장을 들고 웃음을 띠고 있었다.

나는 물통을 떨어뜨리고 구석으로 가서 몸을 사렸다. 그는 웃음 띤 얼굴로 말했다.

"오늘은 트랭퀼라이저를 안 먹었나, 응, 로크?"

나는 대답하지 않았다.

그는 팔을 쳐들어 단장의 손잡이 쪽으로 나의 갈비를 쳤다. 몹시 아팠다. 그가 다시 팔을 쳐들었을 때 나는 그의 팔 밑을 빠져나가 밖으로 뛰어나갔다. 그의 웃음 소리가 뒤쫓아왔다.

나는 두 사람이 보이지 않는 데까지 계속 달려가다가 이윽고 걸으면서 가슴을 어루만졌다. 크게 멍이 들었을 것이다. 더 이상은 안 되겠다고 생각했다. 그들이 나를 절벽에서 밀어 떨어뜨리는 것이 아니라, 상투 수단으로 나를 쫓아내려는 일에 고마워해야 한다고 생각했다.

길고 배고픈 오후 시간 내내 어떻게 할 것인가를 생각해 보았다. 임무 완수를 단념하고 곧 나갈 것인가, 아니면 애덤스의 의심을 사지 않을 정도로 있을 수 있다면 앞으로 며칠 더 버틸 것인가? 나는 아득한 마음으로 생각했다. 그러나 8주 동안에 발견하지 못한 것을 사흘이나 나흘 안에 어떻게 할 수 있다는 말인가?

약간의 콩과 빵을 저녁밥으로 먹은 다음 우리는 젤리의 만화책을 책상 위에 펼쳐놓고 앉아 있었다. 찰리가 나가 버리니 라디오를 갖고 있는 사람이 없어 저녁 때는 한결 더 심심했다. 레니와 케네스는 방바닥에서 주사위놀이를 하고 있었고 세실은 어디론가 술을 마시러 가고 없었다. 버트는 젤리의 맞은편에 앉아 귀가 들리지 않는 정적 속에서 콘크리트 위를 굴러가는 주사위를 보고 있었다.

오븐 문이 열어젖혀져 있고 전열기의 스위치가 최고 온도로 높여져 있었다. 핸버가 마지못해 보낸 파라핀 난로의 신통찮은 열을 보충하기 위한 레니의 묘안이다. 전기요금 청구서가 올 때까지의 일이겠지만, 그때까지는 어쨌든 따뜻하게 지낼 수 있다.

지저분한 식기류는 개수물 그릇에 처박아 놓았다. 벽과 천정 이음매에 차양처럼 거미줄이 너울거리고 있었다. 알전구가 벽돌벽에 에워싸인 방을 비추고 있다. 누가 테이블에 차를 엎질렀는지 젤리의 만화책이 젖어 있었다.

나는 한숨을 쉬었다. 나갈 수밖에 없다고 여겨지자 나는 이 참담하기 그지없는 생활에서 벗어나는 것이 마음에 들지 않았다.

젤리가 보고 있던 대목을 손가락으로 누르며 만화책에서 눈을 들었다.

"댄."

"응."

"애덤스 씨에게 맞았어?"

"그래."

"그럴 줄 알았어."

젤리는 두어 번 고개를 끄덕이고 다시 만화책으로 눈길을 떨어뜨렸다.

그때 문득 핸버와 애덤스가 나를 불러내기 직전에 그가 옆 마방에서 머리를 내밀었던 일이 생각났다.

나는 천천히 입을 열었다.

"젤리, 너 애덤스 씨의 사냥말 마방에 들어가 있을 때 애덤스 씨하고 핸버가 이야기하는 소리를 들었지?"

"으음, 들었어." 그는 얼굴을 들지 않고 대답했다.

"뭐라고 하든?"

"댄이 도망치니까 애덤스 씨가 웃으면서 저놈은 이제 더 참지 않을 거라고 핸버에게 말했어. 참지 않을 거라고." 젤리는 참지 않을 거라는 말을 낮은 목소리로 되풀이하였다.

"그전에 뭐라고 했는지 너 들었니? 둘이 와서 네가 머리를 내밀고 보았을 때 말이야."

이번에는 간단하게 대답이 나오지 않았다. 몸을 일으켰으나 보고 있던 만화책을 손가락으로 짚는 것을 잊어버리고 있었다.

"내가 안에 있는 것을 보스가 알면 어쩌나 하고 걱정했어. 더 일찍 끝났어야 했거든."

"그래, 그랬겠지. 들었니?"

그는 웃으며 고개를 저었다.

"미키 때문에 화내고 있었어. 빨리 다른 것에 착수해야 한다고 했어."

"다른 것이라니?"

"나도 모르겠어."

"그밖에 또 뭐라고 했지?"

그는 마르고 조그만 얼굴을 찡그렸다. 어떻게든 내 물음에 대답해주고 싶은 것이다. 그것이 열심히 생각하고 있을 때의 표정이라는 것을 나는 잘 알고 있었다.

"애덤스 씨가 놈에게 너무 오래 미키를 돌보게 하였다고 말하자, 보스가 위험을…… 무…… 무, 그래, 위험을 무릅써서는 안 되니까 빨리 쫓아내는 게 좋겠다고 했어. 애덤스 씨가 그럼 되도록 빨리 쫓아내기로 하고, 곧 다음 것을 시작하자고 말했어."

그는 눈을 커다랗게 뜨고 자기의 노력이 이루어진 것을 기뻐했다.

"그 마지막 말을 한 번 더 해봐."

젤리가 할 수 있는 일은 오랜 동안 만화책으로 연습한 덕분에 귀로 들은 것을 기억하는 일이다. 그는 순순히 되풀이했다.

"애덤스 씨가 그럼 되도록 빨리 쫓아내기로 하고, 곧 다음 것을 시작하자고 말했어."

"너는 이 세상에서 무엇이 가장 가지고 싶지?" 내가 물었다.

젤리는 깜짝 놀라며 이번에는 신중하게 생각하고 있었다. 이윽고 꿈꾸는 듯한 표정이 그의 얼굴에 퍼졌다.

"뭐지?"

"기차"라고 그는 말했다. "태엽 감는 것 말이야. 뭔지 알지? 왜 레일 같은 것이 있고 신호판도 있는 것 말이야."

젤리는 기차를 꿈꾸면서 잠자코 있었다.

"내가 사 줄게. 살 기회가 있으면 말이야."

그는 반쯤 입을 벌렸다.

"젤리, 나는 여기에서 나갈 거야. 애덤스 씨가 때리기 시작하면 이곳에 있을 수 없잖아, 안 그래? 그러니까 난 나가야 해. 하지만 기차는 보내 줄게. 잊어 버리지 않겠어. 약속하지."

이제까지의 매일매일처럼 밤이 깊어 갔다. 우리는 차례로 사다리를 올라가 딱딱한 침대에 누웠다. 드러누워 어둠 속에서 손을 머리 밑에 괸 채 내일 아침에는 핸버의 단장이 내 몸 어디를 때릴까 하고 생각해 보았다. 치과 병원에 가는 것과 마찬가지로구나. 나는 서글픈 마음이 되었다. 사람은 늘 사실 이상으로 나쁘게 예상하는 법이다. 나는 한숨을 지었다.

이튿날 축출 작전이 예상대로 계속되었다.

두 번째 운동에서 돌아와 도빈의 안장을 내리고 있을 때 핸버가 나의 등 뒤로 하여 마방에 들어와서 등허리에 일격을 내리쳤다.

나는 안장에서 손을 떼고 고개를 돌렸다. 안장은 새로 긁어모은 말똥더미에 떨어졌다.

"내가 뭘 잘못한 겁니까?"

나는 반항적으로 대들었다. 조금이나마 애먹이려고 한 것인데, 상대방은 대답을 준비해 두고 있었다.

"캐스가 그러던데, 지난주 토요일에 늦게 들어왔다지? 그 안장을 주워 올려. 어쩔 셈으로 그렇게 더러운 데다가 떨어뜨리는 거야?"

그는 두 다리를 떡 벌리고 서서 눈으로 거리를 재고 있었다.

나는 좋다고 생각했다. 이제 한 대이다. 그러나 더 이상은 내가 거절하겠다.

나는 돌아서서 안장을 집었다. 팔에 걸고 등을 폈을 때 또다시 일격이 떨어졌다. 먼저와 같은 부위로 더욱 지독하게 가해졌다. 나도 모르게 가쁜 숨결이 잇새로 새어나왔다.

나는 다시 오물 위에 안장을 내던졌다. 그리고 소리질렀다.

"나가겠어! 당장 나갈 테다!"

"좋지!" 핸버는 조금 만족스러운 듯이 싸늘한 어조로 말했다.

"짐을 꾸려. 사무실에서 카드를 받아 가지고 가."

그리고 핸버는 밖을 향하여 절뚝거리면서 걸어갔다. 예정대로 목적을 이룬 것이다. '세상에 이토록 냉혹한 사나이도 다 있구나' 하고 나는 생각했다. 감정도 없고 성별도 느껴지지 않는 계산기 같은 사람이다. 그가 사람을 사랑하고, 사랑받고, 서글픔이나 슬픔이나 혹은 공포를 느끼리라고는 도저히 상상할 수가 없었다.

등을 구부리고 아픔에 얼굴을 찡그렸다.

도빈의 안장은 말똥 위에 내버려 두기로 했다. 마침 잘됐다. 마지막까지 잘 해내지 않으면 안 되는 것이다.

15

오토바이의 플라스틱 커버를 벗기고 천천히 광장을 나왔다. 마부들은 모두 제3진을 데리고 운동을 시키러 갔다. 돌아와서도 또 운동을 시켜야될 말이 남아 있다. 다섯이 어떻게 30마리를 돌볼까 생각하고 있는데, 저쪽에서 어깨에 가방을 멘 부랑자 같아 보이는 소년이 천천히 올라왔다. 유랑민은 끊이지 않는다. 실정을 안다면 좀더 천천히 걸을 텐데.

클레버링까지 오토바이를 몰았다. 테라스 달린 집이 서로 등지고 있는 황량한 거리에서 쇼핑 센터만이 크롬 도금과 유리로 번들거리고 있었다. 옥토버의 런던 저택에 전화를 걸었다.

테렌스가 나왔다. 옥토버는 회사의 새 공장 준공을 축하하기 위해 독일에 갔다고 한다.

"언제 돌아오시지요?"

"토요일 아침이라고 생각됩니다. 일요일에 일주일 예정으로 떠나셨으니까요."

"주말에 슬로에 가실 건가요?"

"네, 그렇다고 생각합니다. 돌아오는 길에 비행기로 맨체스터에도 들르신다고 하셨고, 이쪽에서는 아무 지시도 받지 않았으니까요."

"베케트 대령과 스튜어트 맥레스필드 경의 주소와 전화 번호를 찾아봐 주시겠소?"

"잠깐 기다리십시오."

페이지를 넘기는 소리가 들리고, 번호와 주소를 가르쳐 주었다. 나는 그것을 받아쓰고 고맙다고 인사했다.

"옷이 아직 여기 있습니다."

"알고 있소." 나는 웃었다. "아마 곧 가지러 가게 될 거요."

전화를 끊고 베케트의 번호를 돌렸다. 메마르고 정중한 목소리가 베케트 대령은 외출중인데, 9시에 클럽에서 만찬을 들게 되어 있으니 그리로 연락하기 바란다고 말했다. 스튜어트 맥레스필드는 폐렴을 앓고 난 뒤에 요양하고자 병원에 입원했다는 대답이다. 햄버의 마구간을 감시하며 칸더스테그를 태운 운반차가 나가면 뒤쫓을 수 있게끔 응원을 청하려고 하였던 것이다. 아무래도 나 혼자 해야 할 모양이다. 시골 경찰이 내 말을 믿고 힘을 빌려 주리라고는 도저히 생각할 수 없었다.

전당포에서 산 담요와 성능이 좋은 쌍안경, 초콜릿, 그밖의 식량과 물 한 병, 그리고 패지를 사 가지고 오토바이를 타고 포제트의 거리를 빠져 햄버의 마구간이 내려다 보이는 언덕 위를 가로지르는 길을 달렸다. 지난번에 봐 둔 지점에서 멈추어 길 아래 잡목림 속으로 오토바이를 밀어 넣었다. 언덕의 구릉에서 벗어나 길을 오가는 차에서도 보이지 않는 곳에 쌍안경으로 햄버의 마구간을 내려다볼 수 있는 자리를 마련했다. 오후 1시쯤 되었는데, 마구간에는 사람 그림자 하나 보이지 않았다.

짐 선반에서 슈트케이스를 내려 의자 대신으로 삼아 오랫동안 있을

태세를 갖추었다. 9시에 베케트와 전화 연락이 된다 하더라도 응원
수배는 내일 아침이나 되어야 겨우 될 것이다.

그동안 우체국에서 휘갈겨쓴 메모보다 좀더 상세한 설명을 포함시
켜 형식을 갖춘 보고서를 작성해야 한다. 괘지를 꺼내 놓고 오후의
대부분을 보고서 쓰는 일로 보냈다. 쓰는 도중에 가끔 손을 놓고 쌍
안경으로 마구간을 관찰했다. 여느 때와 다른 점은 보이지 않았다.

보고서는 다음과 같다.

옥토버 백작
맥레스필드 남작
로델릭 베케트 대령

의뢰하신 조사에 대하여 지금까지 알아낸 사실과 그 사실들에 따
른 추론을 대강 다음과 같이 보고합니다.

폴 제임스 애덤스와 헤드레이 핸버가 특정한 말을 확실하게 우승
하도록 하기 위한 계획을 공동으로 착수한 것은 애덤스가 지금의
저택을 사들여 텔브리지에 살기 시작한 4년 전의 일입니다. 전문
지식을 갖지 못한 제 의견으로는 애덤스는 이상 성격자이며, 충동
적으로 쾌락을 구하는데, 그 경우 다른 사람과 자신에게 미치는 영
향은 전혀 생각지 않는 것 같습니다. 지능 정도는 보통 이상으로
생각되며, 일당의 우두머리 격입니다. 정신 이상자는 공통적으로
사기, 부정을 저지르는 경향이 있으니 과거를 조사할 필요가 있다
고 봅니다.

핸버는 애덤스의 지배 아래에 있으나 그다지 무궤도하지는 않습
니다. 늘 냉정하게 감정을 억누르고 있습니다. 그가 진심으로 화내
는 것을 본 적은 없지만, 분노를 한 가지 수단으로 이용하는 일이

있으며, 그 행동은 모두 깊이 생각하고 계산된 결과입니다. 애덤스가 정신 이상자인데 비하여 핸버는 순전히 사악한 사나이입니다. 그의 냉정함이 애덤스의 행동을 억눌러 왔기 때문에 지금까지 발견되지 않았을 것입니다.

재드 윌슨이라는 마부장과 캐스라는 마구간 주임은 다 같은 일당이지만, 고용인의 지위에서 벗어나지 못합니다. 일반적으로 그런 자리에 있는 자와는 달리 실제의 마구간 일은 거의 하지 않으나, 높은 급료를 받고 있는 듯합니다. 두 사람 다 1년도 안 된 대형차를 가지고 있습니다.

애덤스와 핸버의 계획은, 말이 연상에 의하여 기억하고 소리와 사상(事象)을 결부시킨다는 성질에 바탕을 두고 있습니다. 벨 소리가 식사 시간을 나타낸다는 것을 알고 모여드는 파블로프의 개와 같으며, 말이 사료 나르는 차의 소리를 알아듣고 먹이를 기다리는 것과 마찬가지입니다.

말이 일정한 소리에 이어 일정한 사실을 경험하면 그 소리를 들을 때마다 그 사실을 연상하게 됩니다. 소리에 의하여 사실을 연상하고 행동하게 되는 거지요. 예를 들어서 말이 두려워하는 사실과 대치하면, 예컨대 사료차 소리에 이어 배를 맞고 먹이를 얻지 못한다면, 말은 그 소리가 나타내는 사실 때문에 그 소리를 두려워하게 됩니다.

애덤스와 핸버가 이용하고 있는 흥분제는 공포입니다. 이제까지의 우승마가 경주 뒤에 명백한 투약 증상, 즉 눈을 뒤집어 허옇게 만들고 땀을 몹시 많이 흘리는 등의 모습을 나타냈는데, 이것은 공포 상태에 놓인 경우와 같은 증상입니다.

공포는 부신선을 강하게 자극하여 혈액 속에 다량의 아드레날린을 분비하게 합니다. 아시다시피 과잉 아드레날린의 반응은 그 상태에 대처하기 위하여 반항하든가, 도망치기에 필요한 폭발적 에너지의 발산을 가능케 하지요. 이 경우는 도망치고 달리기 위해서입니다. 겁을 내고는 온 힘을 다하여 달리는 거지요.

연구소의 보고에 의하면 문제의 11마리에서 채취한 샘플은 모두 다량의 아드레날린을 포함하고 있으나, 말에 따라 아드레날린 분비량에 체질적으로 큰 차이가 있다는 점을 언급하고 분석 결과는 중요하지 않다고 결론짓고 있습니다. 그러나 제 의견으로는 11마리 모두가 통상적인 평균치보다 높은 농도를 보여 주고 있다는 점을 중요시하고 싶습니다.

말의 공포심을 자극하는 것은 개의 훈련에 쓰는 높은 음정의 개피리, 이른바 '소리나지 않는 피리'입니다. 사람의 귀에는 희미하게 밖에 들리지 않지만, 말에게는 잘 들리지요. 일반적인 소리라면 곧 사람의 주의를 끌게 되므로, 그 점이 사용 목적에는 이상적입니다. 핸버는 자기의 벤트리 자동차 안의 술을 넣어 두는 캐비닛에 늘 개피리를 보관해 두고 있습니다. 애덤스와 핸버가 어떤 방법으로 말을 공포로 몰아넣는지 지금 당장은 명확하지 않으나 상상할 수는 있습니다.

그 처치를 받은 미키라는 말——등록된 이름은 스타램프——을 2주일 동안 담당했는데, 미키의 경우는 완전한 실패였습니다. 마구간에서 나갔다가 3일 뒤에 돌아왔을 때 두 다리에 크게 붕대를 감고 완전한 착란 상태에 빠져 있었지요.

마부장의 설명에 의하면, 다리의 상처는 브리스터를 발랐기 때문이라고 했습니다. 그러나 브리스터 고약을 바른 흔적이 없고, 제가 보기에는 직접 불로 지진 듯한 화상이었습니다. 말이 가장 두려워하는 것은 불이므로, 애덤스와 핸버는 개피리와 불을 결부시킨 것으로 생각됩니다.

저는 미키에 대한 효과를 실험하기 위하여 개피리를 불었습니다. 연상 조치가 취해지고 나서 3주일이 못되었으나, 말은 굉장히 격렬하게, 의심할 여지도 없는 반응을 나타냈습니다. 경우에 따라서는 식스 플레이를 대상으로 실험해도 좋으나, 그때는 말이 안전하게 도망칠 만한 여지가 필요합니다.

애덤스와 핸버가 선택한 것은 경주마로 유망시되고 있었으나 스태미나나 지구력이 부족하여 마지막 장애물 언저리에서 낙오하여 우승마가 된 적이 없는 말입니다. 또 그러한 말은 많이 있습니다.

그들은 기회를 보아 경매 또는 세일링 체이스 경주 뒤에 싸게 사들여 음향에 의한 공포 연상을 심어 준 뒤에 남의 눈에 띄지 않게 다시 팔았던 것입니다. 그리고 이것으로 대개의 경우 이익을 얻고 있습니다(사관후보생의 조서 참조).

이런 식으로 가속기를 붙인 것 같은 말을 다른 데 팔고 두 사람은 그 말이 다음의 다섯 경마장 중 어느 하나의 세일링 체이스 경주에 출주하기를 기다립니다. 다섯이라고 함은 세치필드, 헤이독, 루드로, 켈소, 스탭포드입니다. 두 사람은 경마장과 경주가 희망대로의 짝맞춤이 되는 것을 참고 기다렸습니다. 사실 그러한 짝맞춤은 20개월 전에 첫 번째 말이 출현한 뒤로 12회(우승마 11마리와 슈퍼맨)밖에 실현되지 않았습니다.

이러한 코스를 선택한 것은, 짐작이긴 하지만, 마지막 직선거리가 길어 공포심의 효과를 발휘할 여지가 크기 때문이 틀림없습니다. 그 말들은 마지막 장애물을 넘을 즈음에는 보통 4위나 5위 정도의 추격 거리를 필요로 합니다. 목적한 말이 전혀 우승할 가능성이 없을 정도로 늦었을 때는 피리를 불지 않고 판돈을 버리고 뒷날을 기약한 것으로 생각합니다.

세일링 체이스를 노린 것은 장애물이 비교적 뛰어넘기 쉬워 말이 쓰러질 가능성이 적다는 것과, 경주 직후에 우승마를 다시 팔 기회가 많기 때문일 것입니다.

단순하게 생각하면, 이 계획은 평지 경마에 적용하는 편이 안전합니다. 다만 평지 전문 말은 말 주인이 자주 바뀌지 않으므로 탐지될 위험이 큽니다. 그리고 핸버는 평지 경주마를 취급하는 면허를 갖고 있지 못하며 얻을 가능성도 없는 모양입니다.

같은 말에게 피리로 한 번 이상 자극을 주지 않는데, 그 까닭은 한 번 피리 소리를 듣고 불로 위협을 받지 않으면 공포심이 약화되어 돈을 걸 만한 정확한 반응을 나타내지 않기 때문입니다.

11마리의 말은 모두 10배에서 50배로 팔아 이익을 남겼는데, 애덤스와 핸버는 이익금을 조금씩 남겼을 것입니다. 애덤스가 각 경주에서 얼마나 땄는지는 분명치 않으나, 핸버의 경우는 700파운드, 최고는 4500파운드였습니다.

조치를 하고 성공 혹은 실패로 끝난 말의 세목은 핸버 마구간의 사무실에 나란히 놓인 세 개의 초록빛 서류 캐비닛 중 가운데 것의 위에서 세 번째 서랍 안쪽에 있는 푸른색 장부에 기록되어 있습니다.

이상과 같이 기본적으로는 단순한 계획입니다. 그저 말에게 개피리와 불의 관계를 기억시켜 놓고, 말이 마지막 장애물을 뛰어넘어 내려서는 순간에 피리를 불 뿐입니다.

약물이나 장비를 사용하지도 않으며, 말 주인, 조교사, 마부 등의 협력을 필요로 하지도 않습니다. 또한 애덤스나 핸버와 문제의 말과의 관계는 시간적인 간격이 있어 아는 사람도 적기 때문에 드러날 위험성이 아주 적지요.

저는 뚜렷한 증거는 없으나 스티플튼이 두 사람을 의심하여, 그 자들에게 살해된 것으로 확신합니다.

지금 두 사람은 드러날 염려 없이 안전하다고 생각하고 있습니다. 그들은 며칠 안으로 칸더스테그라는 말에게 공포심을 줄 예정입니다. 저는 핸버의 마구간에서 나와 지금 그곳을 감시하면서 이 보고서를 쓰고 있습니다. 칸더스테그가 운반차로 옮겨질 때 뒤를 밟아 불을 사용하는 방법을 알아낼 작정입니다.

　　쓰던 손을 멈추고 쌍안경을 집어들었다. 마부들이 저녁 작업을 하느라고 왔다갔다하고 있었다. 나는 내가 그 중의 하나가 아닌 것이 기뻤다.

　　두 사람이 아무리 서두른다 해도 칸더스테그에 착수하기는 너무 이르다고 생각하였다. 내가 이날, 혹은 점심 전에 나가리라고는 예상하지 못했을 것이고, 내가 없어졌다는 것을 확인한 뒤가 아니면 절대로 움직이지 않을 것이다. 그렇지만 움직이기 시작한 것을 놓쳐서는 안 된다. 2마일 밖에 떨어져 있는 포제트에 가서 베케트에게 전화를 걸어야 하는 일도 걱정스러웠다. 클럽에서 베케트를 찾아 주는 동안에라도 칸더스테그를 운반차에 태워 데려갈지 모르기 때문이다. 미키는 낮에 끌려갔다가 낮에 돌아왔다. 어쩌면 핸버는 밤에는 말을 움직이지 않을지도 모른다. 그러나 확신할 수는 없다. 나는 펜 끝을 깨물면서 생각에 잠겼다. 그러다가 전화를 걸지 않기로 마음먹고 덧붙여 보고서를 썼다.

　　감시 지원을 요청합니다. 이것이 며칠 걸리는 일이라면 깜박 잠들어 운반차를 놓칠지도 모르기 때문입니다. 제가 있는 곳은 포제트의 핵섬 가도에서 2마일쯤 떨어진, 핸버의 마구간이 내려다보이는 언덕입니다.

나는 날짜를 쓰고 서명을 했다. 보고서를 봉투에 넣고 베케트 대령의 주소와 이름을 썼다.

포제트로 오토바이를 달려 우체국 바깥의 우체통에 편지를 넣었다. 왕복 4마일. 6분도 안 되는 동안 자리를 떴었다. 왕복 모두 기차가 지나가지 않아 크게 도움이 되었다. 걱정스러워하며 언덕 위에서 급정거하고 보았으나 마구간 쪽은 이상이 없는 듯했다. 오토바이를 제자리에 갖다 두고 쌍안경으로 신중하게 살펴보았다.

어둠이 깃들기 시작하자 대부분의 마방에 불이 켜져 광장에 빛을 던지고 있었다. 나와 가장 가까운 거리에 있는 핸버의 집이 사무실과 광장 일부를 가로막고 있었으나 운반차의 차고문이 닫혀 있는 것이 비스듬히 보였다. 그 앞의 마방들은 모두 바라볼 수 있었다. 왼쪽에서 네 번째가 칸더스테그다.

버트가 짚을 긁어모으고 있는 옆의 전등 아래서 움직이고 있는 희뿌연 밤색 털이 보였다. 나는 안도의 숨을 내쉬고 감시를 계속하기 위하여 자리에 앉았다.

작업이 중단되는 일 없이 여느 때와 마찬가지로 계속되고 있었다. 단장을 짚고 천천히 검사하며 다니는 핸버의 모습을 보면서 나는 오늘 아침에 얻어맞은 자리를 무의식 중에 어루만지고 있었다. 마방문이 차례차례 닫히고 동시에 불이 꺼져 갔다. 오른쪽 끝의 창문만이 노란 빛을 비추고 있었다. 마부의 식당 창문이다. 나는 쌍안경을 내려놓고 일어나 기지개를 켰다.

늘 그렇듯이 언덕 위에서는 공기가 움직이고 있었다. 바람도 아니고 미풍이라고도 할 수 없는, 굳이 말한다면 냉기가 틈을 보아 흐르는 듯한 느낌이다. 그 으스스한 냉기를 막기 위하여 오토바이를 중심으로 양쪽에 잔가지를 쌓아올렸다. 그 바람 밑에서 슈트케이스에 앉아 담요를 뒤집어쓰니 추위도 가시고 한결 아늑했다.

시계를 보니 8시 가까이 되어 있었다. 맑게 개인 밤하늘에 별빛이 깜박이고 있었다. 나는 이제껏 북반구의 별은 큰곰자리와 북극성 말고는 알지 못했다. 서남서의 하늘에 눈부시게 빛나고 있는 금성이 보였다. 천체도를 사 오지 못한 일이 못내 안타까웠다.

눈 아래에 있는 마구간의 주방문이 열리고 장방형의 빛이 보였다. 그 속에서 세실의 검은 그림자가 몇 초 동안 흔들리고 있더니 이윽고 나와서 문을 닫았다. 어둠 속에 그 모습이 잦아들었다. 물론 술병을 감춰 둔 곳으로 가는 것이리라.

나는 준비한 음식을 먹었다.

시간이 흘렀다. 핸버의 마구간은 조용했다. 가끔 등 뒤에 있는 길로 차가 지나갔다. 9시가 지났다. 베케트 대령은 클럽에서 식사를 하고 있겠지. 거리에 나가 그에게 전화를 걸어도 상관없었을 것이다. 나는 어둠 속에서 어깨를 움츠렸다. 아무튼 내일 아침에는 내 편지가 배달될 것이다.

주방문이 다시 열리고 마부 두서넛이 나왔다. 손전등으로 발 밑을 비추면서 화장실로 갔다. 다락방의 문종이를 바르지 않은 부분에서 빛이 새어나왔다. 취침 시간이다. 세실이 비틀비틀 걸어와서 문에 매달려 있었다. 아래층 불빛이 꺼지고 조금 있다가 위의 것도 꺼졌다.

밤이 깊어졌다. 시간이 지나갔다. 달이 떠올라 밝게 비치고 있었다. 태고 이래의 황폐한 고지가 물결치고 있는 것을 바라보고 있으려니까 그다지 독창적이지 않은 생각이 가슴에 떠올랐다. 이 지구가 얼마나 아름답고, 거기 사는 원인류는 얼마나 사악한가. 금전욕, 파괴, 냉혹, 권력욕의 포로가 된 호모 사피엔스, '사피엔'이란 지혜가 있고 사리가 있으며 현명하다는 의미이다. 이 무슨 우스꽝스러운 일인가. 이처럼 아름다운 지구라면 좀더 아름답고 올바른 인류를 만들어 내야 하지 않겠는가. 애덤스나 핸버 같은 사람을 만들었으니, 성공이라고

할 수는 없다.

4시쯤 다시 초콜릿을 조금 먹고 물을 마신 다음 1만 2천마일 저편에서 무더운 오후의 햇볕을 받고 있을 나의 목장을 생각했다. 이렇게 한밤중에 겨울 산등성이에 앉아 있는 이 일이 끝나고 나면 올바르게 질서잡힌 생활이 기다리고 있다.

시간이 지남에 따라서 한기가 담요 안으로 스며들었으나 핸버의 숙소와 같은 정도의 추위에 지나지 않았다. 하품을 하고 눈을 비비면서 날이 새기까지 몇 초나 남았을지 계산을 시작했다. 예정대로 7시 10분 전에 해가 뜬다면 60초의 113배, 즉 목요일의 날이 새기까지는 초침이 6780번을 똑딱똑딱 움직여야 하는 것이다. 금요일 새벽까지는? 그만두었다. 금요일이 되어도 내가 아직 이 언덕 비탈에 앉아 있을 가능성은 많지만, 잘되면 베케트로부터 응원군이 와 비상시에는 꼬집어 깨워 줄 것이다.

6시 15분에 다시금 마부들의 방에 불이 켜지고 마구간의 하루가 시작되었다. 30분 뒤에 제1진의 6마리가 한 줄로 서서 광장을 나가 포제트 도로를 내려갔다. 목요일에는 고지에서 달음박질을 하지 않는다. 느리게 걸을 뿐이다.

그들의 모습이 눈앞에서 사라지는 것과 거의 동시에 재드 윌슨이 포드를 몰고 와서 말 운반차의 차고 앞에 세웠다. 캐스가 광장을 걸어가 둘이 서서 이야기하고 있었다. 쌍안경으로 보고 있으려니까 재드 윌슨이 차고로 가서 문을 열고 있는 동안 캐스가 끝에서 네 번째 있는 칸더스테그의 마방 쪽으로 똑바로 갔다.

마침내 가는 것이다.

두 사람의 움직임에는 조금의 망설임도 없었다. 윌슨이 후진하여 운반차를 광장 한복판으로 끌어내고 디딤판을 비스듬히 내렸다. 캐스가 말을 끌고 와서 그대로 차에 올려놓고 곧 둘이서 디딤판을 올려

묶었다. 일을 끝내고 둘이 집 쪽을 보니 그와 동시에 절름거리는 핸버의 뒷모습이 보였다.

핸버와 윌슨이 운전대에 오르는 것을 캐스가 보고 있었다. 차가 광장을 나갔다. 말을 싣는 데 5분도 채 걸리지 않았다.

그동안 나는 담요를 슈트케이스 위에 집어던지고 오토바이 둘레의 가지를 치웠다. 쌍안경을 목에 걸고 품에 찔러 넣은 다음 지퍼를 채웠다. 헬멧과 방진 안경과 장갑을 꼈다.

칸더스테그가 끌려가는 곳은 북쪽 아니면 서쪽이리라고 생각했는데, 내 예상이 들어맞은 것을 보자 새삼스럽게 마음이 놓였다. 운반차는 서쪽을 향하여 골짜기를 올라가 내가 대기하고 있는 도로와 엇갈리는 길을 달려왔다.

오토바이를 길에 내놓고 엔진을 건 다음 세 번째인 이번에는 아까울 것도 없이 옷을 그 자리에 내버려 두고 재빨리 교차점을 향해 갔다. 4분의 1마일 떨어진 안전한 위치에서 운반차가 속도를 떨어뜨리더니 오른쪽으로 꺾어 북쪽을 향해 속력을 내는 것이 보였다.

16

나는 하루 종일 도랑 속에 몸을 숨기고 애덤스, 핸버, 윌슨이 칸더
스테그를 광란 상태로 몰아넣는 것을 보았다.

너무나도 잔혹한 행동이었다.

방법은 그들의 계획 그 자체와 마찬가지로 단순했으며, 주요 시설
은 신중하게 설계된 2에이커쯤 되는 들판이었다.

주위의 높다란 생나무 울타리에 어깨 정도 높이의 쇠줄을 둘러쳐
놓았다. 튼튼한 쇠줄이지만 가시쇠줄은 아니었다. 그 생나무 울타리
의 15피트 안쪽으로 또 하나의 울타리가 있었다. 이쪽은 굵은 기둥을
세우고 막대기를 가로 엮었는데, 비바람에 시달려 엷은 갈색으로 빛
이 바래 있었다.

언뜻 보아서는 여느 생산 목장에나 있는 설비와 조금도 다른 점이
없었다. 망아지가 쇠줄에 찔릴까봐 안쪽에다 나무 울타리를 둘러쳤
다. 다만 이 안쪽 울타리는 모퉁이가 모나지 않고 둥글다. 즉 바깥쪽
과 안쪽의 울타리 사이는 작은 도로로 되어 있다.

이렇다할 정도로 사람의 눈을 끌 만한 것은 아니었다. 망아지를 놓

아 먹이는 들판, 경주마의 조교장, 혹은 말을 사려는 자에게 말을 보여 주는 장소 등으로 사람에 따라 여러 가지로 볼 것이다. 기구와 재료를 넣어 두는 오두막이 입구 바로 옆에 있었다. 두드러진 것이라고는 아무것도 없었다.

나는 생나무 울타리를 따라 나 있는 배수구 속에 반쯤 무릎을 꿇은 엉거주춤한 자세로 있었다. 나의 왼편으로 100야드 남짓한 반대쪽 끝에 기재광이 있었다. 울타리 밑둥 쪽은 가지를 치고 있었는데, 쳐낸 가지를 그 자리에 내버려 둔 것이 마침내 머리를 가려 주게 되었다. 그러나 지상 1피트 언저리에서부터 그 위는 잎이 없는 줄기가 죽죽 뻗어 있어 발을 쳐놓은 뒤에 숨어 있는 것 같았다. 하지만 내가 가만히 움직이지 않고 있으면 우선 발각되지 않을 것이다. 위험할 정도로, 또 쌍안경도 쓸 필요 없는 가까운 거리이기는 했으나 그래도 이만큼 가려 줄 수 있는 곳은 달리 없을 것이다.

울타리 뒷면은 벌거숭이 산의 비탈인데, 내 오른쪽에 있는 들판 끝까지 이어져 있었다. 뒤로는 30에이커쯤 되는 초원이 펼쳐지고 있다. 나머지는 길과의 사이에 침엽수가 늘어서 있는데, 그곳은 애덤스나 핸버의 바로 눈앞이다.

도랑에 다다르려면 비탈의 흙이 붕긋하게 된 간단한 장애물을 떠나 그들의 모습이 보이지 않을 때를 대비하여 풀이 우거진 평지를 15야드쯤 가로질러야 했다. 물러갈 때는 그처럼 아슬아슬한 재주를 부리지 않아도 된다. 날이 저물기를 기다릴 뿐이다.

운반차는 기재광 옆에 멈춰서 있었다. 내가 언덕 비탈을 내려와 이곳에 닿은 것과 동시에 칸더스테그를 내려놓는 발굽 소리가 들렸다. 재드 윌슨이 말을 끌고 문을 들어가 풀이 돋아난 도로 쪽으로 갔다. 그 뒤를 이어 애덤스가 문의 빗장을 걸고 안쪽 울타리의 문짝을 열어 도로 위에다 직각으로 고정시켰다. 문짝이 그대로 도로 끝을 막는 셈이 되었다. 그는 재드와 말 곁을 지나 마찬가지로 4, 5야드 저쪽의 문짝을 열었다. 그러자 재드와 말은 도로 끝의 조그만 우리 안에 들어 있는 모습이 되었다. 문짝을 열면 삼면에 출구가 있는 우리다. 하나는 문을 나가 밖으로 가는 출구, 나머지 둘은 도로 양쪽으로 나가는 출구다.

재드가 차에서 내려놓자 말은 천천히 풀을 뜯기 시작했다. 두 사람은 핸버가 있는 오두막 쪽으로 모습을 감추었다. 오두막은 비바람에 시달린 널빤지로 만들어져 있고 양쪽으로 여는 문과 창문이 하나 있는 마방이었다. 미키가 없어졌던 3일 동안 거기서 지냈을 것이 틀림없었다.

마방 안에서 잠시 덜컹덜컹 무엇인가 준비하고 있는 소리가 들렸다. 내가 있는 곳에서는 입구를 비스듬히밖에 볼 수 없으므로 안에서 무슨 일을 하고 있는지는 알 도리가 없었다.

이윽고 세 사람이 나왔다. 애덤스는 오두막 뒤를 돌아 들판을 넘어서 언덕 비탈을 올라갔다. 꼭대기까지 속도를 늦추지 않고 올라가 주위의 경치를 바라보고 있었다.

핸버와 재드는 문을 지나 우리 안으로 들어왔다. 둘이서 둥근 탱크와 한쪽 끝에 호스가 달려 있는 전기 청소기 같은 도구를 나르고 있었다. 우리 구석에 놓고 재드가 호스를 손에 들었다. 칸더스테그는 주위의 풀을 뜯고 있다가 머리를 들더니 이상하게 여기지도 않고 두 사람을 보았다. 말은 머리를 숙이고 다시 풀을 뜯기 시작했다.

핸버는 두어 걸음 걸어 바깥쪽 울타리에 비끄러매어 놓은 문께로 가서 무엇인가를 살펴보고 나서 먼저 위치로 돌아가 윌슨의 옆에 섰다. 윌슨은 언덕 위의 애덤스 쪽을 보고 있었다.

언덕 위에서 애덤스가 아주 자연스럽게 손을 흔들었다.

우리 한구석에서 핸버가 손을 입으로 가져갔다. 거리가 너무 멀어서 피리를 손에 들었는지 눈으로 확인할 수는 없었으나, 쌍안경을 꺼내려니 움직이기에는 너무 거리가 가까워 위험했다. 귀를 기울여도 소리는 들리지 않았으나 의심할 여지가 없었다. 칸더스테그가 귀를 세우고 핸버 쪽을 보았다.

월슨이 들고 있는 호스에서 갑자기 화염이 뿜어 나왔다. 말의 뒤에다 대고 있었으므로 말은 깜짝 놀랐다. 허리를 낮추고 귀를 바싹 붙이고 있었다. 핸버가 팔을 움직이자 무슨 장치가 되어 있는지 말이 도로로 나갈 수 있게끔 문짝이 열렸다. 말의 입장으로서는 더 말할 필요가 없었다.

말은 도로를 미친 듯이 뛰어 돌아다니고 있었다. 모퉁이에서 미끄러지고 안쪽 울타리에 부딪치면서 내 머리에서 10피트 근방을 쏜살같이 달려 지나갔다. 월슨이 또 하나의 문짝을 열어 놓고 핸버와 둘이 도로 밖으로 나갔다. 칸더스테그는 전속력으로 도로를 두 바퀴 돌더니 이윽고 쑥 내밀고 있던 머리를 자연스러운 각도로 되돌리고는 미친 듯한 달음박질을 멈추고 보통 속도로 돌아왔다.

핸버와 월슨은 말의 거동을 보고 있었다. 애덤스는 비탈에서 천천히 내려와 두 사람에게로 왔다.

그들은 말이 속도를 늦추고 혼자 멈춰서기를 기다리고 있었다. 말은 세 바퀴 반을 돌고서 내 오른쪽 근방에서 멈춰섰다. 월슨이 느릿느릿 문짝으로 도로의 한쪽을 막고서 한손에 막대기, 한손에 채찍을 들고 걸어가 말을 구석으로 몰아 갔다. 말은 그의 앞을 조심스럽게 천천히 나아갔다. 혼란된 듯 땀을 흘리고 있었지만, 붙잡히고 싶지 않다고 생각하는 모양이다.

월슨은 막대기와 채찍을 휘두르면서 말을 쫓아갔다. 칸더스테그가 가벼운 발걸음으로 내 앞을 지나갔다. 발굽이 풀에 스치는 소리가 들렸다. 그러나 나는 보고 있지 않았다. 얼굴을 울타리 밑동에 대고 있었다. 몸이 떨렸다. 1초가 한 시간처럼 느껴졌다.

바지 입은 다리가 스치는 소리, 장화가 풀을 밟는 소리, 채찍 우는 소리가 귀를 때렸다. 나를 발견한 외침 소리는 끝내 들리지 않았다. 그들은 내 앞을 지나 걸어갔다.

내 뜻과는 반대로 당장에라도 도랑에서 튀어나와 숨겨 둔 오토바이 쪽으로 달려가려고 긴장하고 있던 온 몸의 근육이 차츰 풀렸다. 눈을 뜨고 눈 앞의 잎새 무더기를 보았다. 혀를 움직여 바싹 마른 입 안을 축축하게 만들었다. 조심스럽게 조금씩 머리를 들어 들판을 바라보았다.

말은 도로를 막은 문짝에 다다랐고, 윌슨이 다른 하나의 문짝을 닫고 있는 참이었다. 말은 다시 우리 속에 갇혔다. 세 사람은 20분쯤 말을 그대로 내버려 두었다. 모두 집 안으로 들어갔으므로 나는 그들이 나오기만을 기다리고 있었다.

맑게 갠 조용한 아침이었으나 도랑 속에, 그것도 습기를 머금은 도랑 속에 엎드려 있기에는 너무나도 추웠다. 그러나 손가락, 발가락 이외에 몸을 움직여 살갗을 녹이는 일은 폐렴에 걸리는 것보다 더 위험했다. 엎드린 채 머리에서 발끝까지 온통 검정 색이고 머리칼도 검정이기 때문에 다행이라고 생각했다. 나는 낙엽이 썩어 흑갈색이 된 위에 엎드려 있었다. 그 보호색이 있었기 때문에 오목한 비탈이 아니라 이곳을 선택했던 것이다. 이 판단 덕분에 살았다. 만약 녹색 풀 위에 있었더라면 애덤스가 내려다보고 있던 장소에서 검은 물체가 웅크리고 있는 것이 한눈에 보였을 것이 틀림없다.

윌슨이 집에서 나오는 것을 알아차리지 못했는데, 문이 쾅 닫히는 소리가 들렸다. 그가 보니 우리 안에 들어가 사뭇 위로하는 듯한 표정으로 재갈을 어루만지고 있었다. 적어도 말을 좋아하는 사람이 어떻게 화염 방사기로 말을 위협할 수가 있는지 나로서는 도저히 상상이 되지 않았다. 재드가 다시 되풀이할 것은 분명한 일이다. 말 곁에서 떨어지자 우리 구석에 가서 호스를 들어 주둥이를 조절하고 있었다.

이윽고 애덤스가 나와 비탈로 올라가고 핸버가 단장을 끌고 재드에게로 왔다.

애덤스가 신호하는 데 시간이 걸렸다. 그동안 바깥쪽 통행이 없는 도로를 차가 세 대 지나갔다. 애덤스는 겨우 마음을 놓은 듯 팔을 천천히 올렸다가 내렸다.

핸버의 손이 입으로 올라갔다.

칸더스테그는 이미 그 뜻을 알고 있었다. 공포의 빛을 뚜렷이 드러내고 뒷걸음질을 쳤다. 말은 불꽃이 날아오자 우뚝 멈춰섰다.

이번에는 화염 방사의 세기가 더욱 강하고 몸에 가까웠으며 시간도 길었다. 칸더스테그의 공포심은 먼저보다 더했다. 도로를 몇 번이나 돌고 있었다. 거금을 건 룰렛공이 멈춰서기를 기다리는 것 같은 느낌이었다. 그런데 이번에는 내가 숨어 있는 곳에서 떨어진 도로의 저쪽 끝에 멈추어섰다.

재드는 말의 뒤로 돌아가기 위하여 도로를 걷지 않고 초원을 가로질러 갔다. 나는 휴우 가슴을 쓸어내렸다.

나는 처음에는 편안한 자세로 몸을 웅크리고 있었으나, 오랜 시간 움직이지 않아서 온 몸이 아프고 오른쪽 넓적다리에 경련이 일고 있었다. 그래도 세 사람이 내 눈 앞에 있는 동안에는 꼼짝도 하지 못했다.

그들은 다시 칸더스테그를 우리 안에 넣어 놓고 집 쪽으로 걸어갔다. 나는 주의해서 되도록 조용히 낙엽 속에서 팔다리를 움직였다. 경련을 멈추게 할 수는 없어 온 몸을 바늘로 찌르는 것 같은 느낌이 들었다. 그래, 좋다…… 이런 상태가 언제까지나 계속되지는 않겠지.

그들은 분명 화염 방사를 되풀이할 모양이다. 방사기를 여전히 우리 구석에 놓아 두고 있었다.

그때쯤 해가 높이 솟아오르고 있었다. 나는 내 가죽 점퍼의 왼쪽 소매와 어깨가 햇볕을 반사하고 있는 것을 바라보았다. 반사가 너무 강렬하다. 울타리에도 도랑 속에도 검은 가죽처럼 빛을 반사하는 것은 없다. 윌슨이 다시 내게서 몇 피트밖에 안 되는 거리에 와서 거기 있을 까닭이 없는 광채에 의혹을 품지나 않을까?

애덤스와 핸버가 오두막에서 나와 문에 기대서서 칸더스테그의 거동을 보고 있었다. 이윽고 담배에 불을 붙이면서 뭐라 이야기하고 있다. 서두르는 기색은 전혀 없었다. 담배가 다 타 버리자 내던지고 다시 10분여 동안 이야기했다. 그러다가 애덤스가 자기 차로 가서 병과 글라스를 가져왔다. 윌슨도 집에서 나와 두 사람과 한데 어울려 햇볕 아래에서 이야기하며 술을 마셨다. 어디서나 볼 수 있는 광경이었다.

그들에게 이것은 늘 일어나는 일에 지나지 않는다. 적어도 이제까지 스무 번은 해 온 일이리라. 이번 희생자는 주위를 조심스레 살피면서 우리 안에서 겁에 질린 채 서 있었다. 너무 충격이 큰 나머지 풀을 뜯을 마음도 없는 모양이다.

그들이 마시는 것을 보고 있으려니까 나도 갈증이 느껴졌다. 그러나 그런 일은 지금 문제가 아니었다. 꼼짝 않고 있는 일이 점점 더 힘들어졌다. 고통스러울 정도였다.

이윽고 세 사람이 움직였다. 애덤스가 병과 글라스를 차에 집어넣고 언덕으로 올라갔다. 핸버가 우리의 문을 점검하고 재드가 호스 주둥이를 조절하였다.

애덤스가 신호하고 핸버가 피리를 불었다.

이번에는 칸더스테그의 모습이 화염 속에 떠올랐다. 무서운 광경이었다. 윌슨이 몸을 옆으로 흔드니 강렬한 화염의 불길이 낮게 깔리며 말의 몸뚱이 밑 다리 사이를 지나갔다. 나는 내가 불타는 것 같은 마음에 쫓겨 나도 모르게 소리를 치려고 했다. 한순간 칸더스테그는 두려운 나머지 도망칠 마음도 잊은 듯이 보였다.

다음 순간, 말은 비명을 지르면서 유성처럼 도로를 내달렸다. 화염에서, 고통에서, 개피리에서 도망치려고,

그러나 모퉁이도 돌지 못하고 생나무 울타리에 부딪쳐 퉁겨지면서 벌렁 쓰러졌다. 눈과 이빨을 허옇게 드러내고 있었다. 다리를 버둥거리면서 일어나 내 앞을 지나 멈춰 설 기색도 없이 도로를 달리고 또 달렸다.

말은 내게서 20야드밖에 안 되는 곳에서 급히 멈춰 섰다. 목에서부터 다리를 타고 땀이 흘러내렸는데, 가만히 서 있었다. 온 몸이 경련을 일으킨 것같이 떨고 있었다.

재드 윌슨이 막대기와 채찍을 들고 도로를 걸어왔다. 나는 생나무 울타리 밑둥에 얼굴을 묻었다. 만약 들키더라도 그와 나 사이에는 튼튼한 쇠줄을 둘러친 생나무 울타리가 있으므로 도망칠 시간이 조금 있으리라고 생각하면서 마음을 가라앉히려고 했다. 그러나 오토바이는 내 뒤 200야드의 덤불 속에 숨겨 놓았고 거기서 구불텅거리는 길까지는 다시 200야드쯤 된다. 애덤스의 재규어는 운반차 바로 옆에 놓여 있었다. 아무래도 도망칠 수는 없을 것 같았다.

칸더스테그는 두려운 나머지 꼼짝도 못하는 듯했다. 윌슨이 호통을 치고 채찍을 휘두르는 소리가 들렸다. 종종걸음으로, 천천히 비틀거리는 듯한 말발굽 소리가 내 머리 앞을 지나쳐 가기까지는 꽤 오랜 시간이 걸렸다.

추위에도 불구하고 나는 땀을 흘리고 있었다. 빌어먹을, 말보다 내가 오히려 더 아드레날린 과다가 되어 있다. 윌슨이 내 쪽으로 걸어오기 시작했을 때부터 내 심장의 고동 소리가 들렸다.

윌슨이 말을 호통치는 목소리가 너무도 가까이에서 들려 와 얻어맞은 것 같은 충격을 느꼈다. 채찍이 울렸다.

"걸엇! 자, 걸으라니까!"

그는 내 머리에서 몇 피트도 안 되는 거리에 서 있었다. 칸더스테그는 완강하게 버티고 섰다. 다시 채찍이 울렸다. 윌슨이 말을 꾸짖고 격려하듯이 스스로 발을 구르는 소리가 땅을 타고 울려왔다. 1야드쯤 되는 거리이다. 머리를 조금만 이쪽으로 돌리면…… 완전히 정지하고 있는 긴장된 압박감이 너무나도 고통스러워 나는 어떤 일이라도, 비록 발견되는 일일지라도 지금 이 상태보다는 나으리라는 생각이 들기 시작했다.

그 고통도 별안간 끝났다.

칸더스테그가 뛰기 시작하여 울타리에 부딪치고 비틀거리는 걸음으로 도로 저쪽을 향해 달려갔다. 재드 윌슨이 그 뒤를 쫓았다.

나는 맥이 빠져 나무토막처럼 뒹굴어 있었다. 가슴의 두근거림이 차츰 가라앉았다. 다시 숨쉬기 시작했다. 손바닥을 펴니 한줌의 잎새가 떨어졌다.

한 걸음 한 걸음 재드가 말을 도로 끝으로 몰고 가서 우리의 문을 닫았다. 이번에는 화염 방사기를 들고 문 밖으로 나왔다. 일이 끝난 것이다. 애덤스와 핸버와 윌슨이 한 줄로 서서 말을 보고 있었다.

말의 희뿌연 털 위에 땀이 솟아올라 꺼멓게 된 부분이 보였다. 다리와 목을 긴장시킨 채 우리 한복판에 서 있었다. 세 사람 중 하나가 조금이라도 움직이면 신경질적으로 뛰어올랐다가 다시 긴장된 자세로 돌아갔다. 운반차에 태워 포제트로 데리고 갈 수 있을 만큼 진정되기까지는 꽤 오랜 시간이 걸릴 것 같았다.

미키는 사흘 동안 보이지 않았었는데, 그것은 뭔가 잘못하여 다리에 심한 화상을 입었기 때문일 것이다. 칸더스테그의 세뇌공작은 순조롭게 끝난 모양이니 조금 뒤 마구간으로 다시 데리고 가겠지.

나의 뻣뻣해진 몸의 마디마디로 보아서는 한 시간이라도 빨랐으면 좋겠다. 세 사람은 햇볕을 받으며 운반차에서 오두막으로, 오두막에서 차로 이렇다 할 일도 없이 아침 한때를 오락가락하며 보내고 있었으며, 세 사람이 한꺼번에 내 눈 앞에서 사라지는 일은 없었다. 나는 소리를 내지 않고 제기랄을 연발했으며 코를 풀고 싶은 것을 가까스로 참았다.

꽤 시간이 지난 뒤에 세 사람이 움직이기 시작했다. 애덤스와 핸버는 재규어를 타고 텔브리지 쪽으로 사라져 갔다. 그런데 재드 윌슨은 운반차의 운전대에 손을 찔러 종이 봉지를 꺼내더니 문 위에 걸터앉아 점심을 먹기 시작했다. 칸더스테그는 작은 우리 안에서 꼼짝도 않고 있었다. 나 역시 도랑 속에서 말과 마찬가지로 꼼짝도 않고 있었다.

윌슨은 점심을 다 먹자 종이 봉지를 구겨 조그맣게 만들어 버리고 하품을 하면서 담배에 불을 붙였다. 칸더스테그는 여전히 땀을 흘리고, 나는 온 몸이 아팠다. 둘레는 아주 고요했다. 시간이 흘러갔다.

윌슨은 담배 꽁초를 내던지고 또 하품을 했다. 느릿한 동작으로 문에서 내려와 화염 방사기를 들고는 집 쪽으로 갔다.

그가 집 안으로 들어가기가 바쁘게 나는 얕은 도랑 속에 철떡 떨어져 몸을 옆으로 누인 채 주위가 축축한 것은 아랑곳 않고 아픔을 참으면서 팔다리를 하나하나 폈다. 시계를 보니 2시였다. 배가 고팠다. 초콜릿을 잊어버리고 가져오지 않은 것을 후회했다. 아무 소리도 들리지 않은 채 오후의 반나절 내내 운반차가 시동을 걸어 떠나기를 기다리고 있었다. 한참 지나자 추위와 윌슨의 존재에도 불구하고 눈을 뜨고 있기가 퍽 힘들었다. 잠을 쫓는 데는 행동밖에 없다. 나는 배를 깔고 엎드려 조금씩 머리를 쳐들어서 칸더스테그와 오두막을 쳐다보았다.

윌슨은 여전히 문 쪽에 걸터앉아 있었다. 망막에 나의 움직임이 비쳤는지 자기 앞의 말에서 눈을 떼고 내 쪽으로 얼굴을 돌렸다. 한순간 그와 시선이 마주친 것처럼 생각되었다. 그러나 시선은 나를 지나쳐 가서 다시 말에게로 돌아갔다.

말은 아직도 땀을 흘리고 있었다. 말 몸뚱이의 거무스름한 반점이 뚜렷이 떠올라 있었다. 그러나 조금 전의 미친 듯한 눈초리는 아니었다. 보고 있으려니까 꼬리를 흔들며 불안하게 목을 내두르고 있었다. 고비를 넘긴 모양이다.

나는 더욱 신중하게 팔 위로 머리와 가슴을 올려놓고 기다렸다.

4시가 지나자 핸버와 애덤스가 재규어를 타고 왔다. 나는 구멍 속의 토끼처럼 고개를 쳐들고 보았다.

말을 데리고 돌아가기로 한 모양이다. 윌슨이 운반차를 끌어 문에 대고 디딤판을 내렸다. 말이 한 걸음 한 걸음 뻗대는 것을 끌고 몰고 하며 간신히 실었다. 가엾은 말의 고통은 들판 반대쪽에서 보고 있는 내 눈에도 뚜렷했다. 나는 말을 사랑한다. 내 노력으로 애덤스, 핸버, 윌슨이 두 번 다시 이런 일을 못하게 되는 것을 아주 다행스럽게 여겼다.

나는 천천히 드러누웠다. 잠시 뒤 두 대의 엔진이——재규어와 운반차——시동을 걸고 포제트 쪽으로 굴러가는 소리가 들렸다.

차 소리가 들리지 않게 되자 나는 일어나 몸을 늘이고 옷에 붙은 잎새를 턴 다음 오두막을 조사하기 위하여 생나무 울타리를 따라 걷기 시작했다.

집에는 복잡한 자물쇠가 채워져 있었으나 창문으로 들여다보니 화염 방사기, 연료가 들어 있는 듯싶은 깡통, 커다란 양철 깔대기와 야외용 의자를 세 개 접어서 벽에 기대 놓은 것이 있었다. 굳이 안에 들어갈 필요는 없겠다고 생각했다. 걸쇠를 나사못으로 문에 붙여 놓았을 뿐이므로 들어갈 마음만 먹으면 간단했다. 나이프에 달린 드라이버를 쓰면 복잡한 자물쇠가 달린 채 전체를 빼는 일은 아주 쉽다. '악인이란 한 가지에만 머리가 돌아가지, 다른 방면에서는 아주 멍텅구리로구나' 하고 생각했다.

문을 지나 칸더스테그가 있던 우리 안으로 들어가 보았다. 말이 서 있던 근처의 풀이 타 버렸다. 울타리 안쪽은 경마장 코스의 목책으로 보이게끔 희게 칠해져 있었다. 나는 잠시 서서 주위를 둘러보았다. 얼른 보아 아무렇지도 않은 이곳에서 말이 겪은 고통이 내게 전해져 왔다. 밖으로 나가 내가 숨어 있던 도랑 근처를 지나 오토바이 쪽으로 걸어갔다. 오토바이를 끌어 일으키고 헬멧을 핸들에 걸친 다음 엔진에 시동을 걸었다.

이제 모든 걸 알아냈다고 생각했다. 임무 완료다. 아무 일 없이 재빠르게 성공리에 끝낸 것이다. 당연히 이렇게 될 터였다. 이제는 어제의 그 보고서를 완전한 것으로 만들고 최종적인 사실을 제시하여 이사들의 판단에 맡기는 일만 남았다.

핸버의 마구간을 감시하던 곳으로 돌아갔으나 사람 그림자는 없었다. 베케트는 내 편지를 받지 못한 것일까, 응원을 보낼 수가 없었던 것일까, 응원군이 왔었으나 내가 없어서 그냥 돌아간 것일까. 담요, 슈트케이스, 남은 식량이 그대로 있었다.

짐을 챙기고 그 자리를 떠나기 전에 마지막으로 마구간을 볼 셈으로 나는 아무 생각 없이 지퍼를 열고 쌍안경을 꺼냈다.

망원경에 보인 것은 무사히 임무를 완수했다고 느꼈던 내 만족감을 홱 날려 버렸다. 빨간 스포츠 카가 광장을 들어서고 있었다. 애덤스의 잿빛 재규어 옆에 서자 문이 열리면서 한 아가씨가 내렸다. 얼굴 모습을 알아보기에는 거리가 너무 멀었으나, 눈에 익은 차의 구조와

저 눈부신 은발은 의심할 여지가 없었다. 문을 닫고 망설이면서 사무실 쪽으로 걸어가 나의 시야에서 사라졌다.

나는 '이거 정말 고약하군' 하고 외쳤다. 도무지 생각지도 않았던 위험이 이런 형태로 일어나다니! 나는 엘리나에게 아무 이야기도 하지 않았다. 그녀는 나를 여느 마부로 생각하고 있다. 나는 그녀에게 개피리를 빌렸다. 그리고 그녀는 옥토버의 딸이다. '마지막 두 가지 사실을 말하지 않는다면, 그녀가 위험한 존재라고 애덤스가 생각하지 않을 가능성이 있을까' 하고 나는 혼란스러운 머리로 생각했다.

그녀의 신상에 위험이 미칠 일은 없으리라. 개피리의 의미를 알고 있는 것은 나이지, 그녀가 아니라는 것을 그녀의 입으로 상대방에게 믿게 할 수가 있다면 상식적으로 생각해 볼 때 그녀는 안전할 것이다.

그러나 그녀가 그 점을 명확하게 전하지 않았을 경우에는 어떻게 될까? 무엇보다 애덤스는 상식적으로 행동하는 사나이가 아니다. 그의 사고의 기준은 정상이 아니다. 정신 이상자이다. 그는 귀찮게 따라붙는 신문 기자를 죽였다. 필요하다고 믿을 경우, 그가 거듭 살인을 저지르지 않는다고 누가 말할 수 있겠는가?

나는 3분 동안 기다리기로 했다. 나를 찾아왔다가 이곳에서 나갔다는 대답을 듣는 즉시 돌아가면 굳이 걱정할 필요가 없을 것이다.

나는 그녀가 사무실에서 나와 차를 타고 가 버리기를 바랐다. 만약 애덤스가 그녀에게 위해를 가하려고 할 경우, 내가 그녀를 무사히 구해낼 가능성은 적었다. 애덤스, 핸버, 윌슨, 캐스——이렇게 생각하면 내 쪽이 아주 불리하다. 그들을 상대하는 사태는 피하고 싶었다. 그런데 3분이 지나도 빨간 차는 아직 광장에 그대로 있었다.

그녀는 권하는 대로 앉아 이야기하고 있는 것이다. 말해서는 안 될 일이 있다는 것은 꿈에도 모르고 있다. 내가 설명하고 싶은 감정을 억지로 누르지 말고 왜 핸버에게서 일하고 있는가를 설명해 주었더라면 그녀가 이런 곳에 찾아왔을 리 없다. 그것은 내 책임이다. 그녀가 머리칼 한 가닥 다치는 일 없이 무사하게 돌아갈 수 있도록 나는 온갖 수단을 강구하지 않으면 안 된다. 달리 길은 없다.

나는 쌍안경을 슈트케이스에 집어넣고 담요와 함께 그 자리에 놓아두었다. 지퍼를 올리고 헬멧을 쓰고 오토바이로 언덕길을 내려가서 핸버 마구간의 문 안으로 들어갔다.

문 옆에 오토바이를 두고 광장을 가로질러 운반차 차고 앞을 지나갔다. 문은 닫혀 있고 윌슨의 모습은 보이지 않았다. 아마도 집으로 돌아간 모양이다. 나는 그랬으면 좋겠다고 생각했다. 광장 끝의 사무실 벽 쪽으로 나아갔다. 광장 저쪽 끝에서 캐스가 왼쪽에서 네 번째의 마방을 들여다보고 있었다. 칸더스테그가 돌아와 있다.

광장 한복판계에 애덤스의 재규어와 엘리나의 작은 차가 나란히 서 있었다. 마부들은 저녁 작업으로 뛰어다니고, 모두들 다른 날과 다름없이 조용했다.

나는 사무실 문을 열고 들어갔다.

17

지나친 걱정을 한 모양이다. 내 상상력이 지나쳤던 것이다. 그녀는 정말로 아무 일 없이 앉아 있었다. 손에 든 핑크빛 액체가 담긴 글라스는 반쯤 비어 있었다. 애덤스와 핸버를 상대로 이야기를 나누며 얼굴에 미소를 띠고 있었다.

핸버의 딱딱한 얼굴은 걱정스러운 듯했으나 애덤스는 소리내어 웃으면서 즐거운 모양이었다. 그때의 정경이 또렷이 눈에 비친 순간, 세 사람이 내 쪽을 돌아다보았다.

"다니엘!" 엘리나가 외쳤다. "애덤스 씨가 당신은 어디로 가 버렸다고 하셨는데."

"그렇습니다. 놓고 간 물건이 있어서 가지러 왔습니다."

"엘리나 털렌 양은," 애덤스는 내 뒤로 돌아가 문을 닫고 그대로 기대어 서서 한 마디 한 마디 또박또박 말했다. "자네가 개피리를 빌려다 한 실험이 끝났는지 물어보러 오셨어."

역시 여기 들어오기를 잘했다.

"어머나, 그렇게 말하지 않았어요." 그녀가 항의했다. "다니엘이

277

볼일을 끝냈으면 피리를 찾아갈까 해서 왔어요. 지나가던 길이라 돌려주는 수고를 덜어 줄까 해서."

나는 애덤스를 쳐다보며 그와 마찬가지로 또박또박 말했다.

"엘리나 털렌 양은 내가 무엇 때문에 피리를 빌려 왔는지 알지 못해. 나는 말하지 않았어. 거기에 대해서는 아무것도 모른다."

애덤스는 눈을 가늘게 만들었다가 다시 크게 뜨고 나를 바라보았다. 턱이 꽉 죄어졌다. 달라진 내 말투를 알아차렸던 것이다. 그를 보는 내 표정의 변화에 뭔가 짐작이 갔던 것이다. 이제까지 내게 기대하고 있었던 것과는 아주 달라지고 있다. 그는 날카로운 눈길을 엘리나에게로 옮겼다.

"그녀에게는 상관 마라. 아무것도 모르니까." 나는 엄하게 말했다.

"대체 무슨 일이지요?" 엘리나가 웃으면서 물었다. "비밀 실험이란 뭐예요?"

"별일 아닙니다. 여기에 귀머거리 마부가 있어서요. 음정이 높은 소리로라면 혹시 들릴까 해서…… 그뿐입니다."

"네, 그래서 들렸나요?"

나는 고개를 저었다.

"안 들렸소."

"정말 안됐군요."

그녀는 글라스를 입으로 가져갔다. 글라스 속에서 얼음이 달그락거렸다.

"그럼, 이제 일은 끝났겠군요. 피리를 돌려주시겠어요?"

"물론입니다." 나는 전대에 손을 찔러 피리를 꺼내어 그녀에게 돌려주었다. 핸버의 놀라는 표정과 핸버가 그런 간단한 은닉처를 놓친 일에 대한 애덤스의 분노하는 표정이 내 망막에 잡혔다.

"고마워요." 그녀는 피리를 주머니에 집어넣으면서 말했다. "앞으로 어떻게 할 셈이지요? 어디 다른 마구간으로 가나요?" 그녀는 이번에는 핸버에게로 웃음을 띤 얼굴을 돌리며 말했다. "저분을 내보내다니, 이해할 수 없어요. 아버지의 마구간에서는 누구보다도 승마를 잘했어요. 이런 분은 좀처럼 없을 텐데……."

핸버 마구간에서는 말을 잘 타지 않았다.

핸버는 무겁게 입을 열었다.

"그다지 잘 탄다고는……."

애덤스가 교묘하게 끼어들었다.

"헤드레이, 아무래도 우린 로크를 잘못 안 모양이야. 엘리나 양, 당신 말씀대로 핸버 씨는 아마 꼭 이 로크를 다시 채용하고, 두 번 다시 나가지 못하게 할 겁니다."

"참 잘됐군요."

자기의 농담이 내게 통했는지 확인하려는 듯이 애덤스는 나를 쳐다보았다. 나로서는 재미있는 농담이라고는 생각되지 않았다.

"헬멧을 벗게. 방 안에서, 그것도 숙녀 앞이 아닌가?" 애덤스가 말했다.

"아니, 쓰고 있어야 해." 나는 끄떡도 않고 대답했다. 나로서는 갑옷으로 몸을 지킬 준비를 한 셈이다. 애덤스는 내게서 말대답을 들은 적이 없으므로 무서운 기세로 입을 다물었다.

핸버가 납득이 가지 않는다는 표정으로 말했다.

"엘리나 양, 어째서 로크의 일을 걱정하십니까? 아버님은 그가 당신에게 무례한 짓을 했기 때문에 해고하셨다고 들었는데요."

"어머나, 아니에요." 그녀는 웃었다. "그건 제 동생이에요. 하지만 그것은 정말이 아니에요. 모두 거짓말이었어요." 그녀는 글라스를 들이켜면서 진정한 선의로 나를 악인들의 밥으로 만드는 마지막 공정을 마무리지어 주었다.

"아버지께서 그게 지어낸 이야기라는 걸 아무에게도 말해서는 안된다고 하셨어요. 하지만 당신들은 다니엘의 고용주니까 알아 두시는 편이 좋겠지요. 저분은 절대로 나쁜 사람이 아니에요."

한순간, 방안이 조용해졌다. 나는 빙그레 웃으면서 말했다.

"그렇게 좋은 평을 받은 건 처음입니다. 당신은 정말 친절하시군요."

"어머나, 그러시면 싫어요." 그녀는 웃었다. "내 말을 다 알아들으시면서…… 그리고 어째서 좀더 자기 변호를 하지 않는지 이해할 수 없군요."

"변호한다는 일이 반드시 좋은 것만은 아닙니다."

나는 눈썹을 세우고 애덤스 쪽을 보면서 말했다. 그도 내 농담이 통한 것 같은 표정은 짓지 않았다. 그는 엘리나의 글라스에 손을 내밀었다.

"진 앤드 캄퍼리, 한 잔 더 어떻습니까?"

"고마워요. 하지만 그만 가 봐야겠어요."

애덤스는 글라스를 책상 위에 놓인 자기 글라스 옆에 놓았다.

"당신 생각은 어떻습니까? 로크는 난폭한 말을 다룰 때 미리 트랭퀼라이저로 마음을 진정시킬 필요가 있는 사나이라고 생각합니까?"

"트랭퀼라이저? 아, 트랭퀼라이저요. 물론 그런 사람은 아니에요. 그런 약을 먹은 일은 결코 없을 거라고 생각되는데요. 있어요?"

그녀는 이상하다는 듯이 나를 쳐다보았다.

"없습니다."

나는 그녀가 더 이상하게 여기기 전에 여기서 내보내고 싶어 안절부절못했다. 아무것도 의심하지 않고 아무것도 모르고 있는 동안은 그녀는 안전하다.

"그런데 자네는……."

이해가 안 간다는 얼굴로 핸버가 말하려 했다.

"농담입니다. 애덤스 씨가 퍽 우스워하셨었지요, 잊어버리셨습니까?"

"그래, 웃었지."

애덤스는 떫은 듯이 말했다. 그녀를 아무것도 모르는 채 내보낼 마음이 된 모양이다.

"그래요?" 엘리나의 얼굴이 밝아졌다. "나는 학교로 돌아가야겠어요, 내일은 주말이라서 슬로에 가는데…… 아버지에게 뭐 전할 말씀이라도 있어요, 다니엘?"

아무것도 아닌 말이었으나 애덤스의 몸이 굳어지는 것 같았다.

나는 고개를 저었다.

"정말 즐거웠어요, 핸버 씨. 그리고 음료수 고마웠어요, 공연히 오래 폐를 끼쳤군요."

그녀는 핸버, 애덤스, 마지막으로 나와 악수를 했다.

"잊은 물건을 가지러 오다니, 정말 운이 좋았어요, 어긋난 줄 알았는데…… 피리를 부니까 피리가 왔지 뭐예요."

엘리나는 생긋 웃었다. 나도 웃었다.

"네, 운이 좋았습니다."

"그럼, 안녕. 안녕, 핸버 씨."

애덤스가 그녀에게 문을 열어 주었다. 그녀는 문 앞에 서서 애덤스에게 안녕이라고 말했다. 그는 그 자리에서 움직이지 않았다. 나는 핸버의 어깨 너머로 창문을 통하여 그녀가 차 쪽으로 걸어가는 것을 보고 있었다. 그녀는 차에 올라타자 엔진을 걸고 애덤스에게 명랑하게 손을 흔들어 보이면서 광장을 나갔다. 나는 나의 탈출을 걱정하기보다는 그녀가 무사히 돌아간다는 안심 쪽이 더욱 강했다.

이윽고 애덤스는 안으로 들어와 문을 닫고 자물쇠를 채운 다음 열쇠를 주머니에 넣었다. 핸버는 놀라는 듯한 표정을 지었다. 아직도 깨닫지 못한 모양이다.

핸버는 나를 바라보면서 말했다.

"로크가 어쩐지 다른 사람이 된 것 같군. 말투도 달라졌어."

"로크 이 놈이 뭔지 알 게 뭐야."

그 자리에서 단 한 가지 고마웠던 것은 이제 무슨 말을 해도 겁내는 시늉을 하지 않아도 된다는 일이었다. 오랜만에 당당하게 상대와 맞설 수 있다는 것이 기뻤다. 비록 오래 가지는 않더라도.

"아니, 그럼 피리의 일을 알고 있는 건 엘리나 털렌이 아니라 로크란 말인가?"

"그래." 애덤스는 왔다갔다하며 대답했다.

"아직도 모르겠나? 아무래도 옥토버가 첩자를 들여보낸 모양이야 …… 그런데 어떻게 알았을까."

"하지만 로크는 고작해야 마부 아닌가?"

"고작해야라고?" 애덤스가 격렬한 어조로 씹어뱉었다. "그렇다고 해서 마음놓을 수는 없어. 마부에게도 입이 있지. 눈도 있어. 봐, 녀석은 이제까지처럼 바보 병신이 아니야."

"하지만 녀석의 말을 들어 줄 사람이 있으려구."

"아무도 녀석의 말을 들을 수가 없어."

"무슨 말인가?"

"녀석을 죽이겠어."

핸버는 말을 처분하는 의논을 하는 것 같은 투로 말했다.

"그래, 그러는 편이 나을지도 모르지."

"그런 짓 해봐야 이미 때가 늦었어." 나는 말했다. "이사회에 보고서를 보냈으니까."

"지난번에도 그렇게 말한 녀석이 있었지만 거짓말이었지." 핸버가 말했다.

애덤스가 가혹한 어조로 말했다.

"이번은 진짜야. 하지만 보고했거나 말았거나 나는 녀석을 죽이겠어. 달리 또 이유가 있어."

그는 말을 끊고 나를 쏘아보더니 덧붙였다.

"너는 나를 속였어, 이 나를. 철저하게."

나는 잠자코 있었다. 편안한 대화의 시간은 아닌 듯 싶었다.

"이놈은 오토바이를 가지고 있어."

핸버는 뭔가 생각해 내고 있는 듯한 얼굴로 말했다.

나는 세면소 창문은 너무 작아서 도망칠 수 없다는 것을 생각해 냈다. 광장으로 나가는 문은 잠겨 있고, 핸버는 책상 앞에 서서 나와 창문 중간에 자리 잡고 있다. 소리치면 캐스가 뛰어올 뿐이다. 내가 거기에 있는 줄 모르는 다른 마부들이 올 까닭도 없고, 와 봐야 도와줄만한 사람들이 아니다. 애덤스도 핸버도 나보다 키가 크고 체력이 단단하다. 특히 애덤스는 나보다 훨씬 크다. 핸버는 단장을 가지고 있다. 애덤스가 어떤 연장을 쓸지는 알 수 없다. 게다가 나는 이제까지 남과 진짜로 싸운 일이 없었다. 이제부터의 몇 분 동안은 그다지 유쾌한 장면이 될 듯싶지 않았다.

그러나 생각해 보니 내 쪽이 그들보다 젊고, 중노동 덕분에 몸놀림도 거의 완전하다. 그리고 헬멧을 쓰고 있다. 또 나는 물건 던지기를 잘한다…… 이렇게 생각하니 그다지 불리한 상황도 아닌 것 같았다.

가죽으로 커버를 씌운 나무의자가 문 옆의 벽가에 있었다. 애덤스가 그것을 들고 나를 향해 다가왔다. 핸버는 제자리에서 단장을 겨누었다.

맞서 싸울 길이 없는 것 같았다.

애덤스의 눈이 이제껏 본 적이 없을 정도로 캄캄한 빛을 띠고, 입 언저리에 떠오르는 웃음도 눈에까지는 이르지 않았다. 그는 커다란 목소리로 말했다.

"어차피 죽일 바엔 좀 즐길까. 교통사고로 불에 타 죽은 시체를 누가 자세히 조사하려구."

애덤스는 의자를 내리쳤다. 나는 교묘하게 피했으나, 그 바람에 핸버가 단장을 겨누고 있는 곳으로 가까이 갔다. 핸버의 단장이 귀 밑의 어깨 모서리를 세게 내리쳤다. 나는 비틀비틀 쓰러지며 그대로 뒹굴었다. 일어나려는데 애덤스의 의자가 허공을 쳤다. 바닥에 맞아 다리가 하나 떨어져 나간 의자를 애덤스가 다시 집어들었다. 단단하고 네모진 각목으로 끝이 들쭉날쭉 날카로웠다.

애덤스는 다시 웃음을 떠올리면서 부서진 의자를 구석으로 차던졌다.

"자, 한 판 즐길까."

그들로서는 즐거움이라고도 할 수 있겠지.

그로부터 얼마동안, 그들은 별로 다치지 않았으나 나는 여기저기에 타박상이 생기고, 애덤스의 의자 다리에 맞은 상처에서 피가 끊임없이 흘렀다. 그래도 헬멧 덕분에 그들의 뜻대로는 되지 않았고 나도 차츰 몸을 이리저리 잘 피하게 되었다. 나는 발로 차는 수법을 썼다.

핸버는 동작이 느려 제자리에 서서 창문을 지키는 한편 내가 다가가면 단장으로 후려쳤다. 방이 좁아서 가끔 그에게 얻어맞았다. 나는 처음부터 어느 쪽의 연장을 빼앗든가 부서진 의자를 집든가 뭔가 던질 물건을 찾아 집으려고 했으나, 번번이 손을 세게 얻어맞았다. 애덤스도 내 의도를 알아차리고 의자에 다가오지 못하도록 했다. 물건을 던진다고 해도 던질 만한 것은 모두 핸버의 책상 위에 있었다.

언덕 위에서 추운 밤을 지내기 위하여 내가 점퍼 밑에 셔츠를 두

장 포개어 입은 것이 얼마쯤 쿠션 역할을 해주었다. 그러나 애덤스의 매질은 뜻밖에도 억세어 맞을 때마다 나는 저절로 얼굴이 찡그려졌다. 유리를 깨고 창문으로 튀어나가려고 생각했으나 그들은 나에게 기회를 주지 않았다. 그런 짓을 시도하는 동안에 나는 점점 기운이 빠져갔다.

될 대로 되라는 마음으로 상대방의 몽둥이를 피하기를 그만두고 핸버에게 덤벼들었다. 그 틈에 애덤스에게 두 번 강타당했으나 아랑곳하지 않고 절름발이 핸버의 멱살을 잡자 한쪽 발을 책상에 걸고 냅다 방 저쪽으로 내던졌다. 그는 무서운 기세로 서류 캐비닛에 부딪쳤다.

책상 위에 녹색 유리로 된 문진이 있었다. 크리켓 볼만한 크기였다. 나는 내 손아귀에 꼭 들어맞는 문진을 집어 몸을 홱 돌리면서 10피트도 안되는 거리에서 캐비닛에 기대고 있는 핸버를 겨누어 던졌다.

문진은 그의 양쪽 눈 한복판에 가서 맞았다. 너무나도 훌륭한 일격이었다. 그는 정신을 잃고 소리도 못 지르며 바닥에 허물어졌다.

그가 아직 완전히 쓰러지기 전에 나는 거기로 뛰어가서 문진에 손을 뻗쳤다. 나로서는 몽둥이보다 더 유리한 연장이었다. 그러나 애덤스가 곧 그것을 알아차렸는지 팔을 쳐들었다.

나는 거기서 실수를 저질렀다. 한 번 더 얻어맞는 것쯤 대단할 것도 없으리라고 생각하여 애덤스가 몽둥이를 내리치는 것을 알고 있으면서도 문진을 줍는 자세를 바꾸지 않았다. 이번에는 내가 밑을 향하고 있었으므로 헬멧 아래의 귀 뒤에 일격을 맞았다.

의식이 아득해지면서 몸을 틀어 벽 쪽으로 쓰러졌다. 두 어깨를 벽에 대고 주저앉았다. 한쪽 발이 엉덩이 밑에 깔렸다. 일어서려고 했으나 온 몸의 힘이 빠져 버린 것 같았다. 머리는 구름 속을 헤매고 있었다. 눈이 보이지 않았다. 귓속이 윙윙 울리고 있었다.

애덤스는 내 위에 엉거주춤 서서 끈을 풀어 헬멧을 벗겼다. 뭔가 생각하고 있는 것이다. 올려다보았다. 그는 웃음을 띠고 의자 다리를 흔들며 서 있었다. 즐기고 있는 것이다.

마지막 한순간에 머리가 조금 맑아지면서 지금 무슨 수를 쓰지 않으면 다음 일격에 완전히 죽는다는 생각이 들었다. 피할 여유는 없다. 나는 오른팔을 들어서 머리를 감쌌다. 광포한 기세로 몽둥이가 내리쳐졌다.

무엇인가가 폭발한 것 같았다. 팔이 감각을 잃고 축 늘어졌다.

앞으로 얼마일까? 10초? 그렇게 길지는 않겠지. 나는 굉장히 화가 났다. 애덤스에게 나를 죽이는 즐거움을 주어서는 안 된다. 그는 아직 웃음을 짓고 있었다. 내 표정을 물끄러미 바라보면서 마지막 일격을 가하려고 천천히 팔을 들기 시작했다.

이래서는 안 된다. 다리는 아무 데도 아프지 않다. 뭘하고 있는 것인가? 멀쩡한 다리가 둘이나 있는데 가만히 앉아서 죽이기를 기다리고 있다니! 그는 내 오른쪽에 서 있고, 내 왼쪽 다리는 엉덩이 밑에 깔려 있었다. 그 다리를 움직여 그쪽으로 두 다리를 내민 것에 관심을 두는 빛은 없었다. 두 다리를 들어 한쪽을 그의 다른 앞에, 한쪽을 그의 뒤꿈치에 놓았다. 오른쪽 다리를 쓱 뻗쳐 두 발을 죄는 동시에 있는 힘을 다해 몸을 굴렸다.

그는 완전히 허를 찔렸다. 두 팔을 쳐들며 균형을 잃고 뒤로 벌렁 나자빠졌다. 그 자신의 몸무게가 거기에 더해졌다. 한순간 힘이 빠져 일어나는 데 시간이 걸렸다. 내 오른손은 감각이 없어져서 무엇을 던질 수가 없었다. 비실비실 일어나서 문진을 왼손에 쥐고 무릎을 꿇고 일어나려는 애덤스의 머리에 일격을 가했다. 효과는 없는 듯했다. 무언가 중얼거리고 있었다.

나는 필사적으로 팔을 쳐들어 목줄기에 다시 일격을 내리쳤다. 이번에는 쓰러져 꼼짝도 하지 않았다.

나는 그 옆에 쓰러졌다. 눈이 돌아가고 구역질이 났다. 온 몸이 아프기 시작하고 이마의 상처에서 피가 흘러 사무실 바닥을 적셨다.

그런 상태로 얼마나 시간이 지났을까. 입을 벌려 크게 숨을 내쉬고 일어나 이곳에서 나가려고 버둥거렸다. 그렇게 오랜 시간은 아닐 것이다. 캐스가 올지도 모른다고 생각하자 겨우 일어설 수가 있었다. 그때의 상태로는 어린아이라도 간단하게 나를 쓰러뜨릴 수 있었으리라. 하물며 저 근육질의 마구간 주임이라면 도무지 당해낼 자신이 없다.

두 사람은 방바닥에 나가떨어진 채 꼼짝도 하지 않았다. 애덤스는 코를 골 듯이 거친 숨소리를 내쉬고 있었다. 핸버의 가슴은 움직이는 것 같지 않았다.

왼손으로 얼굴을 만지니 피가 질퍽하게 묻어났다. 온 얼굴이 피투성이인 모양이었다. 피투성이인 채 오토바이를 몰고 갈 수는 없다. 비틀거리면서 세면소로 들어갔다.

개수물 그릇에 반쯤 녹은 얼음이 있었다. 얼음. 씀벅씀벅하는 눈으로 보았다. 냉장고 안의 얼음. 글라스에서 소리내던 얼음. 개수물통 속의 얼음. 피를 멎게 하는 데 좋을 것이다. 한 덩이를 집어들고 거울을 보았다. 피범벅이었다. 얼음 덩어리를 상처에 대고, 낡은 표현이지만 온 몸의 힘을 다 불러일으키려고 하였다. 그러나 소용없었다.

조금 뒤에 개수물통에 얼음을 넣고 얼굴의 피를 씻어 냈다. 상처가 보였다. 2인치쯤 되는 상처로 그다지 깊지는 않았으나 피가 자꾸만 흘러나왔다. 멀거니 주위를 더듬어 수건을 찾았다.

약품 선반 옆의 책상 위에 뚜껑이 열린 유리병과 숟가락이 있었다. 수건을 찾다 보니 흘끗 눈에 비쳤다. 눈길을 되돌려 자세히 보았다. 뭔가 이상하다. 비틀거리면서 두어 발자국 다가갔다. 저 병에 무슨 사연이 있는 것으로 생각되었다. 생각이 모이지 않았다.

페노바비톤 가루 병이다. 2주일 동안 날마다 미키에게 먹인 약이다. 단순한 수면제에 지나지 않는다. 나는 후욱 숨을 내쉬었다.

그때 뭔가 머리에 떠올랐다. 미키가 다 먹어서 병은 비었을 텐데. 빈병이 아니면 안 된다. 뒤집어 가지고 밑바닥을 쳤었지. 꽉 찼을 리가 없어. 거의 꽉 들어찬 새 병일 리가 없는데, 봉합용 왁스가 테이블 위에 떨어져 있어서는 안 되는 것이다. 누군가가 새 병을 열어 두어 숟가락 떠낸 것 같았다.

그렇다, 칸더스테그다.

수건을 찾아 얼굴을 닦았다. 사무실로 돌아가 애덤스 옆에 무릎을 꿇고 그의 주머니에서 열쇠를 꺼내려고 했다. 숨소리가 들리지 않는다.

몸을 돌려 반듯하게 뉘었다.

이것만은 달리 듣기 좋은 표현 방법이 없다. 그는 죽어 있었다.

가느다란 피의 흐름이 귀와 코와 입에서 새어나오고 있었다. 내가 때린 언저리를 만져보았다. 움푹 파인 뼈가 손가락 끝에 만져졌다.

나는 몹시 놀라 떨면서 주머니를 더듬어 열쇠를 찾아냈다. 일어나서 경찰에 전화를 걸려고 책상 쪽으로 걸어갔다. 전화기는 방바닥에 떨어져 있었다. 수화기가 내려져 있었다. 몸을 구부리고 왼손으로 서투르게 집어들었다. 어지러웠다. 내 상태에 정나미가 떨어졌다. 겨우 몸을 뻗쳐 전화기를 책상 위에 놓았다. 어깨 언저리에서 또 피가 흐르기 시작했다. 다시 한번 얼굴을 씻을 기운은 없었다.

마구간 쪽에는 전등이 하나 둘 켜져 있었다. 하나는 칸더스테그의 마방이었다. 문이 활짝 열려 있고 말이 매인 채 뒷발을 세게 차올리고 있었다. 수면제를 먹인 것 같지 않았다.

전화의 다이얼에 손가락을 찌른 채 나는 문득 손을 멈췄다. 몸이 얼어붙었다. 머리가 확 맑아지는 것 같았다.

칸더스테그에게는 진정제를 주지 않았다. 기억을 둔화시킬 까닭이 없지. 그 반대여야 한다. 미키의 경우도 착란 상태가 명백하게 되기까지는 주지 않았다.

나는 내 머리에 떠오른 일을 믿고 싶지 않았다. 진 앤드 캄퍼리 속에 넣은 한 숟갈이나 두 숟갈의 가용성 페노바비톤은 충분히 사람을 죽일 수 있다.

사무실에 들어섰을 때의 정경이 또렷이 떠올라왔다. 손에 든 글라스, 핸버의 걱정스러운 듯한 표정, 애덤스의 즐거운 얼굴. 나를 죽이려고 할 때 즐거운 듯했던 얼굴과 같은 표정이다. 죽이는 일에 쾌감을 느끼는 것이다. 엘리나의 이야기에서 그녀가 피리의 사용 목적을 알아차린 것으로 단정하고 곧 그녀를 죽이려 했던 것이다.

그녀가 나가는 것을 막지 않은 까닭을 알겠다. 학교로 돌아가 몇 마일이나 떨어진 그녀의 방에서 죽는다. 어리석은 계집아이가 수면제를 과용한 것이다. 애덤스나 핸버와 결부시켜서 생각하는 사람은 없을 것이다.

그가 악착같이 나를 죽이려고 한 까닭도 알겠다. 내가 그의 말의 흉계를 알고 있고 또 그를 속였기 때문만은 아니다. 그녀가 진 글라스를 마시는 것을 보았기 때문이다.

내가 여기 올 때까지의 정경을 상상하기는 아주 쉽다. 애덤스가 부드러운 말투로 이렇게 말한다.

"로크가 피리를 다 썼는지 궁금해서 오셨군요."

"네."

"아버님은 여기에 온 것을 알고 계신가요? 피리에 대해서도 알고 계십니까?"

"아니, 그저 저 혼자 온 거예요. 아버지는 피리 같은 거 물론 모르세요."

그렇게 뛰어들어온 것을 보고 꽤 바보스러운 계집아이라고 여겼을 것이 틀림없다. 본디 그는 여자란 모두 바보스러운 물건이라고 생각하는 남자 가운데 한 사람이니까.

"음료에 얼음을 넣습니까? 아, 그만두십시오. 내가 넣어 가지고 오지요. 바로 옆방이니까요. 자, 어서. 진과 페노바비톤을 마시고 천국으로 가셔야지."

스티플튼의 경우와 마찬가지로, 무모한 위험을 무릅썼으면서도 또 성공한 것이다. 내 시체가 여기서 떨어진 어느 절벽 밑에서 찌그러진 오토바이와 함께 발견되고 엘리나가 기숙사에서 죽어 있을 경우, 그는 다시 두 번의 살인을 완전히 감출 수 있게 되는 것이다.

단 엘리나가 죽는다면 말이다.

나는 여전히 손가락을 다이얼에 찌르고 있었다. 999를 세 번 돌렸다. 응답이 없다. 전화기를 마구 흔들고 다시 한번 돌렸다. 안 된다. 전화기가 죽어 있다. 모두가 죽었다. 미키, 스티플튼, 애덤스, 엘리나…… 집어치워, 그만해 둬. 겨우겨우 생각을 한곳으로 모았다. 전화가 안 된다면 누군가 엘리나에게로 가서 살려 내야 한다.

처음에는 나는 도저히 안 된다고 생각했다. 그렇다면 누가? 내 생각이 들어맞는다면 그녀에게는 한시라도 빨리 의사가 필요하다. 다른 전화를 찾거나 나 대신 가 줄 사람을 찾으며 꾸물꾸물 시간을 허비하는 사이에 그녀가 살아날 기회는 점점 적어지는 것이다.

세 번만에 겨우 열쇠를 구멍에 밀어넣을 수 있었다. 오른손은 열쇠를 쥘 수가 없고 왼손은 떨리고 있었다. 나는 크게 숨을 내쉰 다음 문을 열고 밖으로 나와 닫았다. 올 때의 경로를 더듬어 광장으로 나갔는데, 아무에게도 들키지 않았다. 스타터를 처음 밟았을 때는 잘 걸리지 않았다. 캐스가 마방 끝을 돌아 무슨 일인지 보러 왔다.

"거기 있는 게 누구지? 댄인가? 그런 데서 뭘하고 있지?"

그가 내 쪽으로 왔다. 나는 힘껏 스타터를 밟았다. 엔진이 기침 같은 소리를 낸 다음 굉음을 터뜨리며 걸렸다. 크러치를 죄고 기어를 넣었다.

"돌아와!" 캐스가 소리질렀다.

나는 그의 모습을 뒤로 하고 포제트 가도를 달렸다. 타이어가 자갈을 파헤쳤다.

드로틀은 오른쪽 핸들에 달려 있다. 한쪽으로 틀면 속력이 올라가고 반대로 돌리면 속력이 떨어진다. 평소라면 간단한 일이다. 그러나 지금은 쉽지 않았다. 겨우 힘들여 잡으니 심한 통증이 느껴졌다. 문을 나서기 전에 하마터면 오토바이에서 굴러떨어질 뻔했다.

더램은 북동쪽으로 10마일 거리이다. 포제트 가도의 내리막길을 1마일 반, 고지대의 꽤 똑바른 인적 드문 길을 7마일 반, 교외를 1마일, 마지막 부분은 사람의 왕래가 많은 구불텅거리는 길로 가장 성가시다.

내가 오토바이에서 굴러떨어지면 엘리나는 죽는다. 나는 오로지 그 생각만으로 핸들에 매달려 있었다. 더램까지 가는 그 길은 두 번 다시 되풀이하고 싶지 않은 경험이었다. 나는 몇 번을 맞았는지 기억하지 못하나, 청소할 때의 융단도 나만큼은 두들겨맞지 않을 것이다. 나는 고통을 참으며 운전에 신경을 집중시키려고 애썼다.

만약 엘리나가 곧바로 학교에 돌아갔다면 돌아간 즉시 졸음이 올 것이다. 이제까지는 생각하지 못했으나 내가 기억하고 있는 한, 수면제가 효력을 나타내면 1시간쯤 걸린다. 그러나 알코올에 녹아든 수면제는 문제가 다르다. 좀 빠르다. 20분에서 30분 정도일까. 잘 모르겠다. 20분이면 안전하게 운전하여 돌아갈 만한 시간이 충분히 있다. 그런 다음은? 자기 방으로 간다. 노곤하다, 드러눕는다. 그리고 잠든다.

내가 애덤스와 핸버와 싸우고 있는 동안 그녀는 더램을 향하여 달리고 있었다. 내가 몽롱한 상태로 세면소에서 얼마나 시간을 허비하고 있었는지 모르지만, 내가 출발하기 훨씬 전에 도착했으리라고는 생각할 수 없다. 친구에서 말하든가 의사를 불러 달라고 할 정도로 기분이 나빠져 있을까? 그러나 비록 그렇게 했더라도 그녀 자신, 혹은 다른 아무도 그 원인을 알 까닭이 없다.

이윽고 더램으로 들어섰다. 모퉁이를 몇 번이나 돌았다. 중심가에서 빨간 신호등 때문에 멈춰서기도 하였다. 마지막 반 마일은, 드로틀을 누르고 있는 오른팔의 통증을 견디기 어려워 천천히 달리고 싶은 마음을 억지로 눌렀다. 독약이 돌이킬 수 없는 효과를 발휘하는 데 걸리는 시간을 모르기 때문에 그 불안이 속력을 밀어올렸다.

18

기숙사 입구에 닿았을 때는 주위가 어두워지기 시작하고 있었다. 엔진을 끄고 현관 층계를 뛰어올라갔다. 경비원의 책상에는 아무도 보이지 않고 건물 전체가 정적에 싸여 있었다. 복도를 뛰면서 모퉁이를 생각해 내고 층계를 찾아 내어 3층으로 올라갔다. 거기서 길을 잃어 버렸다. 엘리나의 방이 어느 방향인지 전혀 짐작도 가지 않았다.

코안경을 걸친 말라 빠진 노부인이 종이 다발과 두꺼운 책을 안고 내 쪽으로 걸어왔다. 직원 가운데 한 사람이리라고 생각했다.

"실례합니다만, 털렌 양의 방이 어디쯤입니까?"

노부인은 곁에 와서 나를 바라보고 있었다. 내 몰골이 마음에 들지 않는 모양이었다. 지금 이 순간, 정돈된 몸치장을 하고 있을 수 있다면 그 무엇을 내던져도 아깝지 않다는 생각이 들었다.

"병이 나 있을지도 모릅니다. 방이 어딥니까?" 거듭 물었다.

"얼굴에 피가 묻었군요."

"아주 하찮은 상처입니다. 부탁입니다. 가르쳐 주십시오." 나는 그녀의 팔을 잡았다. "방에 같이 가 주십시오. 만약 그녀가 아무렇지도 않다면 잠자코 말없이 돌아가겠습니다. 하지만 아주 위험한 상태에 있으리라고 생각합니다. 제발 나를 믿어 주십시오!"

"좋아요." 그녀는 마지못해 동의했다. "어쨌든 가 보세요. 여기를 돌아서 한 번 더 돌아가면 됩니다."

엘리나의 방문 앞에 다다랐다. 나는 문을 세게 두드렸다. 대답이 없었다. 허리를 굽혀 옆의 구멍을 들여다보았다. 안에서 열쇠를 찔러 놓아서 아무것도 보이지 않았다.

"문을 열어 주십시오." 나는 아직도 의심스럽게 나를 보고 있는 부인에게 말했다. "열어 주십시오. 열고 그녀가 무사한지 확인하게 해 주십시오."

그녀는 손잡이를 잡고 돌렸다. 열리지 않았다. 잠겨 있는 것이다.

나는 세게 문을 두드렸다. 대답이 없었다.

"보십시오, 잘 들어 보세요." 나는 다급하게 말하였다. "안에서 문을 잠갔으니까 엘리나 털렌 양은 안에 있을 겁니다. 대답이 없는 것은 대답할 수가 없기 때문이지요. 어서 빨리 의사를 불러야 합니다. 지금 곧 의사를 불러 주십시오."

노부인은 고개를 끄덕이며 안경 너머로 물끄러미 나를 쳐다보았다. 나를 믿었는지 어떤지 잘 모르겠다. 아무튼 믿은 모양이다.

"의사 선생님에게 그녀는 40분쯤 전에 페노바비톤과 진을 마셨다고 말해 주십시오. 서둘러 주십시오. 이 문의 예비 열쇠는 없습니까?"

"열쇠 구멍에 들어 있는 열쇠를 밀어 낼 수는 없어요. 언젠가 한 번 그런 일이 있었지요. 당신이 부술 수밖에 달리 방법이 없습니다. 전화를 걸고 오지요."

그녀는 조용하게 복도를 걸어갔다. 이마에 피가 말라 붙은 채 미친 사람처럼 서둘러 대는 사나이가 학생 하나가 죽어가고 있다고 아우성

치고 있는데도 불구하고 어처구니없을 만큼 평온한 표정이었다. 참으로 대범한 선생님이기도 하다.

빅토리아 왕조에 이 건물을 지은 사람은 억척스러운 남자 친구가 여대생의 방문을 부수고 쳐들어가는 일이 없게끔 충분한 배려를 한 것이 틀림없다. 철통 같은 구조였다. 그러나 저 냉정한 노부인이 평온한 어조로 당신이 문을 부술 수밖에는 방법이 없다고 말을 비친 것이다. 나는 문을 부수지 않으면 안 된다. 간신히 구두 뒤꿈치로 문을 부수었다. 안쪽의 나무테가 떨어져 나가면서 문이 큰 소리를 내고 열렸다.

지독한 소음에도 불구하고 복도에 다른 학생의 얼굴은 나타나지 않았다. 사람의 그림자조차 없었다. 나는 엘리나의 방에 들어가 전등 스위치를 켜고 문을 밀어 놓았다.

그녀는 파란색 침대 커버 위에 길게 드러누워 깊이 잠들어 있었다. 은발이 얼굴 옆에서 곱게 다발지어져 있었다. 평화로운 아름다움이었다. 옷을 벗으려고 했던 모양이다. 그래서 문을 잠갔던 것일까. 슬립 밑에 브래지어와 브리프를 입었을 뿐이다. 속옷은 모두 흰 바탕에 핑크빛 장미꽃 봉오리를 수놓은 것으로 리본으로 가장자리를 둘렀다. 예쁘다. 벨린다가 보면 갖고 싶어하겠지. 그러나 지금은 의지가 없는 애처로움만이 느껴졌다. 나의 불만이 커졌다.

핸버의 마구간에서 입고 있었던 슈트는 방바닥 두 군데에 떨어져 있었다. 한쪽 양말은 의자 등받이에 걸려 있었으나 다른 한짝은 축 늘어진 팔 아래 방바닥에 있었다. 새 양말이 한 켤레 화장대 위에 놓여 있고 파란 드레스가 양복장 문에 걸려 있었다. 저녁에 갈아입으려 했던 것이리라.

내가 문을 차서 부수는 소리에도 잠이 깨지 않았으니 건드리는 정도로는 물론 가망이 없겠지만 그래도 시도해 보았다. 팔을 잡아흔들었다. 반응이 없었다. 맥박도 호흡도 정상이고 얼굴도 여느 때와 마찬가지로 고운 빛이다. 아무 데도 달라진 점이 없다. 오히려 겁이 났다.

의사가 오려면 앞으로 얼마나 걸릴까 하고 나는 조바심을 했다. 문이 단단하여 시간이 걸렸다. 어쩌면 내가 기운이 없기 때문이었는지도 모른다. 그 비쩍 마른 부인이 전화를 걸러 간 지가 10분은 되리라.

바로 그때 문이 후닥닥 열리고 무게 있는 중년 사나이가 문 앞에 우뚝 서서 방 안의 모양을 보고 있었다. 혼자였다. 한 손에 슈트케이스를 들고 한 손에 도끼를 들고 있었다. 안으로 들어서면서 문들이 산산조각으로 부서져 있는 것을 보고 문을 닫자 도끼를 엘리나의 책상 위에 놓았다.

"부술 시간을 벌었군." 거침없는 말투였다. 그다지 관심도 없는 눈초리로 나를 쳐다보고 옆으로 비키라고 몸짓하였다. 엘리나의 말려 올라간 슬립과 길게 뻗쳐진 다리를 보자 의혹에 찬 날카로운 목소리로 물었다.

"옷에 손을 댔소?"

"아니오." 나는 화난 소리로 대답했다. "팔을 잡아 흔들었습니다. 맥을 짚어 봤지요, 들어왔을 때부터 이렇게 되어 있었습니다."

무엇인가, 아마도 내 지친 모습이 눈에 띄어 먼저와는 달라진 눈으로 의사는 나를 보고 있었다.

"좋소." 그는 엘리나에게로 얼굴을 가까이 가져갔다.

의사가 그녀를 보고 있는 동안 나는 뒤에 서서 기다리고 있었다. 그가 몸을 일으켜 이쪽으로 돌아섰을 때 말려올라갔던 슬립이 얌전하게 무릎을 덮고 있는 것이 보였다.

"페노바비톤과 진이라고 했지요? 틀림없소?"

"틀림없습니다."

"스스로 마셨소?" 의사는 가방을 열면서 물었다.

"그렇지 않습니다."

"여기는 언제나 여자가 득시글거리오." 그는 나를 물끄러미 바라보며 전혀 관계 없는 말을 하기 시작했다. "그런데 지금은 모두 미팅인가 뭔가에 가고 하나도 없지요. 도울 만한 기운이 있겠소?"

"네."

의사는 망설였다.

"정말이오?"

"할 일이 뭔지 말해 주십시오."

"좋소. 되도록 큰 물주전자와 물통이나 큰 대야를 찾아오시오. 우선 치료부터 하고서 사정 이야기를 듣도록 합시다."

의사가 가방에서 주사기를 꺼내어 약을 넣고서 엘리나의 팔꿈치 뒤에 있는 혈관에 주사하였다. 나는 벽장 안에서 주전자와 대야를 찾아냈다.

의사는 의혹을 품은 눈초리로 말했다.

"전에 온 일이 있나 보군."

"꼭 한 번." 나는 엘리나의 입장을 생각하여 덧붙였다. "나는 그녀 아버지의 고용인입니다. 개인적인 일이 아닙니다."

"아, 그래요. 알았습니다."

의사는 바늘을 빼고 주사기를 분해한 다음 손을 씻었다.

"몇 알을 먹었는지 알고 있소?"

"알약이 아닙니다. 가루입니다. 적어도 찻숟가락 하나 정도, 아니, 더 많을지도 모릅니다."

의사는 놀라는 듯했다.

"그 정도 양이라면 쓸 텐데. 맛으로 알 수 있을 거요."

"진 앤드 캄퍼리…… 그 자체가 쓰다지요."

"그렇군. 위를 세척하겠소. 그렇게 많은 양이라면 이미 약 기운이 대부분 흡수되었겠군. 아무튼 해봅시다."

의사는 나에게 주전자에 미지근한 물을 담도록 지시하고 엘리나의 목구멍에 굵은 관을 신중하게 밀어 넣었다. 다 넣고 한쪽 끝에 귀를 대고 있는 것을 보고 나는 놀랐다. 의식불명이어서 자기 스스로 삼킬 수 없는 환자의 경우에는 폐에 들어가지 않도록 주의해야 한다고 의사는 말했다.

"숨소리가 크게 들리면 잘못 들어간 것이오."

그는 관 끝에 깔때기를 끼우고 손을 내밀어 주전자를 받더니 신중하게 물을 흘려 넣었다. 굉장한 양으로 생각되는 물이 관을 타고 들어가자 따르기를 그치고 주전자를 내게 돌려주고서 자기의 발치에 대야를 갖다 놓도록 지시했다. 그리고는 깔때기를 뽑고 급히 관 끝을 내려 대야에 넣었다. 물이 흘러나왔다. 위 속의 다른 여러 가지 것도 한데 나왔다.

"흐음." 의사는 차분한 투로 말했다. "먼저 뭘 먹었나 보군. 케이크 같소. 됐어."

의사는 아주 초연했다.

"괜찮습니까?"

나의 목소리는 긴장되어 있었다.

의사는 내 쪽을 흘끗 보고 관을 뽑았다.

"내가 오기 전 한 시간이 채 안 되는구려, 먹은 지?"

"50분쯤 되었다고 생각합니다."

"뭘 먹고 있으니까…… 아, 문제없소. 그리고 건강하니까. 아까 주사는 메지마이드로, 효과적인 해독제이지요. 이제 한 시간쯤 지나면 잠을 깰 거요. 병원에서 하루 저녁 지나면 수면제는 완전히 몸에서 빠져나가지요, 절대로 나쁜 영향은 없습니다."

나는 손으로 얼굴을 문질렀다.

"시간이 아주 크게 작용을 하지요," 의사는 평온한 투로 말을 이었다. "저 상태로 몇 시간이나 그냥 가면…… 찻숟가락 하나 가득은 30그레인(2그램)이 넘습니다." 그는 머리를 흔들었다. "그러면 죽어 버리지요."

그는 대야에서 분석용 샘플을 채취하고 나머지는 수건으로 덮었다.

"머리의 상처는 어찌 된 거요?" 의사가 갑자기 물었다.

"싸웠습니다."

"꿰매야겠군, 어떻소?"

"부탁드립니다."

"틸렌 양을 병원으로 옮긴 뒤에 합시다. 블리처드 박사가 구급차를 부르겠다고 했으니까 금방 올 거요."

"블리처드 박사?"

"날 부른 선생님입니다. 나는 이 바로 옆에 병원을 가지고 있지요. 전화로 피투성이가 된 이상한 젊은이가 틸렌 양이 독약을 먹었다고 말하고 있으니 와서 봐 달라고 하더군요," 그는 웃음을 지었다. "아직 사정을 안 들었는데……."

"이야기가 깁니다."

나는 지쳐 있었다.

"경찰에는 알려야지."

나는 고개를 끄덕였다. 경찰에 말해야 할게 너무나 많았다. 그들에게 설명할 일이 아득해졌다. 의사는 병원 앞으로 편지를 쓰고 있었다.

복도에서 갑자기 아가씨들의 목소리가 들려 왔다. 선생의 것으로 짐작되는 의젓한 발자국 소리도 들렸다. 여기저기서 문이 열렸다 닫혔다하고 있었다. 학생들이 미팅에서 돌아온 모양이다. 조금만 더 늦었으면 엘리나가 실려 나가는 것을 보이지 않아도 되었을 텐데.

한결 무거운 발자국 소리가 방 앞에 서더니 문을 두드렸다. 흰 윗옷을 입은 두 사나이가 들것을 가지고 왔다. 그들은 익숙한 솜씨로 엘리나를 들어올려 담요에 싸서 눕힌 다음 떠메고 나갔다. 그 뒤에 동정과 호기심을 나타내는 귀여운 아가씨들의 목소리가 남았다.

들것이 나가자 의사는 문을 닫고 아무 말 없이 가방에서 실과 바늘을 꺼내어 내 이마를 꿰매 주었다. 그가 소독을 하고 꿰매는 동안 나는 엘리나의 침대에 걸터앉아 있었다.

"무엇 때문에 싸웠소?"

"습격당했습니다."

"흐음!"

의사는 각도를 달리하여 꿰매기 위해서 발을 옮기고 몸의 균형을 취하느라고 내 어깨에 손을 얹었다. 내가 아파서 몸을 움츠리자 그는 이상스러운 듯이 바라보았다.

"그럼, 당신이 당했소?"

"아니오." 나는 느릿느릿 말하였다. "내가 이겼습니다."

의사는 꿰매고 가위로 실을 싹둑 자르면서 말했다.

"자, 됐소. 자국은 남지 않을 거요."

"고맙습니다." 내 목소리에는 힘이 없었다.

"괜찮겠소?" 의사는 갑자기 물었다. "그런데 그 누르스름한 잿빛이 당신의 얼굴빛이오?"

"엷은 황색이 제 빛깔이고 잿빛은 지금의 내 기분을 나타내고 있는 거겠지요." 나는 희미하게 웃었다. "머리 뒤도 얻어맞았습니다."

의사는 귀 뒤의 상처를 살펴보더니 죽지는 않을 거라고 말했다. 그가 나에게 또 어디가 아프냐고 묻고 있을 때 무거운 발자국 소리가 복도에서 나더니 이윽고 문이 와락 열렸다.

어깨가 떡벌어진 경관이 둘 서 있었다. 의사를 알고 있는 모양이다. 더램에서 경찰일도 꽤 많이 하고 있는 모양이었다. 의사와 경관들은 정중하게 인사를 주고받았다. 의사가 털렌 양은 벌써 병원으로 옮겼다고 설명하려 하자 경관이 그의 말을 가로막았다.

"저 사람에게 볼일이 있습니다."

키가 큰 경관이 나를 가리켰다.

"다니엘 로크라는 마부입니다."

"그래, 그가 털렌 양의 일을 알렸는데……."

"아니, 이건 털렌 양과는 관계가 없는 일입니다. 다른 일로 심문할 겁니다."

"그는 꽤 지쳐 있소. 잘 다루어야 할 거요. 잠시 뒤에 하면 안 될까요?"

"안됐지만 그럴 수는 없습니다."

두 사람이 조심조심 내게로 다가왔다. 말하고 있는 자는 나와 비슷한 나이로 붉은 머리칼에 신중한 눈초리를 하고 있었다. 다른 하나는 키가 조금 작은 갈색 눈의 사나이로 마찬가지로 아주 신중해 보였다. 둘 다 내가 덤벼들어 목이라도 죌까봐 겁내고 있는 것 같았다. 두 사람은 함께 몸을 구부리더니 내 두 팔을 잡았다. 내 오른쪽에 있던 붉은 머리가 주머니에서 수갑을 꺼내어 둘이서 내 손목에 채웠다.

"얌전하게 굴어." 붉은 머리가 주의를 주었다. 내가 아픈 나머지 팔을 빼려고 하자 도망치려는 것으로 잘못 안 것이다.

"놓으시오…… 아무 데로도 도망치지 않을 테니."

두 사람은 팔을 놓고 한 발자국 물러서서 나를 내려다보았다. 그들의 얼굴에서 경계의 빛이 거의 사라지고 있었다. 내가 정말로 덤벼들 줄 알았던 모양이다. 나는 완전히 허탈 상태에 빠졌다. 팔의 아픔을 억누르기 위하여 두 번 크게 숨을 내쉬었다.

"그다지 시끄러운 일은 없을 것 같군." 키가 작은 쪽이 말하였다.

"금방 뻗을 것 같은 모습인데."

"싸웠다더군요." 의사가 말했다.

"그런 말을 하던가요?" 경관은 웃었다.

나는 손목에 채워진 수갑을 내려다보았다. 동작이 부자유스러울 뿐만 아니라 여간 굴욕적인 것이 아니다.

"무슨 짓을 했습니까?" 의사가 물었다.

붉은 머리가 대답하였다.

"그는…… 그러니까…… 그가 일하고 있던 마구간의 조교사, 지금 의식이 없는데 그와 머리통이 깨어진 또 다른 사나이에 대한 폭력 사건으로 심문을 받게 된 겁니다."

"죽었소?"

"그런가 봅니다. 직접 마구간에 가 보지는 않았지만 엉망인 모양입니다. 우린 클레버링에서 그를 연행하러 온 거지요. 그리로 데리고 가겠습니다. 마구간의 관할 구역이라서요."

"그가 있는 곳을 재빨리도 알아냈군요." 의사가 말했다.

"그렇습니다." 붉은 머리가 자랑스럽게 말했다. "모두 머리를 잘 썼던 거지요. 여기서 어떤 부인이 3분쯤 전에 더램 경찰서에 전화를 걸어 이 사나이의 인상착의를 말했는데, 그 뒤 클레버링에서 마구간 사건으로 수배 연락이 오자, 누군가가 양쪽의 인상착의에 공통점이 있다는 것을 알아차리고 우리에게 알려 주었습니다. 그래서 우리가 파견되어 와 보니 꼭 들어맞는군요. 문제의 번호가 붙은 오토바이가 입구에 세워져 있었지요."

나는 얼굴을 들었다. 의사는 실망한 표정으로 나를 내려다보고 있었다. 나와는 완전히 동떨어진 사람이었다. 의사는 어깨를 움츠리고 지친 듯한 목소리로 말했다.

"이런 사람들의 일은 정말 모르겠군. 보통의 오토바이족과는……
뭐랄까…… 좀 다른 데가 있다고 생각했었는데. 그런데 그런 짓을
했으니……."

그는 내게 등을 돌리고 가방을 집어 들었다.

더 이상 참을 수가 없었다. 나는 지금까지 뭇사람들에게 나를 혐오
하도록 내 쪽에서 적극적으로 행동해 왔으며 그 일을 그다지 뼈아프
게 느끼지 않았다. 그러나 이 의사에게는 오해받고 싶지 않았다.

"그들이 먼저 싸움을 걸어 왔기 때문에 싸운 거요."

의사는 나를 돌아보았다. 어째서 그에게 오해받고 싶지 않았는지
나 자신도 알 수 없었으나, 그때는 그렇게 생각되었다.

키 작은 경관이 눈을 들어 의사에게 말했다.

"조교사는 그의 고용주이고, 죽은 쪽은 그곳에 말을 맡기고 있는
유복한 신사라고 합니다. 마구간 주임이 사건을 신고했더군요. 로
크가 오토바이로 달아나는 것을 보고 이상하게 생각했다는 겁니다.
로크는 그전에 이미 해고되었다더군요. 조교사에게 그걸 알리러 가
니까 의식을 잃고 있고, 다른 한 사람은 죽어 있었다는 것이었습니
다."

의사는 더 이상 듣고 싶지 않은 모양이었다. 뒤도 돌아보지 않고
방을 나갔다. 그의 오해가 어떻다는 것이냐! 붉은 머리가 시키는 대
로 순순히 조용하게 모든 일을 잠자코 받아들일 수밖에 없는 것이다.

"그만 갑시다."

키 작은 사나이가 말했다. 두 사람은 다시 긴장된 태도로 경계의
눈을 희번득이며 적의에 찬 표정으로 서 있었다.

나는 천천히 일어났다. 거의 일어설 기력이 없었으나 그들의 동정
을 얻으려는 마음은 조금도 없었으며, 있었다 할지라도 아무 소용없

는 일이었다. 혼자 설 수 있어서 다행스러웠다. 일단 일어나니 마음이 편안해졌다. 그것은 육체적인 것이 아니라 심리적인 것이다. 두 사람은 이미 덮어씌울 듯한 무서운 경관이 아니라 나와 비슷한 키의, 임무에 충실하고 실패하지 않으려 애쓰는 두 사람의 젊은 사나이에 지나지 않았다.

그러나 상대방에게 준 나의 인상은 반대였다. 그들은 마부 따위는 키가 작으리라고 생각했었는지, 그렇지 않다는 것을 알고서 깜짝 놀라는 것 같았다. 그들의 태도가 눈에 띄게 강해졌다. 이러한 상황에서 검은 옷을 입고 있는 나로서는 언젠가 테렌스가 말한 것처럼 위험하고 다루기 힘든 인상을 주리라고 생각되었다.

나는 특히 경관에게는 더 이상의 난폭한 취급을 받고 싶지 않았다.

나는 한숨을 내쉬었다.

"당신들이 말한대로 얌전히 굴 테니 마음 놓으시오."

그러나 그들은 사람의 머리통을 두들겨 깨뜨린 흉악한 사나이를 연행하는 것이므로 충분히 조심하도록 하라는 주의를 받고 왔는지, 내 말을 곧이곧대로 받아들이지 않았다. 붉은 머리가 오른팔 팔꿈치를 꽉 잡고 나를 문 쪽으로 밀었다. 복도에 나가자 키 작은 쪽이 마찬가지로 왼팔을 잡았다.

복도 양옆에 소곤대는 아가씨들이 늘어서 있었다. 나는 잠시 발을 멈추었다. 경관이 나를 밀었다. 아가씨들은 눈을 휘둥그렇게 뜨고 있었다.

옛날부터 흔히 쓰이는 쥐구멍에라도 들어가서 숨고 싶다는 말이 나를 위한 깃인 듯 생각되었다.

그나마 남아 있는 나의 긍지가, 이처럼 숱한 영리하고 귀여운 아가씨들 앞에서 죄인 취급을 당한 일에 대한 반발을 느꼈다. 나이도 나이려니와, 여성이라는 점에서 더욱 그러했다. 만일 이것이 남성이라면 나는 그렇게까지 참담하지는 않았으리라.

그러나 간단하게 그 장면을 벗어날 수는 없었다. 엘리나의 방에서 출구까지는 긴 거리로, 구부러진 복도며 층계를 내려가는 한 발자국 한 발자국이 모두 신기한 듯한 여자들의 눈길을 받고 있었다.

이러한 경험을 깨끗이 잊어버릴 수 있는 사람은 아무 데도 없을 것이다. 너무나도 상처가 깊다. '하지만……' 하고 나는 참담한 마음으로 고쳐 생각했다. '수갑을 차고 끌려 다니는 일도 자주 해보면 익숙해질지도 모른다. 익숙해지고 나면 남의 눈길도 그다지 따갑지 않겠지…….' 그러자 조금 마음이 가라앉는 것 같았다.

나는 그런 대로 넘어지지 않고 층계도 걸을 수 있었다. 그것만으로도 고마웠다. 그리고 이윽고 처넣어진 경찰차 안은 지나온 그 거리에 비하면 안식처와도 같았다.

나는 앞자리의 두 사람 사이에 앉았다.

키 작은 경관이 차를 운전했다.

"어이구!" 그는 모자를 쑥 밀어 올렸다. "이거 굉장히 많잖아."

그는 아가씨들의 눈길을 받고 얼굴이 빨개졌다. 이마에 땀이 배어 있었다.

"이건 여간내기가 아니야." 붉은 머리가 흰 손수건으로 목줄기를 닦으면서 비스듬히 나를 보고 있었다. "얼굴 근육 하나 움직이지 않는걸."

나는 창문 유리를 통하여 똑바로 앞을 보고 있었다. 얼굴만 보고는 남의 마음을 판단하지 못하는 법이다. 내게 그 시간은 고문이나 마찬가지였다. 얼굴에 나타나지 않았다면 몇 달씩이나 감정이며 생각을 겉으로 드러내지 않는 훈련을 쌓아 왔기 때문일 것이다. 습관이란 무서운 것이다. 앞으로 얼마 동안은 그 습관에 의지하게 되리라고 생각했는데, 나중에 보니 그것은 맞는 생각이었다. 경찰서로 가는 도중,

305

나는 공연한 구렁텅이에 휩쓸려들어갔으며 빠져나오려면 상당히 유쾌하지 못한 시간을 오래 보내야 할 것이라고 생각되었다. 내가 애덤스를 죽인 것은 사실이다. 그것을 부인하거나 피하는 것은 불가능하다. 그리고 내 말은 어엿한 한 시민의 진술로 받아들여지는 것이 아니고, 자신의 행위를 얼버무리려는 살인범의 말로 받아들여질 것이다. 사람들은 나를 겉보기대로밖에 받아들여 주지 않는다. 그 겉보기가 그야말로 저열하다. 그러나 그 점은 어떻게 할 도리가 없다. 내가 인간쓰레기같이 보였기 때문에 핸버의 마구간에 8주 동안이나 있을 수 있었던 것이다. 애덤스의 눈을 속여 온 내 겉모습은 경찰의 눈에도 진짜로밖에 비치지 않을 것이다. 그 증거로 그들은 이미 경계하고 적의에 차서 내 양옆에 앉아 있다.

붉은 머리는 한순간도 내게서 눈을 떼지 않았다.

한참 잠자코 보고 있다가 "이 녀석은 그다지 말이 없는 것 같군" 하고 말했다.

"생각이 많겠지, 아마." 다른 하나가 빈정대는 투로 말했다.

애덤스와 핸버에게서 받은 아픔이 끊임없이 나를 괴롭혔다. 고쳐 앉으면 수갑이 찰칵 소리를 내었다. 내가 처음으로 마부의 모습으로 슬로에 갔을 때의 해맑은 마음이 먼 옛날의 일처럼 생각되었다.

앞길에 클레버링 거리의 등불이 보이기 시작했다. 키 작은 쪽이 나를 보며 마음속의 기쁨을 감출 길이 없는 모양이다. 체포 완료, 목적 달성. 죽 잠자코 있던 붉은 머리도 만족스러운 듯이 말했다.

"녀석도 나올 때쯤에는 할아범이 다 되겠군."

'절대로 그렇게는 안 될걸' 하고 나는 생각했다. 그러나 내가 옥살이하는 기간의 길이는 나의 살인이 정당방위였다는 것을 강력하게 상대방에게 이해시키느냐 못하느냐에 달려있는 것이다. 나도 그냥 변호사의 아들이었던 것은 아니다.

그로부터 몇 시간은 그야말로 나락에 떨어져 들어가는 것 같았다. 클레버링의 경관은 하나같이 억세고 입심 사나운 사나이들이었다. 그래서 실업자가 많은 탄광 지대에서 범죄의 발생을 최소한으로 줄일 수 있는 것이리라. 인정사정이라는 말은 그들의 책에는 없는 모양이었다. 개인적으로는 저마다 자기 아내를 사랑하고 자식을 소중하게 여기고 있을지 모르나, 만약 그렇다면 유머나 인간애는 모두 근무 시간 외에 쓰기 위하여 따로 두는 모양이었다.

경찰서는 분주했다. 건물 안은 사람들의 발소리와 목소리로 혼잡을 이루고 있었다. 수갑을 채운 채 나를 이 방에서 저 방으로 끌고 다니고 여기저기서 물어 뜯을 듯한 질문을 퍼부었다.

"나중에 해." 경관들은 말했다.

"녀석은 나중에 하자구. 밤새워 천천히 하면 돼."

나는 뜨거운 욕조, 푹신한 침대, 한줌의 아스피린을 갈망했다. 물론 그런 것이 허용될 리 없었다.

그날 밤, 경관들은 휑뎅그렁하게 전기불만이 휘황하게 켜져 있는 작은 방에서 나를 의자에 앉혔다. 나는 내가 핸버에게 무슨 짓을 했는가, 어떻게 해서 애덤스를 죽이게 되었는가 남김없이 털어놓았다. 오늘 하루의 일을 모두 이야기했다. 무리도 아니지만 그들은 내 말을 믿지 않았다. 그들은 그 자리에서 형식상 나에게 살인 용의자라는 딱지를 붙였다. 항의를 했으나 헛일이었다.

그들은 차례로 질문했다. 나는 대답했다. 같은 질문을 되풀이했다. 나는 대답했다. 그들은 릴레이 팀이라도 되는 것처럼 차례차례로 번갈아 에너지를 저장했다. 그러는 동안에 나는 점점 지쳐 갔다. 그러한 상황 아래에서 거짓말을 할 필요가 없는 것이 그나마 위안이었다. 끊임없는 불쾌감과 거듭되는 피로에 시달리며 머리를 맑은 상태로 해 두는 일은, 비록 진실을 말한다고는 하지만 곤란했다. 그들은 내가 실수를 저지르기를 기다리고 있는 것이다.

"이번만은 정말로 털어놓아야 해."

"다 털어놓았습니다."

"스파이라느니 뭐라느니 그런 이야기 말고."

"오스트레일리아에 전보를 쳐서 내가 일을 맡았을 때의 계약서 사본을 가져오면 되잖소."

나는 네 번이나 내 변호사의 주소를 말해 주었으나 그들은 네 번 다 곧이듣지 않았다.

"누구에게 고용됐었지?"

"옥토버 백작이오."

"그에게 물어 봐도 상관 없소?"

"토요일까지 독일에 가 있을 거요."

"그거 안됐군."

모두들 심술궂게 냉소했다. 그들은 내가 옥토버의 마구간에서 일한 것을 캐스로부터 들어서 알고 있었다. 캐스는 이들에게 내가 머저리 같고 부정직하며 겁을 잘 내고 머리가 나쁜 마부라고 말했으리라. 그 자신이 그렇게 믿고 있으니까 그의 말 쪽이 설득력이 있다.

"백작 댁의 아가씨 일로 말썽을 일으켰지?"

캐스 녀석, 개자식 같으니. 그 몹쓸 험구쟁이 캐스 놈, 나는 화가 났다.

"해고된 화풀이로 백작의 이름에 똥칠해 주려는 것이겠지."

"어제 핸버 씨에게 해고된 앙갚음을 하듯이 말이야."

"아니오, 임무가 끝났으니까 그만둔 거요."

"그럼, 얻어맞았기 때문에?"

"아닙니다."

"마구간 주임은 얻어맞은 것이 당연하다고 하더군."

"애덤스와 핸버는 경마에서 부정을 저지르고 있었습니다. 내가 사실을 밝혀냈기 때문에 그들을 나를 죽이려고 한 거요."

나는 같은 말을 열 번도 더 되풀이했으나 상대방은 받아들일 기색도 보이지 않았다.

"얻어맞아서 화가 난 거야. 그래서 앙갚음을 하러 간 거지. 흔히 있는 일이야."

"아닙니다."

"화가 치밀어오르니까 되돌아가서 원수를 갚은 거야. 사무실은 온통 피투성이더군."

"그것은 내 피요."

"혈액형을 조사하면 알 수 있어."

"조사해 보시오. 틀림없이 내 피입니다."

"그런 조그만 상처에서? 말도 안 되는 소리 말아."

"의사가 꿰매 주었소."

"자, 이제 엘리나 틸렌 양에게로 이야기를 돌리지. 옥토버 경의 딸 말이야. 어떻게 했지, 안 그래?"

"아니오."

"원한을 품고서."

"아닙니다. 의사에게 물어 보시오."

"그래서 그녀는 수면제를 먹은 거야."

"아니오, 애덤스가 먹였소."

페노바비톤 이야기를 두 번이나 되풀이하여 설명했고, 현장에 가서 약병을 발견했을 것이 틀림없는데도 그들은 쉽사리 그렇다고 인정하지 않았다.

"딸을 유혹해서 아버지에게 해고당했다, 딸은 불명예스러워서 견디다 못해 약을 먹었다."

"그녀는 불명예스럽게 생각할 것이 아무것도 없소. 내게 유혹당했다고 퍼뜨린 건 여동생 패트리시아 쪽이지요. 애덤스가 진에다 가루 약을 타서 먹였소. 사무실에 진도 캄퍼리도 페노바비톤도 있습니다. 그녀의 위에서 나온 내용물의 샘플도 있어요."

그들은 아무 말도 하지 않았다.

"그녀는 네게 당한 끝에 버림받았다는 걸 알았어. 핸버 씨가 마실 것을 주며 위로했지. 그녀는 학교로 돌아가 드러누워서 약을 먹은 거야."

"아닙니다."

그들은 또 애덤스의 화염 방사기의 사용에 대해서도 의심을 품기보다는 덮어놓고 믿으려 하지 않았다.

"오두막 안에 있습니다."

"그 오두막에 말이지? 그런데 그 오두막이 어디 있다고 했지?"

나는 정확하게 먼저와 똑같이 설명했다.

"토지는 아마도 애덤스의 소유겠죠. 조사하면 곧 아시겠지만."

"네가 꾸며 낸 거짓말이야."

"찾아가보시오, 분명히 있을 거요. 화염 방사기도……."

"그것은 잡초를 태우는 데 쓰는 거야. 이 근방 농가에서는 모두 가지고 있어."

그들은 내가 베케트 대령을 찾느라고 두 번 전화 거는 일에 협력해 주었다. 런던 저택의 하인은 대령이 뉴베리의 경주에 가기 위하여 버크셔의 친구 집에 있다고 했다. 버크셔의 교환국은 고장이 나서 통화가 되지 않았다. 교환원의 이야기로는 수도관이 터져서 회선이 물에 잠겼다는 것이다. 지금 수리 중이라고 했다.

내가 장애물 경마의 최고 책임자에게 전화하려 하는데도 믿지 못하겠느냐고 물어 보았다.

"왜 그 언젠가 여기 끌려왔던, 아내를 목 졸라 죽인 녀석 생각나 나? 진짜 미치광이였지. 버틀랜드 러셀 경에게 전화를 건다고 설치던 꼴이라니. 평화를 위해 일격을 가했다고 말할 참이었던 모양이지."

한밤중에 경관 하나가 이렇게 말했다. 내가 핸버와 애덤스의 일을 탐색하기 위하여 고용됐다고 여러 가지로 주장하는 것이 혹시 정말이라 하더라도 모두——자기는 그렇다고 믿지는 않지만——그것만으로는 죽일 이유가 되지 않는다는 것이다.

"핸버는 죽지 않았잖습니까?"

"아직까지는 그렇지."

나는 가슴이 콱 막혔다. 핸버마저도, 나는 핸버만은 죽지 않도록 해 달라고 빌었다.

"자, 애덤스 씨를 단장으로 내리쳤지?"

"아닙니다. 녹색 문진이라고 했잖소? 왼손에 쥐고 내리쳤소. 죽일 마음은 없었고 기절시킬 셈이었지요. 난 오른손잡이요. 왼손이 얼마나 힘을 낼지 나 자신도 몰랐소."

"왜 왼손을 썼지?"

"아까 이야기했잖소."

"다시 한 번 듣고 싶어."

나는 다시 한 번 이야기했다.

"그래, 오른손을 못 쓰는 채 오토바이를 타고 더램까지의 10마일을 줄곧 달렸다는 거지? 우릴 너무 우습게 보지 마."

"내 두 손의 지문이 그 유리알에 묻어 있을 거요. 핸버에게 던졌을 때의 오른손 것하고, 애덤스를 때렸을 때의 그 위에 포개진 왼손 지문이 말이오. 조사하면 알 수 있지요."

"이번엔 지문이로군." 경관은 피식 웃었다.

"지문 말이 났으니 말인데, 내 왼손 지문이 전화기에 있을 거요. 사무실에서 경찰에 전화하려 했었지요. 세면소 수도꼭지에도, 열쇠에도, 안팎의 문손잡이에도 있을 겁니다."

"그런 건 아무래도 좋아. 오토바이를 운전했지?"

"그 무렵엔 마비가 풀렸습니다."

"지금은 어떤가?"

"지금은 괜찮습니다."

하나가 내 옆으로 돌아와 나의 오른 손목을 잡아 높이 올렸다. 수갑에 끌려서 왼손도 올라갔다. 얻어맞은 자리에 힘이 주어져 지독하게 아팠다. 경찰관은 내 손을 놓았다. 모두들 한순간 아무 말이 없었다.

"아픈 것 같군." 하나가 마지못해서 인정했다.

"연극을 잘하잖나."

"그럴지도 모르지."

그들은 밤새도록 홍차를 마시면서도 나에게는 주지 않았다. 한 잔만 달라고 했더니 그제야 주었다. 하지만 입으로 가져가기가 곤란하여 주지 않은 편이 나았을 정도였다.

또 심문이 시작되었다.

"애덤스가 팔을 쳤다는 점은 인정하더라도 그는 자신을 방위하기 위해서 그런 거야. 네가 핸버에게 문진을 던지는 것을 보고 다음에는 자기가 당할 차례라고 생각했겠지. 널 피하기 위해서……."

"그는 그때 내 이마를 찢었소. 몸뚱이도 몇 번이나 얻어맞고 머리도 한 번 맞았었지요."

"마구간 주임의 이야기로는 그것은 거의 어제 일이야. 그래서 되돌아가 핸버 씨를 폭행한 거겠지."

"핸버는 어제 두 번 때렸을 뿐이오. 그건 그다지 상관하지 않소.

오늘 일이 문제지요. 그것도 대부분은 애덤스의 짓이오." 나는 그때 문득 한 가지 생각난 것이 있었다. "내가 정신을 잃기 직전에 그가 내 헬멧을 벗겼소. 헬멧에 그의 지문이 묻어 있을 거요."

"또 지문이로군."

"다시 한 번 처음부터 시작하지. 너 같은 깡패의 이야기를 어떻게 믿어."

깡패. 가죽점퍼. 오토바이족. 졸개. 들은 적이 있는 말이다. 내가 남의 눈에 어떻게 비치는지는 알고 있다. 지금으로선 그것이 큰 장애가 되고 있었다. 나는 거의 체념했다.

"남을 믿게끔 하지 못할 거면 일부러 수상쩍은, 미덥지 못한 마부 흉내를 내 봐야 아무 소용이 없어."

"넌 아주 적역이야. 타고난 적역이라구."

모두들 놀려 댔다.

나는 그들의 냉혹한 얼굴, 사납고 의혹에 찬 눈을 둘러보았다. 남에게 절대로 속지 않는 억세고 민첩한 경관들이다. 그들의 기분을 누구보다도 잘 안다. 만약 내 말을 믿었다가 나중에 그것이 모두 거짓말이라는 사실이 밝혀지면 그들로서는 평생 그 과실을 보상할 수가 없다. 그들은 본능적으로 아무것도 믿지 않는 것이다. 내 불운이다.

방 안은 무덥고 담배 연기가 자욱했다. 나는 셔츠와 점퍼를 입고 있었으므로 더워서 견딜 수가 없었다. 내 이마의 땀을 그들은 더위나 통증 때문이라고는 생각지 않고 죄의식 때문이라고 여기고 있다.

나는 그들의 질문에 계속 대답했다. 그들은 지치지도 않고 처음부터 질문을 두 번이나 되풀이했다. 함정을 만들고 때로는 윽박지르고 내 주위를 서성거렸으나 내 몸에 절대로 손을 대지 않고 이쪽저쪽에서 차례로 질문을 퍼부어 왔다. 나는 거기에 맞서기에는 너무나 지쳐 있었다. 뼈를 깎는 듯한 통증도 그러려니와 어젯밤에는 눈도 붙여 보지 못한 것이다. 2시쯤 되자 나는 제대로 입도 벌릴 수가 없게 되어 버렸다. 나도 모르게 곯아떨어진 것을 3분 동안에 세 번이나 깨워 심문한 끝에야 겨우 단념한 모양이었다.

나는 처음부터 이 결말은 하나밖에 없다고 단정하고 있었는데, 그 현실을 인정하기가 두려워서 되도록 생각하지 않으려고 애를 썼다. 아무튼 화려한 장미꽃 길을 걸으려다가 지옥에 떨어졌다고 할지라도 체념할 수밖에 없는 사실이다.

제복 경관이 둘, 그리고 형사부장과 또 한 사람이 나를 유치장에 넣고 감시하였다. 유치장 안을 둘러보니 핸버의 숙소는 천국과도 같이 여겨졌다.

안은 8피트의 정육면체로, 반들거리는 벽돌이 어깨 높이까지는 갈색이고 그 위는 흰색이었다. 밖이 보이지 않을 정도의 높이에 쇠창살이 끼워진 창문이 하나, 폭이 좁은 콘크리트 대가 침대이고, 한구석에 뚜껑을 덮은 물통이 놓여 있었으며, 한편 벽에 규칙을 적은 종이가 붙어 있을 뿐이었다. 그 이상은 아무것도 없었다. 창자가 오그라붙을 듯한 썰렁한 방이었다. 그리고 나는 본디 좁은 장소에 갇히는 것을 몹시 싫어했다.

두 제복 경관이 콘크리트에 앉으라고 명령했다. 내 장화를 벗기고 바지의 벨트를 뽑고 전대를 발견하고 풀었다. 수갑을 끌렀다. 방에서 나가 문을 닫고 자물쇠를 채웠다.

참담한 밤이었다.

19

화이트홀의 복도는 서늘하고 조용했다. 아주 예의바른 젊은 사나이가 정중하게 안내하여 사람 모습이 보이지 않는 사무실의 마호가니 문을 열어 주었다.

"베케트 대령님은 곧 오실 겁니다. 잠깐 회의하러 가셨습니다. 돌아오시기 전에 오시면 저더러 사과 말씀을 드리고 빈틈없이 접대하도록 분부하셨습니다. 담배는 이 상자에 들어 있습니다."

"고맙습니다." 나는 미소지었다. "커피를 주실 수 있습니까?"

"네, 그러지요. 곧 드리도록 하겠습니다. 그럼, 이만 물러갑니다."

젊은이는 나가서 조용히 문을 닫았다.

다시 존댓말로 접대 받게 된 일이 어쩐지 우스웠다. 더욱이 상대방은 나보다 몇 살 덜 먹지도 않은 관리인 모양이다. 혼자 싱긋이 웃으며 베케트의 책상 옆에 있는 가죽의자에 앉아 품위 있는 바지에 감싸인 다리를 포개 얹고 느긋이 주인을 기다렸다.

시간은 충분히 있다. 지금은 화요일 아침 11시로, 젤리에게 보낼 태엽 기차를 사고 오스트레일리아 행 비행기 좌석을 예약하는 일 말고는 달리 할 일이 없었다.

베케트의 사무실에 다른 소리는 들려오지 않았다. 방은 네모지고 천장은 높으며 벽도 문도 한결같이 파르스름한 회색으로 눈에 부드럽게 비쳤다. 이런 데서는 가구며 비품 등이 계급에 따라 결정되는 것일까? 그러나 외부사람으로서는 그것이 어느 정도의 신분을 나타내는지 알 수가 없다. 아주 크기는 하나 실발이 보이는 융단, 분명히 사유물로 보이는 전등갓, 놋쇠못을 죽 박은 가죽의자 등등. 이러한 물건들의 의미는 여기에 속한 사람이 아니면 모를 것이다.

나는 베케트 대령의 일을 여러 모로 생각해 보았다. 은퇴한 것 같은 인상이었다. 그리고 몹시 병약하게 보여 상병 연금 같은 것을 지급받고 있는 것이나 아닌가 생각되었다. 그런데 국방성의 훌륭한 사무실에 자리 잡고 있다.

옥토버의 이야기로는 베케트는 전쟁 중에 굉장히 유능한 보급 담당 장교였다고 했다. 보급부 장교인 것이다. 확실히 내게 스파킹 플러그나 애덤스와 핸버를 찾아 낼 자료 등을 보급해 주었다. 게다가 11마리의 이름도 없는 경주마의 과거를 캐기 위하여 눈 깜짝할 사이에 11명의 사관 후보생을 골라 낼 만한 영향력을 육군에 대하여 가지고 있다. 오늘날과 같은 평온한 사회에서는 무엇을 보급하고 있는 것일까.

그때 문득 옥토버의 말이 생각났다. "우리들은 마부를 잠입시키는 것이……"라고 말했다. '나'가 아니라 '우리'였다. 이제 와서 생각하니, 그 계획의 발안자는 옥토버가 아니라 베케트였을 것이 틀림없다는 생각이 들었다. 그리고 보니 내가 처음으로 그들과 면접하였을 때, 베케트가 내게 대하여 찬성의 뜻을 표했다고 기뻐하던 옥토버의 태도로 이해할 수가 있었다.

조용한 마음으로 이것저것 돌이켜 생각하면서 창 밖을 날아가는 두 마리의 비둘기를 보며, 계획의 성공에 크게 기여한 사나이에게 작별을 고할 때를 기다렸다.

젊고 아리따운 여자가 문을 두드리고 커피포트, 크림, 설탕, 담녹색 컵과 접시 등을 담은 쟁반을 들고 들어왔다. 웃으면서 달리 시킬 일은 없느냐고 묻기에 없다고 대답하자 우아한 걸음걸이로 물러나갔다.

나는 왼손을 이제 제법 잘 쓰게 되었다. 커피를 따라 블랙커피의 맛을 즐겼다.

이 며칠 동안의 기억이 토막토막 떠올랐다가는 사라졌다.

사흘 낮 나흘 밤을 유치장에서 지내는 동안, 나는 애덤스를 죽였다는 사실을 나 자신에게 이해시키려고 애썼다. 이상스럽게 들릴지 모르지만, 내가 죽음을 당할 가능성을 생각한 일은 더러 있었으나 내 손으로 다른 사람을 죽인다는 일은 꿈에도 생각해 본 적이 없었다. 그러므로 이유는 있으나 나로서는 전혀 예기치 못한 사건이었다. 비록 그가 스스로 부른 일이라고는 하지만 사람을 죽게 만들었다는 일을 생각하면 마음을 가라앉히는 데 시간이 걸렸다.

사흘 낮 나흘 밤 동안에 평정한 마음으로 모든 것을 받아들이고 견디면, 감옥에 갇힌다는 불명예스러운 일도 견딜 만하게 되는 것임을 차츰 알게 되었다. 그 점, 붉은 머리의 충고를 고마워해야 한다고까지 생각하게끔 되었다.

판사가 나의 7일 동안의 구류를 인정한 다음날 아침, 경찰 의사가 와서 옷을 벗으라고 명령했다. 그가 나 혼자서는 못하는 것을 보고 도와주었다. 그는 무관심한 눈초리로 애덤스와 핸버의 손자국을 이리저리 살펴보고 몇 가지 물어 본 다음 나의 오른팔을 진찰했다. 손목에서 팔꿈치 위까지 꺼멓게 되어 있었다. 가죽점퍼와 두 장의 셔츠에도 불구하고 의자 다리로 때린 데는 살갗이 찢어져 있었다. 의사는 옷 입는 것을 도와 준 다음 아무 말 없이 나갔다. 나는 그의 의견을 묻지 않았고, 그도 알려 주지 않았다.

사흘 낮 나흘 밤의 대부분을 오직 시간 가기를 기다리며 보냈다. 그 사이에 애덤스의 일을 생각해 보았다. 살아 있었을 때의 애덤스, 죽어 있는 애덤스, 핸버가 혹시라도 죽지 않았을까 걱정스럽기도 했다. 여러 가지 달리 취할 방법이 있었던 게 아닐까 하고도 생각해 보곤 했다. 재판에 회부되지 않고 이곳에서 나갈 수 있을까…… 아니, 자유로운 몸이 될 수 있을까. 상처의 아픔이 가셔지기를 기다렸다. 콘크리트 위에서 기분 좋게 잘 수는 도저히 없다고 체념하기도 했다. 바닥에서 천장까지의 벽돌을 세고 거기에 가로의 수를 곱한 다음 문과 창문 부분을 뺐다. 목장과 누이동생들과 아우의 일, 나 자신의 장래를 생각했다.

월요일 아침, 문의 자물쇠를 여는 소리가 들렸다. 문이 열리자 그 제복 순경이 아니라 옥토버가 서 있었다.

나는 벽에 기대어 서 있었다. 그와는 석 달 만에 만나는 것이다. 물끄러미 나를 보고 있었는데 나의 퇴락한 모습에 심한 충격을 받은 모양이었다.

"다니엘." 옥토버가 불렀다. 목소리가 낮고 무거웠다.

나는 남의 동정을 받고 싶지는 않았다. 왼쪽 엄지손가락을 주머니에 넣고 한껏 의젓한 태도로 웃음을 지었다.

"오랜만이군요, 에드워드."

옥토버는 얼굴이 밝아지며 웃음소리를 냈다.

"정말 억센 사나이로군" 하고 말했다.

이의는 있었으나 뭐, 그렇게 생각할 테면 하라지.

"당신 힘으로 어떻게 목욕을 좀 할 수 없을까요?"

"여길 나가면 바라는 건 뭐든지 다 할 수 있소."

"나가요? 주욱?"

"영원히." 옥토버는 고개를 끄덕였다. "무죄 방면이오."

나는 기쁨을 감추지 못했다.

옥토버는 뜻있는 웃음을 지었다.

"당신을 재판에 회부하는 건 국비 낭비라고 생각한 모양이오. 틀림없는 무죄요. 정당방위라고 정식으로 인정됐소."

"내 말 같은 건 하나도 믿지 않는 줄 알았는데."

"철저하게 조사해 보았지. 목요일의 당신 답변이 그대로 경찰의 견해가 되었소."

"핸버는…… 어떻습니까?"

"이제 의식을 되찾은 모양이더군. 그러나 아직 질문에 대답할 만큼은 아니오. 경찰이 위험한 고비는 넘겼다고 말해 주지 않았소?"

나는 머리를 저었다.

"여기 나리들은 그다지 말하기를 좋아하지 않는 모양이지요. 엘리나의 건강은 어떤가요?"

"완전히 회복되었소. 기운이 좀 없는 정도요."

"이런 일에 말려들게 해서 죄송합니다. 내가 잘못했어요."

"그런 말 하지 마오. 그 아이의 실수이지." 옥토버는 강하게 부인했다. "그리고 다니엘…… 패티의 일…… 미안하오. 당신에겐 여러 가지로……."

"그런 건 아무래도 좋습니다." 나는 그의 말을 가로막았다. "아득히 지난 일입니다. 아까 여기를 나간다고 하셨는데, 지금 당장입니까?"

옥토버는 고개를 끄덕였다.

"그렇소."

"상관없으시다면, 이런 데서 어서 나가십시다."

그는 주위를 둘러보고서 흠칫 몸을 떨었다. 그리고 나와 시선이 마주치자 미안한 듯이 말했다.

"이렇게 되리라고는 꿈에도 생각지 못했소."

나는 조금 웃었다.

"나도요."

뉴캐슬까지 차로 가서 거기서 기차를 타고 런던으로 향하였다. 경찰에서 애덤스의 검시 사문회에 출석할 세부적인 문제의 절충 관계로 늦어져 옥토버가 예약해 놓은 런던 직행 프라잉 스코츠맨 호에 오르기에 어울리는 옷차림을 갖출 시간이 없었다. 그리하여 나는 이제까지대로의 모습으로 올라탔다.

옥토버가 앞장서서 식당차 쪽으로 갔다. 그의 맞은편에 내가 앉으려고 하자 직원이 와서 내 팔꿈치를 잡으며 말했다.

"이것 보십시오. 이곳은 일등객뿐입니다. 나가 주십시오."

"일등표를 가지고 있는데요." 나는 조용히 대답했다.

"그래요? 보여 주십시오."

나는 주머니에서 흰 차표를 꺼내 보였다.

직원은 콧소리를 내더니 옥토버의 맞은편 좌석을 턱으로 가리켰다. 그리고 옥토버를 향하여 "말썽을 부리거든 곧 알려 주십시오. 표가 있거나 말거나 쫓아 낼 테니까요" 하고 말했다.

달려가는 열차의 움직임에 맞추어 몸이 좌우로 흔들렸다.

당연히 식당차의 다른 손님들이 무슨 일인가 하고 이쪽을 보고 있었다.

나는 웃으면서 옥토버의 맞은편에 앉았다. 직원은 몸둘 바를 몰라 하며 당혹한 표정을 짓고 있었다.

나는 옥토버 경에게 말했다.

"내 걱정은 마십시오. 아주 익숙하니까요."

나는 정말 습관화되어서 앞으로도 어떤 대우를 받건 그다지 상관하지 않으리라는 것을 새삼스럽게 깨달았다.

"하지만 나를 모르는 체하고 싶거든 그렇게 하십시오."

나는 메뉴를 집어 들었다.

"그런 말을 하는 것은 실례가 아니오." 옥토버가 말했다.

"아, 실례."

나는 메뉴 너머로 웃어 보였다.

"사람 나쁘기로는 아마 당신을 따를 자가 없을 거요. 만약에 있다고 한다면 베케트 정도일까."

"친애하는 에드워드 옥토버 경, 어서 빵이나 드십시오."

그는 웃음을 터뜨렸다. 우리는 런던까지 즐거운 여행을 했다. 철도가 개통된 이래로 이렇게 기묘한 일행이 1등 차칸의 흰 의자 커버에 나란히 기댄 적은 없을 것이다.

다시 커피를 따르고 시계를 보았다. 베케트 대령은 20분 늦어지고 있다. 비둘기가 창틀에 얌전하게 앉아 있었다. 나는 조용히 고쳐 앉았다. 무료하지 않았다. 견디는 솜씨가 늘었다.

그러다가 옥토버가 단골로 다니는 이발소에 가서 머리를 짧게 깎고 수염을 없애 버렸을 때의 기분 좋았던 일을 생각해 냈다. 값을 미리 내라고 요구하던 이발소 주인은 홱 달라진 내 인상에 몹시 놀라는 것 같았다.

"이편이 훨씬 신사답게 보이는군요. 머리도 감으시겠습니까?"

나는 웃으면서 고개를 끄덕였다. 그 결과 목줄기 중간에서 윗부분만 깨끗해지고 그 아래는 더러웠다. 그 다음에 옥토버의 저택에서 때에 찌든 변장한 옷을 벗어던지고 뜨거운 목욕물에 몸을 담갔을 때의 황홀하리만큼 상쾌하던 기분, 욕조에서 나와 내 옷을 몸에 걸쳤을 때의 서먹한 것 같은 묘한 느낌 등이 차례로 생각났다. 몸치장을 마치고 같은 거울에서 다시 내 모습을 보았다. 거기에는 넉 달 전에 오스트레일리아에서 온 사나이가 고급 회색 양복에 흰 셔츠, 감색 넥타이를 매고 서 있었다. 적어도 겉보기로는 같았다. 그러나 그 알맹이는 같은 사람이 아니었다. 앞으로 두 번 다시 본디의 나로 돌아갈 수는 없겠지.

내가 빨간 벽으로 둘러싸인 응접실에 들어가자 옥토버가 심각한 듯한 표정으로 내 둘레를 걸어다니며 둘러보더니 이윽고 노란 셰리 주를 한 잔 내밀었다.

"이거야 어디 나하고 같이 기차를 타고 온 깡패라고 보겠소."

"틀림없습니다."

내가 시큰둥하게 대답하자 그는 소리내어 웃었다.

그는 문을 등지고 있는 의자를 내게 권하였다. 나는 셰리 주를 마시면서 그의 말에 관한 이야기를 들었다. 그는 난로 앞을 왔다갔다 서성대며 어쩐지 침착하지 못했다. 뭘 생각하고 있는 것일까, 하고 나는 이상하게 여겼다.

그 이유는 잠시 뒤에 알았다. 문이 열리자 옥토버가 내 어깨 너머를 보고 웃으며 말했다.

"너희들에게 소개하고 싶은 분이 계시다."

나는 일어나서 그들을 보았다.

패티와 엘리나가 나란히 서 있었다.

처음에는 둘 다 나를 알아보지 못했다. 패티가 예의바르게 손을 내밀고 "처음 뵙겠어요" 하고 말했다. 아버지가 소개하기를 기다리는 모양이었다.

나는 왼손으로 그녀의 손을 잡아 의자로 이끌었다.

"앉으십시오, 놀래 드릴 일이 있습니다."

그녀는 석 달 동안 나를 보지 못했으나 엘리나는 핸버의 마구간으로 그 위험한 방문을 감행한 지 나흘밖에 지나지 않았다. 그녀는 주저하면서 말했다.

"뭔가 달라진 것 같지만…… 당신은 다니엘 씨지요?"

내가 고개를 끄덕이자 그녀는 얼굴이 새빨개졌다.

패티의 동그란 눈이 내 눈을 쏘아보고 있었다. 핑크빛 입술이 열렸다.

"당신이…… 정말로? 대니 보이?"

"그렇습니다."

"어머나!"

언니와 마찬가지로 목에서부터 홍조가 퍼져나갔다. 패티로서는 이토록 부끄러운 일은 없으리라. 옥토버는 두 사람이 어쩔 줄 몰라 하는 것을 보고 있었다.

"너희들이 일으킨 문제를 생각하면 당연한 결과야."

"그건 안 됩니다." 나는 잘라 말했다. "그건 너무 심합니다. 그러니까 내 이야기를 따님들에게 말하지 않았겠지요?"

"그렇소"라고 말하면서 자신이 알고 있는 일 말고도 딸들이 얼굴 붉힐 일이 있지나 않을까 의심하는지, 일껏 계획한 효과도 기대에 어긋났다는 듯한 표정을 띠고 있었다.

"테렌스에게 잠시 볼일이 있어 갔다 오겠으니, 그 사이에라도 이야기를 하십시오. 그리고 패티…… 엘리나……." 그녀들은 내가 이름을 부르자 몹시 놀라는 듯싶었다. 나는 싱긋 웃으며 말했다. "난 도무지 기억력이 없어서요."

내가 응접실로 돌아오자 두 아가씨는 풀이 죽어 있었으며, 옥토버는 종잡을 수 없는 표정으로 딸들을 보고 있었다. 아버지란 그럴 마음이 아니면서도 딸들에게 몹시 가혹한 경우가 있는 법이다.

"자, 모두들 기운을 내시오. 두 사람 덕분에 내 영국 생활도 심심치 않게 보낸 셈이니까."

"심술쟁이였어요." 패티가 나무라는 듯이 말했다.

"그렇소…… 그 점은 용서를 빕니다."

"말씀해 주셨으면 좋았을 텐데." 엘리나가 조그만 목소리로 말했다.

"그런 말 말아라. 패티의 입이 너무 가벼워서 얼마나 겁냈는데." 옥토버가 말했다.

"알았어요." 엘리나가 천천히 말하면서 나를 어렵게 쳐다보았다. "나를 살려 주신 인사 말씀을 아직 못 드렸어요. 의사 선생님이…… 자세히 말씀해 주셨어요."

그녀는 다시 얼굴을 붉혔다.

"잠자는 미녀." 나는 미소지으며 말했다. "내 누이동생하고 똑같았습니다."

"여동생이 있으세요?"

"둘 있지요. 16살과 17살입니다."

"어머나, 그래요."

엘리나는 어쩐지 마음이 편안해진 표정이었다.

옥토버는 흘끗 나한테로 눈길을 던졌다.

"다니엘, 당신은 두 딸아이에게 너무 친절하구려. 한 아이 때문에 나는 당신을 미워했고, 또 한 아이 때문에 당신이 죽을 뻔했소. 당신은 그런 생각을 전혀 안하는 것 같구먼."

"마음에 두고 있지 않습니다. 정말로 그런 이야기는 그만두십시오."

그리하여 처음에는 어색한 분위기였던 것이 즐거운 하루 저녁으로 바뀌었다. 아가씨들은 차츰 부끄러워하지 않게 되었으며, 마지막에는 얼굴을 붉히지 않고도 내 얼굴을 똑바로 쳐다볼 수 있게 되었다.

두 아가씨가 침실로 돌아가자 옥토버는 안주머니에서 종이조각을 꺼내더니 잠자코 내게 내밀었다. 펴보았더니 1만 파운드의 수표였다. 동그라미가 수없이 늘어서 있다. 나는 말없이 수표를 바라보았다. 이윽고 나는 천천히 그 거금을 둘로 찢어서 재떨이에 넣었다.

"고맙습니다. 하지만 나는 받을 수가 없습니다."

"일을 무사히 끝냈으니 보수를 받지 않을 까닭이 없지 않소?"

"본디 돈이 탐나서 맡고 나선 일이 아닙니다. 그리고 당신에게 그런 큰돈을 받을 수는 없습니다. 사실 오스트레일리아에 돌아가는 길로, 처음에 받은 1만 파운드의 나머지를 돌려 드릴 작정이었습니다."

"그건 안 돼요." 옥토버는 반대했다. "그만한 일을 하잖았소. 가족을 위해서라도 받아주었으면 좋겠소."

"가족에게 필요한 돈은 말을 팔아서 만들겠습니다."

옥토버는 담배를 재떨이에 비벼 끄면서 말했다.

"당신은 화가 날 정도로 자존심이 강한 사나이인데, 어떻게 마부로 변신할 마음을 먹었는지 모르겠구려. 돈 때문이 아니라면 대체 무슨 까닭으로……."

나는 앉은 채 몸의 위치를 바꿨다. 여기저기 얻어맞은 자리가 여전히 아팠다. 나는 가만히 웃었다. 내 대답이 스스로도 우스웠다.

"스릴 때문입니다."

사무실 문이 열리고 베케트가 서두르는 빛도 없이 들어왔다. 나는 의자에서 일어났다. 그가 손을 내밀었다. 그의 손의 힘이 약한 것을 상기하면서 나도 손을 내밀었다. 그 손을 그가 가볍게 잡았다가 놓았다.

"오랜만이오, 로크."

나도 동의했다.

"석 달이 넘습니다."

"전 코스를 주파한 셈이오."

나는 소리없이 웃으면서 고개를 저었다.

"애석하게도 마지막 장애에서 말에서 굴러 떨어졌습니다."

그는 외투를 벗어 모자걸이에 걸고 잿빛 울 목도리를 끌렀다. 그의 눈은 거의 완전한 검은 빛에 가까웠고, 그 때문에 그의 굉장히 나쁜 얼굴빛과 수척한 몸집이 뚜렷하게 눈에 띄었다. 굉장히 깊은 그늘 속의 눈은 여전히 날카로웠다. 그는 잠시 내 모습을 관찰하고 있었다.

"앉으시오, 기다리게 해서 미안하오, 불편한 데는 없어 보이는구면."

"네, 덕분에."

나는 다시 가죽의자에 앉았다. 그는 책상을 돌아 자기 의자에 느릿느릿 앉았다. 그의 의자는 등받이가 높고 팔걸이가 달려 있었다. 베케트는 뒤로 기대어 팔꿈치를 얹었다.

"일요일 아침, 뉴베리에서 런던으로 돌아오기까지 당신이 보낸 보고서를 볼 기회가 없었소. 포제트에서 이틀 걸려 금요일에야 집에 닿았소. 보고서를 읽고 곧 슬로에 있는 에드워드에게 전화를 했더니 마침 클레버링 경찰서에서 그에게로 전화가 걸려온 참이었소. 그래서 나는 곧 클레버링 경찰서에다 전화를 했지요. 일요일에는 당신을 빨리 나오게 하려고 하루 종일 여기저기 상부에 전화를 걸었소. 월요일에야 겨우 공소국 사람들이 당신을 기소하지 않기로 결정지었던 셈이오."

"폐를 끼쳤습니다."

대령은 무엇인가 생각하고 있는 표정으로 나를 보고 있었다.

"무죄를 증명한 것은 에드워드나 나보다도 당신 자신이었소. 우리는 다만 당신이 경찰에서 진술한 것을 뒷받침하고 수속을 서둘러

밟아 하루라도 빨리 석방되도록 손을 쓴 것뿐이오. 그때는 이미 경찰 측에서 핸버의 사무실을 철저하게 조사하여 당신의 진술을 완전히 증명할 만한 사실을 손에 넣고 있었소. 경찰은 엘리나를 진찰한 의사와 엘리나의 이야기를 듣고 화염 방사기를 넣어 둔 오두막도 조사했을 뿐 아니라, 당신 변호사에게 전보를 쳐서 에드워드와 당신이 서명한 계약서 사본도 받아 가지고 있었소. 내가 전화를 했을 때 그들은 당신의 이야기를 그대로 받아들여 애덤스를 죽인 것은 정당방위였음을 인정하고 있었소.

당신을 검진한 경찰의사는 당신이 오른팔에 받은 일격은 두개골을 깨부술 만한 힘이었다고 인정했다고 하오. 그의 의견에 따르면, 그 일격은 팔에 직각으로가 아니라 팔 안쪽을 세로로 내리친 셈이 되었기 때문에 근육이나 혈관에 광범위한 손상을 입혔지만 골절은 없었다고 하오. 다시 그로부터 15분 뒤, 그 팔을 가지고 오토바이를 운전했다는 것은 당사자가 기필코 하고야 말겠다는 강한 의지를 품었기 때문에 가능했다고 인정하게 되었소."

"그렇던가요. 내 말 같은 건 한 마디도 제대로 믿어 주지 않는 것 같았는데."

"그렇겠지요. 내가 이야기한 상대는 토요일 밤에 당신을 심문한 수사과원의 한 사람이었소. 그 사나이의 이야기로는 당신을 연행했을 때는 덮어놓고 범인이라고 단정했었다고 하오. 게다가 당신 모습도 형편없었던 모양이지요? 당신이 거짓말을 꾸며 댄다고 생각하고 아예 믿으려 들지 않았다고 했소. 그래서 어떻게 올가미를 씌우려고 차례차례로 마구 질문을 던졌다는 거요. 간단하게 함락시킬 줄 알았던 모양이지. 그 사나이의 말을 빌면 화강암에 손톱으로 구멍을 뚫는 것 같은 상황이었다고 하였소. 모두들 정신을 차리고 보니 놀랍게도 거꾸로 당신의 이야기를 믿게끔 되어 있더라는 거지요."

"그럼, 그렇다고 말해 주었으면 좋았을 텐데요."

"그럴 수는 없었을 거요. 모두들 억센 사나이들인 모양이니까."

"나도 그렇게 느꼈습니다."

"하지만 당신은 끝내 굽히지 않았다더군요."

"그건 그렇습니다."

베케트는 시계를 보았다.

"뭐, 달리 볼일이라도 있소?"

"없습니다." 나는 고개를 저었다.

"좋소, 여러 가지 이야기할 것도 있고 하니…… 함께 점심을 들지 않겠소?"

"기꺼이 들겠습니다."

"좋소, 그런데 당신의 보고서 말인데," 그는 윗옷 안주머니에서 내 보고서를 꺼내 책상 위에 놓았다. "이 가운데서 지원을 청하는 부분을 지워 버리고 대신 화염 방사기를 사용하던 상황을 써넣어 줬으면 하오, 알겠소? 저쪽에 책상과 의자가 있소, 곧 해주시오, 끝나는 대로 타이프를 칠 테니까."

보고서가 완성되자 그는 한참 동안 핸버, 재드 윌슨, 그리고 스피털레튼과 그 일당인 루이스 그린필드 등에 대하여 취할 조치를 여러 가지로 이야기했다. 그러다가 다시 시계를 보고 점심 식사를 하러 가기로 했다. 간 곳은 그의 클럽으로, 안이 모두 짙은 다갈색으로 꾸며져 있었다. 둘 다 스테이크와 키드니를 먹고 난 다음, 나는 남의 눈에 띄지 않게 포크만으로 먹을 수 있는 매쉬룸 파이를 주문했다. 그가 곧 알아차렸다.

"팔이 아직도 아프오?"

"꽤 많이 좋아졌습니다."

그는 고개를 끄덕이며 더 이상 아무 말 하지 않았다. 그러다가 전날 피커딜리에서 호화로운 독신 생활을 즐기고 있는 애덤스의 숙부를 방문하였을 때의 일을 이야기하기 시작했다.

"그 숙부의 말이, 폴 애덤스가 어렸을 때 만일 부모가 부자가 아니었다면 불량소년이 가는 특수학교에 집어넣어졌을 거라고 했소. 수표 위조로 이튼에서 퇴학당하고 다음에 간 학교에서는 도박 행위가 심해서 쫓겨났다는 거요. 부모는 끊일 새 없이 말썽을 일으키는 녀석을 쫓아다니며 뒤치다꺼리하기에 바빴는데, 정신과 의사는 좀처럼 치유되지 않을 것이며, 적어도 중년이 지나기까지는 낫지 않을 것이라고 말했던 모양이오. 외아들로 부모에게 퍽 고생을 시킨 것 같소. 아버지는 애덤스가 25살 때 죽고, 그 뒤로는 어머니 혼자 아들이 큰일을 저지를까봐 날마다 걱정 근심으로 보냈다고 하오. 5년쯤 전에 애덤스가 아무런 까닭도 없어 어느 젊은 남자의 팔을 분질러 놓았을 때 어머니가 굉장한 거금을 치렀던 모양인데, 그때 또다시 그런 짓을 하는 날에는 정신 이상자로 인정하겠다고 을러댔다고 하오. 그리고 며칠 뒤, 어머니는 침실 창문에서 떨어져 죽었소. 그녀의 남동생인 외숙부는 애덤스가 떠밀었다고 믿고 있는 것 같았소."

나는 고개를 끄덕였다.

"있을 수 있는 일이라고 생각합니다."

"그러니까 그가 정신 이상자라는 당신 의견은 옳았던 셈이오."

"아주 뚜렷이 나타나 있었으니까요."

"당신에 대한 언동 같은 것에 말이오?"

"그렇습니다."

우리는 파이를 다 먹고 치즈로 옮겨갔다. 베케트가 호기심어린 눈으로 나를 보며 물었다.

"핸버 마구간에서의 생활은 어땠소?"

"글쎄요." 나는 웃었다. "휴일을 즐기거나 할 수는 없더군요."

내가 더 말할 것을 기대하고 있었으나 잠자코 있자 그는 "그런 것밖에 할 말이 없소?" 하고 물었다.

"그렇지요, 뭐. 이거 아주 좋은 치즈로군요."

커피와, 베케트의 이름이 적혀 있는 병에서 브랜디가 따라졌다. 식사가 끝나자 그의 사무실까지 천천히 걸어서 돌아왔다.

먼저와 마찬가지로 그는 사뭇 걸터앉는 것이 고맙다는 듯한 표정으로 의자에 앉고, 나는 그의 옆에 놓인 가죽의자에 앉았다.

"이제 곧 오스트레일리아로 돌아간다고 들었는데."

"그렇습니다."

"본디의 속박된 생활로 돌아가기를 즐거운 마음으로 바라는 것이겠지요?"

나는 그의 얼굴을 보았다. 그는 눈을 깜박이지 않고 똑바로 나를 지켜보았다. 대답을 기다리는 것이다.

"뭐, 꼭 그렇지만은 않습니다."

"어째서?"

나는 어깨를 움츠리고 웃었다.

"묶이는 걸 좋아할 사람은 없으니까요."

나는 지나치게 그 점에 대해 구애될 필요는 없다고 생각했다.

"번영과 맛있는 음식, 햇볕, 가족, 좋은 집, 그리고 자기가 가꿔 온 일로 돌아가는 것이 아니란 말이오?"

나는 고개를 끄덕였다. 하지만 그러한 생활로 돌아가고 싶지 않다는 것은 부자연스럽다.

"사실대로 말해 주지 않겠소?" 베케트는 정색을 하며 물었다.

"거짓이 아닌 진실을 말이오. 어디가 마음에 안 드는 거요?"

"나는 만족할 줄 모르는 어리석은 사람입니다. 그것뿐입니다."

나는 가벼운 어조로 말했다.

"다니엘." 대령은 조금 몸을 일으키며 말했다. "나에게는 그것을 물을 만한 충분한 까닭이 있소. 솔직히 대답해 주지 않겠소? 오스트레일리아의 생활이 어디가 마음에 안 드는 거요?"

내가 생각에 잠기고 그가 대답을 기다리는 동안 침묵이 흘렀다. 나는 그가 묻는 까닭이 무엇이든 간에 사실대로 말해서 나쁠 것은 없으리라고 생각했다.

"스스로 만족할 만한 일을 하고 있는 데 싫증이 납니다."

"튼튼한 이빨이 있는데, 우유와 꿀만 먹고 산다는 거로군?"

나는 웃었다.

"소금을 핥아먹고 싶은 건지도 모르지요."

"부모님이 돌아가신 뒤 만약 세 동생을 돌봐야 하는 사태가 일어나지 않았다면 당신은 뭐가 되었으리라고 생각하오?"

"변호사라고 생각합니다만, 어쩌면……"

나는 망설였다.

"어쩌면?"

"네, 이상하게 들릴지도 모르지만, 특히 이 며칠 동안의 체험 뒤로는…… 경관입니다."

"아하." 그는 조용하게 말했다. "역시 그렇구려." 대령은 다시 의자 등받이에 머리를 기대고 미소지었다. "결혼하면 좀더 안정되지 않겠소?"

"굴레가 늘 뿐입니다. 입이 하나 늘어나지요. 10년이 하루 같은 생활에 얽매입니다."

"과연, 그런 생각을 갖고 있군. 엘리나는 어떻소?"

"썩 좋은 아가씨입니다."

"결혼 상대로는?"

나는 고개를 저었다.

"그녀의 목숨을 지키기 위해서 당신은 목숨을 걸지 않았소?"

"그녀가 위험하게 된 것은 모두 내게 원인이 있었기 때문입니다."

"당신으로서는 그녀가 그토록 당신에게 빠져들어…… 잠시라도 만나 보기 위해 당신을 찾아가지 않고서는 견딜 수가 없었다는 사정은 물론 알지 못할 거요. 당신이 그녀를 구하기 위해서 핸버의 사무실로 돌아갔을 때는 이미 그 조사는 완전히 평온리에 아무도 모르게 완료되고 있었소, 안 그렇소?"

"그건 그렇습니다."

"재미있었소?"

"재미요?" 나는 놀라며 되물었다.

"마지막의 격투나 오랜 시간의 노동을 말하는 건 아니오." 그는 조금 웃었다. "그게 아니라…… 추적이라고나 할까?"

"그러니까 내가 천성적인 사냥개냐는 말씀인가요?"

"어떻소?"

"그렇습니다."

침묵이 이어졌다. 내 솔직한 긍정이 자신의 본성을 드러내 놓듯이 허공에 떠 있었다.

"공포를 느꼈었소?"

무심한 듯이 던지는 질문이었다.

"네."

"행동을 속박당할 정도로?"

나는 머리를 저었다.

"들키면 애덤스와 핸버의 손에 죽는다는 것은 각오하고 있었을 거요. 끊임없는 위험과 맞닥뜨리며 생활한 일이 어떤 영향을 미쳤다고 생각하오?"

의사가 환자에게 묻는 것 같은 투에 말려들어 나도 마찬가지로 허심탄회하게 대답했다.

"주의가 깊어졌습니다."

"그것뿐이오?"

"내가 하루 24시간 내내 신경을 곤두세우고 있었느냐고 묻는 거라면 대답은 '아니오'입니다. 그렇지는 않았습니다."

"으음."

다시 침묵이 계속되었다. 이윽고 그가 물었다.

"가장 곤란을 느낀 것은 어떤 일이었소?"

나는 눈을 깜박이면서 웃음띤 얼굴로 거짓말을 했다.

"끝이 뾰죽한 천한 구두를 신는 일이었습니다."

그는 만족스러운 대답을 얻은 듯이 고개를 끄덕였다. 결국 내가 한 말은 본심을 털어놓은 것이다. 끝이 뾰죽한 구두는 발 끝이 아니라 자존심을 상하게 했던 것이다.

엘리나의 학교에 갔을 때도 나는 자존심 때문에 애를 먹었다. 그녀 앞에서 무식을 가장할 만한 의지력이 없었다. 마르쿠스 아우렐리우스의 일도 허영심 이외의 아무것도 아니었는데, 그 결과는 실로 중대했다. 생각해 내는 것조차 견디기 어려운 일이었으므로 하물며 남에게 털어놓는다는 것은 도저히 생각할 수 없었다.

베케트가 천연덕스럽게 "비슷한 일을 다시 할 생각은 없소?" 하고 물었다.

"있다고 생각합니다. 아니, 있습니다. 하지만 이번 일 같은 건 손들겠습니다."

"무슨 뜻이오?"

"우선 내가 너무 일을 몰랐습니다. 예를 들어 핸버가 언제나 사무실문을 잠그지 않고 있었다는 일 같은 것은 단순히 행운일 뿐이었습니다. 만일 그렇지 않았더라면 안에 들어갈 수가 없었겠지요. 나는 열쇠 없이 문 여는 방법을 모릅니다. 사진기가 있었으면 크게 도움이 되었을 테지요. 거기 있는 장부 내용이며 그 밖의 것을 찍을 수 있었을 테니까요. 그러나 사진에 대한 나의 지식은 제로에 가깝습니다. 사진기가 있었어도 잘 조작하지 못했을 겁니다. 또 싸움 기술을 조금이나마 익혔더라면 애덤스를 죽이지 않아도 되었을 거고, 나 자신도 이렇게 많이 얻어맞지는 않았을 겁니다. 그런 것도 그렇고, 또 내 쪽에서 당신이나 에드워드에게 급히 연락할 방법이 전혀 없었습니다. 통신 연락으로는 크게 애를 먹었지요."

"흐음, 과연. 하지만 그 불리한 요소를 가지고서도 일을 해내지 않았소."

"행운이었죠. 다음에 또 이런 행운을 기대할 수는 없습니다."

"그도 그렇군." 그는 웃었다. "2만 파운드는 어떻게 쓸 셈이오?"

"그것은…… 대부분 에드워드에게 돌려주려고 합니다."

"무슨 말이오, 그건?"

"그런 돈을 받을 수는 없습니다. 내가 바란 것은 잠시 집에서 떠나보고 싶을 뿐이었습니다. 그런 거금을 제안한 건 옥토버 경이지 내가 아닙니다. 액수가 적으면 내가 맡지 않을 줄 안 모양이지만, 그 점은 그가 잘못 생각한 겁니다. 내가 해낼 만한 일이라면 보수 없이도 받아들입니다. 내가 여기 오는 데 쓴 경비 등 조금만 받으면 됩니다. 그는 알고 있습니다. 어제 저녁에 말했으니까요."

긴 침묵이 계속되었다. 이윽고 베케트는 몸을 일으키더니 수화기를 집어 들었다. 다이얼을 돌리고는 기다리고 있었다.

"아, 베케트일세. 다니엘 로크의 일인데…… 음, 여기 있어."

그는 엽서만한 크기의 카드를 안주머니에서 꺼냈다.

"오늘 아침에 의논한 여러 가지 점에 대해 그와 이야기했네. 카드를 갖고 있겠지?"

잠시 듣고 있으면서 의자에 기대었다. 그의 눈은 나를 보고 있었다.

"됐나? 1번부터 4번까지는 모두 긍정. 5번은 만족할 만하네. 6번은 그의 가장 큰 약점일세…… 엘리나 앞에서 자기의 직분을 잊어버렸지. 그녀는 그가 예의바르고 머리가 좋다고 말하고 있네. 그렇게 생각한 것은 달리 하나도 없어…… 그래, 그런 거겠지. 여성에 대한 프라이드…… 그것도 엘리나가 미인인 동시에 영리하기 때문이겠지. 동생 앞에서는 위장을 유지하고 있었으니까…… 용모뿐만 아니라 그녀가 지성에 끌렸다는 것은 틀림없는데…… 그래, 굉장한 호남일세. 그 점도 때로는 소용되지 않을까…… 아니, 그건 없네. 클럽 세면소에서 거울을 보지 않았고 저기 벽의 것도 보지 않았어. 아니, 오늘은 아직 그 점을 발견하지 못했지만, 자기 스스로 그 점이 실패였다는 건 잘 알고 있으리라고 생각해…… 그래, 가혹하지만 좋은 경험이 됐으리라고 여겨지네…… 그 점은 위험을 무릅쓰는 일이 될지도 몰라. 하지만 전혀 경험이 없는 까닭도 있으니까…… 그쪽의 존스 양에게 조사하라고 하면 되잖나, 그렇지."

내가 냉정하게 생체 해부되는 것은 마음에 들지 않았지만, 잠자코 방을 나가지 않는 한 피할 방법이 없을 듯싶었다. 그의 눈이 여전히 무표정하게 나를 지켜보고 있었다.

"7번…… 보통의 반응일세. 8번, 조금 지나치다는 느낌인데 그쪽으로서는 그게 나을 테지." 그는 손에 준 카드에 흘끗 시선을 떨어뜨렸다. "9번, 영국 태생이고 어린 시절을 여기서 보냈으나 사고방식은 오스트레일리아 인일세. 굴종에 견딘다는 일은 그리 쉽지 않다고 생각하네…… 그 점은 아직 모르겠어. 이야기하려고 들지 않는군…… 아니, 자기가 희생되면서까지라고는 말하지 않네. 그 점은 명확해…

… 물론 완전무결한 자는 없네…… 그쪽 생각에 달렸지…… 10번？ 두 개의 M과 하나의 P말이로군. 두 개의 M은 절대로 없네. 자존심이 허락치 않아. P, 쉽게 구원을 청하는 경향이 있네. 그래, 아직 여기 있어. 얼굴의 근육 하나 움직이지도 않고 있지…… 그래…… 나도 그렇게 생각하네…… 좋아…… 나중에 또 전화함세."

베케트 대령은 수화기를 놓았다. 나는 기다렸다. 상대방은 서두르는 빛도 없이 시간을 끌었다. 나는 그의 시선을 똑바로 받으려고 애를 썼다.

"어떻소？" 이윽고 입을 열었다.

"내가 생각하고 있는 것 같은 질문이라면 아니오입니다."

"자기가 하고 싶지 않은 거요, 아니면 누이동생이나 아우 때문이오？"

"필립은 아직 13살입니다."

"흐음……." 대령은 손을 힘없이 놀렸다. "어쨌든 어떤 일을 지금 거부하려고 하는 건지 설명해 두는 편이 좋겠소. 오늘 아침에 당신을 기다리게 하고서 만난 상대와 지금 전화했던 것인데, 그 사람은 대적 첩보부의 책임자요. 정치적인 것만이 아니라 과학, 산업, 그 밖의 무슨 돌발적인 문제가 생기면 맡곤 하오. 첩보부에선 바로 당신이 한 것 같은 사건의 배경에 잠입하는 일을 하오. 공작원이 하인이나 작업원에 대해서 무관심한 건 놀라운 정도요…… 그래서 그의 부하들은 때로 경탄할 만한 성과를 올리오. 그들은 이민이나 망명자로 의심이 가는 자를 조사할 때 흔히 쓰인다오. 그것도 멀리서 감시하는 것이 아니라 그 작자들을 위해서나 또는 곁에서 날마다 일을 하오. 최근에 있었던 일을 예로 들면, 극비 공사 현장에 몇 명이 노동자로 가장해서 잠입했소. 기밀의 누설이 있었던 거요. 그래서 민간 정보회사가 벽돌공으로 위장한 첩자를 써서 공사의 각 단계마다 사진을 찍고 있다는 것을 알았소."

"필립은 아직 13살입니다."

"당신의 경우, 곧 일에 투입되지는 않고 적어도 1년은 기술을 익히고 일하게 되오."

"안 됩니다."

"일과 일 사이에 휴가가 주어지오. 이번 당신의 일처럼 넉 달이나 걸리는 경우는 6주일의 휴가를 얻을 수 있소. 1년 중, 되도록 9개월 이상은 일을 시키지 않소. 당신의 경우, 휴가 때는 집에 돌아갈 수도 있소."

"내가 1년 내내 집을 비우면 학비를 치를 수입도 안 생기고 집도 없어져 버립니다."

"영국 정부가 지금 수입만큼은 급료를 주지 못한다는 것은 확실하오." 그는 온화하게 말했다. "하지만 마구간의 지배인을 쓸 수도 있잖소."

나는 입을 열려다가 그만두었다.

"생각해 보면 어떻소?" 대령은 다정스럽게 말했다. "나는 좀 만날 사람이 있어서…… 한 시간이면 돌아오겠소."

베케트 대령은 의자에서 몸을 일으켜 천천히 방을 나갔다.

비둘기가 평화로운 모습으로 문틀 위에서 깃을 움직이고 있었다. 지금의 목장을 만들어 내는 데 걸린 세월과 현재의 상황을 떠올려 보았다. 나의 젊음에도 불구하고 일은 탄탄한 성공을 거두고 있다. 이대로 잘 나가면 50살쯤에는 오스트레일리아에서 으뜸가는 목장이 되고, 사람들의 존경을 받으며 유복한 유력자로서의 중년을 보낼 수 있다.

베케트가 제의하고 있는 것은 하층 일을 하고 초라한 방에서 지내는 생활이며, 끊임없이 위험과 맞닥뜨리고 잘못되면 머리를 한 방 얻어맞고 끝장나는 생활이다.

합리적으로는 두 생활 사이에 선택의 여지가 없다. 벨린다도 헬렌도 필립도 내가 힘자라는 한 아버지 대신이 되어 안정된 가정을 마련해 주는 일이 절대로 필요하다. 또한 사리판단이 서는 인간이라면, 번영하는 가업을 남의 손에 맡기고 스스로 사회 하층의 청소부가 되지는 않을 것이다. 그 정도로 의의를 둘 수는 없는 일인 것이다.

그러나 비합리적으로는…… 엄연히 나는 거의 설득되는 일이 없이 집을 떠나 가족들로 하여금 자기들의 힘으로 생활하게 하고 있다. 베케트가 말한 것과 같이 나 자신이 자기를 희생시키고서라도 지각없이 행동하는 인간이기 때문이기도 하고, 번성한 가업이 지난날 나를 싫증나게도 하였었다.

나는 내 성격을 잘 알고 있으며, 내 능력도 잘 알고 있다.

몇 번인가 단념하려고 생각하면서 계속했을 때의 일이 생각난다. 엘리나의 개피리를 손에 들고 글자 그대로 진상 발견에 마음이 약동했을 때의 일을 기억하고 있다. 칸더스테그가 들어 있던 풀이 그을린 자국이 남은 우리 안에 서서, 마침내 애덤스와 핸버의 비밀을 캐내고 그들을 쓰러뜨렸을 때의 만족감이 생생하게 되살아난다. 어떤 말을 팔았을 때에라도 그처럼 안온하고 완전한 충족감을 맛보는 일은 있을 수 없으리라.

한 시간이 지났다. 비둘기가 창가에 똥을 깔기고 날아갔다. 베케트 대령이 돌아왔다.

"어떻소, 예스요, 노요?"

"예스."

그는 소리내어 웃었다.

"그것이 다요? 질문도 조건도 없소?"

"조건은 없습니다. 다만 집의 일을 정리할 시간이 필요합니다."

"당연하오." 그는 수화기를 들었다. "출발하기 전에 그가 당신을 만나고 싶어 할 거요." 다이얼을 돌렸다. "만날 약속을 해 놓겠소."

"한 가지 물어 볼 것이 있습니다."

"뭐요?"

"10번의 두 M과 P는 뭡니까?"

그가 슬며시 웃는 것 같았다. 내가 물으리라는 것을 미리 계산에 넣고 있었던 것이다. 그것은 또 내게 답을 알려 주고 싶었다는 셈도 된다. 확실히 복잡한 수법이다. 나는 새로운 세계의 냄새를 맡는 듯한 느낌이 들었다. 나 자신을 위하여 있는 것 같은 세계이다.

"당신을 매수나 모략이나 폭력 등의 수단에 의해 매국 행위를 하게 할 수 있는가 어떤가 하는 거요." 대령은 천연덕스럽게 말했다.

그는 다이얼을 돌려 나의 인생을 바꾸어 놓았다.

경마 스릴러의 최고작가 딕 프랜시스

《흥분》은 딕 프랜시스(Dick Francis)의 세 번째 작품으로 1965년
에 씌어졌다. 프랜시스의 작품은 62년에 발표된 《본명(本命)》을 첫
장편소설로 하여 64년의 《담력(膽力)》, 65년의 《흥분》 《대혈(大
穴)》, 66년의 《비월(飛越)》, 67년의 《혈통(穴通)》, 68년의 《벌금(罰
金)》, 69년의 《사문(査問)》, 70년의 《혼전(混田)》, 71년의 《골절(骨
折)》, 72년의 《연막(煙幕)》의 순서로 발표되었다. 그런데 이 가운데
제3작인 《흥분》이 CWA(영국 탐정작가 협회상)상, 제4작인 《대혈》
이 MWA(미국 추리작가 협회상) 장편상, 그리고 제7작인 《벌금》이
MWA 장편상을 받고 있다.

프랜시스의 작품들은 모두 〈경마 스릴러 시리즈〉로서 서점에 선전
되었으며, 비평가들은 이것을 가리켜 추리소설·미스터리·모험소설
등으로 부르고 있다. 영국의 신인작가이니만큼 고전적인 경향의 필치
로 써 나가는 것으로 여겨지는데, 그러나 패트리시아 모이즈(Paticia
Moyes) 같은 이와는 달리 미스터리소설을 무시하고 독자적인 시리즈
로 써 나가는 점에 그의 특색이 있다.

프랜시스는 1920년에 웨일즈의 펩블록셔에 있는 농장에서 태어났다. 아버지가 수렵용 말을 사육하여 파는 일을 했으므로, 프랜시스는 어린 시절부터 말과 친하게 지내는 환경에 놓여 있었다. 15살 때 학교를 그만두고부터 아버지의 회사를 물려받아 마필쇼며 수렵회에 참가하는 등의 생활을 보내게 되었다. 그리하여 20살에는 공군에 들어가 비행사 훈련을 받고, 46년에 제대하자 경마계에 뛰어들었다. 처음에는 대장애물 경주 전문 조교사의 비서, 다음엔 아마추어 장애물 기수로 일했으며, 더우기 그 뒤의 직업적인 기수로 있던 4년 동안 53년과 55년에 두 번이나 엘리자베스 여왕에게 기용된 기수로서 일하여 전 영국 챔피언 조키(경마기수)의 영관(榮冠)을 획득하였다. 그는 57년부터 말타기를 그만두고 〈선데이 엑스프레스〉지의 경마 담당 기자가 되었는데, 그의 작품 대부분이 경마계를 무대로 하고 있는 까닭이 바로 여기에 있다. 그러니만큼 경마 사회의 지식이 아주 정밀하여 작품에 충분한 설득력을 더해 주고 있다.

프랜시스는 특정한 한 사람의 주인공을 내세우지 않고 한 작품 한 작품마다 다른 사람을 활약시키고 있는데, 그들은 모두 남성적이고 박력이 있으며 정신적 및 육체적인 고문에도 얼굴의 근육이나 움직이지 않는다는 공통점을 지니고 있다. 이언 플레밍이 창조해낸 제임스 본드와 비슷하며, 1년에 한 작품씩 발표하는 점에서도 두 사람은 서로 닮고 있다. 그러나 프랜시스에게는 국제 스파이를 다룬 《비월》 《혈통》 등이 있어 플레밍과 비슷한 점이 많은 한편, 취향을 조금 달리하여 단순히 이야기 줄거리의 전개에 그치지 않고 확고한 구상과 인물묘사 및 그밖의 부분에서 타고난 작가적인 재능을 보여 주어 독자의 눈에 아주 신선하게 비쳤다.

예를 들어 다음과 같은 물음이 있다고 하자.

"——토요일 밤에 시간이 조금 있고, 집에 새로 사온 미스터리소설이 6권 있다고 합시다. 도버 경감 이야기, 제87분서(分署) 시리즈, 로스 맥도널드의 대작(大作), 딕 프랜시스의 새로운 작품, 반 다인의 본격 미스터리소설, 그리고 그 유명한 포르노 미스터리——자아, 어떤 것을 고르겠습니까?"

물론 그때 그때의 기분에 따라 다르겠지만, 대부분 ①프랜시스 ②포르노 ③제87분서 시리즈……의 순서로 고를 것이다. 그리고 ② 아래로는 어쩌면 달라질지도 모르지만 프랜시스의 소설이 이중의 기쁨을 안겨 줄 것이다.

다음은 어느 외국 미스터리 잡지에 실린 두 사람의 문답을 그대로 옮긴 것이다. 이것을 보면 프랜시스의 작품에 대해 좀더 깊이 이해하는 데 도움이 될 것이다.

A 문제를 하나 내겠습니다. 다음 취미에서 어느 탐정을 연상할 수 있겠습니까?

①장미 ②옛날 돈 ③서양 호박 ④난초 ⑤수학……

B 아닌 밤중의 홍두깨 식으로 대체 무슨 말이지요?

A 두 번째 문제. 다음 주소로 어느 탐정을 연상할 수 있겠습니까?

①피커딜리 ②110A ③동(東) 38번 거리 ④펀치볼 힐 ⑤서(西) 87번 거리 ⑥고울더즈 그린……

B 왜 이러시오. 그만두십시오. 그런 것이나 맞춰서 무슨 소용이 있지요? 정답자에게 화성(火星)으로 가는 초대권이라도 두 장 준다면 또 모를까……

A 한심하군요. 이것은 저 유명한 하워드 헤이클래프트의 《오락으로서의 살인》에 나오는 〈퀴즈 박사〉의 한 부분에 지나지 않습니다. 옛날의 미스터리소설 애독자는 난로 앞에서 위스키를 마

시며 이런 지식을 겨루었답니다.

B 결국 무슨 말을 하고 싶은 거지요?

A 세 번째 문제——다음 직업으로 어떤 미스터리작가가 연상됩니까?

①안과의사 ②선장 ③화가 ④기수(騎手)……

B 알았습니다. 무척 길다란 머리말을 늘어 놓았는데, 요컨대 딕 프랜시스의 〈경마 스릴러 시리즈〉를 소개하고 싶은 것이로군요?

A 맞았습니다. 이제 겨우 맞췄군요. 아무튼 굉장한 신인이 나타났다고 할 수 있습니다. 요즈음 친구들끼리 만나면 프랜시스에 대한 이야기뿐이지요. 특히 경마 지상주의를 부르짖는 이들은 야단법석이랍니다. 《흥분》과 《대혈》 두 작품이 나왔는데, 특히 《흥분》은 굉장하지요. 틀림없는 베스트 원이 될 겁니다.

B 그렇게 침을 튀기지 말고 차분히 이야기해 보시오. 이 작가는 엘리자베스 여왕의 기수로 2년 계속해서 온 영국 장애물 경주에서 챔피언이 되었던 기수였지 않습니까?

A 그 유명한 그랜드 내셔널 장애물 경주에서도 활약한 일이 있는 모양이더군요. 그런 경력은 어쨌든 작품 자체가 참으로 훌륭하단 말입니다. 《흥분》의 줄거리는——영국의 장애물 경주에서 인기없고 표시없는 말이 갑자기 비상한 능력을 발휘하여 모두들 깜짝 놀라게 만드는 사건을 잇달아 일으키지만, 아무리 엄중히 검사해 보아도 흥분제는 검출되지 않았고, 기수며 마부며 조련사며 말 주인 등 관계자 아무에게도 이상한 점이 없습니다. 그러나 부정은 분명히 개입되어 있는데, 누구의 짓인지 알 수 없었지요. 오스트레일리아에서 목장을 경영하고 있던 주인공은 경마회 이사의 설득에 못 이겨 마부로 가장하고 그 검은

안개 속의 진상을 밝히기 위해——

B 말이라면 어쩔 줄 모르는 당신의 이야기니, 좀 에누리하여 들어야겠군요.

A 그렇게 말할 줄 알았습니다. 하지만 내용이 경마에 대한 것이라는 점을 제쳐놓고라도 역시 걸작입니다. 인물도, 배경도, 수수께끼도, 문장도 모두 나무랄 데가 없지요. 엄격한 남자의 세계를 멋들어지게 그려 냈단 말입니다. 어째서 이것이 개빈 라이얼의 《심야(深野) 플러스 1》에 져서 영국 탐정작가 협회의 최우수작품상을 받지 못하고 둘째가 되었는지 이해할 수가 없습니다. 그 전해에는 라이얼의 《가장 위험한 게임》을 물리치고 존 르 칼레의 《추운 나라에서 돌아온 스파이》가 상을 받았는데, 그것도 이상합니다. 파운드가 인하(引下)되는 먼 원인이 이런 데 있을지도……

B 잠꼬대는 그만 하시오. ——《대혈》의 내용은 어떻습니까?

A 그것은 큰 장애물을 넘다가 말에서 떨어져 왼팔을 못 쓰게 된 왕년의 챔피언 기수가 아내도 달아나 버리자 실의의 나날을 탐정사에 근무하며 보내고 있던 중, 경마장을 탈취하려는 음모를 꾸미고 있는 일당이 있음을 알고 그들을 뒤쫓는 과정에서 재기(再起)의 실마리를 잡는다는 이야기입니다. 이것 역시 상당히 재미있지만 《흥분》만큼 농도가 짙은 것은 못되지요. 《흥분》에는 절대로 안이하게 넘기지 않으려는 씩씩한 프로 정신, 조그마한 타협도 스스로에게 용납하지 않으려는 엄격함이 있습니다. 이러한 기백이 새로운 하드보일드 정신을 소생시킨 듯한 인상을 풍기고 있습니다.

이 글로서도 알 수 있듯이 《흥분》은 프랜시스의 작품 중 가장 재미

있고 널리 읽혀지는 작품이다. 그 다음으로 재미있는 것을 고르라면 《혈통》과 《본명》을 들 수 있으리라.

《혈통》은 도둑맞은 명마(名馬)의 행방을 찾아 혼자서 미국으로 건너간 영국 첩보원의 필사적인 탈환 작전을 그린 것인데, 삶에 지쳐 끊임없이 자살을 생각하는 주인공의 성격 설정에 매력이 있고, 수수께끼의 구성도 훌륭하다. 특히 이 작품 속에 나오는 대사 "여보, 하찮은 짐승의 가장 기본적인 것을 알고 계세요? 남자의 마음을 앗아 바보로 만드는 것이지요"라는 말에는 저도 모르게 공감이 간다.

《본명》은 프랜시스의 처녀작으로, 짙은 안개 속의 장애물 경주에서 온 영국 첫째가는 장애물 넘기의 명마가 그 누군가가 쳐 놓은 철사에 걸려 넘어져 타고 있던 기수가 죽는다. 그 친구인 주인공은 진상을 쫓다가 자신도 적의 함정에 빠진다……는 설정인데 영국의 전통적인 모험소설의 양념이 듬뿍 곁들여져 있다. 프랜시스의 작품에는 으레 수많은 말이 등장하는데, 그 등장하는 말 가운데 첫째를 고르라면 이 책의 애드미럴 호가 되리라. 온 영국 장애물 경마 제전의 광경이며 경주하는 모습이 모든 시리즈에 넘쳐흐르고 있다.

불요불굴의 의지로 뚫고 나아가 결코 나약한 말을 하지 않는 주인공, 편집광적인 광인상, 여물의 내음이 온통 감도는 경마 사회에서 살아 온 사람이 아니고서는 그려 낼 수 없는 내막, 멋진 말들——이러한 것들이 〈경마 스릴러 시리즈〉에 공통된 요소이다. 실로 토요일 밤을 즐겁게 해주는 미스터리소설로서 진심으로 권하고 싶다.